# ARMADA

A novel by the author of Ready Player One

ERNEST CLINE

# 一級艦隊

恩斯特·克萊恩——著 黃鴻硯——譯

# 令人激賞的成長旅程　史詩級的冒險故事

超有娛樂性……對過往電玩遊戲的讚美詩。它就跟《一級玩家》一樣，會為任何記得那段時光、玩過那些遊戲的人帶來極大的樂趣。

——《冰與火之歌》作者喬治・R・R・馬丁

超好玩的小說，你一定會想重新啟動它，再讀一遍……對我這遊戲宅來說，這是近幾年最棒的小說。

——《羊毛記》作者休・豪伊

在這本大師級的小說中，地球對上了強大的外星敵人，做出末路掙扎——你十四歲那年幻想的陰謀論都成真了。

——《火星任務》作者安迪・威爾

克萊恩再度將生猛的幽默和阿宅的知識灌注到他的作品中。這是一個氣氛昂揚、討喜的故事，非典型主角必須在不斷倒數的時間內拯救整個地球，激發腎上腺素的動作場面、樸拙的戀愛場面、感人的家庭劇也都是本作的特色……克萊恩的劇情設定難以捉摸、叫人絞盡腦汁，全力描寫的高科技戰鬥使人振奮，合起來就是一部機智、狂熱、令人心滿意足的娛樂小說。

——《書單》雜誌星級評論

刺激的成長故事。

——《娛樂週刊》

……又一本向流行文化致敬的科幻小說，要一整個漫畫展才裝得下作者的愛。

——《滾石雜誌》

這本小說棒呆了，證明克萊恩有能力將「流行文化」和「不挑讀者的刺激故事」融合在一起。

——美聯社

將「星際大戰」、「星際戰士」、「ID4星際終結者」，以及「小蜜蜂」的超難關卡煮成一鍋好喝的科幻濃湯。

——《今日美國報》

作者的第二本小說，棒呆了……《一級玩家》迷該慶祝一下了。

——《哈芬登郵報》

讀起來開心又愉快……克萊恩已經有一大票書迷，不過這本書會為他帶來更大群的讀者。

——《波音波音》

在這充滿機智的外星生物驚悚小說中，虛構的電玩都成真了！

——《紐約郵報》

結構穩得像一部夏季賣座電影……克萊恩將「戰爭遊戲」、「星際大戰」、「星際戰士」，以及「爆破彗星」之類的老街機遊戲的基因結合成既熟悉又無法預測的作品，向過往科幻修辭的變異性致敬。

——高客傳媒

《一級艦隊》證明恩斯特．克萊恩是「美夢成真」文學的當代大師——也提醒我們做夢前要三思。

——《垂暮戰爭》作者約翰．史卡奇

克萊恩又創造了一個迷人的青少年主角札克，這次也在故事中埋藏鄉愁和阿宅領域，成果就跟倍受好評的出道作《一級玩家》一樣好。劇情發展受到某些作品的顯著影響，例如歐森．史考特．卡德的「戰爭遊戲」、電影「星際戰士」和「星際大戰」，作者感覺比較像在致敬，而非挪用典故——饒舌歌手取樣道上最棒的那些beat，做出無人能擋的大融合。

——《學校圖書館期刊》星級評論

# 目次

# 第一階段

電腦的正當使用方式只有一個，就是打電動。

——遊戲「保衛者」之父尤金・賈維斯

# 1

我盯著教室窗外，白日夢中進行冒險時瞄到了那個飛碟。

我眨了眨眼再望過去一次——它還在。閃亮的鉻黃色碟子在空中畫出Z字形軌跡，而我的視線拚了命地隨它連續拐彎，拐的速度愈來愈快，角度奇險，若有人類在上頭，肯定會被甩成人乾。飛碟奔向遠方地平線，急停在它的上空。接下來的幾秒鐘，它懸在遙遠的林木線上方，動也不動，彷彿在用隱形的光線掃描下方，之後突然又衝向天空，以違反物理學的方式切換航道與速度。

我試圖冷靜以對，試圖保持懷疑的態度，提醒自己：你是科學的信徒啊。儘管你的科學課經常拿丙。

我再度望向它，還是看不出它是什麼玩意兒，但我知道它「不是」什麼。它不是彗星，不是氣球，不是沼氣，不是球狀閃電，都不是。我這兩顆眼珠盯著的不明飛行物體絕對不是地球的產物。

我的第一個想法是：**肏，見鬼了**。

緊接而來的想法是：**真不敢相信，終於發生了**。

是這樣的，自從第一天上幼稚園以來，我就在期盼某個震撼人心、改變世界的奇異事件，它將在最後關頭粉碎我無盡單調的義務教育生活。我花了幾百個小時瞪著學校四周平靜、受宰制的郊區風景，暗自期盼殭屍末日爆發，希望古怪的意外帶給我超能力，或至少讓一群穿越時空的小矮人竊盜團突然冒出來吧。

根據我的估計，我這些黑暗白日夢大約有三分之一都跟「異界生命突然來訪」有關。當然了，我從來不相信這些白日夢會成真。就算外星訪客真的決定順道過來這顆毫無重要性的藍綠色行星瞧瞧好了，任何有自尊的外星生物都不會挑我的家鄉進行第一次接觸。因為這裡是美國奧勒岡州比弗頓，別名哈欠城。除非他們打算藉由「抹殺最無趣的鄉下人」，來達到毀滅文明的目的。如果宇宙有個中央亮點，我就是在離它最遙遠的行星上。蓓魯嬸嬸[1]，請遞給我藍奶。

但現在某種奇蹟發生了——而且是正在發生！有台該死的飛碟在窗外，我正盯著它看。

我很確定它正在逼近。

我偷偷轉頭瞄了我的兩個死黨克魯茲、迪赫一眼，他們都坐在我後面。不過他們正低聲爭辯著某事，沒人在看窗外。我考慮吸引他們的注意力，但又擔心窗外的物體隨時會消失，而我自己不想漏看它半秒。

我的視線再度射向戶外，剛好又看到太空船化為一抹白光，高速橫越地表，急停、懸浮在鄰近的一塊土地上，接著又疾馳而去。懸浮，移動，懸浮，移動。

它絕對在逼近，我看得到更多形體方面的細節了。太空船側轉數秒，接著由頂至底的清晰輪廓才首度映入眼簾。我看出它其實不是飛碟。從這角度望去，我看得到它對稱的船身，形狀像是雙頭戰斧的斧面，一個黑色八角稜柱落在長長的鋸齒狀雙翼之間，在早晨陽光下閃閃發

1「星際大戰」中的角色，在偏遠星球扶養路克・天行者長大。

亮，有如黑暗珠寶。

這時我覺得自己的腦袋快短路了，因為太空船的外形獨特，我絕不可能認錯。畢竟過去幾年來，我幾乎每晚都會透過十字瞄準器看著它。這是蘇布魯凱長刀，我最愛的電玩遊戲「艦隊」中的外星壞蛋所駕駛的戰鬥船。

這當然是不可能發生的呀，就像你不可能看到鈦戰機或克林貢獵鳥艦[2]飛過天空。蘇布魯凱人和長刀戰鬥機是虛構電玩遊戲中的產物，根本不存在，也無法存在於現實世界。現實世界中，電玩遊戲不會突然變成真的，虛構的太空船也根本不會在你的家鄉嗡嗡飛。這種不合理的屁事只會發生在低俗的八〇年代電影當中，例如「創」（Tron）、「戰爭遊戲」（WarGames）、「星際戰士」（The Last Starfighter），我父親生前愛到不行的那些片子。

發光的太空船再度側旋，切換成更好的角度——不會錯的。我眼前的太空船就是長刀戰鬥機，機身上獨特爪狀溝槽和正面突出如尖牙的電漿砲也跟遊戲中一模一樣。

只有一個解釋合乎邏輯，那就是我萌生了幻覺。什麼樣的人沒嗑藥、不酗酒也會在大白天受幻覺所苦？我知道，就是狂吞巧克力玉米球的人。嚴重缺乏理智的貓。

有很長一段時間，我對父親的為人感到好奇，這是因為我讀了他以前寫的筆記本。我從中得到的印象是，他似乎在人生盡頭陷入妄想了，無法分辨電玩遊戲與現實——而這也是我正在經歷的狀況。或許這正是我一直以來暗自害怕的狀況：有其父必有其子。

我被下藥了嗎？不，不可能。這天早上我只在開車上學途中吞了一塊草莓果醬餡餅，而且怪罪早餐吃的糖霜餅，根本就比看到虛構電玩太空船的幻影還要瘋狂。更何況，我明知道我的DNA更有可能是罪犯。

我想通了，這是我自己的錯。我原本可以採取預防措施，卻走了反路。就像老爸那樣，一輩子都在過量服用無節制的逃避主義，刻意讓幻想成為現實。如今，我得為缺乏前瞻性付出代價了，就像爸那樣。我乘坐的瘋狂列車脫軌了，奧茲・奧斯本[3]彷彿就在我耳邊尖嘯：「所有人都上車吧！」

**別這樣**，我懇求自己，**別在這時候發瘋，我們再過兩個月就畢業了！比賽進入尾聲了呀，萊曼，撐下去！**

窗外的長刀戰鬥機再度橫移，衝到幾棵高大樹木的上空，掃得枝葉沙沙作響。接著它穿過又一朵雲的側面，速度極快，先是在雲的中央鑽出一個正圓開口，穿出第二個洞後還拖著好幾條長長的雲氣。

一秒後，太空船最後一次在半空中突然煞住，接著筆直升空，速度快到機體化成了一團銀霧，就這麼消失在我的視線之外了。來無影，去無蹤。

我傻坐在那裡，一時之間什麼也做不了，只能盯著空無一物、上一秒還有太空船的天空看。接著我看了看四周的同學，發現沒人望著窗外。就算長刀戰鬥機真的來過，也沒其他人發現。

我轉回頭去，再度掃視空蕩蕩的天空，希望那古怪的銀色太空船再度出現。但它一去不回，而我現在卻被迫面對它留下的餘波。

---

2 分別為「星際大戰」與「星艦迷航記」中的太空船。

3 黑色安息日主唱。「所有人都上車吧！」出自他第一張個人專輯當中收錄的〈瘋狂列車〉。

看到那台長刀戰鬥機（也可能是看到它的幻影）之後，我的內心被引發了小規模的土石崩塌，接著它漸漸演變成矛盾情緒與回憶碎片的雪崩，壓向我。所有回憶都連向我爸，以及我從他的遺物中找到的老舊筆記本。

事實上，我甚至不確定那是不是一本筆記。我不曾讀完它，只因它的內容太令人不安了，似乎也暗示作者精神狀況不佳。因此我將舊筆記本放回原處，忘記它的存在——我原本忘得很徹底，直到幾秒鐘前才破功。

但此刻，我似乎無法思考其他事情。

我突然有股衝動想要跑到校外，開車回家將它挖出來。不會花太多時間，只要幾分鐘的車程就能到家。

我瞄了一眼教室大門，以及此刻的門衛賽爾先生，我們年邁的「統合數學2」老師，他留著短平頭銀髮，戴粗框牛角眼鏡，一如往常穿著單色調的衣服：黑色平跟船鞋、黑色便褲、白色短袖襯衫、夾式領帶。他已經在這所高中服務了四十五年，圖書館內的畢業紀念冊證明他在這段時間一直做同樣的復古穿搭引領風騷。賽先生今年終於要退休了，這是件好事，因為他似乎在上個世紀的某一刻就擺爛至今。今天他花了頭五分鐘進行作業解題，剩下的時間都要我們自己重解一次，他自己則是在這段時間內關掉助聽器，玩他的填字遊戲。但我要是試圖溜出去，他一定會逮到我。

我的視線飄向老舊黑板上方的萊姆綠色磚牆，上頭嵌著一個古老的鐘。它一如往常地缺乏仁慈，顯示我還得等三十二分鐘，下課鐘才會響。

我不可能撐得過三十二分鐘。看到那玩意兒後，我要是能忍上三十二秒不拉屎，就已經夠幸運了。

我左方的道格拉斯．諾契正在進行日課，那就是羞辱害羞、滿臉痘子的凱西．寇克斯，他坐在道格拉斯前面真是夠倒楣了。諾契通常只會以言語羞辱那可憐的老兄，不過他今天決定採取老派的做法，改朝對方吐痰。諾契的桌上堆放著砲彈似的潮溼拋射體，此刻他正將它們一個一個射向凱西的後腦勺。他前幾波痰轟炸就已經弄溼那倒楣鬼的頭髮了。幾個諾契的好友在教室後方看著好戲，他每丟一次痰，他們就竊笑一次，笑聲慫恿他繼續下去。

看到諾契這樣霸凌凱西，我真是氣炸了。我懷疑，他會這麼開心就是因為看到我火大。他知道我無能為力。

我瞄了賽爾先生一眼，但他還在玩拼字遊戲，而且跟平常一樣陷入苦戰。諾契每天都利用這大好機會整人，而我都得克制衝動，才不會動手打斷他牙齒。

自從國中那起「事件」後，道格拉斯．諾契和我總是會避免接觸彼此，但今年就沒辦法了，殘酷的命運安排我們上同一堂數學課，而且還剛好坐隔壁排。宇宙彷彿希望我的高中最後一個學期愈毀滅愈好。

這理論也能解釋我前女友艾倫．亞當斯為何在場。從我的座位往右數三列，再往後數兩排，就是她座位的所在，剛好落在我的視野邊緣之外。

艾倫是我的初戀情人，我們把第一次獻給了彼此。她在將近兩年前甩了我，改跟隔壁學校的摔角選手交往，不過每當我看到她鼻梁上的雀斑（或瞄到她撥開眼睛前方的紅色鬈髮），便會覺得心又碎了一次。我通常會花整堂課的時間試圖忘記她人在教室內。

第七節數學課逼迫我坐在永遠的仇敵和前女友之間，每天下午都像是我個人的小林丸號測驗[4]。這套殘酷劇本根本無人能獲勝，完全是專為測試我的情緒強度而設計。

幸好命運稍微修正了這個噩夢算式，將我的兩個好友也放進這一班。如果克魯茲和迪赫都不在這裡，我可能在第一個禮拜就會理智斷線，開始產生幻覺吧。

我又瞄了他們一眼。迪赫又高又瘦，克魯茲矮而精壯，兩人的姓氏不同，名字卻都一樣叫麥可。我從小學起就只叫他們的姓氏，以免引起混淆。這兩個叫麥可的傢伙從剛剛至今一直在低聲交談，在我分心並看到幻象前，他們討論的主題是：電影史上最酷的近戰武器。此刻我再度試著把注意力放到他們的談話上。

「刺針甚至不是真正的刀，」迪赫說：「比較像是哈比人的夜光奶油刀，拿來抹果醬到司康、精靈乾糧那些鬼東西上的。」

克魯茲翻了白眼。「『半身人的菸草燻壞了你的眼睛。』」他引用《魔戒》台詞：「刺針是精靈匕首，在第一紀元的貢多林鑄造完成的！它幾乎可以切斷任何東西！而且刀刃只會在偵測到附近的半獸人或哥布林時才會發光。雷神之鎚可以偵測什麼？假口音和結凍的頭髮？」

我想把剛剛看到的畫面轉述給他們，但不管他們是不是我的死黨，都不可能相信的。他們只會當作是另一個病徵，札克老兄精神不安定的佐證。

也許這看法沒錯。

「雷神索爾不需要偵測敵人，然後跑回小哈比人洞穴裡面躲啊！」迪赫壓低聲音說：「雷神之鎚的力量可以摧毀山脈，也可以發出能量波、製造能量護盾、召喚閃電。索爾拋出鎚子，鎚子就一定會回到他手上，就算行星擋在中間也會照樣刺穿它！而且只有索爾可以使用它！」

他往椅背一靠。

「老兄，雷神之鎚根本是魔法瑞士刀，鬼扯到不行！」克魯茲說：「甚至比『綠光戰警』的戒指還扯！編劇每兩個禮拜就幫那鎚子新增一種力量，好讓索爾擺脫各種愚蠢的困境。」他撇嘴笑：「對了，除了索爾之外，還有許多人使用過雷神之鎚，包括某一期跨界故事裡的神力女超人！Google一下吧！迪赫，你的論點完全站不住腳！」

順帶一提，我個人可能會選電影「神劍」（Excalibur）中的神劍，不過我不想加入他們的爭論。我的注意力又飄回諾契身上了，他正將另一個巨大的痰球抛射到凱西身上。球砸中凱西溼答答的後腦勺，然後掉到地上，先前發射的彈藥已在那位置形成溼軟的小丘。

痰球的撞擊使凱西僵住一秒，不過他沒轉頭，只往椅背一靠並讓身體下滑些許。他的處刑人這時又在準備另一波口水齊射了。

諾契的行為顯然跟他有個酒鬼老爸這點脫不了關係，但我認為他的虐待狂行為不該因此獲得原諒。我自己當然也有幾個跟老爸有關的心結，但我可沒去拔蒼蠅翅膀。

另一方面，我確實也有情緒管理問題，也有暴力行為史，兩者都記錄在公立學校的檔案裡。

然後呢，喔對了，還有「在幻覺中看見我最愛的電玩遊戲的外星太空船」這檔事。

所以說，也許我沒什麼資格批評別人神智不清。

我看了看四周的同學，現在附近每個人都盯著凱西了，也許他們在想，今天會不會就是凱西反擊諾契的那一天呢？不過凱西還是繼續盯著講台上的賽爾先生，而賽爾先生還是全神貫注

---

4「星艦迷航記」當中，星艦學院的最終測驗，學員要在模擬器中指揮虛擬船艦救援小林丸號。

在玩他的填字遊戲，無視他眼前上演的緊張刺激青少年大戲。

諾契又發射了一顆痰球，凱西的身體又滑得更低了，彷彿整個人都融化了。

整個學期我都試圖採取相同的應對方法，現在也不例外：我努力按捺我的怒氣，把注意力放到其他地方，忙自己的事。但我過去辦不到，現在也沒辦到。

諾契折磨凱西，其他人則只是坐在那邊旁觀。這畫面不只讓我厭惡自己，也讓我對全人類感到噁心。如果外太空有其他文明，他們為什麼會想跟人類接觸？如果我們用這種方式對待彼此，面對地球外的突眼種族又能仁慈到哪裡去？

長刀戰鬥機的清晰影像重新浮現在我心中，令我的神經更加繃緊了一些。我於是再度試圖安撫它們，靠的是回想德雷克公式[5]和費米悖論[6]。我知道地球之外的地方八成有生命，但考慮到宇宙的浩瀚與悠久，我們極不可能與對方有所接觸，我也很清楚，要在我短短的一生中碰上這種事更是難上加難。這段期間，我們大概都會困在這裡，在太陽外圍數來第三顆石頭上，大膽走向滅絕。

我感覺到下顎傳來一陣劇痛，發現自己緊咬著牙根——緊到足以壓碎我的後排臼齒。我費了一番工夫才鬆開它們，回頭瞄艾倫一眼，看她是否也在旁觀。她正瞪著凱西，表情無助，眼神充滿哀憐。

這終於讓我忍無可忍了。

「札克，你在幹啥？」我聽到迪赫驚慌的悄悄話：「坐下！」

我的視線往下飄，發現自己不知不覺中站了起來。我的眼睛仍緊盯著諾契和凱西。

「對啊，別管那麼多啦！」克魯茲對著我另一邊肩膀悄聲說：「聽話啦，老兄。」

但到了這一刻，紅色的憤怒已經籠罩了我的視野。我的手伸向諾契，但我並沒做出我想做的事，也就是抓住他的頭髮，使盡全力將他的臉砸到桌上，一砸再砸。

我選擇彎下腰去，撈起凱西椅子背後的灰色溼軟痰球，用雙手將它們揉成一顆溼球，然後直接甩在諾契頭頂，隨之而來的「啪」聲令人滿足極了。

諾契跳起來，轉身看是誰攻擊他，但他發現我回瞪著他，便定在原地。他瞪大眼睛，臉色似乎變白了一些。

同學們一起發出「喔——！」一聲。大家都知道我和諾契在國中時代發生過什麼事，想到我們可能再度打起來，他們都激動了起來。第七節統合數學課突然變得刺激得要命了。

諾契舉起手，將頭頂那團爛紙巾似的溼球抓起來，憤怒地扔向教室另一頭，六、七個人無端遭殃。我們大眼瞪小眼。我發現諾契自己的口水沿著臉左側流下，像條小溪。他擦掉口水，眼睛還是死盯著我。

「萊曼，終於決定為男朋友挺身而出了啊？」他含糊不清地說，想掩飾自己飄來飄去的嗓音，但掩飾得很失敗。

我露出牙齒，一個箭步作勢撲上前去，舉起右拳。這一連串動作收到了我想要的效果。諾契不只是抖了一下——還整個人往後彈，絆到自己的椅子，差點跌倒在地。不過他隨即站挺，

---

5 由天文學家法蘭克．德雷克於六〇年代提出，用來推測「可能與我們接觸的銀河系外星高智文明」的數量。

6 其基本表述為：宇宙顯著的尺度和年齡意味著高等地外文明應該存在，這假設卻得不到充分的證據支持。

再度跟我對看。尷尬使他的臉頰泛紅。

教室現在一片死寂，只聽得見牆上電子鐘的不斷滴答讀秒。

**動手吧**，我心想，**給我一個藉口，來一拳吧**。

但我看得出來，恐懼在諾契眼中增長，包覆了他的憤怒。也許他從我的眼神看得出來，我就要失控抓狂了。

「神經病。」他喃喃低語，接著轉身坐下，手伸到背後向我比了中指。

我發現我的右拳還高舉著。這時我總算放下手，全班似乎也同步鬆了一口氣。我瞄了凱西一眼，以為他會向我點個頭致謝，但他還是縮在座位上，像是挨打的狗那樣，而且不肯和我對看。

我接著偷瞄艾倫。她正盯著我瞧，但馬上就別過頭去，不想和我對望。我把教室裡的其他人看了一輪，只有兩個人願意跟我對上視線，那就是克魯茲和迪赫，他們臉上都掛著擔憂的表情。

就在這時，賽爾先生總算放下填字遊戲，抬起頭來。他發現我像個斧頭殺人魔似地籠罩在諾契的頭頂，手忙腳亂地撥弄助聽器，重新啟動它，看看我，然後又看看諾契，不斷重複。

「萊曼，發生什麼事了？」他問，伸出一根彎曲的手指指著我。我沒回話，他便皺起眉頭說：「回去你的座位——立刻回去！」

但我沒回去。我要是在這裡多待一秒，腦袋一定會內爆。於是我走出教室，而且是直接從賽爾先生的講桌前方走過，跨出敞開的教室門。他目送我離開，不敢置信地挑起眉毛。

「同學，你最好是要去辦公室啊！」他從我身後大喊。

我已經朝下一個出口奔跑了，運動鞋的鞋跟在打蠟的走廊上磨出斷奏似的嘰嘰聲，驚擾了一班又一班的學生。

我感覺像是跑了幾萬年才終於衝出學校大門。跑向學生停車場途中，我的視線盯著天空，在前方與後方的地平線之間不斷擺盪。對於看著這畫面的校內人士而言，我一定徹頭徹尾像個瘋子，彷彿在看只有我一個人看得到的巨人網球賽——或像唐吉訶德那樣打量著磨坊，準備去痛扁它們一頓。

我的車停在停車場後方，是一九八九年的白色道奇Omni，曾經屬於我爸。車身布滿凹洞、擦痕、油漆剝落痕、大片鏽斑。在我的童年時期，它一直被丟在車庫，蓋著一塊防水布，沒人鳥它。到了我十六歲生日那天，我媽才把車鑰匙丟給我。收到這份禮物讓我心情萬般複雜——不只因為它幾乎跑不動、生鏽到令人反感的程度，也因為那輛車就是我媽懷我的地方。巧的是，它當時就停在我站的這個停車場。這令人遺憾的冷知識是我媽在某個情人節說溜嘴，她喝太多酒，重看了太多次「情到深處」（Say Anything）。「酒後吐真言」——這句話真是適用於我媽，尤其混入卡梅倫·克羅（Cameron Crowe）的電影後更見效了。

總之，現在這台Omni是我的了。正所謂生命是一種循環，這樣說應該沒錯吧。再說，免錢的車就是免錢的車，這對窮酸高中小鬼來說尤其重要。我只能盡量別去想像青少年時期的我爸媽一面聽錄音帶傳出的彼得·蓋布瑞爾[7]的吟唱，一面在後座做些什麼。

沒錯——這輛車的錄音機還能動。我有條轉接線，因此能用它播放我手機的音樂，但我比

7 英國音樂家，曾為創世紀樂團的主唱。

較愛聽我爸留下來的老舊私錄錄音帶，他最愛的團也成了我的最愛：ZZ Top、AC/DC、范・海倫（Van Halen）、皇后合唱團（Queen）。我啟動Omni強大的四缸引擎，半破音的喇叭轟出電力站合唱團翻唱的〈上吧（敲鑼）〉[8]。

我用最快的速度飆回家，穿過多蔭的郊區街道迷宮，開法恐怕不是很安全——尤其因為我一路上幾乎都沒在看前方，而是抬頭望著天空。目前仍是下午時間，不過即將滿盈的月亮已經掛在天上，隱約可見。當我盯著天空東張西望時，視線不時會落到它上頭。於是，開車回家的短短路途中，我連續兩次差點撞上「停車」標誌，闖紅燈時只差幾英寸就要被一輛休旅車攔腰撞上了。

之後我打開我的緊急警示閃燈，龜速開完最後幾英里——頭照樣探出窗戶，視線始終離不開天空。

8 英國樂團Power Station翻唱的〈Get It On（Bang a Gong）〉為T. Rex的曲子。

## 2

我將車停在空無一物的車道，關掉引擎，但沒有立刻下車，雙手仍抓著方向盤。我不發一語地抬頭看著我們爬常春藤的小磚屋，看著它的閣樓，回想自己第一次上去翻老爸舊物的情況。當時我的心情像是年輕的超人克拉克．肯特，終於透過往生多年的父親的立體投影鬼魂，得知自己真正的出身，但我現在聯想到的是接受絕地訓練的路克．天行者，年輕的他望進達哥巴星球上的洞穴，聽尤達大師講解這天的活動課程：**這裡頭有強大的原力黑暗面。你必須進去，蠢蛋**。

於是我進去了。

我打開家裡正門的鎖，走進客廳。我們家的老米格魯犬瑪菲特正在地毯上伸懶腰，睡眼惺忪地瞄了我一眼。幾年前牠還會在門邊等我，像瘋子一樣狂吠。但這可憐的老兄如今又老又聾，連我回家都幾乎吵不醒牠了。瑪菲特轉身仰躺，我快速揉了揉牠的肚子，然後就上樓了。老狗看著我往上走，但沒跟來。

總算抵達閣樓門前了。我站在樓梯頂端，一隻手按著門把。我沒開門，也沒進去，沒立刻進去。

我得先做好心理準備。

他的名字是札維爾．尤里西斯．萊曼，死於十九歲那年。當時我只是個小嬰兒，所以對他沒印象。成長過程中，我總是對自己說：你很幸運。因為人不會想念自己根本沒印象的人。

但事實上，我確實很想念他。他的不在場留下一片空無，而我試圖用資料填滿它，盡可能吸收所有跟他相關的資訊片段。有時候，我會覺得自己是想試圖贏得「想念他的權利」。我媽和爺爺奶奶似乎總是對他懷抱著強烈的思念，而我也希望讓我的思念達到那樣的強度。

我在十歲左右進入所謂的「蓋普[9]期」，我對已故父親的長年好奇終於變成了火力全開的執念。

在那之前，我心中有個歷經多年發展出的、模糊而理想的年輕父親形象，我就靠它湊合著過活。但實際上，我對他的了解只有四個基礎事實——這是我童年時期反覆聽到的幾件事，大都是我祖父母一提再提：

1. 我看起來就跟他——歲（填入我當時的年紀）時一模一樣。
2. 他很愛我和我媽。
3. 他因公殉職，死在本地的廢水處理廠。
4. 那起意外不是他的錯。

不過我的年紀達到兩位數後，這些模糊的敘述再也沒辦法滿足我對他日漸增長的好奇。所以了，我自然會搬出問題來轟炸他的遺孀。每天炸，毫不間斷。那時我年紀太小又太蠢，完全沒想到我媽一直被逼問死去丈夫的事會很痛苦，而且問她的人還是丈夫的複製人，十歲大。不，我當時是個自我中心的混蛋，似乎沒辦法把那些發光的亮點連起來，看清局勢，於是就問個沒完。而我媽當年很可靠，她會盡可能回答我的問題，盡可能陪我耗。

後來有一天，她給了我一把小小的黃銅鑰匙，向我提起閣樓的那些紙箱。

在那之前，我一直以為我媽已經把我爸生前所有的家當都捐給慈善機構了。一個年輕、喪夫的單親媽媽若想展開新生活，第一件事不就是處理掉那些東西嗎？不過在那個夏季之日，我媽說她並沒有那麼做。她反而是將他所有東西都裝進瓦楞紙箱內，幾個月後我們搬到這個新家（用工傷意外的和解金買的），她便將所有箱子都堆到了閣樓。她說她這麼做是為了我。我長大後會更想了解我爸，而那些紙箱會在上頭等著我去看。

後來我總算開了那道門，衝進閣樓內，發現紙箱真的存在——十來個沒人動過的搬家用瓦楞紙箱整齊地疊在斜椽下方的角落，一道耀眼的陽光打在上頭。有好一段時間，我什麼也做不了，只能定在原地盯著那堆時空膠囊。它們等著我去解開祕密。

接下來，我整個夏天都窩在閣樓整理那些東西，像考古學家在古老的墓穴裡挖掘神聖的遺物。這工作花了我好一段時間。對一個只活到十九歲的老兄來說，他的東西真是多到可怕。

大約有三分之一的箱子裝著我爸收集的老舊電玩遊戲——其實看起來比較像是囤積物，而非收藏品。他有五種不同電玩主機，每種搭配的遊戲都有幾百款。不過我在他舊電腦主機找到的才是真正的「遊戲山」，裡頭有成千上萬款經典街機遊戲、遊戲主機模擬器、遊戲檔案，量大到一輩子都不可能玩完。不過他似乎都試玩過。

我在另一個箱子內發現了一台古老的上掀式錄放影機，查出連結它和我房間那台小電視的

9 應指約翰·厄文小說《蓋普眼中的世界》主角。

方法，開始看他的舊錄影帶，一片接一片，從箱子裡拿出什麼就播什麼，沒管順序。錄影帶的內容大都是老科幻電影和科幻電視節目，還有許多從公共電視錄下來的科學節目。

有的箱子也裝了我爸的舊衣服，當時每一件穿在我身上都太大了，但我還是將每一件都試穿過一次，瞪著閣樓髒鏡子中的自己，吸入衣服上的氣味。

當我在他那堆東西中找到一盒舊卡片和舊信件時，真的激動到不行。有個鞋盒裝滿細心摺好的紙條，是我媽在學校跟他交往時傳給他的情書。我無恥地將它們全部讀完，把跟這男人有關的新情報都吞下肚。我是他的種。

我所翻看的最後一個箱子，裝著我爸所有老派角色的扮演桌遊相關資料，堆滿規則說明書、一袋袋多面骰、角色紙和一大疊老舊的活動紀錄本，裡頭寫滿虛擬現實的各種細節，準備用來當作他某一款角色扮演遊戲的背景——每一本都讓人窺見我爸過度活躍的想像力。

不過其中一本筆記本不一樣，封面是藍色的，我爸還謹慎地在磨損的封面中央模仿活版印刷字體寫下一個名詞：法厄同（PHAËTON）。

泛黃的書頁上列出一串古怪的日期、姓名，後面接的似乎是一系列支離破碎的記載，勾勒出我爸心目中尚未被揭發的世界級陰謀——美國陸、海、空軍、海軍陸戰隊都參與的最高機密計畫，娛樂、電玩產業也跟他們勾結，另外還有少數獲選的聯合國成員。

起先我試圖說服自己，說這只是我爸捏造的角色扮演桌遊的劇本大綱，或只是一段筆記，原本要用在他來不及寫出的短篇小說。但我讀愈多就愈不安，這寫法不像虛構作品，倒像是心理疾病患者亂寫一通的長信，妄想成分極大。而我身上剛好有一半的ＤＮＡ來自這名患者。

這個筆記本徹底粉碎了我為年輕父親塑造的理想形象，所以我曾發誓再也不讀它。

但如今，他碰過的事情也被我碰上了，電玩遊戲開始影響我的現實。我爸也曾看過那些幻影嗎？他精神分裂了嗎？我也是嗎？我必須了解他過去的想法，得跳進他過去那些妄想中，看看它們跟我的幻覺有沒有什麼連結。

後來我總算鼓起勇氣，打開閣樓門，跨入裡頭，立刻就瞄到了那些箱子。我之前已經將它們擺回當初那個灰塵密布的角落。箱子上頭沒有標籤，因此我花了幾分鐘搬上搬下，才找到裝我爸老舊角色扮演桌遊的那個箱子。

我將箱子放到地板上，開始翻找，挖出一本本規則說明書，還有「龍與地下城」（Advanced Dungeons & Dragons）、「泛用無界角色扮演系統」（GURPs）、「英雄」（Champions）、「星際邊界」（Star Frontiers）、「太空領主」（Spacemaster）等遊戲的附錄品。下方有一疊我爸的老舊活動筆記本，大約十幾本，我要找的那本在最底下——八年多前，我將它藏在這個地方，眼不見為淨。如今我抽出那本筆記，捧在手中看著。這是一本破舊的三科目藍色筆記本，當中一百二十頁是線距約七公釐的那種橫線頁。我的手指拂過我爸寫在封面上的字：法厄同，自從我第一次看到它，它就在我腦海中揮之不去。

希臘神話中，法厄同（又寫作法厄統）是個白痴小鬼，父親太陽神赫力俄斯為了他陷入內疚的情緒中，於是答應他駕駛太陽馬車出外兜風的請求。法厄同連駕訓班學習證都沒有，所以一下子就讓太陽失控了。宙斯為了避免他烤焦地球，便用雷電劈他。

我盤腿坐下，將筆記本擺到大腿上，更仔細地檢查它的封面。我發現我爸在右下角也用印刷體寫了小小的幾個字：札維爾．萊曼的所有物，還加上他當時的住址。

看到那住址，我心中的記憶之流又氾濫了，因為它指向橡樹公園大道上的那棟小房子，萊曼家的爺爺奶奶曾住在那裡。我小時候幾乎每個禮拜都會上門拜訪，坐到他們古老的沙發上，吃花生奶油餅乾，著迷地聽他們輪番談論已逝的兒子，我往生的老爸。儘管他們對獨子的追憶背後都有一股悲傷、失落的暗流，我還是一再回到那裡聽他們訴說，直到他們兩個人都過世為止。他們在一年之內先後離開。在那之後，我媽就被迫扛起一個可怕的重擔——成為我跟我爸最主要的生命連結。

我深吸一口氣，翻開筆記本。

我爸在封面內側畫出某種詳盡的時間軸，他稱之為「年表」。稠密的姓名和日期填滿了封面的白色硬紙裡襯，看起來他是花了好幾個月甚至好幾年寫成的，用了各種不同的原子筆、鉛筆、麥克筆（還好沒有蠟筆，謝天謝地）。他也圈起了某些項目，拉線連到時間軸上的其他項目。線段與箭頭交錯成一張網子，讓整個玩意兒看起來更像詳盡的流程圖，而非時間軸：

**年表**

1962——「太空戰爭！」（Spacewar!）第一款電玩遊戲（比「OXO」和「雙人網球」（Tennis for Two）晚）

1966——NBC電視台首播「星艦迷航記」（一九六六年九月八日播放至六九年六月三日）

1968——「2001太空漫遊」

1971——「電腦太空」（Computer Space）——第一個投幣式街機遊戲，「太空戰爭！」移植版

1972——「星艦迷航記文本遊戲」——給早期家用電腦的基礎遊戲程式

1975——太東開發的「攔截機」（Interceptor）——第一人稱空戰模擬遊戲

1975——「豹式戰車」（Panther）——第一款坦克模擬遊戲？柏拉圖系統[10]

1976——「星船一號」（Starship 1）最早的第一人稱太空戰鬥遊戲，受「星艦迷航記」啟發

1977——「星際大戰」於七七年五月二十五日上映，史上最高票房電影。為了入侵者的來臨預做的第一波洗腦？

1977——「第三類接觸」（Close Encounters of the Third Kind）上映。用來操弄人民，讓他們不害怕入侵者來臨的那天？

1977——雅達利2600電玩主機問世，將戰鬥訓練模擬器送進數百萬家庭中！搭配遊戲「戰鬥任務」（COMBAT）！

1977——「星際異攻隊」（Starhawk），「星際大戰」啟發了許多電玩遊戲，這是最早的一個

1977——短篇小說〈戰爭遊戲〉。第一個將電玩遊戲視為訓練模擬器的科幻作品？和「星際大戰」同年問世，是巧合嗎？

1978——「太空侵略者」（Space Invaders），受「星際大戰」啟發的遊戲——第一款引起轟動的遊戲

1979——「尾砲手」（Tail Gunner）、「爆破彗星」（Asteroids）、「小蜜蜂」（Galaxian）、「星火」（Starfire）都在這年問世。

---

10 PLATO實為「自動教學用程式控制邏輯」的縮寫，世界上第一個電腦輔助教學系統。

1979——「星際掠奪者」（Star Raiders）開賣——起先是雅達利400/800的遊戲，後來移植到其他平台。

1980——「星際大戰五部曲：帝國大反擊」首映

1980——雅達利的「戰爭地帶」（Battlezone）——第一個寫實的坦克模擬遊戲

1981——三月——美軍與雅達利簽約，將「戰爭地帶」轉化成坦克訓練模擬器「布萊德利訓練者」（Bradley Trainer）。美軍宣稱他們只做出一台原型機，不過控制桿的設計被後來的許多遊戲沿用，包括「星際大戰」和「法厄同」！

1981——七月——第一次在比弗頓的馬里布賽車場目擊神祕街機「波利比」[11]，那是七月中。

1982——「E.T.外星人」，票房超越「星際大戰」。

1982——「突變第三型」（The Thing），「星艦迷航記II：星戰大怒吼」（Star Trek II: Wrath of Khan）

1983——「星際大戰六部曲：絕地大反攻」

1983——「太空領主」——雅達利2600的太空戰鬥模擬遊戲

1983——雅達利推出「星際大戰：街機遊戲」；SEGA推出「星艦迷航記：模擬作戰」——遊戲機內小空間模擬駕駛艙

1984——電玩遊戲「菁英」（Elite）於一九八四年九月二十日上市

1984——「威震太陽神」（2010: The Year We Make Contact）——「2001太空漫遊」續集

1984——「星際戰士」在七月十三日上映！衍生遊戲取消發行？

1985——「衝向天外天」（Explorers），「第五惑星」（Enemy Mine）

1985——《戰爭遊戲》小說出版，設定與七七年的短篇小說相同

1986——「鐵鷹F16」（Iron Eagle），「異形二」，「領航員」（Flight of the Navigator），「火星人入侵記」（Invaders from Mars）

1987——「異形附身」（The Hidden），「終極戰士」（Predator）

1988——「異形帝國」（Alien Nation），「極度空間」（They Live）

1989——「無底洞」（The Abyss）！

1989——在八九年八月九日於馬里布賽車場有「法厄同」機台的目擊紀錄，之後再也沒人見過。

1989——「機甲戰士」（MechWarrior）上市——又一個軍用訓練模擬系統？

1990——「銀河飛將」（Wing Commander）——原點系統公司發行——訓練模擬系統？

1991——「銀河飛將II」（Wing Commander II）

1993——遊戲版「星際大戰：絕地大反攻」（Star Wars Rebel Assault）、「X翼戰機」（X-Wing）、「星際私掠者」（Privateer）、「毀滅戰士」（Doom）

1993——「X檔案」——創造虛構的外星人幌子，來掩飾真貨的存在？

1994——「星際大戰：鈦戰機」，「銀河飛將III」（Wing Commander III），「毀滅戰士II」（Doom II）

1994——「異形殺機」（The Puppet Masters），「星際奇兵」（Stargate）

---

11 波利比（Polybius）：都市傳說中的電玩街機，據說只出現在偏僻的遊樂場，玩完機台的孩子會產生身體不適。

1995——「冰河末世紀」（Absolute Zero），Shockwave播放器，「銀河飛將IV」（Wing Commander IV）

1996——「海軍陸戰隊戰士」（Marine Doom）——供海軍陸戰隊使用的模改版「毀滅戰士II」

1996——「星艦迷航記：戰鬥迷航」（Star Trek: First Contact），「ＩＤ４星際終結者」

1997——「ＩＤ４星際終結者」改編遊戲上市，有ＰＳ版和ＰＣ版

1997——「Ｘ翼戰機對鈦戰機」（X-Wing vs. TIE Fighter）

1998——「極光追殺令」（Dark City）、「老師不是人」（The Faculty）、「ＬＩＳ太空號」（Lost in Space）

1998——「銀河飛將：祕密行動」（Wing Commander Secret Ops），「星際大戰三部曲」街機版

1999——「星際大戰首部曲」

1999——「驚爆銀河系」（Galaxy Quest）

一九七七年「星際大戰」系列第一支電影的問世，似乎是這條時間軸的焦點。我父親在那條目上畫了好幾個圈，拉了一系列箭頭，連向下方至少十來個項目——包括受「星際大戰」系列所影響的遊戲，例如「太空侵略者」、「星際異攻隊」、「菁英」、「銀河飛將」。

當然了，「艦隊」並沒有列在我爸的時間軸上——過去十八年發行的任何遊戲也都沒有。他寫的最後一個項目是「驚爆銀河系」於一九九九年上映，我在那幾個月後出生。當我迎接第一個生日時，我可憐的老爸已在當地公墓內化為水仙的肥料。

我看著時間軸又深思了幾分鐘，才將注意力移到筆記本第一頁，上頭以鉛筆畫了一台老派

投幣式街機——我不認得的型號。操作面板上有一根搖桿，一個無標示的白色按鈕，機身完全是黑的，側面沒有裝飾性的圖樣，到處都沒有任何記號，只放了一個詭異的遊戲標題。綠色標題字都是大寫，印在黑到發亮的遮蓋上：波利比。

我爸在街機塗鴉下寫了幾行筆記：

● 機台上沒有任何版權宣告，也沒列出製造商。
● 大家只在一九八一年七月的一、兩週內見過它，地點是馬里布賽車場。
● 遊戲玩法接近「暴風雨」（Tempest），向量圖形，有十關？
● 高階關卡使玩家癲癇發作、產生幻覺、受噩夢侵擾。某些人因而殺人並／或自殺。
● 「黑衣男子」每晚都會下載機台上的得分紀錄。
● 可能是早期軍事用原型機，用來訓練遊戲玩家上戰場？
● 「布萊德利訓練者」的製造者暗中打造的？

我剛發現這本筆記時曾快速用網路查詢過相關情報，得知「波利比」是網路上已流傳多年的都市傳說。「波利比」是一款怪遊戲的名字，它的機台只在一九八一年夏天，波特蘭的一家遊樂場出現過。傳說中，有好幾個小孩玩它玩到發瘋，後來機台就神祕消失了，再也沒人見過它。其他版本的傳說還提到「黑衣男子」，他們會在遊樂場打烊後到來，打開「波利比」下載高分紀錄。

不過網路上的文章指出，「波利比」的都市傳說已被破解，它的源頭可追溯到一九八一年夏天的一起意外，地點在如今已關門大吉的遊樂場，也就是位於比弗頓的馬里布賽車場。有幾個孩子試圖締造「爆破彗星」的高分紀錄，最後累垮了，被救護車送到醫院去。這起意外的消息，顯然和當時遊樂場內流傳的另一個謠言產生了融合：雅達利的街機遊戲「暴風雨」造成好幾個兒童玩家癲癇發作。這是真有其事。

都市傳說中，「黑衣男子」的部分也是在現實中有所根據的。八〇年代初期，聯邦調查局持續在波特蘭地區的遊樂場調查違法賭博電玩，因此真的曾有FBI探員前往打烊後的遊樂場，打開遊戲機台，受到民眾目擊——不過他們是為了檢查賭博用的裝置，不是要監控玩家締造的高分紀錄。

當然了，我父親在九〇年代初期某天畫下「波利比」機台時，這些情報都還不見天日。那時候，「波利比」只是一個地方性的都市傳說，只在它誕生的馬里布賽車場附近流傳。我父親成長過程中經常去那裡打電動。

筆記本第二頁畫了另一台虛構的街機遊戲，叫「法厄同」。這次他畫的機台模樣比「波利比」細膩、詳盡許多，也許是因為他真的像他宣稱的那樣，親眼見過那機台。他在頁面上方寫了一排字：「我親眼看到這機台，在一九八九年八月九日，於奧勒岡州比弗頓的馬里布賽車場。」後頭還簽了名。

他畫的「法厄同」有坐式的機台設計，長得像駕駛艙，略帶膠囊狀，類似「創」裡的光輪那樣。兩側還裝了假的雷射加農砲，讓機台本身看起來像太空船。最詭異的是，它有門。我爸的素描指出，機台上裝了兩個形狀像蚌殼的艙門，材質是染色的塑膠玻璃，分別位於駕駛艙座位的兩側，開啟時向上升起，像藍寶堅尼的車門那樣。玩遊戲時，它會將你封在駕駛艙內。他也畫了控制板的圖樣，上頭有四扳機式飛行器控制桿，兩邊扶手都有按鈕，駕駛艙天花板還有一排電閘。在我看來，那更像是飛行模擬裝置，而不是電玩遊戲。整台機身都是黑的，只在側邊印了遊戲名稱，標準字是白色字母：法厄同。

七年前我試圖在網路上查找那款遊戲的情報，結果完全沒人提到它。如今我拿出手機，再度迅速查找了一番，還是沒有任何結果。根據網路情報，世界上沒有任何地方、任何主機發行過一款叫「法厄同」的電玩遊戲。這名字曾被用到其他各種事物上，包括車子、漫畫角色，不過從來沒有叫這名字的街機遊戲。也就是說，這一切八成是我爸想像出來的虛構物——就像我半小時前看到的長刀戰鬥機，也是我自己的幻想產物。

我又回頭去看我爸畫的法厄同機台。他在側面印的「法厄同」（PHAËTON）字樣旁畫了一個箭頭，指著大寫E上頭的曲音符號，並在箭頭旁寫道：「曲音符號藏起下載得分紀錄用的傳輸孔！」

他在法厄同的圖樣下方列了好幾個圓點標記的事項——顯然是關於這個虛構遊戲的種種「事實」：

- 只在一九八九年八月九日的馬里布賽車場有目擊紀錄，後來機台就被移走，再也沒人見過。
- 機台上到處都找不到版權宣告或製造商情報，機體是全黑的——就跟「波利比」目擊者的敘述完全相同。
- 第一人稱太空戰鬥模擬遊戲——玩法接近「戰爭地帶」和「尾砲手2」。彩色向量繪圖。

● 「黑衣人」會在打烊時間來臨，用黑色貨車運走機台——這點也很類似「波利比」相關敘述。

● 布萊德利訓練者和「波利比」、「法厄同」之間有關聯？所有原型機都是為了訓練／測試遊戲者，讓軍方招募適合的人員？

我又多花了幾分鐘盯著「波利比」和「法厄同」的插圖，接著往下翻，翻到「戰爭地帶」那一篇：

1981——美軍與雅達利簽約，將「戰爭地帶」改造為「布萊德利訓練者」，也就是布萊德利戰鬥車的訓練模擬器。此計畫在一九八一年三月的美國陸軍訓練及戰略思想司令部的世界大會上公開，後來雅達利宣稱計畫遭到「廢止」，他們只製造出一部原型機。不過雅達利為布萊德利訓練者製造的六軸控制器後來用在許多機台上，包括「星際大戰」。

我爸的陰謀論當中，至少有這麼合乎現實的部分。根據我在網路上找到的文章，有個叫「美軍陸軍顧問團」的團體真的曾經付錢給雅達利，要對方將「戰爭地帶」改造成布萊德利戰鬥車用的訓練模擬器。美國陸軍也早在一九八〇年就考慮用電玩遊戲來訓練真正的士兵。我爸在那條古怪的時間軸當中的記載沒錯，海軍陸戰隊在一九九六年發起過類似的計畫，將劃時代的第一人稱射擊遊戲「毀滅戰士II」改版，拿來訓練士兵進行實戰。

如果我爸活下來見證一切，他八成會在時間軸中加上「『美國陸軍』（America's Army）於二〇〇二年發行」。這是一款免費的電玩遊戲，十多年來一直是美國陸軍最珍貴的募兵工具。陸軍的人才招募員甚至會讓參加完ASVAB測驗（軍事職業性向組合測驗）的人在學校玩半小時「美國陸軍」。我記得自己覺得這一切相當古怪，我們接受完性向測驗之後，軍方竟然立刻鼓勵我們玩模擬戰爭的電玩遊戲。

我繼續翻看我爸那本筆記本的褪色內頁，驚嘆他竟然花了這麼多時間和精力在調查、思考這巧妙陰謀論的種種細節，他相信自己是在揭發事實。筆記本的每一頁都寫著一個個姓名、日期、電影標題、組織到一半的理論，字跡潦草。但我現在發現，十歲那年的我太倉促了，一下子就將它當作胡說八道打發掉。他的想法看起來瘋狂，但背後起碼潛藏著一丁點條理。

看來，「布萊德利訓練者」和「海軍陸戰隊戰士」是他最主要的「證據」，用來支撐他曖昧不清、組織未完的陰謀論。除此之外，經典科幻小說《戰爭遊戲》和「星際戰士」、「鐵鷹F16」這兩部電影在他心中也有同等意義。我爸在時間軸上列出這些小說、遊戲、電影問世的日子，並標為重點，之後繼續在筆記本內花好幾頁的篇幅敘述、剖析它們的故事大綱，彷彿裡頭藏著重大的線索，有助他解開他關注的大謎團。

我低頭對著那份清單露出微笑。在我從老爸的筆記讀到《鐵鷹F16》之前，我根本不知道它的存在。我從他的遺物中挖出拷貝錄影帶，看完後，它立刻成了我心目中必看的低級趣味電影之一。「鐵鷹F16」的主角是一個叫道格．麥斯特的空軍小鬼，他靠著蹺課溜進空軍基地飛行模擬器學會駕駛F16——那模擬器說穿了，只是貴得不可思議的電玩遊戲。道格是天生的駕駛員，但他要聽著最喜歡的音樂才能發揮實力。後來他爸在海外遭到擊落，淪為戰俘，他就偷了兩架F16飛過去拯救他，小路易斯．格塞特（Lou Gossett Jr.）、他的隨身聽、扭曲姐妹樂團

（Twisted Sister）、皇后合唱團都給了他一點助力。

這些元素湊起來完成了一部電影傑作——悲哀的是，似乎只有我給它這個評價，克魯茲和迪赫都發誓再也不要坐下來重看它。不過瑪菲特還是會開開心心地窩在我身旁，陪我一起看。我們反覆看了好幾次，配著我媽每年聖誕節都堅持要放的〈史努比大戰紅男爵〉。我從這裡得到靈感，於是把「艦隊」駕駛員呼叫代號命名為：鋼鐵米格魯（我在「艦隊」玩家論壇的帳號頭像是打扮得像一次世界大戰王牌飛行員的史努比）。

我又回頭去看那條時間軸。我爸圈起「鐵鷹F16」、「戰爭遊戲」、「星際戰士」這種幾項目，然後畫線將它們全連起來。我現在才想到他為什麼要這麼做，總算啊。這三個故事的主軸都是年輕小鬼玩電玩模擬器，玩到變成了真正的戰鬥員。

我繼續翻頁，來到倒數第二個項目。我爸在某個空白頁的中央寫下下列問題：

> 他們會不會是利用電玩遊戲訓練我們戰鬥，而我們不知情？如果是這樣，該怎麼辦？就像「小子難纏」（The Karate Kid）裡的宮城先生要丹尼爾油漆他家、擦甲板、幫所有車子打蠟，但其實他是在訓練丹尼爾，而丹尼爾根本不知情！
>
> 上蠟，打蠟[12]——但這可是全球規模的訓練！

筆記的最後一篇是沒標注日期、東扯西扯、長達四頁但有半數文字無法辨識的論文，我爸試圖透過它整理半成形陰謀論的種種思路，並將它們串在一塊。

「整個電玩產業已受到美國軍方的暗中掌控。」他寫道：「電玩產業搞不好是他們創造出來的！為什麼？」

除了自己虛構的「波利比」與「法厄同」插圖之外，他從來沒提供太多證據，就只有他自己想出來的瘋狂理論。

「軍方——或軍方的某個祕密組織正在用各種方法追蹤全世界的高分玩家，為他們建檔。」接著他提出一個例子，「動視」（Activision）的高分繡片。

在八〇年代，電玩遊戲公司「動視」曾發起一個大受歡迎的宣傳活動：玩家只要寄送自己獲得高分的證據（用拍立得拍螢幕上的高分）回公司，就可以獲得酷炫的繡片作為獎勵。我爸相信「動視」的宣傳活動其實是巧妙的詐術，目的是取得世界級高分玩家的姓名與住址。

我爸在這項目的最後面用不同顏色的筆加了一句：「現在有了網路，要追蹤菁英玩家更容易了！這就是發明網路的原因之一嗎？」

當然了，我爸始終沒機會詳談一件事，那就是軍方究竟要招募世界各地的電玩高手去做什麼？不過他畫出的時間軸和筆記本內文章指向各種和外星訪客（有的友善，有的帶著敵意）相關的遊戲、電影、節目，散發出不祥的氣息：「太空侵略者」、「E.T.外星人」、「突變第三型」、「衝向天外天」、「第五惑星」、「異形」、「無底洞」、「異形帝國」、「極度空間」……

我用力甩頭，彷彿可以把那些瘋狂的念頭甩掉似的。

將近二十年前，我爸在筆記本寫下這些玩意兒。而這二十年來，沒有任何政府主導的電玩陰謀遭到揭發。因為整個想法只是我爸過度發達的想像力（甚至可說是邊緣性妄想）製造出來

---

12「小子難纏」裡的宮城先生對丹尼爾下的指令。

的。這老兄成長過程中太想成為路克．天行者或安德．維京[13]或亞歷士．羅根[14]了，所以才編造出那個內容詳盡、天馬行空的幻想，他就是希望事情如此離奇。

我接著告訴自己，八成是同一種不切實際的流浪癖觸發了我的幻覺，我才看到了長刀戰鬥機。甚至還有一種可能，就是我手中這本筆記本的內容催生了學校的那個小插曲。也許這幾年來，我老爸那番陰謀論的相關記憶一直在我大腦的角落堆放著，遭到我的遺忘。它就像棄置的一箱炸藥，外洩硝化甘油到我的潛意識內。

我深吸一口氣，慢慢呼出，從這個蠢到家的自我診斷獲得慰藉。沒什麼嘛，只不過是我遺傳來的神經失常稍微加劇而已，原因是我花了一輩子在注視已死的老爸，還自發性地暴露在過量的科幻作品中。後者跟前者脫不了關係就是了。

而且我最近真的花太多時間在打電動了——尤其是打「艦隊」。每到週末，我都沒日沒夜地打，甚至蹺過幾次課，就為了玩亞洲伺服器的菁英任務，任務開放時間是美國的白天。我顯然玩得太過頭了，而且這狀態維持了好一段時間。不過要補救很簡單，只要直接停止攝取就行了，停個一陣子讓我思緒恢復清晰。

我坐在滿是灰塵的閣樓，默默發誓：接下來整整兩個禮拜，我都不會碰「艦隊」——當然了，我今晚還是要按照計畫解菁英任務，解完才開始算。我根本不可能拋下任務，沒得選。菁英任務一年只會開放幾次，而且通常會揭露遊戲故事線的新展開。

事實上，我過去整個禮拜都在為今晚的「艦隊」任務做練習和準備，玩得甚至比平常還兇。我八成連做夢都夢到長刀戰鬥機了吧，也難怪我開始連清醒時都會看到它的幻影。我真的需要停一停，休息一下了。之後一切都會好轉的，我會好轉的。

我把這些句子掛在嘴邊，像碎念箴言似的，這時我的手機發出「嗶」一聲警示。靠！我在上面鬼混太久了，要拖到正事了。

我起身，將我爸的筆記本扔回它的瓦楞紙棺材內。真的夠了，我不該繼續活在過去——尤其不該活在我爸的過去。他的許多舊玩意兒都已遷移到我樓下的房間裡，如今我發現那數量大到令人尷尬。我的房間根本是他的記憶聖殿。我應該要立刻長大，將一部分垃圾（甚至全部）搬回這裡，我發現它們的地方。它們應該待的地方。

我帶上身後的閣樓門，告訴自己：今晚就開始動手。

---

13「戰爭遊戲」主角。
14「星際戰士」主角。

# 3

我將車開進「基地」所在的半廢棄商圈停妥。再往旁邊走幾個停車格，便會看到我老大雷的一九六四年紅色福特Galaxie，那是他驕傲與喜悅的來源，吃油吃得很兇，保險桿上有張貼紙：星艦船長衝動行事。

一如往常，其他顧客停車格幾乎都是空的，只有「泰」前面的幾部車例外。泰是商圈盡頭的泰式餐廳，名字取得很沒有辨識度，雷和我在那裡外帶過非常大量的食物。我們幫它取了一個綽號叫「泰戰機」，因為招牌上的大寫H中央有個圓形凸起，使字母顯得像搭載雙離子引擎的帝國戰機。

裝在王牌星際基地入口上方的招牌更別致一點。雷將它設計成真正的星際基地衝出建築物磚造立面的模樣，在上頭花了一大筆錢，但它看起來真的帥翻天。

我推開前門，雷設定的電子鈴聲便響起了，是「星艦迷航記」原版電視劇集中艙門滑開的音效，聽了會產生跨入企業號艦橋的錯覺。每次上工時聽到這音效，我還是會露出微笑，今天也不例外。

我走進店內，而天花板上那兩把玩具雷射砲塔將砲口轉過來鎖定我。驅動它們的是簡陋的動作感應器。雷在砲塔旁邊的牆面上貼了一個告示牌：警告！偷竊者若被抓到，將會被渦輪雷射砲炸得粉身碎骨！

雷坐在櫃檯後方的老位置，駝背窩在打電動專用的老舊超頻電腦「大屁股」前面，他的左手在鍵盤上舞動，右手點滑鼠。

「札克回來作戰了！」雷大吼，眼睛仍盯著遊戲畫面：「學校如何啊，老弟？」

「平平淡淡嘍。」我隨口扯謊，走到櫃檯後方。「今天生意如何？」

「零零散散嘍，我們就愛這樣嘛。」他說：「要不要來片豐洋？」

他向我遞出一大包假冒洋蔥圈的零食，禮貌起見，我拿了一片。雷似乎是靠攝取高果糖垃圾食物和老電玩維持生命，你很難不喜歡這老兄。

在我年紀還不夠大、無法開車的那幾年，我每天放學都會騎腳踏車到王牌星艦基地去，不為什麼，就只為了跟雷瞎聊懷舊電玩，殺時間等我媽從醫院下班。他可能覺得我們志同道合，或只是單純受夠我這鑰匙兒長期跑過來鬼混？總之他問我要不要來打工，而這提議讓我爽翻天了——當時我甚至還不知道櫃檯人員助理的工作內容是百分之十的正事，百分之九十的時間是陪雷鬼混，在營業時間內打電動、說笑話、吃垃圾食物。

雷有次告訴我，他開王牌星艦基地只是為了「找樂子」。他在網路蓬勃發展期靠投資科技股賺了一大筆錢，如今想主掌專屬於自己的阿宅巢穴，享受提早來臨的退休生活。在這巢穴中，他每天都和臭味相投的客人打電動、聊電動。

他總是說，店賺不賺錢他根本不在乎。這是件好事，因為它實在賺不到什麼錢。雷用過高的價錢收購我們手上的舊遊戲，然後立刻標上更低的價錢上架銷售。他不管賣什麼東西都開特價，一天到晚都在促銷。他從來不提高價錢賣主機、搖桿、硬體，根據他的說法，這是為了「提高顧客忠誠度，為電玩產業宣傳」。

雷的顧客服務也做得很糟。他打電動打到一半，如果有客人要結帳，他會叫客人等他打完。他結帳時如果覺得客人買的遊戲太鳥或太沒難度，也會對那些遊戲閒言閒語。我還看過許多客人被他的高談闊論嚇跑，從作弊碼到麥田圈都是他鬼扯的範圍。他似乎不在乎這些粗魯的行為害他沒生意，但我在乎。這導致我們的雇傭關係變得很奇怪，因為通常是我這個員工不得不訓老闆：你應該要對客人更有禮貌一點。

我從抽屜挖出我的王牌星艦基地名牌，別到身上。雷幾年前開了個玩笑，把他自己的綽號寫到我的名牌上，使名牌上的句子變成：你好！我的名字是札克出擊。他不知道我國中發生那次「事件」後，同學幫我取的綽號也是「札克出擊」。

我站在櫃檯拖拖拉拉了幾分鐘，然後強迫自己走向另一部巨大的銷售業務用電腦「小莓果」。我點了幾次滑鼠，打開搜尋引擎，瞄了雷一眼，確定他沒在看我之後，才輸入以下關鍵字：奧勒岡州，比弗頓，UFO，飛碟。

唯一跳出來的搜尋結果是飛碟披薩，本地的一家餐廳。地方電視台或報紙的網站最近都沒刊出目擊飛碟的消息。如果有人看到那艘太空船，顯然他也還沒向媒體通報。還是說，有人通報，但大家都不認真看待呢？

我嘆了一口氣，關掉瀏覽器視窗，又瞄了一眼雷。如果說世界上有人能聽我聊長刀戰鬥機的幻影，那個人就是雷了。雷似乎相信世界上發生的所有事情都或多或少和羅斯威爾事件、五十一區或第十八號機庫有所關聯。他曾經在各種場合對我說，他相信外星人幾十年前就跟人類進行了第一次接觸，但這麼多年來我們的領袖一直隱瞞事實，因為「地球上的順民」還無法接受真相。

不過隱瞞飛碟的存在和外星人綁架事件是一回事，看到暢銷電玩中的虛構外星太空船在家鄉嗡嗡飛又是另一回事。相較之下，最瘋狂的羅斯威爾陰謀論都顯得理性。再說，我又該如何走向雷，當面對他說，我看到蘇布魯凱長刀在我們鎮上飛來飛去？尤其他此刻就在跟那支虛構的外星種族對戰啊。

我走近他，抓了一個可以更清楚看到那巨大螢幕的角度。雷正在玩「堅地」，那是他幾年來幾乎毫不間斷在玩的第一人稱射擊遊戲，在玩家之間非常有人氣，它的發行商和「艦隊」是同一家，叫混沌地形。兩款遊戲採用相同的設定：在近未來，地球遭到外星種族「蘇布魯凱」的入侵。他們是來自天倉五的人形烏賊，脾氣極差，不計代價地想要消滅人類，原因一如往常地狗屁——他們想要我們這顆夭壽讚的M級行星，但「共享」這種狗屁不符合頭足類動物的天性。

回顧過去的科幻作品，幾乎所有邪惡外星入侵者的科技都相當進步。蘇布魯凱族就像他們一樣，有能力打造橫越宇宙的巨大戰船，腦袋卻又少根筋，不懂得將無生命的星球轉化成符合自己需求的類地球行星，反而大費周章地試圖征服已有居民的星球——而且還偏偏槓上揮舞核子武器、數以十億計、通常不親近外來陌生人的人猿。不，蘇布魯凱族基於某種原因，就是得拿下地球，而且他們決定在取得掌控權之前就殺光所有人類。幸運的是，蘇布魯凱族就跟許多虛構的邪惡外星入侵者一樣，似乎堅持要用緩慢又沒有效率的方式來終結人類。這些烏賊不乾脆用小行星或殺人病毒或幾顆老派的長程核彈來解決我們，反而選擇發動二戰式的空戰、地面戰攻勢，讓戰況拖得又臭又長，同時不知怎麼地，還讓他們先進的武器、推進力、通訊科技落入原始的敵人手中。

在「艦隊」和「堅地」中，玩家都要扮演地球防衛同盟的人類新兵，負責運用各種陸基戰鬥無人機來擊退入侵者。地球防衛同盟軍械庫中的每款無人機都設計得很類似外星敵軍款式，能夠跟它們互別苗頭。

「堅地」的重點放在蘇布魯凱族無人機抵達地球後，人類所發起的地面戰。「艦隊」則是隔年發行的空戰模擬遊戲，玩家可遠端操作地球上儲備的防衛無人機去對抗太空中的蘇布魯凱族入侵者，拯救遭到圍攻的地球城市。「堅地」和「艦隊」發行後，成為世界上最受歡迎的兩款多人對戰動作遊戲。我原本是「堅地」的信徒，在它發行後，一玩再玩，不過「艦隊」隔年上市後，就成了我主要沉迷的對象。我每個禮拜還是會和克魯茲、迪赫玩上幾場「堅地」，通常是為了回報他們陪我解「艦隊」任務。

雷也經常在上班時間強迫我陪他玩「堅地」，因此我操作地面無人機的技巧還是很靈光。這點很重要，因為「堅地」中的整體戰鬥技巧得分，會決定每次任務所能操作的無人機尺寸與力量。新玩家只有權操作地球防衛同盟軍械庫中最小、最便宜的戰鬥無人機，不過隨著等級和技能提升，玩家就能操作更大、更高階的無人機——斯巴達懸浮坦克、鸚鵡螺攻擊潛艦、哨兵（十英尺高的超級ATHID，火力更強大），還有地球防衛同盟最大、最嗆的武器「泰坦戰鬥機甲」。那是一款巨大的人形機器人，像是經典日本動畫裡跑出來的那種。

雷現在剛好正在操控一部戰鬥機甲，而且火燒屁股中。我眼睜睜看著一群外星蜘蛛戰機包抄他。雷射光彈幕毫不間斷，他的機甲最後支撐不住，往後倒向一大棟廉價公寓，壓碎了它。他和我都皺起眉頭——在「堅地」中，無人機如果在戰鬥中造成財物損害，玩家就會受到處罰，無論他是不是故意的。

儘管這遊戲的故事設定採用了許多外星人入侵老哏，但也推翻了不少王道設定。比方說，蘇布魯凱族並不是親自過來侵略地球，而是利用無人機作戰。人類也為自己打造了一堆無人機來反擊。因此，兩方人馬的航太戰鬥機、機甲、坦克、潛艇、地面部隊都是遠端遙控的戰爭機器——由肉身遠離戰場的外星人或人類操縱。

純粹從戰術角度來看，運用無人機來發動跨星球戰爭，比派遣人為操作（或外星人操作）的太空船、飛行器有道理多了。為什麼要叫己方最優秀的駕駛員上戰場，冒生命危險？如今我每次重看「星際大戰」系列電影都會忍不住納悶，帝國的科技已進步到可以撥長途電話到幾光年外的星球去了，怎麼可能沒人想到要打造遙控鈦戰機或X翼戰機？

雷的抬頭顯示器閃著警告訊息：你的無人機已遭到摧毀！接著他的遊戲畫面黑了一秒，一個新訊息才跳出來，說新無人機的控制權已交到他手中。不過他所屬單位的大型無人機和坦克已遭到全數毀滅，雷不得不操縱他們唯一剩下的戰鬥機器：ATHID——武裝戰術步兵人形機。

ATHID的頸部以下看起來跟初代魔鬼終結者一模一樣，完全就是阿諾的生化人肌膚燒光後所剩的裝甲鉻骨骼。不過它們沒有人形的頭顱，取而代之的是裝在裝甲壓克力圓頂內的立體攝影機。每部ATHID的兩隻前臂都裝有迷你高斯砲，肩膀上安著一對導彈發射器，胸口裝甲上嵌著雷射砲。

我從雷的肩後看著他用ATHID的兩把迷你砲殲滅蘇布魯凱蜘蛛戰機的攻勢。這些八腳殺人機器原本在某棟燒起來的公寓大樓屋頂上攻擊他，位置接近他守衛的那座城市中心。此刻他正隨著匆促樂團（Rush）的歌曲〈生命跡象〉搖頭晃腦，這是他玩「堅地」時最愛的作戰背景音樂。雷宣稱，它獨特的節拍跟外星蜘蛛戰機飄忽不定的移動模式完全一致，因此聽這首歌就能更容易地預測敵人的方式和攻擊速率。他還說匆促樂團「電影」專輯的每一首歌都適合拿來對付不同的蘇布魯凱無人機，而我個人認為這只是他掰出來的藉口，這樣他就能一天又一天地持續播放這張專輯。

雷的螢幕上有數十艘蘇布魯凱運輸艦從天而降。他們抵達地球軌道後，便會用這些砲筒灰色的巨大八面體部署地面部隊。八面體設有自動哨兵砲塔，還搭載雷射槍幾乎無法造成傷害的重裝外殼。當然了，典型的電玩遊戲都會幫這些戰艦設定一個醒目的弱點，例如我玩「艦隊」時，得知它們的引擎沒有防護措施，不耐攻擊。這些鑽石形的運輸艦降落速度很快，引起的衝擊足以將它的下半部埋入地底，像一個巨大的尖刺那樣。接著金字塔狀的上半部會開啟，樣子有如巨大的四瓣金屬花朵，然後裡頭搭載的成千上萬部的蘇布魯凱無人機便會湧出，呈現新生昆蟲衝破卵鞘之勢。它們會熱切地吞噬視野中所有的東西。

遠方有一群蘇布魯凱長刀戰鬥機滑過天空，同步傾斜機身轉變航道，像是一群尋找著獵物的食人魚。從上方往下看，長刀戰鬥機的對稱機身很像是雙頭戰斧的斧面，不過從側面看，它的輪廓特別神似老派科幻電影中的飛碟——我看到的幻影並沒有遺漏掉這個細節。

我在玩「艦隊」的三年內摧毀了無數架長刀戰鬥機，先前從來不覺得它們恐怖或不祥。但今天光是在雷的螢幕上看到背景動畫，我就嚇個半死，彷彿它們不只是電腦螢幕上無害、特徵顯著的幾個多角形，而是真的能對我珍愛的事物造成威脅。

雷讓他的 ATHID 奮力跳下燃燒的屋頂，落到蘇布魯凱蛇尾雞上。蛇尾雞是長得像爬蟲類動物的機器坦克，眼睛的部位有雷射砲。雷再度讓 ATHID 大跳躍，旋轉一百八十度，然後朝蛇尾雞那分節的腹部射出巧妙的導彈，一發就擺平了那金屬巨物。機器在下方化為巨大的橘色火球，雷得再次啟動 ATHID 的跳躍噴射裝置才能降落到安全的地方。

「太棒了，中士。」我用遊戲中的地球防衛同盟軍階稱呼他。

「謝謝你，中尉。」他回覆：「我現在使盡全力啊，長官！」

他咧嘴一笑，右手短暫離開滑鼠向我行了個舉手禮，然後回頭專心進行他的戰鬥。

抬頭顯示器的數值顯示，他所屬的中隊已經失去了六部懸浮坦克，一部也不剩，兩部泰坦戰鬥機甲也沒了。他們的庫存只剩七部ATHID，而戰術地圖上一閃一閃的標誌顯示，它們的儲存處正受到一群蜘蛛戰機攻擊。雷的中隊現在是在打一場必敗之仗，這座城市隨時有可能落到蘇布魯凱族手中。不過雷還是老樣子，照打不誤，儘管戰敗的結局已在眼前。這是他最可愛的特質之一。

雷是我目前為止親眼見過的人當中，最頂尖的「堅地」玩家。幾個月前，他好不容易進入了「三六〇」公會，也就是遊戲中最菁英的三百六十名玩家所組成的集團。從那之後，我看他每天都登入「堅地」的伺服器，解一個又一個高階任務。還有，他不需要分心忙學校的事情或寫作業，沒有那方面的負擔，因此可以將醒著的每分每秒都獻給遊戲，登入作戰時間比我、克魯茲、迪赫加起來還要長。

「狗雜種！」雷大吼，拍了他螢幕側面一下。我望過去，看到蘇布魯凱勢力淹沒了他中隊的僅存成員，正在消滅他們的最後一部無人機。幾秒鐘後，雷的最後一部ATHID遭到蜘蛛戰機那鉗子似的下顎壓爛，「任務失敗」的字樣在他的顯示器上閃動，接著跳出一段蘇布魯凱族毀滅紐華克市中心的過場動畫。

「喔，好吧。」他口齒不清地說，然後又塞了一把豐洋洋蔥圈餅到嘴裡，仔細打量城市冒煙的廢墟：「至少只是紐華克對吧？沒什麼大不了的。」

他咯咯笑，撥掉手上的假洋蔥圈粉，粉直接掉到他的牛仔褲上。接著他興奮地衝著我咧嘴大笑。

「嘿，你猜我今天收到什麼了？」他問完話，從櫃檯下方拿出一個大盒子放到我眼前。

如果我是卡通人物的話，我的眼睛一定會跳出眼窩。

那是全新的「艦隊」攔截機飛行控制系統，史上最先進（也是最昂貴）的電玩搖桿。

「不會吧！」我低聲說，盯著亮晶晶的黑盒子上印的照片和資料。「我以為這玩意兒下個月才會上市耶！」

「看來混沌地形決定提早配送了。」他興奮地搓搓手：「要不要拆開這個壞寶貝啊？」

我大力點頭。雷抓起一把拆箱刀，切開紙箱，然後要我扶著箱子側邊，讓他抽出箱子裡的泡棉立方體，遙桿的各種零件都裝在裡頭。幾秒鐘後所有包裝都拆開了，內容物在我們眼前的櫃檯玻璃板上一字排開。

艦隊攔截機飛行控制系統（IFCS）內含一頂攔截機駕駛員的頭盔（內建一組VR眼鏡、降噪耳機、可收起的麥克風）、兩個HOTAS（手動節流閥與操縱桿）裝置，而這裝置又包含全金屬震動觸覺回饋飛行搖桿，和一個獨立的雙節流閥控制器，上頭內建武器控制面板。搖桿、節流閥、武器控制面板上都布滿符合人體工學的按鈕、扳機、壓力計、模式選擇器、撥號盤、八向鍵帽開關，每一樣都能調整參數設定，讓玩家徹底整控「艦隊」攔截機的飛行、導航、武器系統。

「喜歡嗎，札克？」雷瞧我流口水的模樣好一會兒才問。

「雷，我要跟這玩意兒結婚。」

「儲藏室裡有超過一打。」他說：「也許我們可以拿來蓋個金字塔之類的。」

我拿起頭盔掂一掂，對它的重量和細部構造嘖嘖稱奇。它看起來像真正的戰鬥機駕駛員頭盔，傲庫路思裂口虛擬眼鏡的零件根本是藝術品（我家裡有個還像樣的虛擬實境頭戴顯示器，是雷送我的，但已經用了幾年，後來出的顯示器解析度愈來愈高，改良得很快）。

「新頭盔還能讀取你的想法呢，」雷開玩笑說：「不過你得用俄文思考。」

我笑了，並將頭盔放回櫃檯，對抗著想要試戴它的衝動。接著伸出左手，放到節流閥控制器上，右手包覆控制器附屬的飛行搖桿，感受金屬的冰冷。兩者感覺都完美地貼合我的手，彷彿是為我打造的。我玩「艦隊」已經好幾年了，這段期間一直是用便宜的塑膠飛行搖桿和節流閥控制器，完全不知道自己錯過了什麼。自從在「艦隊」論壇上看到ＩＦＣＳ即將釋出的消息後，我的口水就流個沒完。不過價格超過五百美金——就算我能享有九折員工價，還是沒那個屁股。

我的雙手不情不願地滑下控制器，插到口袋裡。「如果我現在開始存錢，夏天結束前也許可以買一台吧。」我含糊地說：「前提是我的爛手機沒跟我討錢。」

雷裝作在拉小提琴的樣子，接著微笑地將櫃檯上的頭盔滑到我手中。

「你可以收下這個，」他說：「就當作我提早給你畢業禮物吧。」他半開玩笑地用手肘頂頂我：「你會畢業沒錯吧？」

「不會吧！」我不敢置信地盯著控制器，接著抬頭看雷：「我是說……對，我會畢業……但你是在開玩笑吧？我可以收下這個？你說真的？」

雷嚴肅地點點頭。「我說真的。」

我好想抱抱他，於是就採取行動了。我的雙手環住他的水桶腰，給了他一個熱情的擁抱。他不自在地笑了笑，拍拍我的背，最後我總算退開了。

「我送你純粹是因為這有助於提升戰績！」他順了順自己的法蘭絨襯衫，然後撥亂我的頭髮作為一種反擊。「擁有自己的飛行控制系統會讓你變成更優秀的攔截機駕駛，雖然你可能已經是頂級的啦。」

「雷，你實在太慷慨了。」我說：「謝謝你。」

「哎呀，別客氣了，孩子。」

多年來，我一直擔心雷失控的利他主義會害他破產，到時候我就得去別的地方找一份真正的工作，只是這阻止不了我收下他最新的一份奢華大禮。

「要不要回戰鬥房試一試？」他指的是店後方的狹窄小房間，裡頭裝了十幾台連線電腦和遊戲主機，客人們可以租下這裡玩區域網路對戰或解公會任務。「你可以在今晚的菁英大任務前先摸透它……」

「不用了，謝啦。」我說：「我應該會等到之後用我家的設備再試。」因為我下次看到長刀戰鬥機朝我飛來時，可能會抓狂或口吐白沫，而我寧願這個狀況發生在只有我一個人的房間內。

他挑起一邊眉毛看著我。「你是怎麼了？」他說：「生病了嗎？」

我別過頭去。「不，我沒病。」我回答：「為什麼這麼問？」

「你老闆剛剛要讓你在上班的地方、工作時間內玩你最愛的遊戲，而你拒絕了。」他伸手摸我的額頭：「你是發燒還是怎麼了嗎，孩子？」

我不自在地笑了，搖搖頭。「沒有，只是……我最近發誓不要在上班時間摸魚摸太兇，不管你怎麼誘惑我。」

「見鬼了，你為什麼要那樣？」

「這是我偉大計畫的一環。」我說：「我要讓你看看我變得多麼負責、可靠，這樣你就會在我畢業後雇用我當正式員工。」

他對著我露出惶惶不安的表情。每次我提到這件事，他都會這樣反應。

「札克，只要我們還開得下去，你要在這裡工作多久都可以。」他說：「不過老實說，你是注定要幹大事的人，你自己也知道對吧？」

「謝啦，雷。」我說，努力不要翻白眼給他看。如果今天發生的事情算是徵兆，那就代表我將來注定要穿拘束衣了，也許還得戴加墊安全帽吧。

「『你逃避不了自己的命運。』」他使出全力模仿歐比王，接著倒回自己的椅子上，用滑鼠開啟新的「堅地」任務。混沌地形製造了種類繁多的「堅地」控制器，包括最暢銷的泰坦控制系統，是我們這裡就有在賣的雙飛行搖桿。不過雷一向只用鍵盤和滑鼠玩遊戲，而且也喜歡2D電腦螢幕勝過VR眼鏡，說他戴VR眼鏡會頭暈。他就跟他那個年紀的玩家一樣，玩遊戲的方法已定型了。

儘管我剛剛對他說了那些話，我還是走向「小莓果」，點開了桌面上的「堅地」圖示。遊戲開頭的過場動畫跳出來了，我差點像往常習慣的那樣點「跳過」，但最終並沒有那麼做。我讓它持續播放，暌違多年地重看一次。

遊戲片頭肅穆的旁白（由摩根．費里曼負責，表現就跟平常一樣讚）簡短地交代了遊戲的大致架構。時間設定在「二十一世紀中期」的某年，大約是天倉五星系來的水棲種族——蘇布魯凱族第一次侵略地球的十年後。從科幻文類的初期開始，大家就流行把外星人的據點設定在天倉五，因為那裡跟太陽系很相似。蘇布魯凱族長得有那麼點像地球的大烏賊，不過多了尖刺觸手形成的頭髮、類似鯊魚的垂直嘴巴，嘴巴四周還有六顆無靈魂的黑眼珠。

遊戲開場畫面接著跳到外星入侵者在抵達地球那天傳給人類的影像，裡頭有蘇布魯凱族領主發出的威脅訊息。我個人的淺見是，威塔數位[15]的設計師把他設計得太有吉格爾[16]味了。那皮膚半透明的灰色生物漂浮在黑暗的水底巢穴中，觸手在背後舒展開，此刻正對著鏡頭說刺耳的母語，聽起來像某種鯨魚的歌唱，如果世界上有熱愛死金屬的鯨魚的話。

幸好有人趕在領主表明邪惡種族的老哏意圖前轉開了英語字幕。

「我們是蘇布魯凱族，」他說：「我們在此宣布，人類這個可悲的物種不值得存活，因此你們將遭到剷除——」

領主的訊息還有一段，但我按下空白鍵跳了過去。重點我都記得：這些壞心、冷酷的墨魚跨越了十二光年的距離前來消滅人類、擊垮所有的必勝客，好將珍貴藍寶石般的地球納為己有。我的任務則是運用帥氣的電玩技能阻止他們，喔耶！請按攻擊鍵進到下一個畫面。

人類與蘇布魯凱族長期抗戰、峰迴路轉的背景故事在網路上都讀得到，不過玩家得在地球防衛同盟的繁複網站群中東挖西找，才能將片段拼湊起來。官方加入這個架空歷史的元素，是為了讓玩家沉浸在遊戲的敘事中。這些網站埋藏的情報指出，蘇布魯凱族發動侵略行動的大約十年前，地球防衛同盟透過某種方式俘虜了一艘完好的外星人太空船，並逆向研究對方先進得不可思議的武器、通訊技術、維生設備、推進科技（似乎在一夜間就完成了），然後建造出全球規模的巨大戰鬥無人機軍械庫，裡頭的無人機和蘇布魯凱族的不相上下。

當然了，遊戲研發團隊根本懶得解釋地球防衛同盟如何在這麼短的時間內完成如此驚人的功績，他們明明還得抵禦蘇布魯凱族利用超進步科技發動的攻擊呀。不過在我看來，你都願意放下疑心，肯相信天倉五來的人形烏賊在過去十年內不斷運用遙控艦隊討伐人類了，還去挖劇本漏洞、挑剔科技方面的描述不精確，就太蠢了吧。尤其這些條件合理化邪惡外星領主的行動，也合理化太空大戰。

我關掉「堅地」程式，打開網頁瀏覽器，叫出混沌地形的網站，點開「關於我」的欄位，快速讀過內容。長久以來，我一直是這家公司的超級大粉絲，算是相當了解他們的歷史。混沌地形由灣區的電玩研發者芬恩・阿波加斯特於二〇一〇年創立，他原本在幫美商藝電開發「戰地風雲」系列，但決定辭掉這份薪資優渥的工作，大膽創業，營運目標非常崇高：打造下個世代的多人連線虛擬實境遊戲。

阿波加斯特聚集了一批創意顧問和承包商，打造出一支夢幻團隊，幫助他將英勇的宣言轉化為現實。許多遊戲產業的閃耀之星受到吸引，紛紛離開原本服務的公司，放下手邊計畫，加入他的團隊。他就只靠一個承諾：他會和他們合力研發全新、劃時代的大型多人連線遊戲。於

15 彼得・傑克森創立的紐西蘭電腦數位特效公司。

16 指H・R・吉格爾，瑞士畫家，曾設計電影「異形」中的外星生物。

是，克里斯・羅伯茲[17]、理查・蓋瑞特[18]、宮崎英高[19]、加布・紐維爾[20]、宮本茂[21]等遊戲界的傳奇人物紛紛投入計畫，擔任「堅地」和「艦隊」的顧問。另外還有數個好萊塢電影人也加入行列，包括詹姆斯・卡麥隆，他貢獻了地球防衛同盟的戰艦設計和機械設計，風格寫實，彼得・傑克森的威塔數位則負責所有遊戲中的劇情動畫。

混沌地形為「堅地」和「艦隊」都量身打造了遊戲引擎，採用的許多程式設計師參與過「戰地風雲」、「決勝時刻」、「決勝時刻4：現代戰爭」等模擬作戰遊戲，還有「星際公民」、「菁英：危機四伏」、「星戰前夜」等空戰、太空戰鬥模擬遊戲。

事實證明，這抄襲意味濃厚、科學怪人式的遊戲開發策略大大成功，產品狂銷。「堅地」和「艦隊」成為了世界最暢銷的多人對戰遊戲，而且背後有很好的理由。簡明易懂、街機感十足的設計使兩款遊戲都容易上手，打好玩的玩家能從中得到樂趣，不過對於我這種每天打電動的玩家而言，它的難度層級也夠多，生猛的遊戲節奏具備挑戰性。兩款遊戲都有高得要命的產品價值，在任何現代遊戲平台上都能玩，包括智慧型手機和平板電腦。最棒的是，遊戲售價並不會太昂貴，就跟大多數大型連線遊戲一樣。當然，混沌地形會向「堅地」和「艦隊」的玩家收取低廉的月費，不過你要是技術了得，能在其中一款遊戲取得軍階，遊戲公司就會停收月費，此後你都能玩免錢的。他們也不會利用虛擬交易平台從玩家那裡榨取額外的金錢。

我關掉視窗，盯著桌面上的圖示，試圖整理想法。在今天之前，我從來沒想過要把混沌地形的外星人入侵劇情和我爸筆記本裡的陰謀論放在一起看。每年都有上百種外星人入侵主題的電影、電視節目、書籍、電玩問世，而「艦隊」只是其中之一。再說，這款遊戲才剛發行沒幾年，怎麼可能跟我爸幾十年前在筆記本裡寫下的玩意兒扯上關係？

但另一方面，政府如果真的想訓練一般市民操縱戰鬥無人機，那麼「艦隊」、「堅地」肯定是他們會製作的大型多人連線對戰遊戲……

幾分鐘後，「星艦迷航記」的艙門音效響起，一票附近高中來的準常客湧入店內，我連忙將我的新頭盔、節流閥、飛行搖桿塞回箱子裡，然後放到櫃檯下方，不讓這些毛還沒長齊的小混混瞄到它們，口水直流。

「歡迎來到王牌星際基地，這裡的遊戲永遠不會結束。」我背出這間店的罐頭招呼語，盡可能拿出熱情的態度：「各位年輕紳士今晚有什麼需求呢？」

17「銀河飛將」等遊戲的設計師。
18「創世紀」等遊戲的設計師。
19「黑暗靈魂」等遊戲的總監。
20 威爾烏公司創辦人，旗下遊戲包括「戰慄時空」。
21 遊戲設計師，曾任任天堂情報開發本部總監，製作過「瑪利歐」系列、「薩爾達傳說」系列。

# 4

我回到家，發現我媽的車停在家門前的車道上。這是個令人開心的驚喜，因為過去一年，她經常都得在醫院超時工作，晚上到家時我已經睡死了。

不過想到她在家裡，我同時又覺得很緊繃，因為她總是會說些令人心煩意亂的話。我年紀更小的時候，深信她具備某種突變的母性讀心術，所以有辦法掌握我的想法，尤其是那些瘋狂的鳥想法。

我發現我媽側躺在客廳沙發上看「異世奇人」（Doctor Who）——她熱愛的電視影集之一，而瑪菲特窩在她腳邊。他們兩個都沒聽到我進門，因此我把「艦隊」遊戲控制器的箱子放到樓梯上，在原地站了一會兒，看著我媽看她的電視。

帕蜜拉．萊曼（舊姓可蘭朵）是我見過最酷的女人，也是最強悍的，她強烈地讓我聯想到「魔鬼終結者」中的莎拉．康納或「異形」中的艾倫．雷普莉。當然了，她這個人也許有些爭議性，不過她如果面臨「魔鬼終結者」中的狀況，非得扛起沉重大砲、擊毀殺戮生化人才能保護子女的話，她也一定會去做，她就是那種單親媽媽。

我媽也美得很誇張。我知道子女稱讚母親漂亮是應該的，不過我媽的美剛好是一個客觀事實。跟辣得不可思議、長期單身的母親一起成長，是一種伊底帕斯式的折磨，少有年輕男子可以理解這種痛苦。有一大票男人不斷被她的美貌衝昏頭，卻懶得理解她這個人。我看著看著有點對自己的性別感到噁心——彷彿我的行李架上擺的心理包袱還不夠多似的。

對我媽老說，獨力扶養我長大是很困難的事，大多數人大概看不出當中的許多面向。首先，她沒有任何來自爸媽的援助。她小學的時候，父親就死於癌症了，接著她信仰虔誠的母親和她斷絕了關係，因為她高中時就嫁給了一個任天堂宅，被那廢物玷汙。

我媽說她母親曾經在我爸死後的幾個月內試圖跟她和好，就那麼一次，結果事情並不順利。我外婆說錯了一句話：我爸的死讓她「因禍得福」，因為她就可以去找個「體面——有前途可言的丈夫」了。

這次談話後，我媽主動和她媽斷絕了關係。

我暗自擔心一件事。對我媽來說，每天盯著我的臉可能就是一種艱苦了。我看起來跟我爸像是一個模子裡印出來的，而且到目前為止，我們兩個的相似性還隨著我的年紀增加。如今，我的年紀愈來愈接近他死時的年紀了。對我媽來說，看著丈夫的生靈每天坐在早餐餐桌另一頭對著自己笑有多可怕呢？我努力不去想像。我甚至有點懷疑那是她過去幾年變成工作狂的原因。

我媽從來沒扮演寂寞寡婦的角色——她經常跟朋友出去跳舞，偶爾也跟人約會，我都知道。不過她似乎會在雙方變得認真前結束關係，而我從來沒想過要問她原因，那太顯而易見了。她還愛著我爸，或至少愛著與他有關的記憶。

我年紀更小時，看到她深深思念我爸的樣子，就會產生某種反常的滿足感，因為那證明我爸媽真的愛過彼此，不過我現在更懂事了一點，開始擔心她會一輩子單身。我不希望我畢業搬走後，她一個人住在這棟房子裡。

「嗨，媽。」我盡可能輕聲說，以免嚇到她。

「喔，嘿，親愛的。」她將電視切成靜音，緩慢坐起身：「我沒聽到你進門呢。」她指著自己右臉頰，而我乖乖上前給了她一個吻。「謝謝！」她撥了撥我的頭髮，然後拍拍沙發，我於是坐到她旁邊，將瑪菲特抱到腳上。「今天過得如何啊，小朋友？」她問。

「還不錯。」我隨性地聳聳肩，強化我的謊言，提高它的可信度：「那你呢，媽？」

「喔，相當好。」她模仿我的語調——還有隨性聳肩的樣子。

「聽到你這麼說真開心。」儘管我懷疑她也在亂扯。她白天都在照顧癌症病患，許多人都已經進入末期了。我不確定她怎麼有辦法在職場上度過快樂的一天。

「你今天不用工作到半夜嗎？」我問：「真是聖誕奇蹟。」

聽到這個家族老哏笑話，她笑了。這家中一年到頭發生的所有事情都是聖誕奇蹟。

「我決定要休息一晚。」她將腳甩下沙發，轉身看著我：「餓了嗎，寶貝？我正在做肉桂法式吐司。」她站了起來：「如何啊？想跟媽一起吃晚餐時段的早餐嗎？」

她的問題讓我的蜘蛛感應[22]起了作用。我媽通常只會在「談正事」時邀請我吃晚餐時段的早餐。

「謝啦，但我上班時吃了披薩。」我稍微後退：「滿飽的。」

她擋到我和樓梯之間，不讓我逃。

「『你不能過！』[23]」她宣告，腳跺了一下地毯，戲劇性十足。

「不久前，你們的副校長打電話給我，」她說：「說你今天稍早蹺了數學課——蹺課前還差點跟道格拉斯．諾契打起來。」

我看著她的臉，把一波怒氣壓了下去，逼自己看她有多擔心、沮喪，而且還試圖掩飾這些情緒。

「媽，我並沒有要找他打架。」我說：「他那時在折磨坐我附近的同學，而且他的霸凌已經持續好幾個禮拜了。我跑出教室是為了阻止自己扯下諾契的頭，那是唯一的辦法了。你應該要以我為榮。」

她盯著我的臉看了一會兒，接著嘆了口氣，親吻我的臉頰。

「好吧，小朋友。」她擁抱我：「我知道困在動物園裡不好受，再撐幾個月你就自由了。你要做自己命運的主人。」

「我知道，媽。」我說：「剩兩個月，我會熬過去的，別擔心。」

「記住，」她咬著下唇補了一句：「你已經不是一個弱者了……」

「我知道，」我說：「別擔心。像那樣的事情不會再發生了，好嗎？」

她點點頭。我看得出來，她正在回想那次事件。我已經向她保證過幾千次，那種事情不會再發生了。

那件事是這樣的：

升上七年級的幾個禮拜後的某天早上，我走在走廊上，經過諾契和他幾個朋友身邊，結果他笑著對我說：「嘿，萊曼！你家老頭真的在爛工廠裡被炸死了喔？他有那麼笨喔？」

我沒扭曲他的意思，每個字都出自他的嘴巴。當時在旁邊的人可以作證。

---

22 指蜘蛛人的超級感官和危險預知能力。

23《魔戒》中巫師甘道夫的台詞。

我的下一段記憶是，我坐在諾契胸口，低頭盯著他動也不動、沾滿鮮血的臉龐，同學們不和諧的尖叫包圍著我。接著我感覺到幾隻強壯的手臂纏住我的脖子和身體，將我往上拉，拖離諾契。為什麼我的關節這麼痛？為什麼諾契在我眼前那片打過蠟的大理石地板上縮成一團，旁邊都是血？我納悶。

後來他們說我「像野生動物」那樣攻擊他，打到他失去意識。他們說我在他癱倒後還繼續扁他。

最後似乎來了兩個男學生加上一個老師才總算把我架離他。

諾契輕微腦震盪、下顎骨折，在醫院休養了好幾個禮拜。我受到的處罰算是相當輕——停學兩週，該學期剩下的時間都得接受強制的憤怒管理療程。我還得到「札克出擊」這個綽號，還有「班上的瘋子」這個永久的地位。

事件發生時那十秒的記憶空白比我受到的處罰要可怕多了。從那之後開始，我幾乎每天都得問自己：如果當時沒人在場阻止我，會怎樣？

諾契八成是在網路上瞄到我爸以前在報紙上刊登的訃聞，你搜尋他的名字就只會跳出那個項目。我媽和爺爺奶奶在我還小的時候堅持不透露他死亡的細節，我對此非常感激。因為我第一次讀到那篇訃聞後，它就在我腦中揮之不去。我到現在都還背得出每一個字：

**比弗頓人死於汙水處理廠意外**

《比弗頓谷時報》——二〇〇〇年十月六日

週五早上九點左右，該市南河路汙水處理廠發生一起意外，導致一名比弗頓男子喪生。死者名為札維爾．尤里西斯．萊曼，十九歲，家住矢車菊大道六〇三號，在比弗頓市工作。萊曼在儲存槽附近工作時，吸入機械未偵測到的外洩沼氣而昏迷。據調查人員推測，暴露在外的電路產生火花，點燃沼氣引發爆炸，導致萊曼當場死亡。萊曼終身居住於比弗頓市，身後遺有妻子帕蜜拉和兒子札克瑞。葬禮安排——

「札克，你到底有沒有在聽我說話？」

「當然有，媽。」我說謊：「你剛剛說什麼？」

「我說你的就業顧問羅素先生也傳了語音訊息給我。」她雙手盤在胸前：「他說你前兩次求職諮詢時間都沒去。」

「抱歉——我一定是忘了。」我說：「我下次一定會去，好嗎？我保證。」

我試著從她身旁鑽過去，但她擋住我的去路，又在我面前跺了一次腳，假裝自己是甘道夫，而我是炎魔。

「你終於做出決定了嗎？」她對我使了個眼色。

「你是說，我決定好往後人生要做什麼了嗎？」

她點點頭。我深呼吸，說出我最先想到的句子：「呃，這件事我想了好一陣子。經過謹慎的思考，我決定我不要買任何東西、賣任何東西或加工任何東西。」

她皺眉，搖頭表示不同意，但我繼續說下去：「是這樣的，我不想把那些事當作工作。我不要買別人賣給我的、加工給我的任何東西，我不要賣買來的、別人加工過的任何東西——」

「——也不要加工別人賣給你的、你買來的、加工過的任何東西。」她打斷我，把我的話說完：「你以為你惹到的是誰？洛依德，洛依德，全都不算數[24]？」

「被你逮到了。」我舉起雙手，表示我有罪：「我會變成這樣，都是因為你逼我看七百萬次那部電影。」

她雙手盤到胸前。

「札克，你大學基金裡的錢，比任何學校四年學費加起來都還要多。你可以去任何想去的地方——愛讀什麼就讀什麼。你知道你有多幸運嗎？」

是啊，我很幸運，說得對。當我仍是個嬰兒時，媽就開始幫我存大學基金了。她用我爸的死亡撫卹金買下這棟房子後，剩下的一部分也存到那基金裡頭。這些錢也夠支付她護理學校的學費。

很幸運，對吧？

想聽另一個幸運的故事嗎？我爸的屍體在爆炸中燒得面目全非，法醫得用他的牙醫就診記錄才能辨識屍體，我媽就不用親自去停屍間認屍了。

一個家庭可以走運到什麼地步啊？

「你有沒有考慮過我們上次討論的事？」她問：「你答應過我的，我說你可以像麥可・克魯茲那樣去大學學做電玩遊戲，你說你會考慮看看，不是嗎？」

「媽，我擅長的是打電動。」我說：「不是製作遊戲。只有擅長程式語言或電繪的人才可以去製作遊戲，但我在這方面爛透了。」我嘆氣，盯著自己的腳。

「重要的是，你愛電玩遊戲。」她說：「其他部分你會找到解決辦法的，也會享受那過程。」她微笑，觸碰我的臉。「我沒說錯，你自己也很清楚。你從爸媽兩邊都繼承了遊戲宅的基因。」

她說得對。外人現在看不出來，不過我媽年輕時也是重度遊戲玩家，迷「魔獸世界」迷了好幾年。她現在算是玩票性質的遊戲玩家，不過偶爾會跟我一起解「堅地」任務。

「有些人不是會收錢幫人測試遊戲嗎？」

「對，這種人叫遊戲品管測試員。」我說：「這工作聽起來很棒，其實爛透了。薪水少，工作內容就是一直玩同一款遊戲的同等級關卡，玩個幾千、幾萬次來抓程式漏洞。我要是做這個會發瘋的。」

她嘆氣，點點頭。「是啊，我也會發瘋。」她壓低音量悄悄說，彷彿要密謀什麼，接著又微笑起來。「札克，你也知道。」她說：「你就算不曉得要學什麼，還是可以先上大學，你只要修各式各樣的課程，看什麼會引起你的興趣就行了。你最後會知道自己想做什麼。」

我微笑，共且點頭表示同意，但她還是不肯罷休。

「親愛的，我不是要對你施壓。」她說：「我只是希望你有個計畫。」

「我目前的計畫是，」我緩慢地對我媽說：「繼續在王牌星艦基地工作，也許會從兼職轉正職——」

「札克，那是學生放學去做的工作，不能放進長期職涯計畫裡。想想看五年後的狀況吧，大家都從大學畢業、開始工作了，而你——」

---

24 電影「情到深處」中的台詞。

「我還是會整天坐在離我畢業學校五條街遠的地方，做我十六歲就開始幹的爛零售業工作？」我幫她把話說完。

「沒錯。」

我試圖表現出受傷的模樣。「我發現你的不信任讓我很難受。」

「先生，如果你不停止到處瞎搞、開始認真替未來著想，我的腳就會踹上你的屁股，讓你很難受。」

「聽到『先生』，我就知道你是非常認真在講這些話。」我說。

「我不覺得你一定要上大學，親愛的。你可以進修道院！你可以加入和平工作團！你可以加入他媽的X戰警——你想做什麼我不管，你只要有找事情做就行了，好嗎？」

我假裝欣慰地大嘆一口氣。

「既然是這樣，我可能會逃家然後加入馬戲團。」我說：「我可以先學猜體重的把戲，之後也許可以一路升到瘋狂旋轉椅操作員的位置。」

「我覺得你牙齒掉得不夠多，沒辦法幹那一類工作喔，鬼靈精。」她開玩笑地推了我一把：「我不是想要整你，遊戲高手。我只是希望你能過最棒的生活，你聰明又有才華啊，親愛的。你可以做大事。」她盯著我的眼睛。「你自己也知道，對吧？」

「是啊，我知道，媽。」我說：「試著放寬心，好嗎？」

她皺眉，繼續擋著我的路，雙手盤在胸前，表示我無法輕易過她這關。但就在這時，上天給了我一份禮物。我的手機響了，告知我收到了一個新訊息。我從口袋中翻出手機，看著螢幕：**緊急提醒——來自地球防衛同盟的命令——萊曼中尉，你必須在太平洋時區晚間八點登入**

**遊戲，執行任務。**

我同時看到克魯茲和迪赫分別傳了一大堆訊息給我，問我今天班上那到底是什麼鬼狀況，也問我會不會按照預定解「艦隊」任務。

「抱歉，媽，我得用跑的了！」我舉起手機，彷彿它是某種通行證：「我會來不及解我的『艦隊』任務——幾分鐘內就要開始了！」

「是啊，是啊。」她翻了個白眼：「我知道，要來不及玩遊戲了。」她退到一旁：「去吧，打倒它們吧，獨行俠。」

「謝啦！」我快速親了她臉頰，短暫地紓解了她深鎖的眉頭。接著我抓起「艦隊」控制器的盒子衝上樓梯，跑過走廊，急著想回到我安全的臥室，穿過門後的通道前往另一個現實。

但我媽的聲音比我的腳步還快，她吼出的最後警告在我進入中立區前搶先鑽進我耳朵裡。那句話我從小聽到現在，已經聽了無數次，而且通常會讓我對她翻白眼。不過這一次，她的話語帶給我貨真價實的恐懼。

「甜心，我知道『未來』有時候聽起來很恐怖，但你沒有辦法逃避的。」

# 5

我鎖上門，背靠門板，媽的警告還在我耳朵裡迴盪——你無法逃避未來。我看了幾眼房間擺設，第一次為自己的布置方式感到羞愧。牆上的海報、架上的書、漫畫、玩具，幾乎全都是我已故父親的所有物。我甚至不能將這房間歸類為「父親記憶的神殿」，因為我根本不記得他的事情。這更像是博物館的展示——一個悲傷的爛攤子，獻給我過去不認識、將來也不會認識的男人。

難怪我媽總是避免踏進這裡，看到這些擺飾，她可能會體驗到兩、三種不同的心碎方式。一支小模型太空船艦隊以釣魚線垂掛在天花板下方，我在房間內經過它們時，會用指尖撥動每一個模型。首先是星艦企業號，然後是「異形」裡的蘇拉科號，接著還有X翼、Y翼戰機、千年鷹號、「太空堡壘」（Robotech）的變形戰鬥機——最後是一輛塗裝仔細的「星際戰士」槍星戰機。

我放下百葉簾，房間霎時陷入一片黑暗，只有我角落的老舊遊戲椅被一道狹長的月光打亮，那光芒像是來自異界。我一屁股坐到椅子上，唱出〈命運的對決〉[25]前五小節，表現出我的迫不及待：登登答答答！

我抓起布滿灰塵的遊戲控制器，拔掉舊塑膠飛行搖桿和節流閥控制器的線，也拆下我笨重的第一代虛擬實境頭盔（上頭纏了一大堆黑色絕緣膠帶才沒散掉）。將舊裝備放到一旁後，我開始將新入手的攔截機飛行控制系統的各個元件插好，擺到我椅子四周：沉重的金屬飛行搖桿放到我正前方、雙腳間的舊牛奶木條箱上，分離式的節流閥控制器放到平坦的椅子扶手上，左手一伸就能操作。

如此擺放是為了重現遊戲中所見的攔截機駕駛艙內部構造，這是我自己的星艦模擬裝置。坐在這裡頭，我想起自己小時候在電視前用沙發抱枕堆出的太空船駕駛艙，希望任天堂64的「星際火狐」（Star Fox）玩起來更有身歷其境的感覺。我播放我爸的舊錄影帶時，看到一支雅達利「宇宙方舟」（Cosmic Ark）的廣告，裡頭的小朋友就會這樣做，我因此得到靈感。

新控制器安裝完畢後，我讓手機和「艦隊」虛擬實境戰鬥頭盔內建的耳機連線，叫出我的「洗劫街機」歌單。我先前在我爸的那堆舊東西中發現一捲老舊的類比自製錄音帶，我爸還細心地在標籤上手寫出歌單的名字，後來我製作了那份歌單的數位版播放清單。我根據標題猜想，這些應該是他打電動時最愛聽的音樂，而我從小到大也都聽這些音樂打電動。因此，聽我爸的數位版復古戰鬥配樂合輯，已成了我「艦隊」遊戲儀式中的基礎元素。如果不放「洗劫街機」播放清單當作背景音樂，我的準頭和遊戲節奏必定會亂掉，因此我每次開始解任務前一定會叫出它。

我戴上冒牌的攔截機駕駛員頭盔，調整內建的降噪耳機，讓它完全覆蓋住我兩邊耳朵。調整虛擬眼鏡到戴起來舒適的程度後，我按下按鈕叫出頭盔的可內收式麥克風——這設計毫無意義，但你無法否認它很酷。接著我收起又叫出麥克風好幾次，聽取零件發出的聲音。

遊戲讀取完畢後，我花了幾分鐘設定新節流閥和飛行搖桿控制器上的按鈕組態，然後登入

25「星際大戰」中的音樂。

「艦隊」多人玩家伺服器。

我立刻檢查地球防衛同盟駕駛員排行榜，看我的名次有沒有在上次登出後下滑。結果我那個遜得很酷的呼叫代號還在原本的地方，第六名。我已經占據那位子兩個多月了，但我每次看到排行榜還是會有點震撼。我的名次在前十，旁邊都是遊戲裡最知名（以及最惡名昭彰）的玩家。我快速地看了一遍那些代號，它們的排列順序已經對我產生某種熟悉感。

01. 紅色搖擺
02. 大嘉力
03. 打完刪
04. 毒蛇
05. 羅斯坦
06. 鋼鐵米格魯
07. 伙計
08. 瘋江
09. 原子媽
10. 庫什大師5000

這幾年來，我幾乎每天晚上都會看到這十個呼叫代號，但我對他們的真實身分一無所知——也不知道他們住在哪裡。除了幾個在學校和店裡認識但交情不深的人之外，我真正在現實生活中見過面的「艦隊」玩家，就只有克魯茲和迪赫了。

這遊戲有超過九百萬個活躍玩家，分布在世界各地數十個國家，因此一路爬到前十強並不是簡單的事。儘管我有別人所謂的遊戲天賦，我還是花了超過三年的時間，每天練習，才擠入前一百強。跨過那門檻後，我似乎終於找到了自己的節奏，在接下來的幾個月以彗星般的速度爬升到前十名，同時也提高了地球防衛同盟軍階，獲得一次又一次的戰場升遷，一路升到中尉。

我知道「艦隊」只是一個遊戲，不過我做其他事從來沒達到「頂尖中的頂尖」境界，這成就帶給我真實的自豪。

老實說，奉獻給遊戲這麼多時間導致我的學期平均成績一落千丈，八成也賠掉了我和艾倫的關係。不過我提醒自己：我已經決定要改過自新了。解完今晚的任務後，我至少要休息整整兩個禮拜，不去碰「艦隊」——就算這會犧牲我排行前十的地位。我告訴自己，這沒什麼大不了的。爬得愈高，會有愈多人說閒話，愈容易被友軍暗算，還得忍受其他玩家指控你作弊。

舉個好例子——目前排行前五的「艦隊」駕駛員輕輕鬆鬆就成了這款遊戲短暫歷史中最惹人厭的玩家，一方面是因為前五名的駕駛員可以為自己的無人機「畫」上多彩的客製化配色，這是一種尊榮。其他人只能操作普通、老舊的鋼鐵機器。因此前五強玩家有個綽號叫「飛行馬戲團」。

許多在混沌地形論壇的發文者似乎相信前五強駕駛員不可能是真人，因為他們的技術實在太好了，只可能是ＮＰＣ機器人或混沌地形的員工。其他人則提出不同的理論，說他們是菁英主義公會，因為這五個人從來不回覆訊息，也不接受遊戲內的聊天邀請。當然了，這也許是因為新手成天指控他們作弊，透過某種玩家端的駭客技術進行自動瞄準，或把護盾的能源存量改成無限。不過那都只是鬼扯和酸葡萄心理。我在「自由參加制殊死戰」伺服器已經跟紅色搖擺（別名「紅男爵」）和其他飛行馬戲團成員正面交鋒超過一年，從來沒看過任何跡象顯示他們開外掛。他們就只是比其他人厲害罷了。事實上，研究他們的動作、向他們學習，就是我爬進前十名的方法。不過我還是感覺到他們普遍散發出高傲自大的氣息，令人不快——尤其是紅色搖擺，他有個令人火大的習慣。他在遊戲中玩家對玩家練習模式打倒敵手時，每次都會傳同樣的訊息給對方：不客氣。

這三個字會在你的螢幕上閃動，伴隨著令血液沸騰的「嗶！」一聲。紅色搖擺顯然設定了一個指令，使那訊息在你戰艦炸成碎片的下個瞬間射向你，像飛彈一般。等於是在傷口上撒鹽。我也知道他（或她）為什麼要這麼做。這是戰術的一部分，目的是要激怒敵手，使他們在操作其他戰艦捲土重來前步調大亂。這招很有效，對任何人都有效，包括我。不過總有一天，我的十字瞄準器會逮到紅色搖擺，到時候就輪到我傳惱人的訊息了：不，不，不，紅色搖擺，不客氣。

當然了，現在我也一天到晚被人指控說我開外掛。就像我老闆雷．威伯斯基說的：「當一群屁股被踹到哀哀叫的屁孩開始指控你作弊，用這種方式排解慘敗在你手中的痛苦時——你就知道你真的稱霸一個遊戲了。」

我叫出朋友清單，發現克魯茲和迪赫兩人都已經登入了，他們的玩家排名列在呼叫代號下面。克魯茲（他的代號是「果瑟」）目前排名6791，迪赫（別名「迪呵」）排行7445。他們的「堅地」玩家排名比這高多了，但兩人還得再拚一段時間，才能像雷那樣擠入三六〇公會。

我打開頭盔麥克風，加入果瑟和迪呵的私頻對話。

「你還不承認你錯了？」我登入時，克魯茲正在大吼。

「我就說了，你的『神力女超人』論點什麼也證明不了！」迪赫說：「對，天堂島的黛安娜公主確實在某幾期詭異又鬼扯的跨界故事揮了雷神之鎚！但那只證明我的說法正確啊，克魯茲！你認為神力女超人會有揮動刺針結果被抓包的那天嗎？」

「不會。不過她是超級英雄，超級英雄是不用刀劍的，對吧？」克魯茲說這話之前顯然沒想清楚。

「超級英雄不用刀劍？」迪赫的語氣歡欣鼓舞：「那夜行者（Nightcrawler）呢？還有死侍、黑天使（Electra）、碎星（Shatterstar）、綠箭俠（Green Arrow）、鷹眼（Hawkeye）——喔，還有刀鋒戰士（Blade）和武士刀（Katana），這兩個超級英雄的名字根本就是從刀子來的！喔，金鋼狼還有一把愚蠢的村正武士刀，是用他一部分靈魂鍛造的。這設定實在是鳥到不行，但作為魔法武器還是比刺針酷多了！」

「很抱歉打斷你們，兩位女士。」我說：「我認為你們應該要接受意見分歧這種事。」

「鋼鐵米格魯！」克魯茲發出呼喚：「我沒發現你登入了！」

「你遲到了，蠢蛋。」迪赫說：「克魯茲不停在扯神力女超人，不肯閉嘴！」

「我來得很準時。」我說：「還要等個三十秒，任務簡報才會開始。」

「你今天和尊爵不凡的諾契先生到底他媽的是怎麼了？」迪赫故意用德國口音說。

「什麼也沒發生，」我說：「因為我早早閃人了，任何事情都沒機會發生。」

「呃，下課鐘響後，他在那群白痴朋友面前發出各種威脅，都是衝著你來的。」他說：「大概就是，『他的眼神中充滿復仇的怨念』那種感覺，還做了相應的計畫。」

我清了清喉嚨。「時間不多了，我們來聊任務吧，兄弟們。」

「如果這次又是被斷訊器擺平，我就要退出嘍，兩位。」克魯茲說：「我要拋下『艦隊』改玩『堅地』，我是認真的，兄弟們。」

「你是怎麼了，果瑟？」我問：「不覺得遊戲中的挑戰很有趣嗎？」

「我覺得平衡度設計得好的遊戲比較有趣。」克魯茲回答：「我不是被虐狂，不像你。」

我一時之間有股衝動想為這款遊戲辯護，但要提出反駁實在很難。斷訊器是蘇布魯凱族在遊戲最近一次更新後公諸於世的全新強大武器，能夠阻斷地球所有防衛無人機的量子通訊，讓它們變得毫無用處。過去幾個月來，最熱中於此遊戲的玩家（包括我自己）都在找方法解除斷訊器的防護系統、摧毀這該死的玩意兒。但到目前為止的結果證明，蘇布魯凱族新開發的超級武器是無法破壞的，因此遊戲中的某些高階任務等於無人能解。

一大堆人抱怨混沌地形破壞／毀滅了自家遊戲，批評像無盡的彈幕般射去。儘管如此，官方還是拒絕將斷訊器從敵人的軍械庫中刪除，或調弱它，讓它變得比較容易摧毀。因此，有許多「艦隊」玩家叛逃改玩「堅地」。「堅地」任務中從來沒出現過斷訊器——可能是因為這玩意兒登陸後，地球防衛同盟的地面部隊根本無法阻擋它。

「這是新任務。」我說：「樂觀點，搞不好裡頭不會出現斷訊器。」

「是啊，」迪赫說：「搞不好那些惡魔變出了更要命的東西。」

「還有什麼任務會比對付斷訊器更糟？」克魯茲說：「在一個小行星領域內對上兩個博格方塊，同時還得摧毀死星[26]？」

「克魯茲，」迪赫立刻插嘴：「我強烈懷疑博格人或——」

幸好我們的耳機這時都響起了警報聲，代表任務簡報開始了。所有數據視窗全部消失了，我發現自己坐在一個塞滿人的簡報室中，克魯茲和迪赫的操作角色果瑟和迪呵穿著制服在我左右兩側。我們的角色造型都經過自訂調整，看起來跟本人隱約相像——但高了點、壯了點，膚色也不那麼蒼白。最後一刻才連上線的玩家角色浮現在我們四周一圈又一圈的座位上。

在「艦隊」虛構的近未來世界裡，克魯茲、迪赫、我駐紮在遠端月面最高機密軍事前哨基地——月面基地阿爾法，他們兩個都是低階士官，而我有玩家夢寐以求的尉官頭銜。

虛擬簡報室的燈光昏暗下來，地球防衛同盟的紋章出現在我們眼前的螢幕上，旋轉著。紋章淡出、消失後，地球防衛同盟最高階軍官阿奇博·凡斯司令接著現身，大家都對他的面孔感到熟悉。混沌地形請來的演員優秀到了極點，他臉上的鋸齒狀疤痕和眼罩若放在其他人身上可能會顯得太誇張，但他不知為何就是駕馭得很好，撐得起整個造型，讓你相信他真的是一個身經百戰的軍隊司令官，以疲憊但堅定、不屈不撓的態度面對著勝率近乎於零的戰局。

「駕駛員們，晚安。」螢幕上的司令對著大家說：「今夜的任務並不容易——但我知道你們當中有許多人從戰爭初期就期盼、等待著這一刻。多年來，這些外星入侵者無端發動了數不清的戰爭，人類吃盡苦頭。不過我們現在終於要主動反擊了。」

司令的嘴角上揚，隱約形成一個微笑——對我來說，這是他長久以來最像在表露情緒的一刻。

---

26 博格方塊出自「星艦迷航記」，死星出自「星際大戰」。

「今晚，我們終於要攻擊他們老家了——我可沒在誇大。」

司令的臉縮小、移動到螢幕右上角，螢幕的大半面積顯示出一艘船的構造圖。我從沒看過那艘船，但它有點令我聯想到「異形」的蘇拉科號，細長、覆蓋著裝甲的船身看起來像飄浮在虛空中的大口徑機關槍。

「這是地球防衛同盟的第一部星際無人機運輸機『ＳＳ杜立德』。它以接近光速七倍的速度飛行超過兩年後，終於抵達了目的地，也就是你們這次任務的標的，敵軍母星蘇布魯凱。」

「總算來了！」克魯茲對著通訊頻道大吼，跟我的反應完全一致。

「艦隊」先前的任務全都以防衛為重點，遊戲中的活動範圍也有限，玩家總是在我們自己的太陽系內戰鬥，而且戰場經常就在地球上，例如主要都市的上空，或遭受蘇布魯凱族攻擊的軍事前哨基地，儘管我們也曾在火星軌道外、主小行星帶邊緣的附近跟他們正面交鋒，遠端月面上也曾經有戰鬥。這是我們第一個主動攻擊任務——而且要直搗他們的母星。

「杜立德一抵達蘇布魯凱的軌道，」司令接著說：「便會解除隱形，發射我們的最終王牌武器『破冰器』，並派出由你們駕駛的護衛戰鬥機。」

司令開始播放螢幕上的戰術視效預覽。電腦動畫模擬的杜立德運輸艦在隱形狀態下盪到蘇布魯凱上空軌道，底下有閃閃發亮的戰艦艦隊環繞著赤道，像是人造的行星環。另外還有六個巨大的鉻黃色球體沿環等距部署，它們是蘇布魯凱無畏球，玩家戲稱為「去他媽船」。這將是我們首度對付一顆以上的巨球。

杜立德號右舷船首的艙門升起，射出破冰器以及密密麻麻的一群護衛戰鬥機，共三十六台。破冰器看起來就像破冰用的武器——是一把巨大的聚焦雷射光砲，安裝在軌道核武平台上。光砲一朝行星表面的厚冰層發射強力融冰雷射，六顆無畏球的鐵甲肌膚便打開細縫般的閃亮機庫門，讓蘇布魯凱戰鬥機一擁而出，對抗數量少得不成比例的地球防衛同盟戰鬥機。在它們的護衛下，人類的最終武器正火烤著烏賊窩的屋頂。

「吃個夠吧！」迪赫發出勝利的呼喊，裡頭夾著一絲嘲笑：「感覺如何啊，混蛋們？喜歡嗎？」

戴著頭盔的我微笑了，迪赫說得對。連續好幾個月來，我們都在自己的主場遭到蘇布魯凱族痛宰，所以這個反擊機會一定能讓我們大大宣泄一番。

「你們的任務就是讓破冰器運作三分鐘左右——這樣剛好能融穿冰層，破冰器就能將彈頭射入冰面下的海洋中，毀滅敵軍的水底大本營，也就是海床上的水中巢穴。」

戰術模擬動畫中，我方戰鬥機靈活地守護著破冰器，不給敵軍艦隊干擾的機會，時間剛好讓它在冰層上融出一個大洞，並射出彈頭，打入蘇布魯凱星的冰面下海洋。在這階段，洲際彈道飛彈會轉化成追蹤式的核子魚雷，迅速轟入蘇布魯凱族的水下洞穴城市，也就是建於海底岩床內的高科技巢穴。

「現在我感覺不太好了。」迪赫說：「這樣感覺好像是要朝水行俠或小美人魚丟核彈……」

「把他們想成剛岡人吧，」克魯茲建議：「我們是要朝恰恰·賓克斯[27]扔核彈。」

兩人都笑了，但我的注意力還是放在戰術模擬動畫上。地球防衛同盟的核子魚雷不斷朝蘇布魯凱族的水底巢穴逼近，像是一群追蹤烏賊的導彈。其中幾發遭大本營的防衛砲塔攔截，不

27「星際大戰」中的討厭鬼角色：剛岡人。

過大部分還是擊中了目標。

接下來的爆炸畫面使螢幕充滿強光，看起來就像懷舊遊戲「飛彈指揮官」（Missile Command）。蘇布魯凱族指揮中樞消滅了，後續的熱核爆炸撼動了整個行星，使裂縫爬滿所有表面冰層，看上去就像是碎掉的水煮蛋。畫面上沒有蕈狀雲——只有紅色蒸氣柱從冰層上融穿的大洞竄出，高度直達軌道，彷彿這顆行星中槍了，傷口不斷噴出血。

「又一個自殺任務。」克魯茲說：「但感覺還是很有趣，算我一份。」

看來，我們笨拙的外星敵人又犯了一個嚴重的戰術錯誤。他們不只讓超光速推進科技落入我們這些擅長逆向工程的猴子手中，之後還給我們足夠的時間來打造一艘星際戰艦，並一路將它開到廣闊宇宙的另一頭，對他們發動反制攻擊。

一如往常，這些外星侵略者的戰術並沒有什麼道理可言——而我也不在乎，就跟平常一樣。我只是想殺一些外星人，而這設定跟「艦隊」史上最全面的神風特攻任務搭配得非常好。搞不好是任何遊戲史上最全面的也說不定。

在我耳機內，迪赫假裝打呼的聲音淹過了司令的嗓音。「拜託，老頭啊！」他大喊：「少說話，多幹事！」

「是啊，真希望能跳過這些爛劇情解說，」克魯茲說：「無聊死——了。」

「看吧，這就是你們每次都在頭兩分鐘就陣亡的原因。」我說：「你們從來不認真聽司令簡報。」

「不，我們每次都是因為你才被幹掉的，勒萊・詹金斯[28]！」

「我都說幾次了，別那樣叫我。」

「如果那頂帽子戴在你頭上剛剛好，那就戴吧。扣下去！」克魯茲說：「你為什麼不能試著團隊合作？一次就好啊？」

「打星球戰爭不是組隊運動，」我回覆：「從來就不是。」

「事實上，它有點算是，你想想嘛。」迪赫插嘴：「這就是主場隊對客場隊嘛，懂我在說什麼嗎？客場隊員？」他停了一下之後又補了一句：「因為外星『訪客』啊。」

「是啊，我們聽得懂。」我說：「大家可以閉嘴讓我聽完司令剩下的簡報嗎？」

「這次任務只許成功。」司令現在對著大家說：「那支艦隊準備離開母星前往地球了，因此這是我們唯一一次機會，我們可以在蘇布魯凱族抵達前搶先一步毀滅他們。人類的命運就寄託在破冰器上了，它得擊中目標才行。」他停頓了一下，雙手在背後交握：「我們只有一次機會，所以要搞定才行。」

「你在開玩笑嗎？」克魯茲大喊，彷彿預錄影片中的演員聽得到他說話似的：「這最好不是限解一次的任務啊，這關卡實在太棒了！」

「他說那話只是為了戲劇效果。」我說：「我們一定可以重新挑戰的，我很確定——就跟其他斷訊器任務一樣。」

「希望你沒說錯。」迪赫說：「因為我們根本不可能試一次就搞定，試兩次、三次也沒辦法的。他們有六個無畏球！每一顆都裝了十億台外星種族的殺戮無人機——還有斷訊器！」

「他們不會啟動斷訊器，」克魯茲挑他語病：「因為不會有任何效果。傳輸和接收端都得位

28「魔獸世界」知名的玩家帳號，指輕舉妄動導致滅團的罪魁禍首。

在球體內，才有辦法截斷量子通訊連結。」所以地球防衛同盟才派遣無人機和人類駐守在遠端月面。

「如果不用擔心斷訊器，應該可能辦得到。」我說：「我們只要保護破冰器三分鐘就行了，沒什麼大問題。」

「沒問題？」克魯茲重複我的話：「真的？你真的這麼想？」

「是啊。我們只要……就那樣啊，弄些障礙物就行了。」

「用什麼弄？」克魯茲說：「你有沒有看任務數據？我們的運輸艦只帶了兩百台無人機！司令沒提到這點。」

「也許他在你們打呼的時候提到了？」我表示我的看法。

「就像我之前說的，這又是一個不平衡、思考得不周到的遊戲設計範例。」他接著說：「混沌地形的那些惡魔根本是想惹毛我們。我們會被痛宰一頓的，而且這不是第一次了！」

「是啊，是啊。」迪赫說：「我要怎麼脫掉這套膽小鬼裝備？」

我笑了。克魯茲還來不及回答，我們便發現凡斯司令一板一眼的簡報即將結束了。

「各位駕駛員，祝你們好運。地球上的每一個人都指望著你們。」

他俐落地向我們行了一個再見舉手禮後，身影便從螢幕上消失，再度被地球防衛同盟的紋章取代。

接著，在主機讀取任務的期間，遊戲向所有人播放熟悉的過場動畫。我們那一中隊的地球防衛同盟駕駛員英姿煥發、有些失焦的身影衝出簡報室出口，穿過燈光明亮的連通道，進入月面基地阿爾法作戰控制中心。那是一個巨大的圓形房間，地面上裝著數十個橢圓形艙口，彼此間距只有幾公尺——艙門後是無人機控制艙。艙門「嘶」地開啟，露出模擬的攔截機駕駛艙。每個駕駛員座位都受到一排控制器、儀表板包圍，還有一個形狀像是駕駛艙座艙罩的環繞式螢幕。

過場動畫結束了，我的視點切回我遊戲角色的第一人稱觀點，而我人已坐在自己的無人機控制艙內。

一秒後，艙門「嘶」地關閉，我周圍的所有控制面板都亮起了，環繞式螢幕也隨著啟動。這創造出第二層模擬效果——我人彷彿在ADI-88太空無人攔截機內。它的引擎已發動，在杜立德無人機機庫的盤狀發射架上待命。

我伸手，盲目地抓住前方的新遊戲控制器，調整位置，直到它們吻合遊戲中虛擬駕駛艙的配置。接著我深吸一口氣，慢慢呼出，試著放鬆。這通常是我一天當中最棒的時刻，我可以逃離我的郊區生活幾個小時，化身為頂尖的戰鬥機駕駛員，痛扁邪惡外星入侵者。

但今晚，我不覺得自己是在逃避。我覺得很緊張，刺激，正氣凜然。也許還有點嗜血。

感覺就像是要上戰場。

# 6

新「艦隊」虛擬頭盔的內建眼鏡，提供了無人機模擬駕駛艙內部的三百六十度影像，給人身歷其境感。望出環繞式的座艙罩窗，杜立德的無人機發射機棚就在眼前。我瞄向左右兩側，看到機型相同的攔截機排放在我兩旁，被機庫頂端的探照燈打得閃閃發亮，隨時準備要出擊。

我的抬頭顯示畫面跳了出來，蓋在座艙罩外的景象上，告知我星艦航程、武器、通訊系統等數據，還有雷達、偵測器、導航器的資料。

我清了清喉嚨，呼喚ＴＡＣ，也就是我那艘戰鬥機的戰術航空電腦。ＴＡＣ扮演虛擬副駕駛的角色，負責管理戰鬥機的飛行、武器、通訊系統，並以語音報告最新狀態。ＴＡＣ也能給新手駕駛員實用的建議，引導他們增進操縱駕駛和運用武器的技巧，不過我很久以前就關掉這個功能了。

「ＴＡＣ，做好發射前的所有系統調整。」我說。

「遵命！」ＴＡＣ開朗的聲音有如鳥叫。在原始設定中，電腦總是用合成的女性嗓音說話，永遠保持冷靜，我在激烈戰鬥中聽了反而覺得心慌，因此我另外安裝了好幾個玩家自訂的聲音檔案，其中一個叫特里馬西翁，裝了之後，ＴＡＣ的嗓音就會變得跟「飛碟領航員」（Flight of the Navigator）中的星船電腦一樣。我裝的另一個檔案則讓ＴＡＣ變得像對著變聲器鬼吼的皮—威・赫爾曼[29]，這每次都會逗得我很開心，也可以集中我的精神。

每部攔截機都搭載一個核融合反應爐，它會不斷為無人機的電池充電，而這電力就是推進力、武器、護盾的能源。充電的速度非常緩慢，所以在戰場上一定要節省用量——否則你的下場就是飄浮在太空中，握著沒反應的搖桿等死。

在激烈戰鬥中，電力很容易就會耗盡，因為每次你移動、開火都會耗損一些能源，護盾受到直接攻擊時也會吃電。電力低到一個程度時，無人機首先會失去護盾，接著是武器，最後是推進力。最後你的無人機就會墜毀、撞爛。如果你運氣夠好，恰巧是在解太空任務，那無人機就會開始無助地在虛空中亂飄，直到電力滿到足以啟動推進引擎，讓你重回戰場。你得祈禱過程中敵機沒先幹掉你，不過玩家幾乎每次都會先被幹掉。

敵軍長刀戰鬥機的機翼尖端裝著爆能砲塔，砲口可以轉向任何方位，因此它們的射擊範圍幾乎不受限制。但我方攔截機的電漿砲（又叫「太陽槍」）和馬克羅斯導彈都只能攻擊前方，因此敵機要出現在我面前，我才有機會擊中對方。我的戰鬥機是有一個雷射砲塔能射擊任何方向，但它跟太陽槍不同，發射一次會耗掉大把能源，得省著用。

我方的飛機也裝載了自爆裝置，算是一種最終的戰鬥手段。你的無人機連最後一丁點能源都耗盡後，你可以引爆它的反應核，製造出的爆炸將使方圓一百公尺內的所有東西都蒸發。要是算準時機，你可以用這招一次幹掉將近一打敵機。不幸的是，敵人也可以引爆他們的能源核——而且他們這麼做的時候並不在乎友軍會不會遭殃。當然了，很多玩家也不在乎就是了。對某些人而言，自爆是他們唯一稱得上戰略的戰略。啟動自爆裝置的唯一一個大缺點是，玩家一定會錯過至少一小部分戰鬥，因為你得花時間等待和機庫內的另一台無人機連線，還得排隊上發射台才能飛回戰場——加起來的時間會長達一分鐘，甚至更久，視敵軍消滅我方無人機的

29 皮—威・赫爾曼（Pee-wee Herman）：保羅・魯本斯創造、扮演的喜劇人物。

速度而定。

高音喇叭響起了，機庫內的傳送帶式發射架開始轉動，部署我前方的一台台攔截機，然後將它們射出杜立德運輸艦的腹部，像發射機關槍那樣。

「喝啊！」我聽到迪呵說：「我現在總算可以殺一些外星人了！」

「如果你一發子彈都還沒發射就被擺平，那就殺不了了。」克魯茲說：「像上次那樣。」

「我不是說了嗎？我上次網路斷線！」迪呵大喊。

「老兄，你被幹掉後，我們還聽到你的罵聲從通訊頻道傳來呢。」我提醒他。

「那並不能證明什麼。」他歡欣鼓舞地說，然後吼道：「大幹一票！」

我們都沒跟著叫，於是他對著通訊頻道大聲清喉嚨。

「呃，你們為什麼都不跟著我喊『大幹一票』？」他問：「你們這些賤人最好跟著我喊一喊！你們想害大家倒楣嗎？」

「抱歉啊，迪呵。」我說，接著用我最大的音量喊：「大幹一票！」

「鬼叫的部分交給你們就好了。」克魯茲說，接著含糊地念出他自己的戰前箴言：「讓我們上吧。」

我扳響指節，按下播放鍵，開始放我爸那份「洗劫街機」老歌歌單中最棒的一首歌。皇后合唱團〈又一個倒地〉的低音吉他旋律開始重擊我頭盔的內建耳機，我同時感覺自己就要進入出神狀態了。

這首歌機關槍掃射般的節奏，跟敵機的動作時機和節奏完全相符，而且幾乎玩任何任務時都通用（〈我們要讓你搖滾〉對我來說，也很適合搭配玩射擊場式的劇本，例如現在這個）。

佛萊迪．墨裘瑞的嗓音在幾秒鐘後響起，我隨手轉大耳機音量——顯然大到連我的麥克風都收到音了。

「喔，太好了。」克魯茲說：「看來ＤＪ老公公今晚又上場了，真是令人驚喜啊。」

「如果你嫌吵，就代表你也老了，果瑟。」我反擊：「你何不把我設靜音，然後去播小鬼饒舌的最新精選輯？」

「我搞不好會喔。」他回答：「他們是不受賞識的音樂天才呀，你也知道嘛。」

克魯茲和迪赫操縱的兩部無人機剛好在我前方發射離船，他們的呼叫代號都標示在我的抬頭顯示器中。

「注意，接下來輪到你的無人機發射離船！」我的ＴＡＣ電腦宣告，它的語氣實在熱情過頭了。「準備迎敵！」

傳送帶再度往前繞，將我的無人機送進發射井，然後彈入太空中。

接下來的場面就像電影「紅潮入侵」（Red Dawn）那樣。

第一波應戰的敵方機體已經從最近的無畏球底部湧出，看起來就像金屬蜂巢裡竄出的大黃蜂。它們自十二點鐘方向快速逼近，從黑暗中撲向我們。

下一個瞬間，我那台無人機前方的空間被數百台蘇布魯凱戰機填滿，還有十幾部雙足飛龍展開機體，穿梭於蜂擁的戰機群之間。它們全都一致地移動著，準備去攻擊破冰器。我暫時停止呼吸，瞄準一台領頭的長刀戰鬥機。我感覺我和那該死的玩意兒之間有積怨得解決。誰叫它要從我的幻想人生中入侵現實，而且在過程中一直逼我質疑自己的神智。

我的三維戰術顯像閃了一下，警告我正後方有一個反應爐爆炸了。我及時加速，沒被爆炸波及。

在這麼大規模的戰鬥中要撐上幾分鐘並不簡單。你要有快如閃電的反射神經、高度空間認知能力、辨識模式的天賦方能躲開敵軍砲火。你得練習找出穿過敵方大軍的最佳路徑，學會打帶跑。

我花相當多時間研究蘇布魯凱無人機移動、成群攻擊的方式，最後終於從一片混沌中看出了隱藏的模式。它們有時會像準備降落的鳥群那樣追著自己的隊尾打轉，有時又會在空中急轉彎，像是一票掠食性的魚群。不過它們的動作永遠有模式可言，只要我辨識出來，就能預期敵方的動作和反應，要讓對方進入我的視線就簡單多了——不過還要搭配正確的背景音樂就是了。音樂是關鍵。我老爸那捲舊式自製錄音帶裡錄的經典搖滾歌曲就是完美的配樂，因為它們都有咄咄逼人穩定的節奏，可以當作我心中的戰鬥節拍器。

我關掉引擎，發動後推進火箭，旋轉機身一百八十度，但完全沒有偏離原本的軌道，也沒有減速。接著我用太陽槍朝那些前往破冰器尾端會合的長刀戰鬥機發動一系列攻擊。

我擊中第一個目標了。它在我面前內爆成一顆坍塌、高熱的電漿火球，接著我的抬頭顯示器跳出一個訊息，說我在這次任務中首度擊墜了敵軍。

「擊墜一台，還有一百萬台。」我對著通訊頻道宣布，腎上腺素已讓我變得聒噪。殺死電玩中的外星人一直是我青春期挫敗的出口，不過今晚感覺不一樣，我每按一次扳機就像排放一次壓縮過的怒氣。

蘇布魯凱族是虛構的存在又怎樣？我還是要殺光他們每一個。

「兄弟，有兩架長刀戰鬥機跟在我後面，」迪赫宣告：「有誰要幫個忙嗎？」

「幫你自己吧，老兄！」我聽到克魯茲說：「我們等等都會被痛宰一頓！」

「我沒空，」我回答：「我正式進入戰鬥模式了。」

我瞄了一眼觀測器，發現果瑟和迪呵目前都不見蹤影，因為破冰器直接擋在我們之間。我點燃水平推進器，做了一系列俯衝橫滾來閃避四面八方的電漿彈幕。我也玩弄節流閥，調整出各種飛行速度和爬升角度，同時將無死角雷射砲台的十字瞄準線對準新來的威脅——剛盯上我機尾的三台長刀戰鬥機。它們隱約出現在我抬頭顯示器的後攝影機畫面上。

我鎖定領頭戰鬥機的那刻便按下雷射砲塔的扳機。射出的光線只閃了一瞬間，而且裸眼看不見，不過它實際上的彈道出現在我的抬頭顯示器內。我看著它燒穿離我機尾最近的那台長刀戰鬥機的外殼，然後又掃過正後方那兩台，以快速的連鎖爆炸摧毀敵軍：**轟！轟！轟隆！**

我關掉已經過熱的雷射砲，切換回電漿砲，我的抬頭顯示器也自動切換成前攝影機畫面，拋下後方逐漸消散的火球。接著我將節流閥推到底。但當我鑽過破冰器下方準備繞到對面時，又有兩台長刀戰鬥機出現在我的機尾。它們直接拉到我正後方，開始猛烈攻擊，重創我的護盾，甚至消耗掉我原本就少得危險的電池電力。

根據抬頭顯示器的資料，破冰器發射融冰雷射的時間不到一分鐘，而蘇布魯凱族已經消滅我方將近一半的攔截機。援軍還是會從杜立德的機庫中湧出，不過這些無人機都是由死過一次的玩家操縱的，而且大多數人會在重返戰場的幾秒鐘內再度陣亡。

克魯茲說得對——我們拖不了多少時間。

「該死，」我說：「我要試著分散它們的注意力。」

「你要去哪裡？」克魯茲對著通訊頻道說：「保護破冰器啊，蠢蛋！」

「抱歉啦，克魯茲！」我將節流閥往前推：「你絕對猜不到是誰登場了。勒萊——」

「喔，萊曼，你別想來這招！」

「詹金斯！」

我脫隊，把破冰器拋在腦後，改去攻擊最近的無畏球。我使勁前推節流閥，水平飛過球體前方，猛轟球體中段的砲塔，消滅了大概一、兩座。

「他媽的，札克！」克魯茲大吼：「每次都這樣！你他媽每次都這樣！」

我咧嘴一笑，啟動推進火箭，讓戰鬥機即刻垂直俯衝，打算溜到球體下方猛攻它的護盾。這動作幾乎消耗了我所剩電力的三分之一，我的攔截機得暫時啟動慣性抵銷立場才能照我的意思飛。不過我也甩開了幾輛緊跟在後的蘇布魯凱戰鬥機，因為對方也得做出同樣的動作才能追上我，不過它們大都也沒有足夠能源了。它們只能掉頭迴轉，再重新瞄準我的攔截機——但到那時候我已經不在原位了。

又一群長刀戰鬥機從附近的無畏球中湧出，排成一條直線衝向破冰器輪番開火。我用太陽槍擊出單發的連續攻擊，將它們打成碎片，也讓我的蘇布魯凱戰鬥機擊墜數升高到九。還不賴，但尚不及我平常的水準。我的射擊有點失準。

「靠！」我聽到通訊頻道傳來迪赫的喊叫聲：「我失去護盾了，真該『數』，因為我已經沒有他『罵』的能源了！」

「老兄，」克魯茲說：「你不該把不同宇宙的髒話混在一起。」

「誰規定的？」迪赫反擊：「再說，『星際大爭霸』和『螢火蟲』[30]搞不好是以同一個宇宙為舞台啊？你有沒有想過這個可能？」

我聽到身後傳來轟然巨響，轉身剛好看到星際運輸艦杜立德號在敵軍的電漿彈幕中化為巨大的火球。

「我剛剛是怎麼說的？」克魯茲口齒不清地說：「運輸艦沒了，我們剩下的無人機存量也沒了。」

「是啊，那該死的破冰器也還沒融出愚蠢的冰鈎洞。」迪赫補了一句：「沒救了啦，兄弟。他媽ＧＧ了。」

「還沒完呢。」我口齒不清地回話。

我緊咬牙根，將攔截機掉頭，試圖協助其他人防守破冰器。我瞄準正在攻擊破冰器後方推進火箭的一群長刀戰鬥機。但無法鎖定我抬頭顯示器中閃動的任何目標，因為我得一直閃避敵軍的攻擊，通過破冰器裝甲上方時，還得閃避來自哨兵砲塔的友軍砲彈。

我的無人機又中了兩發攻擊，護盾效能只剩百分之十五，再中一發就會瓦解。我的武器也撐不了多久，不妙了。

我往前猛推飛行搖桿，緊急俯衝，以免飛進破冰器那一閃一閃的融冰雷射中。ＴＡＣ警告我的無人機即將耗盡所有能源，但我沒管它，節流閥照催，繼續做出橫滾，兩把太陽槍照樣擊發。

「靠！」我聽到迪赫的咒罵：「各位，他們逮到我了。我掛了。」

我瞄向抬頭顯示器，剛好看到迪赫的攔截機從我的觀測器上消失。

「我也是。」克魯茲一秒鐘後補了一句，他在通訊頻道上罵了一串多采多姿的髒話，然後就徹底登出遊戲了。

---

30 原名為Battlestar Galactica和Firefly，皆為科幻電視影集。

兩個死黨在數位世界的死亡害我稍稍分心，敵軍砲火就在這瞬間直接命中我，毀了我的護盾和武器。我立刻啟動無人機動力的自毀程序，儘管我知道我可能根本撐不過七秒，等不到程序完成。

附近所有長刀戰鬥機開始直接朝我開火，希望在倒數結束、臨界狀態來臨前，先毀了我的動力核。但為了這麼做，它們就得暫時將注意力從破冰器上挪開，正如我所願。

自毀程序倒數五秒，四秒，三秒——

但就在這時，無可避免的狀況發生了。敵人砲火像最後一根稻草般壓來，破冰器於是在我正下方爆炸了。隨之產生的火球毀滅了我的無人機，以及爆炸半徑內所有的機體。

我的耳機裡開始播放不祥的音樂，同時「任務失敗」幾個字出現在螢幕上，蓋過靈魂出竅觀點所見的蘇布魯凱艦隊。六顆無畏球開始召回剩下的無人機，並移動到母星軌道上的原位，因為對它們世界遭受的小小威脅已經排除了。

✯

我盲目地關掉遊戲主機，在黑暗中坐了一會兒才拔下VR頭盔，帶著嘆氣回到現實世界。

幾秒鐘後，我的手機響了。是克魯茲打來的——他說有件事他查好了，想告訴我：「襲擊蘇布魯凱」並沒有列在可重複挑戰的任務清單上，至少是還沒列出來。接著他又把迪赫拉進多方通話，召開任務後哭爸集會，這已經是一個傳統了。抱怨完後，這兩個麥可都試圖哄我陪他們解「堅地」任務，但我含糊地說我有功課要做，明天跟他們在學校見。

接著我走向衣櫃，打開門，引發了一場小雪崩，雜物撒到我的腳上。塑膠衣架掛起的襯衫、冬衣形成一片濃密的森林，我翻找了好一番，才在深處找到我爸的舊夾克。那是一件舊棒球外套，袖子是皮革的，前後兩面都布滿了繡片補靪，每一片似乎都跟科幻作品或電玩遊戲有關，包括好幾個高分獎勵繡片，是他玩動視的老遊戲贏得的，例如「太空領主」、「摧毀無畏號」（Dreadnaught Destroyer）、「雷射衝擊波」（Laser Blast）、「炸彈轟隆碰！」（Kaboom!）。兩隻袖子上則爬滿反抗軍同盟、星際聯盟、星際聯邦、（「星際大爭霸」的）殖民艦隊、太空堡壘防衛部隊的標誌或軍階配章，這些還只是最值得一提的。

我細看一個個繡片，讓指尖滑過它們。幾年前我試穿過一次外套，當時它對我來說還太大，不過我現在穿起來剛剛好，彷彿是裁縫師為我量身訂做的。

我發現自己心癢癢的，明天就想穿著它去學校。儘管我先前才對自己發誓：不要再活在過去了，也不要執著於我根本沒機會認識的父親了。

我看著四周塞滿房間的海報、玩具、模型，胸口一痛。我竟然考慮將我爸的寶貝全移到閣樓上。儘管我是出於好意，但我似乎還沒準備好要放下對父親的執著。沒這麼快。

我往後靠住椅背，想忍著不打哈欠，但哈欠並不想被我扼殺掉。我迅速做了一個全系統檢測，結果證實我的身體快累垮了。鈽箱[31]空無一物，我需要立刻睡覺。

我朝床走了三步，趴倒在我的「星際大戰」復古床單上，立刻就進入了斷斷續續的睡眠中。

我當晚的夢境受到幻象荼毒。巨大的蘇布魯凱領主伸出龐然觸手包圍住毫無防備的地球，彷彿準備將它整個吞下肚。

---

31「回到未來」中的時光機需要鈽才能穿越時空。

# 7

隔天早上，我走出家門來到車旁，低頭準備開鎖時，發現駕駛座這頭有一條長長的、正弦波狀的刮痕，從前保險桿延伸到後保險桿。

有人刮了我的車。我轉身看了看附近的房子，抱著一絲希望。搞不好諾契還在周遭。但我完全沒看到他的影子，接著突然想到他八成是在晚上動手的，趁Omni停在王牌星艦基地外面的時候。我下班時沒注意到，因為外頭天色是黑的，而且我車子的烤漆本來就不是完美無瑕。

我回頭重新檢視損傷，這次把車子的整體狀況也納入視野。其他人幾乎不會注意到諾契畫出來的長條刮痕。開著長滿鏽斑的老舊破車沒什麼優點，其中一個就是，你真的得花很大的力氣才能讓它變得更加難看。

想到這裡，我得以冷靜下來，聽從我腦海中反覆播放尤達大師的輕聲開示：放下你的憤怒。當我陷入苦惱時，經常會試著用尤達的嗓音（聽起來一點也不像福滋熊[32]，去你的）來安慰自己。歐比王或魁剛或魅使．雲度偶爾也會在電影中分享一些智慧小語。

當然了，這只會發生在狀況比較好的日子。在狀況差的日子，我會不自覺地聽從達斯．維達或白卜庭的建議，它們也同樣具有吸引力。

不過我並不是受到他們黑暗力量的驅動，才取出Omni後車廂的拆輪胎棒，放到背包裡。我是聽到我朋友迪赫的聲音在耳邊響起，他昨晚提到諾契威脅說要找我報仇。

我將車子停在學生停車場，步伐沉重地走向學校前門，同時算了算我的刑期還有多久——只剩四十五天了。

不過當我走到停車場外圍的開闊草坪時，發現諾契和他的兩個智囊團成員正在那裡等我，三個人都咧嘴笑著，雙手盤在胸前，像是「金剛戰士」某幾集裡的暴徒。

我的視線射向學校前門，計算著距離。如果我試著跑快一點，也許能在他們攔到我前先進校門。但我發現自己並不想這麼做。

諾契站在前頭。我的恐懼成真了，刮花我的車子並不夠。他認定自己的男子氣概受到挑戰，因此別無選擇，只能把我圍到角落打一頓——當然會找援軍就是了。

諾契那兩個壯碩的伙伴在校內的綽號是「雷尼二人組」，儘管他們當中沒有人真的叫雷尼。這名字來自二年級英文課的選讀文章《人鼠之間》，我並不覺得合適。對，他們的塊頭確實很大，而且又蠢，跟書中的人物一樣，但史坦貝克筆下那個雷尼的內心深處其實藏著善念。站在我面前的這兩個雷尼（我分別把他看作光頭黨雷尼和脖子刺青雷尼）有多壯，性格就有多賤。不過跟他們的愚蠢程度一比，他們的身材就顯得像侏儒了。

「我很愛你的新外套呢！」諾契煞有其事地繞著我慢慢走一圈，細看外套上縫著的每一個補靪：「真的很令人印象深刻。上面是不是也有一個小彩虹補靪呢？」

雷尼二人組的腦袋花了幾秒鐘解析那句話，接著兩個人都笑了。他們的爬蟲腦就是得花這麼久才能完成諾契的優雅算式：彩虹等於同性戀。

---

32 兩者都由法蘭克．歐茲配音。

我沒有回應，諾契又試了一招。

「我說啊，那看起來有點像大學球隊明星球員的外套。假如當個沒得打砲的電玩宅算是一項運動的話……」他笑了：「我想你會成為我們的明星四分衛——是吧，萊曼？」

我感覺得到我的憤怒愈來愈濃烈，就快失控了。我為什麼會覺得穿我爸的舊外套上學是個好主意？我等於是公開邀請別人來嘲笑我、爆出一定會激怒我的話題——當然了，諾契看到這個餌一定會咬。也許這就是我穿外套來學校的最根本原因，跟我昨天槓上諾契的原因沒兩樣。我頭殼裡的憤怒穴居人腦葉巴不得想找個人幹架，所以才策畫了這次衝突。這是我幹的好事。

諾契和雷尼二人組朝我走近一步，但我還是站在原地。

「至少你這次夠聰明，還知道要帶幫手來。」我讓背包滑下肩膀，用右手抓住兩邊背帶，感受拆輪胎棒那令人安心的重量。

諾契的微笑瞬間瓦解，扭曲成譏笑。

「他們來這兒只是為了確保你不會耍賤招，」他說：「像上次那樣。」

諾契隨後的行動根本是自相矛盾。他朝雷尼二人組點了點頭，三個人便散開了，排成一個粗略的半圓陣形，圍住我。

我的腦海中似乎聽得到白卜庭大帝那沙啞但充滿威嚴的嗓音：「利用你的攻擊性情緒，孩子。讓仇恨流遍你全身。」

「萊曼，你現在準備要吃屎了吧，嗯？」諾契嘲諷：「就像你爸那樣。」

我知道諾契是想激我。不幸的是，他一出手就按到我身上的紅色大按鈕。洲際彈道飛彈已經射出發射井，再也無可挽回了。

我不記得自己什麼時候拉開背包拉鍊、拿出拆輪胎棒的，但我一定這麼做了，因為此刻我手中緊握著冰冷的鐵棒，準備舉起它出擊。

我的三個對手都傻在原地，眼睛瞪得大大的。雷尼二人組舉起雙手，開始後退。諾契的視線飄向他們，他的表情顯示他的猴子伙伴已決定退出戰局。他也開始後退了。

我看了一眼他身後幾英尺遠的路邊石，心中浮現一個惡劣的想法，決定執行它。我拿起拆輪胎棒，衝向諾契。他蹣跚後退，（一如我希望地）腳絆到水泥高起的地方，仰倒在地。

接著我站到他身體上方往下看，雙手緊握拆輪胎棒。

我的左方傳來某人的尖叫。我甩過頭去，發現附近已經聚集了圍觀人群——幾個準備去上第一節課的學生。當中有個女孩看起來年紀很小，又像是被大燈照亮的鹿，肯定是一年級生。她一隻手摀著嘴，發現我在看她時還往後一縮，彷彿害怕我，學校裡的瘋子札克，會選她當下一個目標。

我回頭瞄了雷尼二人組一眼，他們現在站到了等著看好戲的人群當中。所有圍觀的人臉上都掛著同樣的表情，驚恐又期待，彷彿覺得幾秒鐘後就能首度見證殺人現場。

隨著憤怒逐漸降溫，我感覺到冰冷的羞恥感潑滿我整個人。我低頭看著自己緊握的拆輪胎棒，接著鬆手讓它掉到人行道上，匡啷。我聽到身後傳出幾個緊張的笑聲，有如合唱似的，另外還有不只一個人鬆了口氣。

我從諾契上方退開，他慢慢起身。我們互瞪了一會兒。他似乎有什麼話想說，視線卻在這時往上飄，聚焦在我後方的天空。

我轉過頭去，看到一台奇怪的飛機從東方逼近，速度快得不可思議。它愈靠近，我愈覺得眼熟。我的大腦仍拒絕接受我眼睛所見的畫面，直到幾秒鐘後那飛行器突然煞住，懸浮在我們正上方，距離近到讓我辨識出裝甲船身側面印的地球防衛同盟紋章。

「不會吧。」我聽到有人輕聲說，一秒鐘後才察覺那個人就是我。

那是ATS-31軍事運輸太空船，在「艦隊」和「堅地」當中都登場過，隸屬於地球防衛同盟。它即將在我就讀的高中前面著陸了。

這次我看到的絕對不是幻影，另外還有十幾個人抬頭盯著運輸太空船，嘖嘖稱奇。我也聽到太空船的核融合引擎發出的隆隆聲，吹打在我臉上的廢氣是熱的。它真的在那裡。

太空船開始下降時，我附近的所有人都像蟑螂一樣四散，跑進學校尋求庇護。

我如同雕像一樣站在那裡，無法別開視線。這艘太空船長得跟我玩「艦隊」時會操縱的軍事運輸太空船一模一樣，從地球防衛同盟的紋章到裝甲下方的辨識條碼都毫無二致。

我安撫自己：**地球防衛同盟不可能真的存在，札克。你以為自己正盯著的那艘太空船也不可能是真的。你又產生幻覺了，只是這次更嚴重。這次你徹底精神崩潰了。**

但我說服不了自己，太多證據指向相反的結論了。

**好吧，那你可能是被困在一個明晰夢裡了，像是「香草天空」中的湯姆．克魯斯。也許你生活的現實世界只是超擬真的電腦模擬畫面，就像「駭客任務」那樣。又或許，你才剛死於一場車禍，而這是人生最後幾秒鐘的腦內走馬燈——「陰陽魔界」的某一集就是這麼演的。**

我眼睜睜看著地球防衛同盟的太空船在面前降落，同時告訴自己：你別無選擇，只能盡量配合演出——至少要撐到你醒過來，碰上史密斯探員或聽到羅德．塞林[33]開始念出結尾旁白。

太空船放下降落機具，輕輕著陸在通往學校大門的寬闊人行道上。我回頭望向學校，發現每個教室窗邊都擠滿人，還有幾百個學生從學校的各個出入口湧出，想好好看清楚這艘怪太空船，掌握這見鬼的狀況。

要判斷誰認出了地球防衛同盟太空船是一件簡單的事。認得它的人就跟我一樣，露出比誰都還要震驚的表情。對其他人來說，它看起來也許像是某種全新的軍用飛機，設計帶點未來感，造型介於直升機和鵪式戰鬥機，像是「阿凡達」或「明日邊界」中的運輸船。

太空船的自動門滑開了，三個穿黑色西裝的男人跳了出來，看起來像是特勤局的探員。我們的校長伍德先生站在原地愣了幾秒鐘，然後才衝上前去伸出手，問候他們。他和所有人握完手後，三個男人中最矮的一個拿下太陽眼鏡，我聽到自己倒抽一口氣。是雷．威伯斯基，王牌星際基地的老闆，我的上司。

雷在這裡搞屁啊？為什麼要穿得像「星際戰警」裡的探員？他又是從哪弄到會飛的地球防衛同盟太空船？

我茫然地看著雷向伍德校長快速出示某種證件。他們短暫交談了一下，然後又握握手。接下來，雷拿起一個小擴音器，對著持續增加的人群說話。

「各位，很抱歉在今天早上打擾了你們。」雷的聲音帶著非比尋常的威嚴，迴盪在校園內。「我們急著要尋找札克．萊曼，有沒有人知道他現在在哪裡？札克．萊曼？請看看你的四周，發現他就把他指出來。我們需要他協助處理國安問題。札克！札克．萊曼！」

我驚覺雷是在叫我的名字，同時發現我視野範圍內的所有人盯著我、手指著我——包括諾

---

33 美國劇作家、製作人，「陰陽魔界」的旁白。

契和雷尼二人組。這很像電影「變體人」（Invasion of the Body Snatchers）中的一幕。我在義務教育所受的訓練最終接掌了我的思考，我舉手大喊：「有！」

雷一看到我就咧嘴一笑，開始從草坪的另一頭跑過來，彷彿把性命寄託在我身上似的。我從沒看過他用這麼快的速度移動。

「嘿，札克！」他來到我身邊時有點喘不過氣。下一刻，他的手按上我的肩膀，朝身後的閃亮太空船點了點頭。「想不想搭一下啊？」

**終於來了，札克，你等了一輩子的冒險邀約來了，就在你面前。**

而我嚇死了。

但我還是勉強點了點頭，含糊地說：「好。」

雷咧嘴一笑（應該是以我為傲吧），然後捏了捏我的肩膀。

「我就知道你會說好！」他說：「跟我來吧，伙伴，沒時間可以浪費了。」

在全校的注視下，我跟著雷穿過草坪，走向等待著我的地球防衛同盟太空船。人群往兩旁退開，讓出一條路給我們走。我發現我的前女友艾倫也在人海中不敢置信地望著我。幾秒後，我看到克魯茲和迪赫了。他們想盡辦法擠到人群前方，站的位置離另外兩個像是特務的男人只有幾英尺遠。後者現在守在太空船正面，他們的平頭和雷朋太陽眼鏡有類似力場般的能量，將人群擋在外圍。

「札克！」克魯茲和我對上眼時大喊：「發生什麼事了？這實在太瘋狂了！」

迪赫推開他，試圖衝向我這邊，溺水似的不斷揮舞雙手。「你這幸運的混蛋！」他大叫：「叫他們也帶我們走！」

下一刻我發現自己已進入太空船，坐在組員座上，對面是雷和他那兩個穿西裝的同事。艙門滑動，關上，消滅了群眾的吼叫聲。我學雷將安全帶拉到胸前扣緊。

雷一看到我繫好安全帶，便向駕駛艙內唯一的駕駛員比了個「讚」的手勢。駕駛員穿著如假包換的地球防衛同盟制服。荒謬的是，我發現自己花了幾秒鐘的時間欽佩這位老兄的角色扮演，他對細節非常著重呢。接著他完成太空船的點火程序，啟動了引擎。

升空期間，我的內心獨白類似這種感覺：**札克，那不是在第四屆蘇布魯凱大會上做角色扮演的老兄。在我看來，他像是活生生的地球防衛同盟駕駛員，穿著如假包換的地球防衛同盟制服，現在正在駕駛如假包換的地球防衛同盟太空船，而且你似乎就在船上。好，現在讓我來看看——乘以二，進位一。嘿，這下可怪了，如果我的算式正確，那就代表地球防衛同盟他媽真的存在！**

我將臉貼到座位旁的窗戶弧面上，盯著下方的同學和老師，他們仍聚集在學校前面，離我非常遙遠。因為我們以超現實的速度往上升，他們已縮得跟螞蟻一樣大了。

但我閉上眼睛時，甚至感覺不到我們在移動。沒有G力將我壓回椅子上，太空船在大氣層內爬升時，甚至沒有亂流造成的搖晃或震動。

這時我想起來了——根據「艦隊」的背景故事，所有地球防衛同盟的太空船都搭載了逆向工程得來的外星科技，包括Trägheitslosigkeit力場產生器，它能在太空船四周製造小小的反慣性力場，靠的是「控制旋磁分子的排列旋轉來改變時空的曲率」之類的。我一直以為這只是某種神奇力量驅動的偽科學假貨，是混沌地形的劇本寫手掰出來的，好讓酷炫到不行的外太空大亂鬥顯得稍微有道理可言，就像「星艦迷航記」和「星際大戰」設定了「慣性調節器」和「慣性補償器」，韓・索羅和寇克船長進行光速／曲速跳躍時才沒被壓成英勇的肉醬。

我再度緊閉雙眼，還是覺得自己像坐在怠速等紅燈的車子裡。牛頓沒戲唱了。

**一片厚雲擋住了驚人的奇景，我總算設法將視線從窗戶移開**。我轉身面向雷，他還在微笑。他那兩個禁欲派的同伴還是安靜得像塊石頭一樣，面無表情。

「這件夾克很棒。」雷說，他的語氣完全不帶諷刺，不像諾契。他湊近細看我的袖子上爬滿的補釘。「是啊，我以前有幾個動視的繡片，不容易弄到手呢。」

我不敢置信地回瞪著他。他在跟我閒聊，彷彿我們人在王牌星際基地的櫃檯後方，彷彿他沒有徹底推翻我對現實的認知。

我感覺到一股怒氣冒了出來。雷蒙・威伯斯基，態度溫和的中年男子，我的老闆、死黨，也可說是父親的替代角色——他顯然對我撒了許多謊。這混蛋騙徒肯定知道現在是什麼狀況，而且老早就知道了。

「雷，現在是怎樣？」我嗓音中帶著恐懼，自己聽了也很洩氣。

「伙伴，『有人裝了炸彈，衝著我們來』。」他引用「零翼戰機」（Zero Wing）中的台詞：「現在我們該讓所有戰機起飛，實現崇高的正義了。」

他輕聲呵呵笑。我好想揍他的臉一拳，但我沒動手，轉而開始吼叫：「你是從哪弄到地球防衛同盟作戰太空船的？這種東西怎麼可能真的存在？它要帶我們去哪？」

他還來不及回答，我就指著坐在他旁邊的兩個人問：「這兩個小丑是誰？說到這個，你這混蛋又他媽的到底是誰啊！啊？」

「好好好！」雷舉起雙手：「我會試著回答你的問題，但你要先深呼吸，稍微冷靜一點好嗎？」

「去他的冷靜！」我大喊，拉緊安全帶：「去你的，雷，你這說謊的屎袋！告訴我發生了什麼事，不然我就鬆開這玩意兒，我發誓！」

「好。」他語氣平靜地說：「但你得先呼吸，札克。」

他焦慮地盯著我看，這時我才發現，在旁人看來我其實沒在呼吸。於是我深吸了一口氣，發出很大的嘶嘶聲，接著緩慢呼出，感覺舒服了點，呼吸也恢復了。雷點點頭，很滿意。

「很好，」他說：「謝謝你，現在你可以重問那些問題了，一次問一個，我會盡我所能回答。」

「這見鬼的太空船是哪來的？誰打造的？」

「答案不夠明顯嗎？」他說：「地球防衛同盟打造的。」他朝兩個同伴點點頭：「我順便回答你剛剛的問題，這兩個人是地球防衛同盟的外勤探員，上船是為了確保你的乘載安全。」

「不可能，」我說：「地球防衛同盟不可能真的存在。」

「它真的存在。」他說：「地球防衛同盟是最高機密級的全球軍事聯盟，成立已超過四十年。」

「成立的目的是什麼？應該是『防衛地球』吧？」

他點點頭。「所以才取這名字。」

「你們為什麼要保護地球？」我要聽他親口說，大聲說。

「因為外星人打算入侵這裡。」

我細看雷的臉，尋找嘲諷的成分，但他的表情嚴肅而莊重。我瞄了一點他的兩個伙伴，想打量他們的反應，但他們似乎根本沒在聽我們說話。兩人都拿出各自的智慧型手機，盯著螢幕看。

我回頭看著雷：「外星人入侵？什麼外星人？蘇布魯凱族？天倉五來的邪惡人形烏賊？你總不會說他們也真的存在吧？」

「不，並不會。」他說：「蘇布魯凱族是虛構的外星人，混沌地形掰出來的電玩遊戲外星反派。不過你現在八成已經察覺到了，『艦隊』和『堅地』不只是遊戲，也是一款戰鬥模擬器，設計目的是要將這個星球上的全體人民都訓練成無人機駕駛員，一同來保衛地球。」

「要對抗的是誰？你剛剛才說蘇布魯凱族不存在……」

「確實不存在。」他說：「不過他們代表的是真實的外星威脅。我們先前一直隱瞞這個消息，以免造成全球規模的恐慌。」他對我露出一個古怪的微笑：「蘇布魯凱（Sobrukai）其實是『綽號』（sobriquet）這個字轉化來的，很賊吧？」

我心中浮現了一個可怕的念頭：「昨天早上，我很確定自己看到了一架長刀戰鬥機……」

「那是真貨。」他說：「你看到的是真正的敵軍斥候機。地球防衛同盟的情報機關說，過去二十四小時內，世界各地都有人目擊到它們。我們認為對方正在監視我們所有的有線內聯網節點——」

「但它看起來跟蘇布魯凱長刀戰鬥機一模一樣！」

「當然一樣了。」他說：「我就是想告訴你這件事。混沌地形設計的所有蘇布魯凱族太空船都是以敵軍為範本，他們在模擬器……在遊戲中盡可能精準地重現了對方的太空船和無人機，極度講究寫實性。」

「那這些外星人，他們真的有長刀戰鬥機？還有雙足飛龍——」

「和無畏球、蜘蛛戰機、蛇尾雞——它們真的都存在。」他說：「這些名字是混沌地形編出來的，但除了名字之外，『艦隊』當中呈現的所有敵軍無人機的細節都是精確無比的。外表、武器、移動方式、戰術、戰略——全都根據我們在前幾次交戰時，對敵軍武器和科技的第一手觀察。」

「『前幾次交戰？』」我問：「我們對抗他們多久了？他們是從哪來的？長什麼樣子？第一次接觸是在什麼時候？如果——」

他舉起手打斷我，感覺到歇斯底里又溜回我的嗓音裡了。

「這些部分我還無法告訴你。」他說：「我們從敵人那裡收集到的資料仍是不能透露給你的機密。」他看了一眼手錶：「不過再保密也沒多久了。我們一抵達內布拉斯加，就會有人幫你做完整的簡報。」

「內布拉斯加。」我說：「內布拉斯加有什麼？」

「地球防衛同盟的最高機密總部。」

我張開嘴想回話，隨即又閉上。這動作我重複了好幾次，才總算將話說出口。

「你說地球防衛同盟在四十年前成立，所以我們在這麼久之前就知道外星人要入侵了？」

他點點頭。「在七〇年代中期就知道了。」他說：「地球防衛同盟也是在那時開始利用流行文化元素幫世界各地的人做心理建設，讓大家準備好面對外星人入侵。這就是為什麼他們要偷偷挹注數十億美元給當時奄奄一息的遊戲產業。他們看出了電玩遊戲的潛力，認為它可以應用在軍事訓練方面。」他微笑：「他們會在一九七七年協助製作『星際大戰』，也是出於差不多的理由。」

「你說什麼？」

雷舉起三根手指頭——童軍的敬禮方式。「我當初發現這件事時也不相信，但這是真的。『星際大戰』是地球防衛同盟最早資助的電影之一，因為他們的智囊團認為這獨特的主題可以激起人民在戰爭期間的貢獻心。喬治．盧卡斯從頭到尾都被蒙在鼓裡，他以為電影計畫的暢行都要歸功於小阿倫．拉德一個人，但事實上，地球防衛同盟透過一連串捏造的影視界融資公司挹注了一大堆預算，他們再怎麼追查也不可能查到幕後的操盤手……」

「等等。你的意思是，『星際大戰』是地球防衛同盟偷偷資助的電影，他們把這當成一種反外星人的宣導？」

他點點頭。「這說法簡化得很誇張，不過呢，嗯——差不多就是那種感覺。」

我想起我爸在筆記本中畫出的時間軸。

「過去四十年其他科幻電影和節目呢？」我問：「你要說它們全是一種反外星人宣導嗎？」

「當然不是。」他說：「並非全部都是，只有某些重點作品，例如『星際大戰』就扮演了一個關鍵角色，使七〇年代末期的科幻電影、影集、電玩遊戲產生軍事化的傾向。在『星際大戰』之後，『太空侵略者』發行了。人類從此開始不斷對抗電玩中的外星人。你現在知道為什麼了：地球防衛同盟得確保這股風潮維持下去。」

「鬼扯。」

「這是真的。」他說：「最近那些《星艦迷航記》的重啟之作[34]和《星際大戰》續集都是地球防衛同盟對世人做的最後一波心理建設之一，我懷疑維亞康姆、迪士尼或J．J．亞伯拉罕根本不知道真相，也不知道是誰在幕後操盤。」

我安靜了好一段時間，消化他說的這些話。

「為什麼你從沒說過這些？」我最後總算問了。

他對我露出一個悲傷的微笑。「很抱歉，札克。」他說：「這不是我能決定的。」

我這才恍然大悟。我認識這男人超過六年，而他一直都在騙我——他說的任何話八成都是假的，包括他的身分。

「你到底是誰？雷．威伯斯基是你的真名嗎？」

「其實不是。」他說：「我的本名是雷蒙．赫巴蕭，威伯斯基這個姓是從『異形』的殖民陸戰隊隊員借來的。」

「我有次提到這點，你說那只是該死的巧合！」

他聳聳肩，看起來畏畏縮縮的，讓我好想掐死他。

「地球防衛同盟一派我到比弗頓就給了我一個新身分，我的任務是監視你。」

「監視我？為什麼？」

「你覺得呢？」他說：「札克，你有非常稀少且珍貴的才能。從你第一次玩線上遊戲的那天起，地球防衛同盟就開始追蹤你、幫你建檔了。所以他們才指派我來盯著你，為你的受訓提供助力。」他咧嘴一笑：「就那個嘛，有點像是歐比王守護著在塔圖因長大的路克。」

---

34 指重新創造角色、時間軸、背景設定，拋棄系列原有連貫性的作品。

「你就跟歐比王一樣，是個無恥的騙子！」我吼回去：「這點我很確定。」

雷的笑容消失了，眼睛瞇了起來。

「而你就像路克一樣鬼叫個沒完，賤小子！」

另外兩個地球防衛同盟的探員竊笑著——搞半天他們根本就在聽我們說話。我瞪了他們一眼，他們顯然就把注意力放回智慧型手機上了。我壓低視線看著他們手上的通訊裝置，想不透在高空要怎麼收到訊號。他們的手機都比一般的機型還要大一點、厚一點，而且是掀蓋式的，看起來就像掌上遊戲主機。其中一個探員似乎在玩某種遊戲，但我看不太到他的螢幕，無法判斷那是什麼。我抬頭望向雷。

「聽我說。我很抱歉，」他說：「我不是故意的，我只是以為你會感謝我，就這樣啊。你以為我這段時間在比弗頓住得很開心嗎？」

現在我漸漸明白了。雷過去六年都在做軍人所謂的「屎缺」，困在偏僻的郊區商圈二手遊戲店裡，窩在櫃檯後方什麼也做不了，就只能看我打「艦隊」、聽我毫無意義的青春期抱怨，或者激動地大談外星人綁架案和政府的掩飾手段來打發時間——

這幾年他老是熱情地跟我分享那些「X檔案」啟發的陰謀論，現在想想，那搞不好是他自己試著要幫我做心理建設。當地球防衛同盟決定告訴我真相時，我就會有辦法接受——而他們顯然挑上今天把話講開，這時機他媽的不合理到了極點。

當然了，好幾年前我的筆記就向我揭露了真相，或至少是一部分的真相，只是當時我還無法相信。

這時我總算問了那個問題。登上太空船後，我就一直想要鼓起勇氣開口。

「地球防衛同盟招募過我爸嗎？」

他嘆了一口氣，彷彿等這問題很久了，而且一直提心吊膽。

「我真的不知道。」他說，並搶在我再次罵他騙子前開口：「我說的是事實，你現在先別急，聽我說！」他深呼吸後說：「我們沒要談你爸，札克。試著了解現在的狀況，想想陷入危機的是誰吧。全人類的未來——」

「回答我就是了！我讀過他的筆記本，他知道地球防衛同盟的存在，原本就快查出他們的來頭和目的了，結果卻碰上詭異的職場意外，死了。那到底是什麼狀況？地球防衛同盟殺了他滅口嗎？」

雷沉默了。感覺好像過了幾百年，但也可能只過了一秒。

「我剛剛說了，我不知道你爸發生了什麼事。」他說：「我是一個低階的外勤探員，安全許可的權限也很低。」他豎起一根手指要我別打斷他：「我真正知道的事情有這些：地球防衛同盟的資料庫裡有他的檔案，但那是機密，我從來就沒有權限可以讀它，所以我不知道他跟地球防衛同盟的關係是什麼——如果他們真的有關係的話。不過地球防衛同盟不是為了殺人而存在的，而是為了救人。」

我開始換氣過度了。

「拜託你，雷。」我聽到這些話從我嘴裡吐出來：「你知道這對我來說有多重要……」

「對，我知道。」他說：「所以你現在才應該要振作起來，集中精神，不然你會毀掉一個大好機會，再也無法確定他們掌握了你爸哪些情報。」

「什麼意思？什麼機會？」

「我們現在要載你去聽取徵募簡報。」他說：「聽完之後，你會獲得加入地球防衛同盟的機會。」

「可是——」

「如果你接受，就會受訓成為飛官。」他繼續說，壓過我的說話聲：「軍階會高於我。」他直盯著我的眼睛看：「你的安全許可權限也會比我高，或許就有機會讀到你爸的檔案。」

雷似乎還想繼續說下去，但這時「轟」的一聲傳來，整部太空船都在搖晃。我慌了起來，以為我們遭到敵軍攻擊，下一刻才想到我們只不過是突破了音障。

「坐穩了。」雷說，而且自己也照做了：「我們即將進入亞地球軌道。」

我的腦袋裡還有一大堆問題在亂竄，但我好不容易才將它們趕了出去，至少目前暫時不去管了。接著我強迫自己往後穩靠椅背，試著享受這趟超現實旅程的後半段。

這是聰明的舉動，因為我即將迎接我的第一次太空之旅。

# 第二階段

兵者，詭道也。

——孫子

# 8

我緊抓住組員座的扶手，緊張地看著太空船的舷窗外。鈷藍色天空逐漸加深，成了靛藍色，接著在幾次心跳的時間內化為一片漆黑。

我們在太空的邊緣，跨越這條界線是我這輩子的夢想。我從來就不相信自己在有生之年能獲得這種機會，而且竟然是在今天的這個時候，我本來應該要去上第一節公民課才對。

我轉頭望向弧形的窗戶，探出的身體繃緊了安全帶。地球的曲面在窗外泛著藍光，我想看它的全貌。那畫面太令人感動了，我心中的那個小孩忍不住發出輕聲的「哇」！

不幸的是，那小孩的音量肯定很大，因為雷現在看著我，嘴角揚起，似乎被我逗得很開心。每次他在「堅地」玩家殊死戰中痛宰我時，都會露出同樣的表情。我以前習慣回他中指，這次差點照做了。我有一大部分腦細胞仍然認為雷是我的老闆兼朋友。

我們只在近地軌道待了一分鐘。我一直在期待太空船抵達，機內進入無重力狀態的那一刻。但我沒那麼好運。我還是感覺不到機體在移動，就連它開始落向地球時也沒有感覺。窗外的漆黑變回深藍色，而且一秒一秒變淺，最後日光再度淹沒了外頭的世界。

太空船又切開了厚厚的雲層，模糊的地表突然以駭人的速度往上衝，但幾秒鐘內，我卻感覺我們減速到靜止了下來。我一時感到暈眩，但只是因為我的眼睛和身體傳送了矛盾的資訊給我，我不確定自己到底有沒有在移動。

一秒鐘後，不舒服的感覺消失了，我又望向窗外。我們的正下方有一座巨大的牧場式平房，左右兩側有幾個穀倉和附屬的小屋，還有一長排筒倉，鐵皮圓頂在早晨的陽光下閃閃發亮，像是準備要發射的火箭。農場四面都是寬闊得像大海的田地、連綿的綠色山丘和草原，只有一條沙土路穿破它們，蜿蜒地跨過北方地平線。我還看到四周有三台地球防衛同盟的太空船飄在空中，降落的路徑跟我們很類似。

我們的太空船持續下降的同時，農場旁的其中一片耕地塌陷了，像個形狀端正的長方形排水孔。接著它一分為二，向兩旁滑開，像是地面上的巨大電梯門。門後露出不斷深入地底的巨大圓形豎井，有點像空無一物的飛彈發射井，不過直徑更長。藍色跑道燈嵌在水泥牆的弧面上，由外往內依序亮起又熄滅，像在脈動似的，引領我們的太空船往黑暗中移動。

「地球防衛同盟在世界各地都有像這樣子的基地。」雷說：「有些位於偏遠、沒什麼人居住的地方，像這個就是。不過我們也在世界各地的主要城市藏了無人機儲藏所和操控碉堡。」

「就跟『艦隊』和『堅地』一樣。」我說。

雷點點頭。「所有東西都藏在平凡的景象當中。」他指著我們下方：「這些附屬的小屋其實隱藏了陸面無人機地下碉堡的入口。這些筒艙是攔截機發射通道的掩飾。很驚人對吧？地球防衛同盟多年來祕密完成的建設多到令人傻眼。」

我點點頭，還在試圖駕馭我矛盾的情緒。別人曾告訴過我或者教導過我許多關於這個世界的知識，結果它們都是謊言。成長過程中，我一直相信一件事：儘管人類有各種抱負，但他們其實只是一群雙足步行的猿猴，毫無道理地分裂成幾個部落，為了殘破行星上愈來愈稀少的資源不斷打仗。我始終認定我們未來的下場會比較接近「瘋狂麥斯」，而不是「星艦迷航記」。儘管但我現在被迫用全新的角度來看待我們猖狂的石化燃料消耗速度，以及我們的無動於衷，儘管地球的氣候已因此改變。我們並沒有在愚蠢追逐消費主義的過程中用光所有的石油、毀滅我們的星球，但我們正準備迎接黑暗的一天，而且大多數人都不知情。

可怕的是，就連人類對人口激增過度的問題無感，都成為一件合理的事了。如果更嚴重的威脅等著要削減人類數量，那我們的星球能不能長期供養上頭的七十億居民還會是一個重要的問題嗎？儘管勝算極低，人類也已經完成確保自身存續的準備了。想到這裡，我對自己的種族感到莫名的自豪。我們畢竟不是一群原始的猴子，跌跌撞撞地走在自毀的邊緣。我們即將面臨的似乎是形式完全不同的毀滅。

我們的太空船衝入隧道，不斷朝地底深處下降，埋在牆上的燈光變得像不斷閃耀的霓虹帶。

幾秒鐘後，我們抵達了豎井底部。那裡突然變得開闊，連向一個無比巨大的地下機棚，還有一個大型環狀跑道在我們下方展開。我們的太空船降落在北端，加入其他型號相同的地球防衛同盟作戰太空船的行列，它們都停在發光的跑道邊緣。

門滑開了，雷立刻解開安全帶，跳到跑道上，揮手要我跟進。我的手指撥弄安全帶好幾秒，最後才總算掙脫它的束縛。我動了動雙腳，確認它們都還能走後，便爬到太空船外跟雷會合。駕駛員和另外兩個地球防衛同盟探員仍在機上。我白痴似地向他們揮手道別，直到艙門再度關上，發出空氣壓縮的「嘶」聲。

我看了一下手機上的時間，發現從比弗頓過來這裡花的時間不到二十分鐘。我還發現這裡沒有手機訊號，代表我不能打電話給我媽報平安。我突然好想聽她的聲音。學校打電話給她了嗎？他們告訴她這件事了嗎？她現在一定擔心得快發瘋了。

今天早上，我步伐蹣跚地下樓，被她嚇了一跳。她竟然準備了一頓早餐時段的晚餐，她的「巨獸級烘肉卷」和馬鈴薯泥，我愛到不行的食物。她看著將食物塞滿腮幫子的我，上揚的兩邊嘴角都快碰到耳朵了，每分鐘都要收起一次笑容，叫我放慢速度、細嚼慢嚥。我匆忙地親吻她的臉頰，衝出門外，擔心她隨時可能會重提我害怕的話題：我的學術未來。她大喊「我愛你」，而我口齒不清地做出相同的回應，繼續衝向我的車子。她有沒有聽到我那句話呢？為什麼不做確認呢？我真想踹自己。

「歡迎來到水晶宮。」雷說：「那是地球防衛同盟幫這裡取的代號。」

「為什麼這樣取？」我問。

他搖搖頭。「因為這樣比『地球防衛同盟第十四號戰略指揮站』好記多了。」他說：「聽起來也比較酷。」

我們逐漸遠離太空船，而我將四周的新景象收入眼底。上百個人在跑道附近匆忙來去，顯得像一團極有秩序的混沌。大多數人都穿著剛剛那位太空船駕駛的戰鬥迷彩服。我發現自己竟然在想：他們會不會也發制服給我？

我聽到頭頂傳來一陣洶湧的氣流，抬頭發現另外四台太空船接連通過入口豎井，下降到跑道上，放乘客下船。類似我的平民現身了，旁邊都跟著一名以上的地球防衛同盟黑西裝探員。大多數人看起來似乎相當鎮定，其中幾個人看起來嚇壞了，像是要被帶到屠宰場的小羊，不過，另外一大半人感覺像在享受他們生命中最快樂的時光。我快速檢視了一下自己的心情，認定它落在兩者之間。

我們的後方發出巨大的「咻」聲，剛剛載我們的太空船又起飛了。雷和我轉身看著它緩緩升起，接著射向它早先通過的圓形豎井，回到地表。

「跟我來吧，伙伴。」雷說，然後邁開大步朝跑道另一頭的石牆走去，那裡有一道巨大的裝甲門正在滑開，露出後方的寬闊下坡道，往地底更深處延伸而去。

我停下腳步呼喚雷，他聽到後轉頭走回我這裡。其他探員與受徵召人員從我們身旁魚貫通過，一路延續到巨大的裝甲門後。

「如果我決定不接受徵召呢？」我問：「如果我聽完你們鄭重的簡報然後決定回家呢？你們會怎麼辦？」

雷微笑著，彷彿早就在等我問這題了：「那我得提醒你，札克瑞・尤里西斯・萊曼，你是美利堅合眾國的十八歲公民，合法的徵兵對象。」

我沒想到這可能性。「等等，也就是說……我已經被徵兵入伍了？」

「還沒。」雷說：「沒人會強迫你作戰。如果你聽完簡報還是想回家，說一聲就行了。他們會開另一台太空船直接送你回比弗頓——讓你坐膽小鬼特快車的頭等車廂。」

我沒回話，因為我原本就已經忙著在照料受傷的自尊了。

「札克，我很了解你。」雷說：「你已經花了一輩子的時間在等待這種事情發生。重要的事，有意義的事，勇敢做大事的機會，對吧？」他雙手抓住我的肩膀：「呃，這不就來了嗎？王牌戰鬥員！宇宙給了你運用天賦拯救世界的機會耶。你真的會拋下它跑回家，一屁股坐下看電視轉播世界末日？你以為我會相信嗎？」

雷鬆手，再度開始前進，腳步聲在高牆間產生回音。他通過開啟的裝甲門，走下後方的走廊，消失在我的視野中。

透過遙遠上方的豎井開口還看得見一小圈天空。我看了它最後一眼，追向雷。

✯

門後走廊通往一個安全檢查哨，一個身穿制服、名叫福爾的地球防衛同盟下士幫我掃描了掌紋和視網膜，供身分確認用，接著要我站到藍幕前拍了一張臉部的數位照。幾秒鐘後，他身後印表機吐出一個附照片、印有地球防衛同盟箔膜紋章的身分識別證，他轉手遞給了我。我的照片下方印著我的全名、社會安全碼以及「菁英新兵候補」的字樣。

我將識別證別到身上，下士這時又拿了另一個給雷，上頭有他以前的照片還有一行字：**雷蒙·赫巴蕭中士——外勤**。

我心想，為什麼我們的呼叫代號沒有印在識別證上？接著又恍然大悟。地球防衛同盟八成不希望它招募的人員戴著「更多噠噠噠」、「波西傑克僧69」之類的代號晃來晃去，才沒把它們印在官方識別證上。

福爾下士把手伸到櫃檯下方，接著拿給我一個小小的手持裝置，看起來像極厚的手機——搭太空船來這裡的路上，雷和他的兩個同伴都在用類似的裝置。它裝在一個保護盒內，盒子後面連著很粗的維可牢腕帶，下士靠它將盒子固定在我的右前臂上，看起來像個尺寸過大的手錶。「這是你的『量通』，」他解釋：「也就是量子通訊器——基本上就是無範圍限制的智慧型手機，在世界各地……或外太空都能使用。」他微笑：「它的網路速度快到有病，而且也有藍芽功能，我已將你iPhone裡的聯絡人、照片、音樂都灌進去了，也就是說都設定好了。」

我從牛仔褲的前口袋取出iPhone。它還是沒訊號，而且沒電了。「你們是怎麼辦到的？」

「別擔心。」下士忽略我的問題：「你的量通比那安全多了，而且功能更多。」他拍了拍它的螢幕：「它就像iPhone、三度儀[35]、小雷射手槍全合成了一個裝置。」

「哇，真的假的？」我從手腕上解下裝置，仔細端詳。

「是啊，」福爾驕傲地笑了：「我的角色有點接近詹姆士·龐德電影中的Q。不過呢，就只有那個嘍，我只會給你這樣東西。」

我將量通轉過來握好，試著接受事實。我現在正拿著逆向工程所得的外星科技產物。我點了螢幕一下，它亮起，展示出一大堆小圖示。電子郵件、網路、GPS、看起來跟普通電話沒兩樣的撥號盤，還有其他我不認得的應用程式。

「我可以用這打電話回家嗎？」我問。

「還不行。」下士回答：「今天會有個大消息公諸於世，在那之前，你量通的外線電話、網路連線功能都是無法啟用的。不過你已經連上地球防衛同盟的量子網路了，因此可以撥打給現存的量通，只要你有通訊碼。你自己的通訊碼印在盒子後面。」

我將手中的裝置翻面，看到盒子上刻了十個數字。雷拿出自己的量通，跟我的一碰。我聽到輕柔的「叮」一聲，雷的名字和號碼就出現在聯絡人清單上了。

「現在你隨時隨地都能打電話給我了。」他說：「就算在銀河的另一頭都沒問題。」他發出令人不安的輕笑：「這種狀況不太可能發生就是了。」

我低頭看著量通。它的其中一邊有樞紐，就跟掀蓋式手機一樣，掀起來之後的樣子很像掌上型遊戲機，上半部有第二個螢幕，下半部則是控制器：兩個拇指操作桿和六個標有字母的按鈕。

「是怎樣？我也可以用它玩『音速小子』嗎？」

「事實上，你可以。」福爾說：「你的量通同時具備隨身型無人機控制平台的功能。在緊急狀況下，你可以用它來操作攔截機、ATHID或我方的任何無人機。」接著他壓低音量，彷彿在透露什麼祕密：「不過這玩意兒真的很難搞，要多練習。」

下士維持身體前傾的姿勢，神祕兮兮地低語：「量通還內建了異感生成模組[36]。」他拿起自己的量通，手腕在身體前方交叉：「讓你可以運用聲音和動作癱瘓神經、粉碎骨頭、放火、使敵人窒息或器官爆裂而死。」

我大聲笑了出來。

「這是我第一次聽到有人拿異感生成模組搞笑。」我說：「幹得好。」

「《沙丘魔堡》原著當中並沒有異感生成模組，你知道的。」雷搖搖頭，低聲說：「這是大衛・林區編出來的鬼東西。」

「那又怎樣啊，雷？」我說，感覺就像回到店裡了：「它們酷得要命，不過還是抵銷不掉那個超令人發毛的心臟栓塞場景就是了——」

福爾似乎又回到只談正事模式了。「你應該要做好準備。」他說：「你的量通雷射目前是關閉的，不過你受到徵召入伍的話，司令官就會幫你啟動。」

「如果我受到徵召入伍的話。」我說：「他們甚至還沒告訴我，誰或什麼玩意兒要入侵我們

---

35「星艦迷航記」中的醫療裝置。

36 異感生成模組（Weirding module）：電影版「沙丘魔堡」登場的聲波武器。

呢。」

「對。」他對雷露出意外的表情：「總之，你擊發三、四次雷射就會耗盡電池電力，因此使用時要省著點。」

「收到。」我對下士說：「那我都準備好了嗎？」

「是的，長官。」他回答：「你可以前進了。」

我們再次向彼此行舉手禮，而不是揮手說再見。在我們走出視線範圍前，下士一直維持立正的姿勢。我跟著雷穿過幾道自動門，進入另一條下坡走廊。

「為什麼地球防衛同盟不把這個新科技介紹給主流世界？」我問，並細看手腕上的量通：「速度極快的量子通訊……感覺能促進全球經濟發展和戰爭期間的人民奉獻心……」

「我們的科學家花了好幾十年針對外星科技進行逆向工程，但他們在最後幾年才好不容易成功複製。」他說：「我想地球防衛同盟最終會向主流世界發布這項科技的，只要有足夠的時間。」

我們又通過了兩個安全檢查哨，然後走上一條隧道狀的長廊，途中可岔向許多較小的走廊，後者有成排的門，上頭標有數字，間距只有數英尺。我正想問雷門後有什麼時，一扇門開啟了，一個地球防衛同盟女軍官走了出來。門關起前，我瞥到一個衣櫃尺寸的小房間，中央的旋轉椅鎖在地板上，四周有一排符合人體工學的控制面板、遊戲控制器，還有環繞式的螢幕，上頭是巨大的地球防衛同盟戰鬥機甲駕駛艙望出去的第一人稱畫面。「那是無人機操作站。」雷順著我的視線望去：「這基地裡有數千個，每個都能用來遠端操縱攔截機、ATHID或任何地球防衛同盟軍械庫中的無人機——不會有訊號遲緩的狀況，也沒有範圍限制。」

「你是指……真正的無人機？」

「真貨。」他指著我身後。「現在就有幾部。」我轉頭看到十部ATHID排列成的縱隊從走廊另一頭走來，關節鏗鏘響，伺服電動機嗡嗡叫。它們笨重地從我身邊晃過去時，我僵在原地。後來它們繞過轉角消失了蹤影，雷也動了起來，我急忙追上去，同時試圖認路。

「萊曼中尉？」有個男人發出呼喚。

雷和我同時停下腳步，望向出聲的人。對方只是個孩子，年紀甚至比我還小，皮膚、頭髮、眼珠都是深棕色。他的翻領別有上尉的條槓章，制服的肩膀上繡著伊朗國旗。這年輕人拿起量通，似乎在掃描我的臉。他看到顯示器上跳出來的名字時，臉上浮現一個大大的笑容。他突然立正站好，向我行舉手禮。

「能見到你本人真是我的榮幸！」他說：「我是奧爾延．達上尉，隨時願意為您效勞。中尉，我非常著迷於你的表現！」

「我的表現？」我不確定地望向雷：「中尉？」

「抱歉，長官。」雷說，並向達回禮：「萊曼先生尚未宣誓就職。」

「當然了！」他說：「我知道。」他咧嘴一笑，露出抱歉的表情：「很抱歉，萊曼『先生』，我用量通追查你的行蹤，像個跟蹤狂，但我一直都很想見你。」他開始跟我握手，不願停下來。「這麼多年來，我們一起解了好幾打的任務，你一定認得我的呼叫代號。我是羅斯坦。」

我的笑容垮了，也鬆開了他的手。我確實認得這名字。

「哇，真的啊？」我擠出一個假笑，試圖振作起來：「總算見到你了，我也覺得很棒。我一直以為我是排行前十名的駕駛員當中最年輕的。」

「那似乎是屬於我的榮耀。」他回答，迅速擠出一個令人不爽的謙虛笑容。接著他轉頭面對雷。「我目前排名第五。」他說：「鋼鐵米格魯排行第六。」他回頭對著我笑：「但那是最近的事，長久以來，我一直追著你的屁股跑。」

「你有實力，擠進前五也是應該的。」他的稱讚讓我感到痛苦，但我努力不讓我的感覺流露出來。「你在玩家對戰伺服器上不只一次慘電我，你是王牌啊，老兄。菁英分子。」

「你太客氣了。」他回答：「這評語對我來說意義重大，因為是你說的。」

雷不耐地清了清喉嚨，沒戴錶還假裝指著手錶。達上尉心煩意亂地瞪了他一眼，用拇指比了翻領上的上尉條槓一下。

「放輕鬆，中士。」達說：「大人在講話。」

達轉過頭來面向我後，雷伸手假裝要扭斷他的脖子：「是的，上尉。好的，長官。」

達再度對著我微笑，然後從腋下夾著的塑膠文件夾中取出一張光滑的照片，八吋乘十吋。那是我的照片——識別證上那張的放大版。他害羞地遞給我照片，還有一枝麥克筆。

「你可以幫我簽名嗎？」他問：「我想收集其他前十強駕駛員的簽名。而現在可能是我向你討簽名的唯一機會。」

他話中有話，而且是不祥的訊息，但我忽略它，拿筆簽下我第一張簽名照，遞回達手中。不知道他到目前為止收集了幾個「艦隊」駕駛員的簽名，那些人又是誰？

「非常感謝你，萊曼先生。」達說：「就像我剛剛說的，這是我的榮幸。」

他原本又想行舉手禮，動作做到一半改向我伸出手。我和他握了握。

「榮幸的人是我才對，先生。」我說：「希望我們會在遊戲裡再次碰到。」

他伸手，用他的量通碰了我的一下。兩個裝置都發出「嗶」一聲。

「我把我的量通號碼加到你的聯絡清單了。」他說：「需要幫忙就打給我，不用猶豫。」

「我會的。」我說：「謝了。」

他轉頭朝另一個方向快步離開。他消失後，雷和我繼續前進，通過了另一道自動裝甲門。

「那孩子幾歲？」

「誰？達上尉？」他說：「十七。不過地球防衛同盟招募他時，他只有十五歲。神童就是了。」他停下腳步，緊張地瞄了我一眼：「我可沒說你當年不是神童——也沒說你現在不是。我沒那意思。」

我感覺像是最後一個獲選參加世界最大規模足球賽的球員。

「我以前也進過前十名。」我說：「為什麼我沒在十五歲那年就被招募？」

他皺眉頭，露出不可置信的表情。

「你的心理側寫顯示你不適合接受早期招募。」

「為什麼？為什麼我不適合？」

「別裝傻了，『札克出擊』。」他說：「你自己很清楚。」

我還來不及回答，雷就轉過身去，繼續前進了。

我趕在他消失蹤影前壓下自尊，追了上去。

最後，我們抵達了一個圓形大廳，裡頭有一整排的電梯。已經有好幾個菁英新兵候補在那兒晃來晃去，等下一班電梯了。我準備走過去加入他們的行列時，雷拍了拍我的肩膀。

「我只送你到這了。」他說，接著上下打量我，彷彿送的是一個第一天上學的孩子。他伸手要拿我的背包，我便將幾乎沒裝東西的背包交給他。接著他脫下我爸的夾克，在手中摺好，動作快到我根本來不及抗議。

「嘿，那是我的！」我聽起來像個發火的兒童，真討厭。

「是啊，我知道。」他說：「而且是很酷的夾克——沒什麼好爭辯的。不過穿著它聽簡報不會為你製造良好的第一印象。」

他將夾克塞進我的背包，硬拉上拉鍊，然後將背包掛回我的肩膀。

「電梯會帶你們到簡報廳去。」他指著我後方：「跟著那些候補走就是了。」

我瞄向大廳另一頭，看著電梯前排隊的新兵候補，然後轉頭再度面向雷：「我下次見到你是什麼時候？」

「我不確定，伙伴。」他和我對看許久：「現在局勢變化得很快，我幾分鐘後又要搭另一台太空船離開了。」

「為什麼？」我問：「他們要派你去哪裡？」

「要我去幫忙保衛大蘋果。」他說：「我是三六〇的其中一員，記得嗎？」他微笑，挺直腰桿，順了順自己的翻領。「上級已經把我分派到地球防衛同盟第一裝甲無人機營了。」他說：「我們要負責守衛東海岸。因此你在天上對付他們時，我會在地上作戰。」

我們在原地安靜地站了一會兒，接著雷伸出手。我猶豫了一下，伸出手跟他相握。不管怎麼說，我還是不希望雷離開。他是我在這地方唯一認得的臉孔。當我還在摸索「說再見但不表現出一丁點原諒」的方法時，雷突然狠狠地熊抱我，嚇了我一跳。而我竟然也回以擁抱，並且抱得跟他一樣緊。

「你很有天賦，札克。」他後退：「你真的會為戰爭製造轉機，記住這點好嗎？不管事情在接下來幾小時內變得多恐怖……」

我點點頭，但沒回答。我完全不知道要怎麼回應他的話——也不知道要如何回應現在我碰到的任何狀況。我不是軍人，只是一個狂打電動的郊區小孩，我還沒準備好要打星際戰爭！目前我覺得我沒做好任何準備，甚至還沒準備好要向雷道別。

「好啦，我們別嚇到別人了。」雷說：「看在我的分上，好好照顧自己，好嗎？還有——」他的聲音哽住了。他清了清喉嚨後繼續說：「等這場戰爭結束後，我們在王牌星際基地見面吧。我們到泰戰機外帶一些吃的，然後交換作戰故事。說好嘍？」

「一言為定。」我感覺自己的喉嚨也要哽住了，但我讓聲音繞過那些阻礙。

雷向我行舉手禮，我也回敬他，儘管我覺得自己像是在扮家家酒的小孩。

「原力會與你同在。」雷最後一次捏了我的肩膀一下：「永遠會。」

就這樣了。他轉身走遠，沿著我們來的路折返，消失在我的視線外。我站在原地盯著他的方向一下子，接著轉頭望向一部部電梯。其他菁英新兵候補繼續在它們前方排成嚴謹的隊伍。

# 9

我和其他十五個受徵召者一起排其中一部電梯，這幾個人的年齡、性別、種族都有很大的差距，不過每個人的臉上都掛著各種茫然的表情，我八成也一樣。

電梯下降期間，我們都安靜地站著，盯著天花板、鞋子或前方緊閉的門——只要是能讓我們避免眼神交會的東西都好。我心想，不知道他們今天稍早人在哪裡，又在做什麼？後來地球防衛同盟的太空船憑空出現，粉碎他們心目中的現實，將他們從原本的人生中拉出來，帶到這裡。

我同時發現自己起了好奇：我會不會跟他們當中任何人玩過「堅地」或「艦隊」？很有可能——甚至可說機會很高。天啊，就我所知，那個名聲響亮的紅色搖擺可能就在我旁邊，活生生的。

電梯沒有樓層指示或控制面板，只有一個指著下方的箭頭亮著，每秒大約響兩次。電梯不斷下降，深入地底。我數了超過二十次嗶嗶聲，門才總算開啟。

我們走出電梯，來到一個圓形大廳，裡頭已經擠滿了跟我們一樣不知所措的新兵候補。大多數人都跟我一樣穿著平常的便服，但他們來自五花八門的氣候區。我還發現有人穿著商務西裝、速食店制服、手術服，其中一個表情茫然的中年女性披著婚紗，手上還拿著新娘花束。

大廳周圍部署了一排地球防衛同盟士兵，負責指揮所有人通過一道道連成長排的門，進入隔壁那個往下凹的簡報廳。我跟著其他人一起排隊的期間不斷東張西望，細看內裝。這個碗狀的廳堂設有體育館式的座位，位子面向一道巨大的弧形投影幕，因此看起來像是IMAX劇院，而非極機密的地底簡報室。不過天花板又是另一回事了——它是一塊長而傾斜的水泥石板，有鬆餅狀的網格，每個格子中間還裝了吸震彈簧來強化結構。這簡報廳就跟基地內的其他地方一樣，彷彿承受得住地表正上方的核爆。

我在簡報廳內東張西望，試著挑個座位坐。我發現巨大螢幕的底部有個低矮的長方形台子，台子中央有個講台。前三十排座位已經坐滿了緊張的新兵候補，後到的人員像小溪般穩定地注入他們後方的座位，一個接一個就定位，像參加學校集會那樣。不過有幾個比較不規矩（或比較反社會）的人選擇坐在很後面的地方，有的落單，有的形成小團體。

我走上離我最近的階梯，朝簡報廳後三分之一處移動，那裡人比較少。抵達高層區後，我開始尋找離其他人夠遠的座位——卻在途中愣住。

她就在我右邊，一個人坐在靠後方的位置，那一整排都沒有人。她正大方地灌著飲料，手中的鉻色酒壺漆得像R2-D2。雖然她坐著，我還是看得出她比我高幾英寸。她蒼白、光潔的皮膚跟黑色的衣服形成強烈對比——黑色戰鬥靴、黑色牛仔褲、黑色背心（並沒有完全遮住她穿在裡頭的黑色胸罩）。她的黑髮像是尖銳的波浪，一邊以電剪推過，另一邊長度到下巴。不過真正煞氣的是她的刺青：左右手各一個，左邊是美麗的半裸版「坦克女郎」（Tank Girl）女主角，穿著浩劫後世界的搖滾內衣，摟著一把M16步槍；右邊二頭肌上刺著「人生充滿風險」（EL RIESGO SIEMPRE VIVE），大寫字母非常有型。

她帶給我的刺激幾乎跟我在前一天下午瞄到的長刀戰鬥機一樣強。我當初是在幾個月內漸漸喜歡上艾倫的，但這……這就像雷神之鎚的閃電直接打在額頭上。

我還不確定自己有沒有勇氣坐到她附近時，我的腳就自己動起來了，速度快到不能再快。我爬上樓梯的時候想到，我的情緒在如此緊繃的情況下根本不值得信任，不過當我走向那排座位中段、她的位置附近後，我的荷爾蒙湧出、淹沒我的大腦，那個領悟也跟著消失了。「我來，她就會有伴。」我試著說服自己，儘管她的所有舉止、態度都顯示她不需要人陪。

我抵達她座位旁時被她無視，只能杵在那邊等她接受我的存在。她一直盯著自己的大腿看，我於是也低下頭去，看她把注意力放在什麼東西上。我發現她撬開了自己的量通，將內部的電子零件排在大腿上，彷彿在幫那裝置驗屍。我想那玩意兒真的已經死了，因為她看起來根本無法把零件裝回去。

但接著她動手了，幾秒鐘內就將量通組裝完成，速度超快，手法靈敏，像是海軍陸戰隊在進行大部結合。

之後她總算抬頭看我了。

我指著她隔壁的座位：「我可以坐這嗎？」

我知道這聽起來很假，但這開場白是我當場想出來的。

她快速打量了我一下才回答。「抱歉，」她說：「我跟我的機器人有事情要私下談。對吧，R2？」她再度把酒壺舉到唇邊，然後朝下方成排的空位揮揮手。「你為什麼不去搭訕其他女性人類？」

「別臭美了，娃斯佳[37]。」我朝她的酒壺點了點頭：「我只是想喝一點你的酒。」

她笑了，而我感覺到我的胸口中央泛起一股尖銳的疼痛感。她瞄了一眼自己的「人生充滿風險」刺青，顯然有點佩服我說出它的出處。

「好吧。」她歡欣地嘆了口氣：「坐吧，娃娃臉。」
「謝啦，奶奶。」我坐到她旁邊，學她把腳蹺到我面前的椅子上。
「你剛剛叫我奶奶嗎？」
「對，因為你叫我『娃娃臉』，讓我的男性自尊受傷了。」
她又笑了，這次更大聲，讓我胸口的疼痛更加劇烈。
近距離的她看起來更正了，還有她的眼睛，我原本以為是棕色的，實際上更接近琥珀色，金色虹膜上帶著黃銅色的條紋。
「抱歉，」她說：「你的臉看起來很嫩。你幾歲？」
「上個月滿十八歲了。」
她勾起一邊嘴角。「真可惜。」她說：「未成年的比較對我的味。」
「太棒了，」我說：「酒癮還加戀童癖。」
這激發了她的第三個笑——帶鼻音又很有女孩子氣的咯咯笑聲，再度讓我心臟漏跳一拍。接著她回頭看自己的酒壺，悄悄對它說話。
「R2，」她低聲說：「這個夢愈來愈怪了。現在一個可愛又愛耍嘴皮子的男生冒了出來，碰上這種事的機率是多少？」
我差點問她那個男生是不是我，還好忍住了，免去一場災難。
「我不想打斷你，」我說：「但你並沒有在做夢。」

---

37「異形2」女主角。

「沒有嗎？你為什麼這麼確定？」

「因為我才是夢到這一切的人。」我說：「如果你跟這裡的其他人都是我的想像力捏造出來的，那你怎麼可能夢到這一切呢？」

「呃，我不想打斷你，」她用酒壺戳了我一下，裡頭的液體灑了一些到我的腳上：「但我不是任何人的想像力捏造出來的。」

**那真是讓我鬆了一口氣**，我心想。但我實際上說出口的話是：「不幸的是，我也不是。」

接著我對她微笑：「因此現在發生的一切一定都是真的，對我們兩個來說都是現實。」

她點點頭，又喝了一口飲料。「是啊，」她說：「那就是我害怕的狀況。」接著她遞出酒壺，總算要讓我喝了。但我搖搖頭。

「是這樣的，我剛剛又考慮了一下，也許應該要保持清醒聽簡報比較好。」我說，接著又補了一句話，彷彿嫌自己還不夠鳥：「反正我也還不到能喝酒的年紀。」

她對我翻白眼：「他們準備向我們宣布世界末日要來了耶，你知道嗎？」她說：「你不會想用無比清醒的腦袋聽那些鬼話吧？難道你想？」

「你的論點非常有力。」我接過她手中的酒壺。

我將它拿到唇邊時，她開始反覆念兩個字：「違、法、違、法。」

我露出懇求的表情：「拜託——不要逼我用鼻孔噴出酒，好嗎？」

她嚴肅地點點頭，舉起三根手指：「我以女童軍的身分發誓。」

我翻白眼：「我很難相信你參加過女童軍。」

她瞇起眼睛，接著伸手拉下她的條紋膝上襪，露出左小腿刺的深綠色美國女童軍軍徽。

「是我錯。」我說：「你還藏了什麼酷刺青嗎？」

她搥了我肩膀一拳（很大力），然後指著我手中的酒壺：「別耗了，娃娃臉，乾了。」

我喝了一小口灼熱的液體，但那分量還是足以讓我皺眉、咳嗽。我對酒了解不多，喝不出她在裡頭裝的是什麼，但我猜那應該是火箭燃料攙一指或兩指高的稀釋液。我知道她還在看我，因此我強迫自己嚥下第二口，這次喝得更久。之後我將酒壺遞還給她，彷彿喝得很順，儘管我眼睛已流出淚水，喉嚨感覺像是吞下岩漿。

「謝謝。」我沙啞地說。

「我叫艾莉西絲．拉金。」她伸出手：「不過我的朋友都叫我莉西。」

「很高興認識你，莉西。」我們握手時，我感覺到小小的靜電。「我是札克——札克．萊曼。」我結結巴巴念出自己的名字。

她咧嘴一笑，伸手討她的酒壺，而我開心地奉還。「好啦，你是從哪來的？札克—札克．萊曼？」

「只有一個札克。」我笑了：「我是從奧勒岡州的波特蘭來的。你呢？」

「德州。」她輕聲說：「我住奧斯汀。」她的表情變得陰鬱，又喝了一口酒——這次她皺眉了。「不到一小時前，我人就在那裡，在我的工作隔間裡幫子程式除錯，結果一艘該死的地球防衛同盟太空船突然冒了出來，降落在我辦公室大樓的外面！我原本以為自己一定是發瘋了，現在我不知道該怎麼看待這件事。」

她打了個冷顫，揉揉自己沒衣物遮蔽的肩膀。

「這裡冷得要命！」她說：「而我的毛衣在另一個時區，不在手邊。」

我暗自向克隆神禱告道謝，然後打開背包，拿出我爸的夾克給她。

「哇，」她說：「真跩。謝啦。」她花了幾秒鐘欣賞補靪，然後把它當斗篷似地披到肩膀上。

「你在哪工作？」

「一家軟體公司，我們幫手機做app和作業系統。太空船降落到辦公室外的畫面真的很超現實，因為我有許多同事也愛打電動，他們馬上就認出了太空船，連船身上的地球防衛同盟紋章都不用看。沒人相信自己看到了什麼。」

「當時狀況是怎樣？」

「我們全都跑到停車場去。接著兩個穿西裝的人……一男一女走下太空船，報上我的全名要找我。妙的是，我覺得這很羞辱人，感覺像被叫到校長辦公室之類的。他們說他們需要我『協助處理迫切的國安危機』。我能怎麼做？他們開著電動裡的太空船跑來跑去，我總不能在後半輩子不斷好奇它裡頭長什麼樣子、原本要載我們去哪吧？所以我就跟他們來了。」她朝我們的四周點了點頭。「結果我現在在該死的愛荷華州中央的極機密政府基地，等著他們告訴我現在是什麼鬼狀況。簡單說——我嚇到屎都跑出來了。」

她用非常冷靜、穩定的嗓音描述這一切。

我點點頭。「我想我們其實是在該死的內布拉斯加州的正中央。」

「是嗎？你怎麼知道？」

「因為雷……帶我來這裡的地球防衛同盟探員說這裡在內布拉斯加。」

「帶我來的小丑什麼屁話都沒跟我說。」她說。

我現在才想到，我搞不好獲得了別人沒有的特殊待遇。簡報廳裡的其他新兵候補難道在過去六年內都碰到了部署在他們老家的臥底探員？都接受了探員的指導和監視？感覺不太可能。

莉西再度低頭看著重新啟動的量通，按了按螢幕上頭的圖示。

「他們最好真的遵守承諾，解開這些玩意兒。」她說：「我不想要奶奶擔心我。如果我不每天打電話給她，她通常會放不下心——」她憑記憶輸入了一個號碼，但量通螢幕上跳出一個紅色的叉，還有一個訊息：「禁止連通平民通訊網。」

「我們等著看吧。」她低聲訓了一下量通，才把它滑進口袋裡。

「你跟你奶奶很親嗎？」我問這只是想多聽她說話。

她點點頭：「我爸媽在我還小的時候就出車禍死了。我爺爺也已經不在了，所以我奶奶是獨力扶養我長大的。」她和我四目相接：「你呢，札克？你有擔心的家人嗎？有誰會擔心你嗎？」

我點點頭。「我媽。」我在心中勾勒她的臉。「她是護士。我們兩個相依為命。」

莉西點點頭，彷彿我這麼說就解釋了一切。我們兩個沉默了一陣子。我突然發現，我好希望克魯茲和迪赫在這裡陪我。如果我最好的兩個朋友也在場，我會比較能夠面對這毫無理性的體驗。

不過呢，儘管那兩個叫麥可的都很會玩「堅地」和「艦隊」，但他們的排名顯然不夠高，才沒受邀來參加這古怪的行動。

「莉西？」

「札克？」

「你玩『堅地』和『艦隊』嗎？」

「我玩『堅地』。」

「你多厲害？」我問：「你在三六〇裡頭嗎？」

她點點頭。「我目前排名十七。」她的語氣實在太滿不在乎了：「不過我最高打到第十五名，那些排名的變動好大。」

我輕輕吹了個口哨，很佩服她。「哇靠，大姊。」我說：「你的呼叫代號是什麼？」

「莉即處死。」她說：「一個混合詞。你的呢？」

「鋼鐵米格魯。」我自己聽了都覺得蠢，臉抽了一下：「這——」

「這太棒了！」她說：「我喜歡那部電影，就愛它的俗氣。我奶奶每個聖誕節都會播『史努比大戰紅男爵』專輯。」

我嚇了一跳，又轉頭去看她。從來沒有人一聽到我的呼叫代號，就知道它是「鐵鷹F16」和「史努比」哏的混搭，大家都需要我的解釋——就連克魯茲和迪赫也不例外。我突然好想伸手觸碰她的肩膀，確認她是不是真的存在於世界上。

「你不在三六〇裡，不然我就會認得你的呼叫代號。」她說：「你一定是『艦隊』的玩家吧？」

我點點頭，試圖隱藏我的失望：「你不愛玩？」

她搖搖頭：「我玩飛行模擬遊戲會頭暈。我比較喜歡雙腳著地。」她接著豎起拇指，比向自己：「讓我控制巨大戰鬥機甲，我就會粉碎敵人，看著他們被趕跑。」

我咧嘴一笑：「那他們的女人會怎麼慟哭[38]？」

「喔，對。」她咯咯笑：「他們女人會到處慟哭，這沒什麼好提的，不是嗎？」

我們兩個人都發出大笑，附近聽到笑聲的人紛紛怒瞪我們。我們顯然是簡報廳中還能笑得出來的兩個人——這讓我們笑得更大聲了。

我們冷靜下來後，莉西高舉酒壺，最後幾滴酒掉到她伸出的舌頭上。接著她旋緊壺蓋，將酒壺塞到牛仔褲上。

「『我失去R2了。』」她引用台詞，然後模仿藍色小機器人那著名的嘆息，警笛似的。這次換我忍不住噗嗤笑了出來。

「好啦，星爵[39]，老實說吧。」她說：「你的玩家排名是多少？」

「我的『堅地』排名太爛了，沒辦法大聲說出口。」我誇張又假惺惺地表現出謙虛：「不過我目前的『艦隊』排名是第六。」

她瞪大眼睛，轉過頭來看我。

「第六？」她重說了一次。「世界排名？沒唬我吧？」

我發誓，不過沒發毒誓。

「那可真是強翻天啦。」她說：「我很佩服，札克—札克・萊曼。」

「您過獎了，拉金小姐。」我回答：「不過你要是看我玩『堅地』，就不會那麼佩服我了。我操縱ATHID還過得去，但操作哨兵的話，連自己的屁股都救不了。我的下場每次都一樣，

---

38　札克接完莉西的台詞，兩者出自《王者之劍》（*Conan the Barbarian*）。

39　星爵（Star Lord）：漫威旗下的超級英雄。

動不動就踩到一整間公寓的平民，然後就被降級成步兵。」

「咚！間接傷害以及財物毀損！你很愛一意孤行對吧？」

我還來不及回答，簡報廳內的燈光就暗了下來，眾人陷入沉默。我感覺到莉西抓住我的前臂，捏到我的血都快流不過去了。我直盯著前方，緊抓住座位扶手，累積了一輩子的期待讓我全身顫抖，這時螢幕亮了起來。

接著他們播放了史上最令人不安的、政府製作的軍訓影片。

# 10

動畫版的地球防衛同盟（Earth Defense Alliance）紋章出現在螢幕上，大寫E和D漸漸轉變成一面透明的盾牌，繞著藍色地球打轉。大寫A的字體特殊，兩隻腳之間的空隙變成哨兵機甲的圓頂狀頭部，中間的空隙長著一隻有眼瞼的獨眼，我知道它代表月面基地阿爾法，也就是地球防衛同盟在遠端月面的祕密設施。我心想，不知道為什麼正牌的地球防衛同盟要把月面基地阿爾法加進紋章中？那基地當然不可能真的存在啊。接著我提醒自己：短短幾個小時前，我也以為地球防衛同盟不可能存在。

拉丁文寫成的地球防衛同盟箴言「汝欲和平，必先備戰」出現在紋章下方，接著兩者都消失了，螢幕上只剩一大片星星，收錄在原聲帶中的不祥音樂愈來愈大聲。那是「艦隊」開頭的管弦樂曲，作曲者不是別人，就是那個約翰·威廉斯[40]。倫敦交響樂團的弦樂部加入後，我感覺到脖子後面的寒毛都站了起來。

我提醒自己，這一切都發生在現實之中。

我提醒自己要記得呼吸。

螢幕上，NASA早期的探測太空船飄到鏡頭前，穿過滿是星斗的虛空。它看起來像以前會裝在院子裡的碟狀衛星天線，三根長長的戶外電視天線以正確的角度固定在它的底座上。我認

40「星際大戰」、「印地安納·瓊斯」、「侏羅紀公園」等電影的配樂作曲者。

出它是先鋒10號或先鋒11號，NASA最早派去調查外太陽系的探測船，兩者長得一模一樣。它們是在七〇年代初期上太空的，因此我知道這段影片一定是電腦模擬畫面。

攝影機繞到太空船後方，顯示它正快速逼近木星。那陰森的氣態巨行星愈來愈大，這時有人在背景音樂中開始說話了。莉西和我都認得那個聲音，紛紛倒抽一口氣，簡報廳內也有其他人唱和。我們都是立刻認出聲音的主人，儘管他在將近二十年前已經死了。

是卡爾・薩根[41]。

他說出的頭幾個字幾乎抵觸了我所有對宇宙的認知，我聽來的「人類目前對宇宙的了解程度」跟他的發言是矛盾的。

「一九七三年，NASA發現了非地球生命體存在的最初證據，對方就存在於我們自己的太陽系內。所謂的證據，是先鋒10號太空船回傳的木星第四大衛星歐羅巴的近拍影像。加州帕薩迪納的噴射推進實驗室在十二月三日的太平洋標準時間十九點二十六分接收，並解碼了該影像。」

我馬上就看出地球防衛同盟雇用薩根博士擔任旁白的原因了，太明顯了。他充滿確信又給人熟悉感的男中音，使他說的每個字都帶有科學事實的重量。冰冷、不容懷疑的事實。這令人不安到了極點，到了不可思議的地步。因為薩根從六〇年代起，就是人類尋找地球外智能生物的驅動力了。如果NASA在一九七三年就發現外星人，薩根還花了一輩子的時間幫助他們隱瞞事實，那就代表有一個強制性超大的理由要他這麼做——但我想破頭也無法想像那會是什麼樣的理由。

也許地球防衛同盟用某種方式編輯或模擬薩根的嗓音，來製作影片的旁白？也許他們發黑函給他，逼他配合？媽的，就我所知，地球防衛同盟一定有個祕密實驗室設在五角大廈下方，裡頭裝滿培養槽，二十四小時大量製造薩根和愛因斯坦，就跟製造本田雅哥那樣。

接著薩根博士本人的影像出現在螢幕上，我不再懷疑那嗓音是不是來自本人。那影片顯然是在七〇年代拍的，薩根看起來比他拍「宇宙」系列時還要年輕。他跟十幾個蓬頭垢面的科學家一起擠在噴射推進實驗室的控制室內，所有人都圍著一台小小的黑白電視螢幕，緊張地看著人類第一批歐羅巴近照緩緩浮現，一次只跳出一排像素。木星衛星的右半部隱在陰影中，不過左半球受到陽光直射，地表模樣已經隱約可見。

下載即將結束，歐羅巴地表的其他部分漸漸浮現，薩根和那一群科學家開始細看影像，散發出的困惑和警戒氣息愈來愈濃厚。最後一排像素冒出來了，完整影像出現在螢幕上，顯示歐羅巴的結冰地表上覆蓋著一個巨大的卐字。

充滿恐懼的低聲咒罵橫掃簡報廳。我聽到莉西在我隔壁輕聲說：「什麼鬼？」

我點頭表示同意。這顯然是我上過最令人心慌的歷史課——我無法想像接下來還會看到什麼。

「第一批近拍影像顯示木星衛星表面刻印著一個巨大的符號。」薩根冷靜地解釋：「那是個四邊等長的十字，四邊的尾端都右轉九十度——也就是地球人所謂的卐字。它落在南半球，清楚可見，覆蓋範圍超過一百萬平方公里。卐字實在太大了，因此在先鋒號拍到的第一張照片中其實顯得有些彎曲，因為它貼合衛星的地表弧面。

---

41 美國天文學家，科普作家，行星學會的創立者。

「NASA科學家立刻認定這符號是地球外高智能生物存在的第一個鐵證，然而，隨後的爭辯沖淡了發現該符號的興奮：它到底具備什麼潛在意義？幾千年來，世界各地使用卐字的文化都是和平愛好者，它在這些文化當中既是裝飾性的符號，也是幸運符。一直到一九二〇年，納粹使用了它，並在後來犯下種種暴行，它才永遠變成人類最邪惡面向的象徵。」

「是啊，他們何不在歐羅巴上改壓一個太極啊？」莉西在我旁邊輕聲說話，有點口齒不清：「一定會讓NASA激動到不行。」

我對她噓一聲，她發出一陣歇斯底里的短暫笑聲後，似乎又恢復了理智。我們都把注意力放回螢幕上。

「損壞歐羅巴地表的這些生命體究竟知不知道這符號對我們而言有什麼意義？我們無從得知。」薩根繼續說：「獲得更多情報之前，我們只能針對符號的由來與意義提出猜測。我國的政治、軍事領袖決定向世人隱瞞此事，擔心卐字的存在會引起恐慌，使全體公民陷入宗教、政經方面的混沌。理查·尼克森總統發布祕密行政命令，將NASA在歐羅巴上的黑暗發現列為高度國安機密，要等到進一步研究後才能公諸於世。」

現在我知道薩根博士和其他噴射推進實驗室的科學家為何要配合政府掩蓋真相了。如果選擇不隱瞞，他們就得對內心脆弱的地球公民說：他們剛剛發現一張巨大的納粹便利貼正繞著木星轉。如果華特·克朗凱[42]在一九七三年的晚間新聞投下這種震撼彈，人類會集體發狂。在這種情況下，規畫下一次前往歐羅巴的太空任務將會面臨各種問題——也許根本無法成行。

不過這套說法仍有許多部分使我心煩意亂。首先，NASA在歐羅巴的種種發現都帶給我詭異的既視感，我花了一小段時間才想出原因。

歐羅巴從七〇年代晚期開始，便是我國科學家的官方說詞中最可能有外星生命的太陽系天體，因為它的地表下有寬闊的液態海洋。從此之後，它也成了科幻小說寫手間最熱門的故事場景。情節涉及「在歐羅巴發現外星生命」的作品，我至少叫得出半打——最有名的是亞瑟・C・克拉克的小說《威震太陽神》，《2001太空漫遊》的續篇。彼得・海姆斯在八〇年代執導了優秀的改編電影，結尾是科技進步的外星生命利用超級電腦哈兒傳送了一個多人群組簡訊給人類，要他們離歐羅巴遠一點。

**別想降落在那**。

還有一個狀況聽起來也很耳熟，那就是與外星人第一次接觸時得到含卐字的訊息。我在腦內翻找記憶，感覺像是過了幾百年，最後才發現答案瞪著我看——卡爾・薩根在他第一本，也是唯一一本科幻小說《接觸未來》（*Contact*）中寫過類似的情節。在他的故事中，地外文明計畫的研究者收到了地球外智能生物的訊息，裡頭有外星人唯一攔截到的地球電視訊號，結果是阿道夫・希特勒在一九三六年柏林夏季奧運會發表的開場演說。原作和改編電影中最令人印象深刻的部分，都是科學家解碼第一個外星人影像訊號的那場戲。他們發現裡頭有納粹卐字的特寫。

我眼前螢幕上展開的種種事件，確實跟《威震太陽神》和《接觸未來》中的描述不同——不過這些相似性不可能只是巧合吧？

克拉克跟薩根一樣待過NASA，他也可能得知先鋒10號在歐羅巴上的發現並同意隱瞞真

---

42 華特・克朗凱（Walter Cronkite）：冷戰時期著名主播。

相，這完全合理。但這兩個男人又為何相繼要把最高機密的核心藏在他們的暢銷科幻小說裡？為什麼地球防衛同盟不去追究？何況這兩部小說都被改編成了賣座電影，將機密情報散播給全球觀眾啊？

這時我突然想通了，我可能已經回答了我自己的問題。同一時間，前方螢幕開始出現歐羅巴的高解析度影像，揭露更多地表的細節。近看下，這衛星像是一顆骯髒的雪球，長達數千公里的紅橘色裂縫和條紋在上頭縱橫交錯。黑色的巨大ㄎ字像是鮮明的浮雕，在衛星表面上非常突出。

「先鋒11號在隔年，也就是一九七四年十二月抵達木星。」薩根的旁白持續著：「科學家調整了它的路徑，要它近距離通過歐羅巴，而它回傳了更清晰的衛星本身以及地表異物的照片，終結了『先鋒10號的影像可能是假貨』的疑慮。這時NASA已經匆匆著手在打造新的最高機密探測船，要它飛向歐羅巴，登陸到地表後近距離研究ㄎ字形的異物，希望能收集到足夠的資料，查明它的由來或功能。NASA命名為『使節I』的太空船在一九七六年七月九日登陸歐羅巴──這天也是人類與外星智能生物進行第一次直接接觸的日子。」

我這輩子從來不曾像現在這樣死盯著電影螢幕。

使節I（應該說，又一個CGI模擬物件）出現在螢幕上，逐漸逼近歐羅巴的軌道，雄偉的木星則在歐羅巴後方若隱若現。與NASA前一年發射的先鋒號太空船相比，使節I看起來較大、較不流線，燃料槽很巨大，骨架上還嵌了著陸器。

太空船通過巨大的黑色符號後便啟動著陸模組，開始朝結冰的地表下降。

影像切換了，現在播放的影片看起來像使節I號著陸器實際錄下的、它飛完最後一段路的過程。

攝影機在陽光普照的環境下，從正上方往下拍，歐羅巴表面的巨大ㄣ字似乎只是長長的褪色冰條，其中黑色的部分仍會反射陽光。除了顏色的變化外，衛星表面縱橫交錯的裂痕和冰脊似乎都沒受到擾動。感覺像是有人將太陽系最大的ㄣ字模印到歐羅巴的側邊，然後用滅星者[43]大小的黑色壓克力噴漆轟它。

「使節I號的著陸器在地表異物的最南端觸地，我們後來會知道那裡靠近所謂的錫拉暗斑區。」薩根繼續說著，同時畫面上的著陸結束了和緩的下降，接觸到地表，起落架跨在ㄣ字邊緣與潔白冰面的交界上。

令我震驚的是，一片眼熟的金色碟片就黏在著陸器的底部，看起來就跟NASA裝在兩部先鋒號太空船上的知名金色鋁板一模一樣。

「使節號的著陸器上加裝了十二吋鍍金鋁碟。」薩根解釋：「這張唱片記錄了各種聲音、影像，目的是為了呈現地球生命與文化的分歧性，象徵我們種族發出的和平訊息。」

著陸器的太陽能板展開完畢後，一隻有關節的機器手臂從下方伸出，開始收集黑色冰塊樣本。機器手臂末端的高溫金屬鏟在冰塊上挖了一英尺深的溝，顯示這個深度的冰塊也都是黑色的。手臂一度退了回來，接著著陸器的機體像金屬花朵般展開，露出裡頭狀似魚雷的探測器，尖端對著冰塊。

「木星潮汐加熱作用使歐羅巴地表下的冰塊維持液態，造就了一片地下海洋，而我們知道

43「星際大戰」中的巨大戰艦。

海洋中可能有生命。因此若想尋找衛星表面那個符號的創造者，先到海底搜索便很合理。」

我再度在心中讚嘆薩根嗓子的超強安撫力。如果他們是選詹姆斯．厄爾．瓊斯[44]當旁白，這影片還會變得更可怕。

「簡單說，使節I號的著陸器部署了一個穿冰機器人，也就是一部核動力融冰探測機的實驗機，它的目的是要融穿衛星表面的冰層，進入下方海洋搜尋地外生物。」

著陸器慢慢放下魚雷狀的穿冰機器人，將它的超高溫尖端插入染黑的冰塊中。水蒸氣爆炸性噴發，像柱子般延伸到歐羅巴高空，抵達幾乎不存在的大氣層，探測機則開始融穿縞瑪瑙色的冰塊，因重力而往下拉。

幾秒後，穿冰機器人的尾端也從地表消失了，後方拖著長長的光纖繫繩，它連結了機器人和訊號發射器。接著，歐羅巴的剖面圖動畫出現在螢幕上，顯示穿冰機器人通過了好幾公里深的堅硬冰層，最後才通過冰殼，落入歐羅巴的黑暗海洋之中。

「穿冰機器人鑽出衛星冰層下側的幾秒鐘後，我們就與它失聯了。NASA起先懷疑是器材故障，但我們在同一時間也和地表的著陸器斷了聯繫。使節I號的軌道太空船在幾個小時後通過著陸地點，拍到的衛星影像顯示兩件事：著陸器從地表徹底消失了，卐字也是。」

影片接著切換成一系列投影片，快速地展示軌道太空船拍到的幾張靜止照。卐字確實消失了，完全沒有痕跡顯示它曾經存在。下一刻，探測器降落地點的影像放大了，細節變得更多。著陸器支架在冰上壓出的四個壓痕還在，穿冰機器人在冰上融出的圓孔也是——那些冰奇蹟地變回自然的顏色了。

「NASA與著陸器失聯四十二小時後，它的無線電發射器恢復運作，用NASA的最高機密頻率發送訊號。訊號抵達地球時，我們發現它有短暫的音訊，顯然是歐羅巴的居民發送的。令我們意外的是，說話者使用的是普通英文，聲音像是人類小孩。

影片播放了當年錄下的小女孩聲音。

「你們褻瀆了我們最神聖的殿堂，」那孩子的音調很平板，沒有起伏：「這不可原諒。我們會殺光你們。」

我雖然在椅子上發抖，但那訊息卻有讓我感到異常熟悉的部分。它像是爛科幻電影的台詞。

卡爾・薩根那安撫人心的旁白又開始了：「我們很快就認定，外星人傳送來的女性聲音是利用著陸器上那張金色唱片合成的。

「令我們沮喪的是，這二十五字訊息開始不斷反覆播放，每個小時播、一天又一天播。我們討論對方時開始稱之為歐羅巴人，而這些歐羅巴人不知為何徹底忽略我們的回應、解釋、行動。基於我們不明白的原因，他們似乎把我們嘗試進行第一次接觸的行為，視為不可原諒的戰爭行徑。融冰探測器調查衛星地表的任務，可能在我們不知道的情況下逾越了該種族心目中的神聖地域邊界或宗教邊界。又或許，歐羅巴人單純將我們的存在視為一種威脅。我們還不確定對方動機，因為我們雖然在事後試圖聯絡他們，但所有的努力都以失敗收場。」

簡報廳內再度湧出一波緊張的交談聲。我掃視人群，有那麼點期待看到抓狂的人，但每個人都冷靜地坐在座位上——包括我自己。真相揭曉，大家得知邪惡外星人就要來消滅人類，但

44 知名配音員，「星際大戰」的達斯・維達由他配音。

沒有任何人陷入歇斯底里，也沒有人恐慌。我想我大概知道原因。幾十年來，跟外星人多少有關的科幻小說、電影、卡通、電視節目形成穩定的彈幕，不斷轟炸我們。「天外訪客」題材滲透到流行文化中的時間太長了，如今已成為人類集體潛意識的一部分，讓我們得以應對真正的外星人。如今狀況成真了。

「我們開始派遣更多偵測機前往歐羅巴，數量多達數百，但幾乎全都在抵達衛星軌道的不久後遭到摧毀。不過經過反覆的失敗與嘗試後，我們終於在木星的其他衛星上建立了幾個遠端監控平台，得以在不被發現的情況下就近監視歐羅巴。這些平台回傳了以下衛星監控影像。」

成千上萬張衛星影像開始浮現在螢幕上，依照時間順序快速地掠過畫面，形成某種定格動畫，顯示歐羅巴的赤道附近似乎有一圈薄薄的金屬層。照片放大、改善畫質後，幾百萬個建造機器人便出現了，它們沿著軌道鷹架爬行，也爬在它們正在建造的太空船骨架上。

看起來就跟昨晚任務中的蘇布魯凱母星沒兩樣，差別在於歐羅巴的地表幾乎都是白色，而非紅色的。而這顆衛星後方的，並不是名叫天倉五的紫色氣態巨行星，而是大家熟悉的木星巨眼。

畫面上的歐羅巴人正在打造一支艦隊，就跟蘇布魯凱族一樣，不過前者更靠近地球。他們還在衛星軌道上部署了鑄造船，大量製造戰鬥機和無人機——這也跟我昨晚在蘇布魯凱星上空看到的一樣。歐羅巴人還拖了好幾個大尺寸的小行星和彗星到安全軌道上，如今我們看到那些蜘蛛般的建造機器人湧了過去開挖，採集金屬和其他珍稀物料。

螢幕上開始播放縮時影片，時間一週一週、一個月一個月、一年一年飛逝，這些有能力自我複製的機器人持續不斷地建造著，歐羅巴四周於是逐漸形成一支閃亮的太空船小艦隊。艦隊規模不斷變大，最後這些外星戰鬥太空船多到形成了土星環似的寬帶，包住赤道。

他們繼續拖進、拋出小行星，這次輪到六個巨大的無畏球開始在歐羅巴上空成形了。「儘管我們持續和歐羅巴人協議停戰，他們還是不斷備戰，建造具備製造能力的無人機。」旁白解釋：「我們一個月又一個月、一年又一年地看著他們的數量等比成長，愈來愈不安。

「一九八〇年代中期，歐羅巴人開始派遣斥候船來地球。」薩根繼續說：「我方軍隊設法俘虜、研究了好幾部敵方太空船，這時才發現，這些太空船全是無人機，歐羅巴人在幾千、幾萬英里外透過某種量子即時通訊技術操縱它們。因此我們現在還是相當不了解歐羅巴人的生物天性或身體外貌，幾乎等於一無所知。」

我不自在地調整坐姿，內心感覺非常奇怪：沮喪和寬慰混在一起了。我原本半信半疑地以為薩根揭露的歐羅巴人外表會跟「艦隊」中的蘇布魯凱族一樣，都是人形烏賊。得知真相不是那樣，我鬆了一口氣，但也同時感到挫敗。四十年過去了，我們還是對敵人的生物特性一無所知。

「幸好經過多年努力，我們的科學家成功透過逆向工程破解了外星人的量子通訊科技，也掌握了外星太空船的推進系統與武器的許多面向。此後我們便運用這些新入手的科技，在世界各地打造我們自己的防衛無人機。我們相信人類只要有這些無人機，就有能耐跟外星入侵者交手。」

我聽到自己不自在地呼了一口氣。當我認為地球防衛同盟只是電玩遊戲裡的虛構組織時，我願意放下懷疑，相信他們的解釋：「我們在短短幾年內就透過逆向工程破解了外星人的科技。」如今他們打算把它當成一個歷史事實帶過，但我完全不買單——就算他們搬出卡爾・薩根的嗓子也沒用。地球防衛同盟要如何在短短幾年內破解遠比地球科技進步的通訊、推進系統、武器科技，而且還瞞過全世界？這似乎完全是不可能的任務。更不用說要大量製造幾百萬架無人機了。就算這是辦得到的事情好了，我們的敵人為什麼又要讓我們那麼好過？根據剛剛影片中的說法，歐羅巴人不只讓我們俘虜了好幾架太空船，還給我們足夠的時間摸透它們的運作原理，並為自己打造一支同等強大的艦隊。他們在衛星軌道上打造艦隊，被我們的衛星看個精光，等於是錄了一支內容詳盡的影片給人類，使我們得以預期對方的攻擊手段。

地球防衛同盟一定說了一些真話，剛剛載我來的太空船就是證據，我四周的景象也是。不過我很確定，他們一定還有很多事情沒說出來。沒說的比說出來的還要多得多。

「到後來，有件事變得顯而易見，所有的人類領袖都看出來了。如果我們不放下歧異，團結成一個種族來守護自己與自己的家園，那人類一定會滅亡。這促使聯合國的幾個菁英成員組成了全球性祕密軍事同盟，也就是所謂的地球防衛同盟，為的就是在噩夢成真、歐羅巴人艦隊全體朝地球前進的那天團結人類。」

地球防衛同盟的動畫紋章再度出現在螢幕上。

「在那之前，我們會繼續尋求和平之道，同時為交戰的可能性做好準備。」

薩根說完結語，螢幕暗了下來，影片戛然而止。莉西發現自己還緊抓著我的前臂，連忙鬆手。她的指甲緊戳我的皮膚，留下爪痕，但我根本沒注意到。我過往對現實的認知碎成了上百萬個碎片，根本沒空管別的事情。

幾秒鐘後燈光亮起，他們捎來了一個真的很糟的消息。

# 11

一名高個子男人現身了，他身穿裝飾繁複的地球防衛同盟制服，走上簡報廳前頭的小台子，站到中央的講台上。就定位後，他的臉龐出現在身後的巨大螢幕。我跟莉西同時倒抽一口氣，在場其他人也跟著唱和。

是阿奇博．凡斯司令，地球防衛同盟的獨眼指揮官。玩「艦隊」和「堅地」任務前，他都會幫玩家做簡報。

我一直以為他是遊戲商雇來扮演這角色的演員，但我顯然又錯了。

司令雙手放到講台上，花了許久的時間盯著聽眾，打量他們。

「各位新兵候補，你們好。」他說：「我是阿奇博．凡斯司令，我擔任地球防衛同盟戰地指揮官超過十年了。我是真實存在的人物，而不是虛構角色，相信這點一定讓你們當中的許多人感到訝異。但你們放心吧，我是真貨，地球防衛同盟也是。」

歡呼聲此起彼落，還有一些輕柔的笑聲。司令等到所有人都沉默下來才繼續往下說。

「你們今天被叫到這裡來，是因為我們需要各位的協助。你們是世界技巧最高超、訓練最扎實的無人機駕駛員。你們精通的兩款電玩遊戲──『堅地』和『艦隊』，其實是地球防衛同盟打造的作戰訓練模擬器，能幫助我們定位、訓練你們每一個人。你們擁有稀世才能，而我們得借重它才能保衛地球，阻擋歐羅巴人的入侵行動。

「你們剛剛都看到影片了。自從我們發現外星敵人的存在後，就一直保密至今。」他接著說：「這麼做是有必要的，為的是讓人類保持冷靜，撐到我們的領袖規畫、發動防衛行動為止。」他的雙手滑下講台，又掃視了聽眾一次。

「不過我們終於耗盡時間了，這些年來，我們一直懼怕的那一天即將來臨。而你們是地球防衛同盟最寄予厚望的新兵候補，分別來自世界各地數十個國家。」他告訴我們：「為求保險，我們才先將你們帶到安全的地方，再將真相公諸於世。」

「我靠。」莉西在我旁邊低聲說。

「你們剛剛看的簡報短片的第一版，完成於九〇年代初期。」凡斯司令說：「多年來我們不斷升級電腦模擬畫面，但主要內容沒什麼改變。地球防衛同盟打算等到再也瞞不了外星人入侵行動的時候，向全世界公開這段影片，這想法也一直沒變。遺憾的是，那一天即將來臨了。歐羅巴人在超過四十年前威脅說要殲滅人類，如今他們似乎總算完成備戰了。」

他抓住講台邊緣，彷彿是要穩住自己。這讓我發現自己也緊抓著椅子扶手。

「這是昨天一大早的衛星影像。」他身後螢幕跳出了新的歐羅巴照片，解析度很高。剛剛影片中的艦隊還在建造，但照片中的已經完成了。六顆無畏球像花朵般綻開，接受那些致命貨物、長長的螺旋狀儲放架幾乎裝滿了，上頭有超過十億部無人機，準備接受運送和部署。

「下一個影像是幾小時前拍的。」司令說，又一個歐羅巴的衛星影像出現在螢幕上了。外星人的建造船原本在赤道附近排成一條閃亮的帶子，如今已不見蹤影——六個巨大的無畏球也不見了。歐羅巴南半球上烙了一個巨大的圓圈，剛好就是昨晚「艦隊」任務中，破冰器在我們的掩護下以融冰雷射攻擊的位置。

「靠！」我大吼，而且吼出聲的不只我一人：「那個任務是來真的？」

「什麼意思？」莉西問。

我還來不及回答，司令又開口了。

「地球防衛同盟總部昨晚對歐羅巴發動了攻擊。」他說：「在場的許多『艦隊』玩家都參與了這一役。我們原本打算先發制人，阻止他們派出無人機來毀滅我們。但破冰器任務失敗了，敵方艦隊已在前來地球的途中。」

我忍不住了，不能再自己一個人抱持那些疑慮了。「這說法根本狗屁不通，」我悄聲對莉西說：「如果這些外星人想要毀滅我們，為什麼要等四十年才發動攻擊？為什麼要給我們這麼長的時間來弄懂他們的科技、準備反擊？他們大可在七〇年代消滅我們啊。為什麼要等這麼久？」我搖搖頭：「這說法當作遊戲設定來看是不合理的，現在也不合理。我的意思是，為什麼要派一支無人機艦隊過來？為什麼不用病毒或殺人小行星或——」

「老天，誰他媽在乎啊，老弟？」莉西用氣音回我，我的眼角瞄到她顫抖的手舉高酒壺，還想再喝一口酒，但它已經空了。她咒罵一句，重新轉緊蓋子。「也許他們活了幾千年？四十年對他們來講只像個長長的週末？」她瞇起眼睛，看著螢幕上發光的影像：「但都不重要了，不是嗎？他們顯然不想等下去了。」

她把注意力放回司令身上，我也試著那麼做。

「這是敵方艦隊目前的位置和航道。」凡斯說，這時一個動畫版的太陽系地圖出現在他身後的螢幕上，三個阿米巴原蟲狀、一個比一個大的球體接連成串，指出歐羅巴艦隊所在的位置。他們在木星與地球之間連成的線上展開陣形，緩慢通過小行星帶，像是一個星際馬車隊。逐漸逼近地球的歐羅巴艦隊似乎分成三波攻勢，整體而言的軌道以發光的黃線標示，目的地相當明確，沒有懷疑的空間。

「喔，天啊。」莉西輕聲說：「他們已經過中點了。」

她說得對，第一批艦隊已經逼近火星軌道外的小行星帶了。

鏡頭拉近，聚焦在前鋒（也就是帶頭的那一團艦隊），顯示它是由數以萬計的小綠色三角形組成的稠密雲朵，中央有個深綠色圓圈，是戰鬥機護衛下的無畏球。司令又調整了戰況顯示器，放大後面那兩個更大團的艦隊。第二團艦隊包含兩個無畏球，擔任護衛的長刀戰鬥機有兩倍之多。第三團艦隊有三個無畏球，以及三倍數量的戰鬥機。

司令用雷射筆指出這三團戰艦。

「基於不明原因，敵方將他們的侵略攻勢分成三波，每一波都比先前強大。」他說：「根據估計，每一個無畏球都搭載了將近十億部的無人機。」

這種程度的算術我也會。司令的意思是，現在有六十億部外星殺戮無人機正要過來殺光人類。這顯然不會是勢均力敵的戰鬥——敵軍第二波攻勢到來後就會一面倒了。

司令將雷射筆的紅點移到最前方排成箭頭狀的那堆戰艦。「如果敵軍維持現在的行進方向和速度，前鋒——也就是第一波戰艦會在八小時內抵達月球附近。」

一個數位倒數計時器出現在右下角，顯示敵軍前鋒抵達前，我們還剩多少時間：07:54:07。

一秒鐘後，我手腕上的量通發出嗶一聲，其他人的也是，形成一個迴盪在人群中的巨響。

我低頭一看，發現我的量通螢幕上也出現了入侵倒數計時器，讀秒速度跟司令後方大螢幕上的那一個完全同步。

07:54:05。

07:54:04。

07:54:03。

「老天，」莉西口齒不清地說，並盯著自己手腕上的量通，看著讀秒：「我覺得自己好像大蛇普利斯金[45]。」

我發出不合時宜的噗嗤一笑，聲音傳遍安靜的簡報廳。下方一張張臉轉過頭來瞪我們這個方向，我連忙閉嘴。莉西竊笑，我在嘴邊豎起一根手指，要她安靜。

「如果我們設法熬過前鋒的攻擊，敵軍的第二波無人機大約會在三小時後抵達，最後一波則是再三小時後。」

每次他提到「前鋒」（vanguard）這詞，我只會想起同名的老街機遊戲。那是八〇年代中期發行的橫向卷軸太空射擊遊戲，我從我爸的收藏當中發現的。遊戲最後有五波敵軍攻勢，一波比一波強，挺過後就會對上最終頭目，所謂的貢德（The Gond）。在我的想像中，歐羅巴領主跟貢德已經變得沒什麼差別了。接著我提醒自己，歐羅巴人搞不好沒有領主——根據剛剛的簡報，我們仍對他們的生物特徵和社會結構一無所知。也許他們沒有領袖？也許他們有集體心智？

45 首度出現在約翰．卡本特電影「紐約第三集中營」中的反英雄角色。他的手上也戴著一個倒數計時器，若不在時限內完成任務，體內微型炸藥就會爆炸。

司令說完話，轉身背對螢幕，一陣焦慮的低語在聽眾之間瀰漫開來，音量愈來愈大，最後凡斯才舉手要大家安靜下來。

「你們會驚恐也是應該的。」他說：「敵軍已對我們的星球展開全面的侵略行動，數量又遠超過我方。幸好情況其實沒有表面上看來那麼絕望。地球防衛同盟為了這一刻已準備數十年，當它來臨時，人類還是有辦法反擊並保衛家園。」

地球防衛同盟的紋章再度出現在螢幕上，眾人發出絕望的歡呼，約翰．威廉斯為「艦隊」寫的另一首曲子也響起了。我對剛剛聽到的一切都抱持懷疑，但在如此環境下聽到那段音樂，我還是起了雞皮疙瘩。

一個裝滿ADI-88攔截機的機庫出現在螢幕上，我感覺到自己的下巴無視我的意願，掉了下來。它們看起來就跟我在「艦隊」中操縱的機體一模一樣，所有細節都毫無二致。又一張照片跳了出來，成千上萬部ATHID整齊排列在某個祕密水泥碉堡中，接受強力探照燈的照耀。最後一張照片拍的是單獨一部哨兵機甲，我聽到莉西悄悄發出「哇」一聲。它看起來就跟遊戲中的哨兵沒兩樣，也同等巨大。

「你們都在尋找近期全球金融危機的真正原因——全人類文明中的科技、工業、自然資源都被大量投入我們的計畫中，確保我們擁有足夠的火力，好擊退數量比我們多、武器也比我們進步的外星入侵者。過了這麼久之後，我們現在總算可以部署我們的軍隊了。」

更多照片出現在螢幕上，顯示上萬部貨真價實的攔截機、哨兵、ATHID，它們都儲藏在世界各地的祕密地點中，等著上戰場。我心中不禁湧現一股敬意，為我的種族，也為我們努力追求存續的過程中所創造的科技奇蹟感到驕傲。

「我們已打造了上百萬部無人機，藏在世界各地的戰略要地。」司令接著說：「外星人開始入侵地球時，來自世界各地的平民新兵就能運用他們的遊戲平台控制這堆無人機，靠的是我們從敵方那裡獲取的量子即時通訊科技。這軍事防衛無人機形成的全球網路是我們唯一的希望了，有它在，我們才有機會跟敵軍站到同一個擂台上。」

地球防衛同盟的紋章再度出現在司令身後。

「我方分布在世界各國的力量已經設法阻斷了幾十次敵軍的探勘任務，交戰過程中，我們收集到數量龐大的戰艦、武器、戰術情報。」他說：「這些情報我們全灌進了『堅地』和『艦隊』這兩個訓練模擬系統裡頭，確保玩家能在操作的過程中，做好面對真實敵機的準備。因此這幾年來，你們所有人等於都在打這場戰爭的模擬戰。」他咧嘴一笑：「現在，你們要正式上場了。」

他的雙手在背後緊扣，表情柔和了下來。「我知道這對你們當中的某些人來說有多可怕。」他說：「我們無法強迫你賭上性命、加入我們的軍隊。但你們也應該要知道，跑回家也躲不開這場戰爭。你的朋友和家人也躲不掉，地球上的任何人都逃不開。我們不知道這些生物究竟是什麼，但他們就要來殺光人類了。如果我們不阻止對方，人類就會滅亡。」

他將雙手放到講台上，壓低視線，彷彿在對第一排的新兵候補說話。

「但我們會阻止他們。如果人族的七十億個成員都能團結起來面對威脅，展開全種族、全星球規模的反擊，投入我們擁有的每一分、每一毫力量，我們就能打贏這場仗，我很清楚。而這一切要從你們開始。」

觀眾席的歡呼聲漸漸變大。我沒出聲，莉西也沒有。但她緩緩點頭，彷彿聽從了凡斯司令的呼籲。遙遠下方的站台上，司令暫停說話，挺直身體，再次開口時又變得冷靜了。

「儘管歐羅巴艦隊的前鋒要再八小時才會抵達月球附近，但我們有理由相信，敵軍將在今天內的某個時間點發動突襲行動，搶在其他支艦隊抵達前。過去幾天，我們在大氣層內發現了十幾部歐羅巴斥候船的蹤影，注意到其中幾部正在監視地球防衛同盟的設施和據點，例如我們現在所在的這個。」

他指著剛出現在後方螢幕上的世界地圖，裡頭散布著許多一閃一閃的紅點，標示出斥候船出沒的地點。大多數都靠近人口眾多的都市，但有一個就在我家鄉上方閃著。

「我們仍然沒有方法可以追蹤這些歐羅巴斥候船，因此它們現在的所在位置不明。不過我們——」

我們聽到上方遠處傳來低沉、隆隆作響的「轟」一聲，像是悶住的爆炸聲響，接著整個簡報廳劇烈搖晃，像是短暫經歷了一個地震。幾個人發出尖叫，接著警笛開始鳴響。

「紅色警報，本設施正遭受攻擊。」廣播系統傳出合成的女性嗓音：「所有人員請立刻向無人機操作站報到。重複一次，紅色警報，本設施正遭受攻擊。」

莉西和我不敢置信地互看彼此。

「真的假的？」她說：「不可能真的發生了？對吧？」

「不可能。」我說：「他們在整我們。這一定是演習之類的……」

地表的爆炸再度撼動我們腳下的石頭地板（這次晃動更大），又一波驚慌的尖叫和喊叫齊發。投影在簡報廳大螢幕上的影像突然替換成直播畫面，是基地外圍的八部攝影機從各個角度拍攝的牧場，也就是水晶宮的偽裝。所有建築物都著火了，上空擠滿十幾台長刀戰鬥機，刀刃狀的外殼在晨光下閃亮得像鏡子。它們不斷朝基地發射雷射光、電漿彈，宛如雨幕。簡報廳內所有人都瞪著螢幕上的畫面，陷入令人發毛的沉默中。接著大家又開始尖叫、呼喊，音量比剛剛大得多。

螢幕上，一整個中隊的長刀戰鬥機俯衝而下，地毯式轟炸停機庫入口上方的裝甲門。簡報廳又晃了一陣，沙子開始從強化水泥天花板的裂縫撒下。我心想，不知道它還能承受多少損傷？什麼時候會垮下？

「各位，保持冷靜！」司令發出號令，他的喊叫聲壓過人群中愈來愈響亮的驚慌喧嚣。「想活命就要振作起來，聽我的命令。」

司令嗓音透露出的恐懼，幾乎跟螢幕上的影像一樣令人不安。

「重複一次，本設施正遭受攻擊。」廣播系統傳出的電腦合成女性語音複述：「所有人員請立刻向無人機操作站報到。請向量通尋求進一步指示。所有人員請立刻向無人機操作站報到——」

莉西亮出她的量通，上頭的螢幕冒出了另一個GPS規格的基地地圖，還附了一條綠色路徑，它連接了我們所在的簡報廳後排座位、走下樓梯幾階會抵達的最近出口、一系列走廊，最後是一個圓形的房間，名稱是「3號控制器中心」。我確認自己的量通，發現自己被指派到「5號控制器中心」，要走的路跟莉西一樣，但要再多走幾步才會到。

「我們走吧！」莉西把我的夾克丟在我大腿上，擠過我前方。我沒起身，眼睛仍死盯著螢幕上展開的混沌局面，大腦正在為今天得知的一切翻攪著——這太沒道理。有地方出錯了。我還是不知道我爸是否——

「札克？」

我望過去，發現莉西正在這排座位的盡頭回瞪著我，眼中充滿不耐。「怎麼？你要坐在這邊，讓那些玩意兒殺光我們啊？」

她說得對。這不是地球防衛同盟的錯，是歐羅巴人不對。我真正的敵人就在這裡，終於揭曉了。我出生以來一直受到喪失和艱苦的荼毒，而背後真正的原因就在這裡。來自另一個世界的入侵者——事情都是他們造成的。歐羅巴人在數十年前對我們宣戰，打斷了人類歷史，奪走了我們的未來。如今他們又要來搶走我們的一切了。

突然間我只在乎一件事：我要他們付出代價，一個都不准跑。

「是啊，我來了。」我從椅子上跳起來，將外套甩到背上，趕向莉西身旁。她已經在下樓梯了，一次跳三、四階。

莉西和我擠進最近的出口那裡形成的人海，破浪衝到走廊上，接著她又開始奔跑，擠過走廊上較無幹勁的新兵候補，最後來到了最前方，帶領其他人往前衝。我加快腳步跟上，追隨著她戰鬥靴敲在石頭地面上的腳步聲，那像機關槍一樣。

我們又聽到地表傳來震撼的爆炸聲了，衝擊波撼動了地面，灰塵和沙土開始從走廊天花板的磁磚縫撒下，而我們身旁的人還是繼續朝四面八方散開，遵循量通螢幕顯示給他們的路徑。

我忽略自己的量通，集中精神跟上莉西。她持續奔跑在彷彿沒有盡頭的一系列走廊上，最後才停在標有「3號控制器中心」字樣的裝甲門外。

「我的。」她指向走廊另一頭。「5號在更過去。」

我點點頭，張開嘴想祝她好運，但我才說到「祝——」，她就轉身在我臉頰親了一下。這可能對我的膝關節結構完整度造成了一些負面影響，但我還是設法挺住了身體。

「痛宰他們吧，鋼鐵米格魯。」她說完便衝進裝甲門，門在她身後關上了。

等我恢復到可以操控雙腳後，我又開始跑了。同一條走廊盡頭的有一組門標示著「5號控制器中心」，我衝進裡頭，來到一個巨大的桶狀房間，裡頭有上百個無人機操作站設置在弧形的牆面上，密密麻麻的，像是蜂巢，上頭架著一系列窄梯和通行用的斜面，看起來像是「艦隊」劇情畫面中的無人機控制中心，只是規模更大。我的量通畫面切換成房間內部的三度空間圖解，接著標出系統指派給我的控制平台——DCS537。我爬上附近的梯子到第三層，接著衝下斜坡來到我的控制平台。我一靠近，掃描器便發出嗶聲，門「嘶」地開啟了，我匆忙進去。

我一坐到皮椅上，門又「嘶」地關閉，我周圍的操縱面板亮起，環繞式的螢幕也啟動了，目前映出的是地球防衛同盟的紋章。

我左右張望，看了看熟悉的控制鈕排列，右手握住正前方的飛行搖桿，它看起來跟雷前一天送我的「艦隊」飛行控制器一模一樣。我左方的雙節流閥控制器似乎也跟混沌地形生產的家用版沒兩樣，差別只在於，它固定在符合人體工學的駕駛員座扶手上。

這個操作站內也搭配了許多操縱選項，包括駕駛ATHID或哨兵用的「堅地」戰鬥手套，也有更普通的操控方式，例如鍵盤、滑鼠組，或是標準的Xbox、任天堂、PS手把。選擇非常多樣，任何玩家在這裡都會像在家打電動一樣順手。

我看到紅光一閃，系統掃描了我的視網膜。接著一個紅色的叉出現在我的螢幕上，還有一排字：未經授權的無人機控制器連線。

「各位新兵候補，請注意。」這些字出現在螢幕上，剛剛在簡報廳聽到的那個合成女性嗓音也同時將它們念了出來：「只有地球防衛同盟內部人員有權操作無人機並參與作戰。你現在希望接受徵召嗎？」

好幾行密密麻麻的文字開始閃過螢幕。那是一團沒人讀得了的法律用語，概述徵召的相關細節。讀完得花上好幾個小時，而且花了那些時間八成還是看不懂半個字。

「你他媽在開玩笑嗎？」我大吼：「我還得先接受徵召才能開打？」

「只有地球防衛同盟內部人員有權操作無人機並參與作戰。」電腦合成的嗓音又說了一遍。

「這有點耍手段的味道，你不覺得嗎？」

「請換個方式發問。」

「靠，這太荒謬了！」我大喊，又搥了控制器一下。

「如果你這次不希望接受地球防衛同盟的徵召，請離開無人機操作站，前往最近的退役程序站。」

我沒立刻回答，結果電腦就說：「抱歉，我沒聽見你的答案。你現在希望接受地球防衛同盟的徵召嗎？」

又一波衝擊傳來，基地的地基都在晃了。操作站的天花板燈光暗了半秒。

「好，我接受！」我開始反覆按螢幕底部的「接受」鈕。「我他媽接受徵召！簽下我的屁股吧！」

「請舉起右手，大聲做出服役宣誓。」

一行字出現在螢幕上，我的名字已經安插在開頭了。我開始宣讀，被我大聲念出的字一個一個暗去：

> 我，札克瑞．尤里西斯．萊曼已被任命為地球防衛同盟軍官，在此嚴正發誓：我將支持並保衛我的母星與其公民，對抗所有敵人；我也會真心信賴、效忠我的保衛對象。我是自發性地扛起這個義務，內心並未有所保留，也無意逃避任務。我會服從上級交付給我的命令；我也會妥善、忠心地履行我即將扛起的軍官義務。
>
> 願上帝保佑。

最後一行標示為「非必要」，但我念得很急，所以還是念了出來，儘管我一直以來都是一個虔誠的不可知論者。再說，我現在覺得神搞不好還是存在的——這才能解釋我現在該死的現實感。

「恭喜你！」電腦說：「你現在是地球防衛同盟的空軍軍官了，軍階是中尉。你的地球防衛同盟技能剖析和『艦隊』駕駛員排名都已完成核對。飛行狀態——獲授權。戰鬥狀態——獲授權。准許無人機操作站連線，使用者偏好輸入完成。攔截機同步連線完成。祝你好運，萊曼中尉！」

我的螢幕突然切換成熟悉的第一人稱視點，顯示的是從ADI-88太空無人攔截機望出去的畫面，它還沒發射出去。無人機操作站的環繞音響以大音量播放范．海倫的〈你真的得到了我〉，嚇得我彈回椅背上。我發現電腦只不過是自動跟我的量通建立了藍芽連線，開始播放我爸的「洗劫街機」老歌歌單。

我毫不猶豫地按下發射鍵。攔截機往前奔馳，衝出發射隧道（偽裝成其中一座筒倉），進入蔚藍的天空。

真正的天空，布滿真正的雲朵。

這時我才發現，當下從駕駛艙望出去的畫面跟玩「艦隊」時有點不同。抬頭顯示器上的資料和十字瞄準線相同，但它們是疊在無人機周遭環境的高解析直播影片上，而拍攝影片的立體攝影機架在我操作的正牌無人攔截機內部。無人機操作站的門關上後，我感覺真的就像是在飛機駕駛艙內。我甚至還看得到戰鬥機前方突出兩截尖牙似的太陽槍。

下個瞬間，我前方的天空又出現了另一個熟悉的景象：一大群長刀戰鬥機從四面八方開火，有的砲火直衝而來。由於莉西不斷催我，我的攔截機成了第一部從基地發射出去的，自然淪為敵軍在空中的唯一一個攻擊目標。

我俯衝轉彎閃避攻擊，並在這時首度瞄向地面一眼。農場、穀倉、筒倉，所有的東西都著火了。連地表都不例外，從上方掃射下來的雷射光已將它烤得焦黑。

我的抬頭顯示器指出，正在攻擊基地的長刀戰鬥機剛好有一百架。

**這次可是玩真的，札克。要是不阻止他們，你就會沒命**。

我得稍微調整幾個控制器的設定，但只花了幾秒鐘，因為整個介面我太熟悉了。接著我深呼吸，大致打量了一下戰場。其他無人攔截機開始從農場北側的一排排發射隧道內衝了出來，偽裝成筒倉的發射隧道已全部著火了。附近熊熊燃燒的穀倉和公用設施房裡藏著地下碉堡，上百部ATHID和好幾部哨兵機甲也開始從那裡冒出來。

我的抬頭顯示器證實了我的猜測。獨自帶頭跑在最前面、帶領其他人衝鋒的哨兵機甲是莉西操縱的——她的呼叫代號出現在我的顯示畫面上，就壓在機甲上方。我眼睜睜看著她操縱的哨兵使勁往上一跳，同時朝飛過頭上的一排長刀戰鬥機發射左右兩枚腕部砲彈，同時用雷射光砲轟兩側地面。

我讓攔截機轉彎掉頭，迅速觀察了一下基地正上方的天空。大多數長刀戰鬥機似乎都把火力集中在基地入口——也就是裝在地面上的兩道大型裝甲門，它們在雷射光、電漿彈的密集轟炸下，已開始發紅、變形。敵軍一旦穿過這兩道門，就會直奔下方基地，對所有東西放出融熔的彈雨，殺死我、莉西，還有水晶宮裡的所有人。

但我的內心沒有動搖，也不害怕。從我第一次拿起電動手把的那一天開始，我的人生就是在為這一刻做準備。

我知道我該做什麼。

我將飛行搖桿往後拉，節流閥催到底，讓無人機衝向正前方那一大群長刀戰鬥機。我的抬頭顯示器標示出離我最近的敵機，而我先瞄準它，根據速度和距離做一點修正再按下扳機，以連射模式擊發太陽槍，直接命中兩發。第一發打碎長刀戰鬥機的護盾，第二發在零點幾秒後將它打成一個漂亮的火球。

我並沒有意識到，這是我第一次在戰爭中、戰場上擊墜敵人。

不過後來，局勢還會變得更糟。

# 12

在日後大家所謂的水晶宮戰役中，我首次嘗到了冒著生命危險作戰的滋味。雖然我人不在我操控的攔截機內，但我距離它只有幾百碼遠，在我負責保護的地底基地深處。如果外星人突破了我們在地表的防線，潛入基地，我、莉西、司令還有其他所有人都會被殺。

我不會允許這種事發生。

我不會在這邊瞎耗時間，等著看紅色搖擺發射他或她的無人機，搶走所有鋒頭。

我清了清喉嚨。「TAC？」我說：「你在嗎？」

我以為會聽到預設的電腦合成女性人聲回應，結果我聽到的是熟悉的「飛碟領航員」截取語音。沒想到系統已經輸入了我自訂的「艦隊」音檔。

「遵命！」我的TAC用保羅・魯本斯的仿電腦嗓音（數位化的版本）回答：「需要我什麼協助呢，萊曼中尉？」

「啟動自動駕駛。」我邊說邊點戰況顯示器，手指在上面畫了一個S，代表我要以如此航道穿越敵機最稠密的地方：「帶我飛進那團混亂的中央。你飛，我開火。」

「遵命！」

如今我是真的在打仗了，「飛碟領航員」音檔聽起來很不搭，又令人分心，因此我切換回預設的女性嗓音。有趣的是，那聲音是女演員甘蒂絲・柏根[46]錄的。混沌地形真是砸錢不手軟。

切換成自動駕駛模式後，我調整了控制器的參數設定。如今我的節流閥和飛行搖桿成了雙搖桿式的多軸射擊控制器，用來操控攔截機的全方位雷射砲塔。砲塔的三維瞄準系統也啟動了，我四周的紅色敵機標示層層疊疊，不斷往外輻散。

「嗨，魚兒，」我輕聲背出古老的咒語：「準備上鉤嘍。」

在TAC的操控下，攔截機沿著我畫出的螺旋狀航道飛行，直撲敵人形成的混沌中心。出現在我抬頭顯示器內的敵機標示層層疊疊，像漩渦一樣。我將音樂音量轉得更大，朝較前方的其中一部戰鬥機開火。

沒想到，我在迅速的連續動作中設法擊墜了七部敵機。我的雷射砲精準、毫不間斷地射擊，它們根本來不及閃避。我抬頭顯示器中的其他戰鬥機解除了攻擊陣形，朝四面八方散去，一起朝我開火——或者說，朝我的攔截機零點幾秒前的位置開火。我的計畫成功了，攔截機直接穿過敵軍交叉火網中心後的兩、三秒內，敵軍的攻擊只傷到了他們自己人，真是太棒了。他們的戰鬥機至少因此折損了十幾部。接著他們同時停止可能傷及友軍的攻擊行動，彷彿受到集體心智控制似的。我的無人機於是得以溜到另一頭去。

我在「艦隊」的模擬混戰中，玩這招已經玩幾百次了。只要時機正確，它就會像魔法一樣神奇，因為敵機每次反應都相同——電玩遊戲中的敵手都有這個傾向。

但同樣的戰術現在派得上用場嗎？在現實世界中還會有效嗎？如果這些真的是外星人的戰鬥無人機，由幾億公里外的歐羅巴海底智能生物操縱，那他們飛行、戰鬥的方式為什麼會跟電動裡的敵人一樣？

---

46 女演員，曾幫「威震太陽神」中的電腦系統配音。

混沌地形怎麼可能有辦法如此精準地模擬敵人的行動和戰術？那應該是不可能的。除非歐羅巴無人機是由某種人工智慧或集體心智操縱，而不是由知覺獨立的個體控制。

一發砲火斜斜射中我攔截機的護盾，激起警報聲，把我的注意力全部拉回戰鬥中。我座位的知覺回饋系統震了一下，模擬敵軍電漿砲擊中護盾時產生的衝擊。我看到護盾值直接減到剩一半，隨後又在戰況顯示器上畫出另一條航道，按下傳送鍵。

「收到。」TAC冷靜地說，隨即帶著我們陡升。我透過抬頭顯示器看到一長串敵軍長刀戰鬥機湊向我的機尾，拉高機首跟上我。

我的雷射砲塔已消耗了我動力核內的大半能源，因此我將武器切回太陽槍，將十字瞄準線挪到帶頭的敵機上，小心瞄準。我閉上一隻眼睛，深吸一口氣，憋住——然後射擊。再射。我再射。轟！轟隆！轟！又有三台長刀戰鬥機接連在我面前燦爛地爆炸，這畫面我在安全無虞的郊區臥室中打電動時，已經看過無數次了。年輕的路克．天行者的台詞迴盪在我心中：**這就跟老家的乞丐谷沒兩樣**。

我又搞定了一部長刀戰鬥機，然後又一部。我正在發威。這些長刀戰鬥機移動、攻擊的模式對我來說都很熟悉——甚至是可預測的。

感覺實在太輕鬆了。我在「艦隊」裡對上的蘇布魯凱戰鬥員就跟許多虛構的外星壞蛋一樣，總是受「帝國風暴兵症候群」所苦。他們超不會瞄準，超好殺，但他們畢竟是電玩中的虛構外星人。我現在是在真正的戰場上對抗真正的地外太空船，同樣的戰術為什麼還會奏效呢？

我擊墜一架又一架長刀戰鬥機，不出聲地跟著耳機裡的皇后合唱團哼唱：「又一個掛了，又一個掛了，又一個倒地了。」

我齊射電漿砲，又幹掉了三架長刀戰鬥機，總擊墜數已經來到十七。我抬頭顯示器上的任務計時器指出，我的攔截機只在天空中飛了七十三秒。

就在我開始覺得自己天下無敵時，我的正後方吃了好幾記直接命中的砲火，護盾徹底毀了。警告標語開始在我的抬頭顯示器中閃爍，TAC做了個橫滾閃避攻擊，低空掠過基地上方。

下方地表已散布著上百部遭到擊毀的ATHID，全都只剩燃燒的骨架。我把注意力集中到某一部上：它斷腳、斷頭，但雙手還在揮舞，盲目地朝天空開槍。接著它的駕駛員決定啟動無人機的自爆程序，爆炸震垮了附近一棟著火的建築物。

我所在的無人機操作站的牆面、地面、天花板鑲嵌了一排環繞音響，它們爆出一系列刺耳的快速尖嘯，每一聲的後面都跟著雷鳴似的短暫聲響。那是我玩「艦隊」玩到很熟悉的聲音——地球防衛同盟地對空機關砲開始發射了。我在玩連線任務時學到一件事，那就是聽到這音效就要開始提防友軍砲火了，因為被迫操作地面槍砲的玩家通常是準頭最爛的。

我右傾機身，掃視下方地面，尋找聲音的源頭。農場四周有好幾條長長的溝渠，原本是隱藏起來的，如今敞開了，每條溝裡都排了十幾座防空電漿砲和地對空雷射砲塔，每一座都在運作，並根據各自獨有的模式開火。我知道這些大砲一定是由像我這樣的地球防衛同盟新兵操作，他們也都在地底深處的某個無人機操作站內為自己的生命奮鬥著。

我將戰況顯示器切換成二維模式，那畫面立刻讓我想起經典街機遊戲「飛彈指揮官」。一組組長刀戰鬥機反覆向地表上的裝甲防爆門俯衝、發動攻擊，每組都由四、五架飛機排成緊密的陣形，降下電漿彈之雨——同時設法閃過基地地表大砲擊出的穩定彈幕，就算成功也都只是擦肩而過。

敵軍戰鬥機的數量已經開始減少了，而且它們承受的砲火一秒一秒增加，因為增援的攔截無人機不斷從筒倉偽裝的發射隧道中湧出，加入戰局。

陸戰援軍也開始抵達現場了。新的ATHID和哨兵穩定地從地下碉堡中湧出，邊移動邊朝侵略者開槍。

我的護盾又恢復運作了，於是我解除自動駕駛，壓低機鼻，讓機身一面旋轉一面俯衝，準備和另一批長刀戰鬥機交手。它們往下飛，打算對已經紅通通、開始變形內凹的防爆門進行地毯式轟炸。門縫一秒一秒變寬。很快地，戰鬥機就能飛進去了。只要做到這程度，一切就完了。

我調整攔截機的逼近角度，從上方飛向那組長刀戰鬥機，將十字瞄準線甩到抬頭顯示器的剪影上。我打開武器選擇清單，裝上攔截機的馬克羅斯導彈。就在我準備射擊時，我的目標停止開火，加速俯衝了。

有那麼一瞬間，我很確定那五架戰鬥機都會撞上其中一片防爆門，發動某種神風特攻。但接著我才發現，他們不是打算撞門，是要飛向幾碼外的地點，靠近農場中央——也靠近一小群僅存的步兵無人機，後者已經開始閃避了。

那支戰鬥機小隊在衝撞地面前突兀地定住，懸浮在離地幾英尺的位置。幾秒鐘內，那五架長刀戰鬥機開始旋轉機身，排成一個星星狀的陣形，彼此翼尖稍稍接觸，使它們連成一個圓鏈。接著，五部長刀戰鬥機那刀刃般的彎曲機翼開始連結、融合，快速地合體又重新配置，變形成一個巨大的人形機器人，尺寸跟我們的哨兵機甲差不多大——像是臨時拼湊出的蛇尾雞。

通往獨棟假農舍的鋪裝道路只有一條，廢料堆起的巨大魔像開始在那頭一蹦一蹦地前進，將鄰近的電線桿連根拔起，像哥吉拉那樣以胸口撞斷電線。犄角狀的電流短暫地在它搖搖晃晃的軀體上爆開，但沒有減緩它的前進速度。它繼續往前衝，而其他長刀戰鬥機也開始合體，降落到它身後。

這時我不再自傲，開始害怕——其實是嚇壞了。「艦隊」或「堅地」中的任何蘇布魯凱族太空船都不曾使出這招，這是新把戲。附近的一批批ATHID和哨兵機甲已開始聚集到新威脅面前，爭先恐後地攻擊地面部隊間的新敵人。

「開什麼玩笑！」我聽到公頻傳出女性的吼叫，是莉西。「它們什麼時候學會合體成聖戰士的啊？」

她後來又說了幾句話，但被哨兵的砲擊聲壓了過去。她用兩座高斯砲同時轟那玩意兒，聲音大得像是電鋸的怒吼。

聽到莉西的聲音後，其他無人機駕駛員似乎都想起自己已連上了公頻，頻道內一時被各種人聲淹沒，有些是地面部隊吼著要求更多空軍支援，因為巨大的五長刀機甲開始緩慢移動了，它穿過對比之下小如侏儒的步兵無人機群，裝甲包覆四肢上豎立著光子砲，而光子砲正射出電漿彈，強襲對手。它屈膝往前一跳，腳底的推進器噴出熊熊藍焰，使它掠過一百公尺長的燃燒地面，朝基地的裝甲防爆門前進。兩片門板已經彎曲，也歪掉了，它們和門框間有極寬的縫隙——其中幾道似乎連那巨大外星機甲也擠得過去。

我掃視下方地面，看著一波波狂奔的ATHID的哨兵。我的抬頭顯示器內看得到所有駕駛員的呼叫代號，它們就壓在對應機體的上方。我花了好幾秒才找到莉西，她正撲向剛合體完成的長刀機甲，不過她和她臨近的步兵無人機還得提防空中來的電漿砲。空中剩餘的長刀戰鬥機呼嘯而過，為地表的同袍進行掩護射擊。

我讓戰鬥機往左下方竄，和一排攔截機會合，開始攻擊剩餘的長刀戰鬥機。我們殺入敵軍中央，朝他們發射所有能用的武器。我至少幹掉了兩部敵機，而我的伙伴在短短幾秒內也擊墜了至少一打戰鬥機，不過我們在衝鋒的過程中也失去了幾部。

地表戰場方面，我看到莉西的哨兵趕上了帶頭的長刀機甲。兩個巨大的敵對機體開始在防爆門最寬的縫隙旁扭打。哨兵使出了厲害的招數：逆時鐘方向旋轉，舉起巨臂。這記金勾臂打飛了敵方雙腿，它東拼西湊的軀體攔腰折斷。接著莉西的哨兵大力一跳，讓其他兩部哨兵朝無法動彈的金屬巨獸開火，接著上百台ATHID也加入了。幾秒內，五長刀機甲爆炸了，殘骸和碎屑紛紛落到冒煙的防爆門上，發出砰、鏘的聲響。

我拉高攔截機，掉頭，打算再度衝進剩餘的長刀戰鬥機群。不過我瞄了抬頭顯示器一眼，才發現敵機只剩五部了。它們在我的戰況顯示器上化為一撮綠色三角形，以某種攻擊陣形飛在我上方高空。

我調整飛行角度朝它們而去，結果發現對方剛好急速陡降，朝基地直奔而去，彷彿打算進行最後的神風特攻。但它們的飛行角度看起來不對勁——它們不是要朝防爆門變形後露出的裂縫飛去，而是在朝附近那一長排攔截機發射隧道降落。那些發射隧道原本偽裝成裝穀物的筒倉，但就在幾分鐘前，大多數的外層偽裝都燒掉或炸飛了，只剩底下傷痕累累的裝甲板。

俯衝的那排長刀戰鬥機散開了，每一台都對準一個發射隧道。這時我才恍然大悟——每一個隧道的頂端都是洞開的，直通無人機機庫。根據抬頭顯示器的圖表，機庫深埋在基地當中，距離我現在坐的位置不遠。

它們打算發起最後一波神風特攻式的行動，從無人機發射隧道的開口衝進基地。「艦隊」模擬的外星人從來不曾採取這種模式。設計這基地的火箭科學家怎麼會漏看這麼大的防衛漏洞？

幸好我剛好在這裡，可以扮演今日救星。

我將節流閥推到底，從它們上方逼近，抵達射程範圍前就開始攻擊。我幸運地擊墜兩部敵機，徘徊在附近的攔截機也終於開始對它們發動攻擊了。敵方抵達發射隧道開口前，又失去了兩部戰鬥機。

不過最後一部長刀戰鬥機成功通過了發射口，而我繼續追著它往下衝，逼近那一排發射井。它們從焦黑的地面突出，看起來像一排骷髏手指。

「所有攔截機駕駛員請注意，我是水晶宮司令。」凡斯司令那熟悉的嗓音從公頻傳來：「撤退並停火！我重複一次，撤退並停火！我們這裡安全網失靈時會自動啟動保險機制——」

我將司令的發言設為靜音。

戰況顯示器指出，原本跟著我的攔截機都聽從凡斯司令的指示掉頭、撤走了。某個瞬間，我差點也要做出同樣的決定，因為我玩「艦隊」多年的經驗制約了我，要我聽從命令，尤其是凡斯司令的命令，因為遊戲機制會獎勵聽令者。

但電玩遊戲是電玩遊戲，現實是現實。司令要我們在最後關頭停止追逐，感覺根本就是在自殺。如果我不在最後一輛長刀戰鬥機抵達隧道盡頭前摧毀它，它就會在無人機機庫內引爆動力核，沒有任何事物可以阻止它。爆炸有可能使整座地下基地坍塌，使我、莉西和其他同伴死在這裡，我們根本沒有機會拯救世界。我不打算冒那個風險——也不想把性命寄託在設計得很愚蠢的「自動保險機制」上，它才剛讓敵軍大舉入侵。

於是我當機立斷，不遵從命令，繼續追逐神風特攻的長刀戰鬥機。隨著它以垂直地面的角度鑽進發射隧道的開口，進入隧道，無視我腦海中不斷回響的尤達大師的聲音：我告訴過你了！你會後悔的！

我們在狹窄的隧道內不斷往深處飛行，像是在槍管內追逐彼此的子彈，只是兩者都逆向前進。就在我準備再度開火時，敵機做了一個橫滾，右機翼的尖端開始刮磨隧道牆面，而我順時鐘傾斜機身，閃避它拖出來的火花。我扳正機身後設法將它放回視線範圍內，並用太陽槍發了幾砲。結果砲火擦過護盾，敵機還是繼續行進。在此同時，過度擊發武器導致我的無人機減速，因此長刀戰鬥機多拉開了一小段距離，讓我更難瞄準它了。我想起玩「太空侵略者」的時候——最後一個外星人總是最難搞、最難殺的，因為它的移動速度比其他人快。是我的錯覺，還是這部長刀戰鬥機突然變得比它的砲灰同伴難殺許多？

我得再度停火，集中注意力，才不會讓我的攔截機撞上隧道牆面，同時將速度一點一點拉回來，試著重新鎖定敵人。它的金屬機殼在我前方發亮，水泥牆上鑲嵌的導航燈明滅著，是一團團模糊的霓虹，不斷從我身邊閃過。

我這部攔截機的能量幾乎要耗盡了，很快就得面臨二選一的狀況：繼續跟上，或開火。我只能再擊發幾次太陽槍。

兩部戰鬥機持續俯衝、追逐的過程中，我發現隧道開始逐漸加寬了。我又用太陽槍射出一發子彈，結果沒中。我的自豪變成了慌張，因為落單的長刀戰鬥機就在前一刻飛出了隧道，抵達了另一頭，探入洞穴般的無人機機庫。

我跟著敵機進入機庫，接著重重按下攔截機的慣性煞車，因為我似乎已經將敵人逼到角落了。我繼續朝長刀戰鬥機發射電漿砲，而我的準頭在靜止狀態下大為改善。其中兩發快速又連續地直接命中對方護盾，護盾閃了一下就消散了。

長刀戰鬥機的護盾消失的那一刻，它突然在我前方停住，位置靠近洞穴般的機庫中央。我玩「艦隊」時看過長刀戰鬥機和地球防衛同盟的攔截機做出如此動作，而且是看過無數次了。我自己也做過很多次——所以我知道敵軍無人機剛剛啟動了自爆程序，它的動力核會在大約七秒後爆炸。

我朝失去防護的敵軍戰機射出最後一團電漿彈，注意到敵軍反應爐累積的能量已經開始使電漿顫動了。我屏息看著它射向敵人，暗自向克隆神禱告：拜託讓它擊中長刀戰鬥機，在對方變成大規模毀滅性武器前先毀了它吧。

時間彷彿停止了。我在機庫內左右張望了一秒，發現裡頭仍是半滿的。數千部全新、未使用過的攔截機仍窩在履帶驅動的發射架上，而發射架沿著彎曲的強化水泥牆不斷延伸。

我擊發出的電漿彈在我眼中以慢動作逼近長刀戰鬥機的顫抖機殼。它們最終似乎還是命中目標了，一片耀眼白光籠罩駕駛艙的環繞式螢幕。

接著螢幕徹底轉黑，我的無人機操作站整個斷電了，小房間陷入徹底的黑暗中。我聽到上方某處傳來動力核爆炸的巨大悶響，接著是恐怖的隆隆聲，想必是基地坍塌了幾層。

我不知道我在一片漆黑中坐了多久，聽著我的失誤造成的餘波。但不知何時，我的操作站門「嘶」地開啟了，可怕的強光照入室內，讓我一時間看不到東西。等到視力漸漸恢復，我才看到一個女性剪影在門邊成形。莉西站在那裡，單手扠腰。

「你有沒有看到剛剛發生了什麼事？」她搖搖頭：「有個蠢攔截機駕駛追著最後一架長刀

戰鬥機進了發射隧道，之後整個機庫就炸掉了。」

我點點頭，踉蹌地起身，然後走出操控艙，感覺彷彿從一台真正的攔截機裡冒出來——離開了真正的戰場。而剛剛那一仗當然是真的。

「我甚至不確定上面發生了什麼事。」我說謊。

「我們打贏了。」她說：「我們摧毀了敵軍所有無人機——但最後一部長刀戰鬥機不知怎麼地，跑進無人機機庫內自爆了。」她說：「有人搞砸了。」

我沒回答，而她盯著我的臉看了一會兒。

「是你，對吧？」她說：「你沒在公頻上聽到凡斯司令大叫，要你撤離嗎？其他人一定都聽到了！」

她噘嘴，對我比了兩個讚。

我還來不及思考該如何為自己辯護，我前臂上的量通就開始嗶嗶叫並振動了。接著螢幕還開始閃紅光，好引起我的注意。一行簡訊跳了出來，命令我到指揮中心向凡斯司令報到。文字下方出現一張互動式的基地地圖，綠色路徑亮起，從我所在的無人機控制中心連向外側走廊，之後又接到另一組電梯那裡。

我才剛讀完訊息，基地的廣播系統便傳出合成的女性嗓音：「札克·萊曼中尉，請立刻到三樓的指揮中心向凡斯司令報到。」

莉西讓路給我，輕聲哼唱：「你完蛋嘍。」

# 13

量通上的三維地圖帶領我走了一段迂迴的路，在多層的基地內上上下下，似乎是要我繞過機庫爆炸中受損最嚴重的區塊，但我還是在各個地方看到爆炸的影響。

我走在一條條半塌的走廊內，煙霧瀰漫，電線火花四濺，好幾支ATHID緊急應變小隊從對面走來，跟我擦肩而過。我還看到好幾個無人機駕駛員伙伴，許多人滿身沙土或灰燼。有人像殭屍般拖著腳走路，有人歇斯底里地跑過我身旁。每次轉彎，我都以為會看見屍體——看見因我而死的人。

我剛抵達這裡時像做夢那樣陶醉，如今那種感覺已經徹底消散了。取而代之的是五味雜陳：困惑，不確定，還有毀滅感。毀滅感的比例最高。

我穿過水晶宮司令室的安檢門，入口處的兩名護衛似乎都知道我是誰，也知道我為什麼要來。事實上，我遇到的每一個人似乎都瞪著我看，眼神充滿輕蔑。但我也不服氣地回瞪他們。

總算抵達凡斯司令的辦公室了。我在走廊上停下腳步，練了幾次舉手禮，模仿電影中的那些軍人。接著我深呼吸，將手按到牆上的掃描平板上。嗶一聲，門滑開了。我腳步沉重地進入辦公室，嘶，門在我身後關上了。

凡斯司令原本坐在他的桌子後方，但我一進門，他就站了起來。我停在門邊，對他行舉手禮。外行人剛剛才排練的舉手禮。

他立正站好，也對我回禮，讓我吃了一驚。剛硬的右手舉到眉邊，動作快到手都化為殘影了，半秒後它又像斷頭台的刀刃那樣落下。這時我才注意到他右大腿上的隨身武器，老派的九毫米貝瑞塔手槍。我很確定他剛剛在簡報廳時並沒有佩槍。

我放下行禮的手，但還是努力立正站好，同時盡全力避免和司令對上眼——這意外地困難，因為他只有一顆眼珠子轉啊轉的。司令保持沉默，我才發現他要我先開口。

「我是札克．萊曼中尉，」我清了清喉嚨說：「我根據您的命令前來報到了……長官。」

「放輕鬆，中尉。」司令的聲音出乎意料的冷靜：「坐吧。」

他指著桌子旁的一張金屬椅。辦公桌上有好幾個電腦螢幕排成半圓，他坐下時伸手關掉了其中一個，不過我在螢幕轉黑前瞥到了上頭的畫面——我地球防衛同盟識別證的大頭照清楚地刊在頂端，另外還有我畢業紀念冊上的照片，以及寫得密密麻麻的文字，全都是我的個人情報，包括我的學校紀錄。我走進辦公室前，司令在瀏覽我的人生故事，而且他沒試圖隱瞞這件事。

「萊曼先生，你的服役首日完全沒冷場呢。」他說：「你將成為地球防衛同盟史上第一個服役不到半小時就接受軍法審判的新兵。」他微笑：「你搞不好締造了金氏世界紀錄呢，不過前提是它們明天過後還繼續存在。」

「司令，長官——我還是不確定自己做錯了什麼。」這句話有八成是真心的：「我剛剛是想阻止那艘戰鬥機進入基地、啟動自爆程序啊！不然你希望我怎麼做？」

「我希望你聽從命令，中尉。」司令說，而我似乎終於從他的嗓音中感受到一絲怒氣了。

他按了一個按鍵，螢幕亮起。接著他點了幾次滑鼠，我的攔截機就出現在螢幕上，它正以接近垂直的角度俯衝，追逐著衝入無人機發射隧道的最後一架長刀戰鬥機，這時司令用公頻大喊：

「撤退並停火！我重複一次，撤退並停火！」「嘿，你把我發威的片段全都跳掉了。」我抗議：「我們不能看個幾段嗎？就那個嘛，才有個脈絡可尋啊！」

司令無視於我。影片切換到另一個角度，顯示長刀戰鬥機從發射隧道的另一頭冒出來，進入機庫，而我的戰鬥機湊向它的機尾，還繼續開火。司令再度暫停影片。

「中尉，我發出那樣的命令是基於充分的理由。」他冷靜地說：「如果你不跟過去，掉頭離開，發射隧道的兩端就會降下裝甲保安障壁，避免敵機飛進基地。就像這樣——看到了嗎？」

司令指著另一個螢幕上的線框動畫：一輛長刀戰鬥機湊近發射隧道口，但還來不及進入，一個厚重的圓碟便甩了出來，封住開口。一秒後，敵機撞上圓碟，化為電腦模擬的火球。

「但事情並沒有這樣發展，對吧？」司令說：「因為你無視我的命令，繼續緊追敵機。你那部攔截機內的應答機防止了保安障壁的啟動，好讓它安全通過，結果你在追的長刀戰鬥機也得以進門了。因為你的關係，它得以突破我們的防衛網，進入我們的無人機機庫，即時引爆了動力核。」

他再度按下影片播放鍵，而我沉默地看著長刀戰鬥機完成自爆程序，化為火球。

「太棒了，鋼鐵米格魯。」司令諷刺地鼓掌：「這次爆炸奇蹟似地沒有造成人員傷亡。」他說：「不過我們失去了五百架全新的ADI-88攔截機。」

我皺眉，五百架可多了。

「我的擊墜數比其他駕駛員多。」我說。

「確實，」他回答：「但你出的小包所造成的傷害比敵軍這波偷襲還大。」他對我皺眉：「你站在哪一方啊？」

我無話可說。他的嗓音傳達出平心靜氣的失望，不知怎麼地，這比我預期的「金甲部隊」（Full Metal Jacket）式的咆哮還讓我難過。「那些無人機花了好幾年打造，投入了好幾千萬美金。」他說：「但那只是金錢方面的損失。對人類而言的損失是無法估算的，因為我們已經沒有時間再打造新的了。」

「可是長官——我怎麼會知道那些自動保安障壁的存在？」我說：「它們從來沒出現在遊戲裡。『艦隊』裡的蘇布魯凱人從來不曾透過無人機發射隧道入侵地球防衛同盟的基地啊。」

「那是因為我們從來不認為有敵機可以通過隧道的保安障壁。」他嘆了口氣：「顯然沒人相信我們的駕駛員會蠢到緊追自殺攻擊的敵機，跟著它進到無人機機庫。」

「把罪怪在我頭上不公平啊。」我反擊：「我從來沒上過戰場——我也從來就不想打仗！你把我帶到這裡說外星人要入侵地球了，十分鐘後他們就他媽的攻擊了這裡！我是個高中生！我現在應該要在學校上課！」

司令點點頭，舉起雙手要我冷靜。

「你說得對。」他說：「我道歉。這不是你的錯。」他勾起一邊嘴角：「不完全是。」

他的回答讓我不知如何是好，我無法回應。

「將模擬電玩遊戲當作訓練平民徵兵的唯一方法是有風險的，地球防衛同盟一直都知道。」他說：「但在目前的情況下，我們別無選擇。只有這招能在短時間內定位並訓練幾千萬個普通人來操作戰鬥無人機，而且不讓任何人知情。你今天違抗命令的行動——以及毀滅性的餘波，都是無可避免的結果。把你這種不穩定、不講究紀律的平民丟上前線就是會有這樣的下場。但你是我們最有天賦的駕駛員之一，因此別人對我說，你帶來的好處會比風險多。」他發出一個疲憊的嘆氣：「顯然結果並非如此。」

他停頓了一下，再度給我替自己辯護的機會。我卻沒說什麼。

「你在『艦隊』的混戰中不經大腦行動，不會有什麼真正的影響。」他接著說：「你的玩家排名會稍微掉一些，接著遊戲會給你預錄的訓話劇情畫面，你大概會立刻跳過不看。」他前傾身體：「但狀況改變了，這不再只是個遊戲。你剛剛犯的那種失誤，我們是承受不起的。懂了嗎？」

「意思是說，你沒有要用軍法審判我？」

「當然沒有。」凡斯說：「我們需要你，中尉。歐羅巴艦隊抵達地球後，我們會需要地球上所有肉體健全的人類拿起武器，幫助我們擊退敵人。所有人都幫忙搞不好還不夠。」

他的視線飄回桌子上方牆面的倒數計時器上：還剩下七小時兩分鐘又十一秒。我低頭瞄了一眼量通，看到同樣的數字。很難相信敵人的攻擊行動和後來的戰鬥都是不到一小時前發生的，我看著時間一秒一秒地流逝。

「但這是給你的第一次，也是唯一一次警告。」司令說：「你要是再像這樣搞砸一次……你就準備去香港開貨機，載滿滿的狗屎橡膠玩具。」

我驚訝地瞪著他，他回瞪我幾秒，接著露出幾乎無法察覺的淺笑。我突然察覺他的另一個身分了——凡斯司令就是毒蛇，「艦隊」目前排名第四的玩家，比羅斯坦高一名。「毒蛇」同時也是「捍衛戰士」（Top Gun）裡的角色，他剛剛那句話就是在引用他的台詞。

在這之前，我並不知道毒蛇和凡斯將軍是同一個人，「艦隊」的故事主線還在發展，還沒透露這個小細節——但它似乎已經洩漏到現實中了。

司令仍瞪著我，在等我回應。他的賊笑消失了。

「你明白了嗎，孩子？」

司令的措詞讓我皺起眉頭。

「是的，長官。」我咬緊牙根說：「但我不是你的孩子。」

他又盯著我看了一會兒，然後微笑，點點頭。

「我知道。」他說：「你是札維爾．萊曼的孩子。」

我們大眼瞪小眼。

「你跟他是同一個模子印出來的。」司令用就事論事的口吻說：「你駕駛戰鬥機的方式也跟他很像。」

在我眼裡，辦公室彷彿開始旋轉了，景象從我四周呼嘯而過，速率愈來愈快。

「你是我爸以前的朋友？」我總算擠出了一個問題。

「也是他現在的朋友。」他說，並指著量通：「你抵達辦公室前，我才剛跟萊曼將軍通過話，自然聊到了你。」

他說的話像雪崩似地掩埋了我。

我從小就幻想過無數個荒謬的劇本，我爸在裡頭不是假死，就是失去記憶，或被中情局綁架、洗腦成傑森．包恩那種殺手。但幻想就只是幻想，我從來就沒懷疑過他已經死了。在上一秒之前從來沒有。

「我爸已經死了。」我恍惚地說：「他連我的第一個生日都沒參加。」

「你爸還活著。」司令說，並伸手觸碰了右臉頰上的鋸齒狀疤痕。「而且他對我有救命之恩，我們所有人都欠他。」

我的內心不斷抵抗著，甚至不願相信有這種可能性，不相信這些都是事實。我爸不只活著，還是地球防衛同盟的將軍？他是戰爭英雄，肩負拯救世界的任務？

我張開嘴，但凡斯似乎在我說話前就料到我接著要問什麼了。

「你爸一接受徵召，地球防衛同盟就捏造了他的死訊。所有早年的徵兵都被迫跟過往生活斬斷聯繫，不過地球防衛同盟保證會採取彌補措施，提供經濟上的援助給徵兵的家人，讓他們放心地放下家庭，去拯救世界。」

可見我爸是知情、甘願欺騙我們，拋棄我們的？他怎麼可以——

凡斯司令再度打斷我的思緒：「試著別氣你爸吧，他那麼做是為了保護你，保護世界。也別太可憐自己，你們不是唯一犧牲的家庭。」他低頭瞄了一眼左手上的婚戒。「相信我，札克，令尊從來不曾忘了你。老實說，他根本就是個抱怨鬼，整天說他有多想你。」他盯著我打量：「還有，雖然你沒發現，但他在幾年前就重新回到了你的生活中，儘管採取的是非常受限的方式。

「自從『艦隊』模擬遊戲上線後，萊曼將軍便親自監督你的訓練。」凡斯說：「你參加的訓練任務幾乎每個都有他湊一腳，他也正好是『艦隊』排名最高的玩家。他的呼叫代號是——」

「紅色搖擺！」我脫口而出：「我爸是紅男爵？」

司令點點頭。

「他在這嗎？」我問，瞄了一眼後方，心想，他是不是就要進門了？「我什麼時候可以見他？」我從椅子上跳了起來：「我現在就要見他！」

「冷靜下來，中尉。」他說：「將軍並沒有駐守在水晶宮。」

他翻開桌上的一個透明塑膠文件夾，拿出裡面唯一一張紙給我。那似乎是某種官方備忘錄，印在地球防衛同盟的信紙上。我的全名、軍階和其他重要資料都整齊地印在頂端，下面還有好幾行字，裡頭許多縮寫和省略詞我都不認得。文件底部有司令的名字與簽名。

「這是什麼？」我仍試著要解讀那段字。

「給你的命令，」他說：「還有執勤地點指派令。數位版的副本已經寄到你的量通去了。」

我抬頭看著他：「我沒要待在這嗎？」

他搖搖頭：「水晶宮的大多數人員都會調到新據點去。在我們說話的同時，他們都已經上路了。」他說：「敵人顯然已經掌握這基地的位置，它不再是個機密據點了——又或者他們打從一開始就知情了。再說你也知道，我們剩下的所有空中無人機存量幾乎都在機庫中炸光了。」

我繼續飛快地把我的人事命令看了一遍又一遍，試圖看出他們打算派我去哪——接著我看到了，答案印在靠近頂端的地方。指派駐守據點：ＭＢＡ——月球ＤＣＳ。

「不會吧，你們要派我去月面基地阿爾法？」

他點點頭。

「月球上真的有這個地方？」我問：「地球防衛同盟真的在遠端月面的隕石坑裡打造了祕密防衛基地嗎？就跟遊戲裡說的一樣？」

「是的，萊曼。」他說：「就跟遊戲裡說的一樣，快點習慣吧。」

他的量通在他面前的桌上振動，他看了一眼螢幕，然後旋轉椅子，開始盯著他後方那六、七個螢幕。

「我說完了，中尉。」他指著出口說：「去拿你的制服，然後立刻到太空船停放處報到。」

我回瞪著他，一動也不動。

「長官，除非你讓我見我爸，不然我哪裡都不去。」

「中尉，你不識字嗎？」他說：「他是你的新司令官。」

我回頭瞄了一眼手中的文件。有了，就印在我新駐守據點的下方。司令：萊曼將軍，X。

「抵達遠端月面後，幫我向你老爸問好。」凡斯司令的聲音像是從幾光年外傳來的：「然後跟他說我們扯平了。」

我量通顯示螢幕上的地圖帶著我穿過未受損的區域，回到第四層。走出其中一台還能正常運作的渦輪電梯後，眼前是一長串準備進新兵招募中心的受徵召者，我也加入了他們的行列。新兵招募中心鋪著地毯，是一個非常大的房間，裡面擠滿隔板超高的辦公室小隔間，儼然是個迷宮。它讓我聯想到波特蘭監理所辦公室——不過謝天謝地，看來這裡的隊伍前進速度快多了。我抵達隊伍前方後，穿便服的技師又幫我做了一次視網膜掃描，接著從身後長排衣架上取了一件全新、漿得硬挺的地球防衛同盟飛官制服遞給我。衣服掛在三角衣架上，外頭罩著透明塑膠。他還給了我一雙黑色慢跑鞋，深灰色鞋跟，魔鬼氈鞋帶，上頭沒有任何製造商的商標。地球防衛同盟的制服是兩件式的，深藍色，拉鍊夾克的肩膀位置和兩隻袖子都有金色緄邊，我的名字和軍階繡在夾克的左邊胸前口袋上，下方還有個地球防衛同盟的紋章。

我排隊進入一旁的更衣區，找到一個空位，脫下衣服，將這些便服塞回背包後，換上地球防衛同盟的制服，每樣東西都很合身。

換衣服的過程中我一直沒去看鏡子，換好衣服才轉頭看自己的倒影。當完幼童軍後，我就沒再穿過制服了，而我擔心這套制服穿在我身上，可能跟童軍制服一樣會失去光彩。結果我看了自己在鏡子裡的側影，發現還挺帥氣的，看起來就像個大膽太空少年英雄，準備踏上史詩級的冒險旅程。接著我發現——那差不多就是我新工作的職務描述了。

我盯著自己鏡中的臉，感受到恐懼和期待混合而成又互別苗頭的奇妙情緒。

接著我最後一次順了順制服，拿起背包，走出更衣室，感覺自己比進門前高了幾吋。量通上的地圖帶著我原路折返，再度迂迴地繞過敵軍偷襲時受損的區域。

我抵達太空船停放處時驚訝地發現，除了跑道上散落著一些碎石之外，這地方似乎從敵軍攻擊行動（以及我的大出包）中逃過了一劫，未受損傷。

機庫的橢圓形跑道周圍有標示號碼的降落場，上頭停放著好幾部地球防衛總部太空船。我跟著隊伍前進，最後瞄到了我的人事命令上標的那一台。艙門開啟著，我看得到船內已經坐了好幾個人，等著上路。

「看看你！」我聽到背後傳來一個女性嗓音：「變成了軍官兼紳士呢！」

我轉身發現說話的人是莉西，她做了一個僵硬的立正站著，身上穿的新地球防衛同盟制服彷彿是為了突顯她的體態而剪裁的。

「嗯？」她說：「覺得如何？」

**我覺得你是我夢想中的女孩，而我大概再也見不到你了**。這是我真正的想法，但我不能大聲說出口，因此我前進一步，挺直腰桿，對她行了一個俐落的舉手禮。

「札克．萊曼中尉，」我說：「來報到了，女士！」

「艾莉西絲．拉金中尉，」她也回了我一個舉手禮：「準備要拯救世界了！」

我放下手，退後一步。「你看起來棒呆了，中尉。」

「哎呀，謝謝你，中尉。」她說：「你看起來不會太邋遢。」她看了一下我制服上的軍階。「看來司令決定不把你這叛逆小子送軍法審判啦？」

我搖搖頭：「他警告我後放我一馬了。」

她搖搖頭。「懂我意思了嗎？」她說：「你顯然享有特別待遇。」她推了我一把：「你老爸是議員還是黑幫老大之類的嗎？」

我不知道該怎麼回答，所以就不答了。「他們派你去哪？」我問。

「藍寶石站。」她說：「那是類似『水晶宮』的基地代號，位在蒙大拿比靈斯外圍。你呢？」

我把凡斯給我的人事命令遞給她。她找了一會兒才總算找到我的目的地印在哪，接著瞪大眼睛，仰頭回看我一眼。

「月面基地阿爾法？」她說：「那地方真的存在？」

「似乎是。」

她將那張紙塞回我手中，露出噁心的表情。「什麼狗屎狀況啊！」她說：「我被派駐到蒙大拿，而你要去他媽的月球。還真公平啊。」她又開玩笑地推了我一把。「也許我應該要叛逆一點，就像你那樣。」

我知道她在開玩笑，因此我沒回應。尷尬的沉默降臨了。

莉西取下前臂綁帶上的量通。「伸手，一秒就好。」

我照做了。她用她的量通碰了我的一下，兩部機器都發出嗶聲。

「現在我有你的號碼了，你也有我的了。」她說：「我們可以保持聯絡。」她指著自己量通上的倒數計時器微笑：「我們搞不好只能再聯絡六小時又四十三分鐘了，沒什麼大不了的。」

「謝謝你。」我盯著她顯示在我量通上的名字，還有旁邊的倒數計時器。

「哇，你真受歡迎。」莉西盯著自己的量通螢幕，敲了它幾下，接著再度側著螢幕讓我看。我看到自己聯絡清單上的三個人都出現在上頭了：奧爾延．達、艾莉西絲．拉金、雷蒙．赫巴蕭。接著她碰了一下音樂符號，將我裝置上的所有音樂也都拖了過去，不知怎麼辦到的。

「嘿，你怎麼弄的？」我無心地把手伸向她的量通，結果她把那裝置甩到我拿不到的地方。

「他們駭了我的舊手機，讓我很不爽，所以我決定試著駭回去。結果簡單到我傻眼。」她微笑：「他們或許導入了外星科技到這些裝置裡，但他們安裝的所有執行程式顯然都是人類寫的——而且是找我這種過勞、低薪的程式工程師，愛走各種捷徑的一票人。檔案共享系統的安全協定根本是個笑話，我只花五分鐘就破解了。」

她單手將量通拋到背後，接著輕鬆地用另一隻手接住，從頭到尾都沒將視線從我身上移開。接著她再次把量通遞到我面前。

「它和公共電話網的連線還是沒開通，所以我不能打電話給奶奶。」她說：「不過我已經設法取得了量通網路的管理員權限，我只要打電話給另一個量通或觸碰它，就能從中取走裡面儲存的私人檔案。聯絡人、簡訊、電子郵件，什麼都行。」

「不過，那些個人檔案為什麼會存在軟體裡？」

「你覺得呢？」她說：「可見老大哥有辦法監視我們，而且是緊咬不放。」她抓走我的手機：「來，我也來破解你的。」

我再次把量通交給她，看著她的拇指在螢幕鍵盤上舞動了好一會兒。

「你還挺厲害的。」我脫口而出——因為我真的這麼想，而且最近有人跟我說世界末日快到了。「你知道嗎？」

她臉紅了，但還是直盯著我的量通螢幕。

「知道啊，嗯。」她開玩笑地翻了個白眼：「那不過是，呃，你的個人看法，老兄。」

我笑了，然後朝她靠近一步。她沒閃開。

「聽著。」我說，彷彿她剛剛都沒在聽似的：「我知道我們才剛認識，但我想告訴你，我很希望我們在很久以前就認識了，而且是在不同的情況下認識……」

她微笑：「王子，別突然那麼感傷吧。」她退開了：「再會嘍。」

她轉過身去，彷彿就要邁開腳步了——接著她突然腳跟一轉，再度面向我，抓住我的翻領，親了我。吻在嘴唇上，而且是伸舌頭那種熱吻。耗盡空氣後，我們總算分開了，而她接著又給了我一個熊抱才退開，以拇指指著自己肩後方。太空船停放處的另一頭有一部落單的太空船。

「我要搭的太空船在那。」我說：「他們大概在等我了。」

「是啊，我們都該走了。」

「對，該走了。」

我們都沒動。

「祝你好運，莉西。」我最後總算開口了。

「痛電他們吧，札克。」她咧嘴一笑：「到了遠端月面後打電話給我，如果看到任何狂派成員或納粹祕密基地要說一聲啊。」

「我會的。」

我們再度向彼此行舉手禮，之後她便提起地球防衛同盟發的新背包，衝向她的太空船。我目送她進入船內，消失蹤影，艙門「嘶」一聲關上了。太空船在幾秒後升空。高處的裝甲防爆門嚴重變形、受損，無法全開，太空船只能穿過狹窄的門縫。

莉西的太空船接著朝天空傾斜，噴射遠去，從我的視野中消失。

我深呼吸，把自己的背包甩到肩膀上，走向我的太空船，心想，不知道飛到月球要多久？

# 14

來到太空船附近後，我聽到好幾個響亮的嗓音同時從開啟的艙門後方傳出來。

「為什麼每個人都自動認定紅色搖擺是男人？」有個女人問，她的口音有濃濃的「冰血暴」感。「如果有人問我意見，我會說這是該死的性別歧視。」

「是啊。」一個更年輕的女性嗓音插了進來：「紅女爵對她來說也許是更好的綽號。」

接著是女性的笑聲。我在太空船的幾碼外止步，蹲下，假裝在調整新運動鞋的魔鬼氈鞋帶，這樣才能繼續偷聽她們說話。

「大家認為紅色搖擺（RedJive）是男人的原因在於，紅五（Red Five）飛行員是男人。」一個男性嗓音回答。他說話帶有一點東岸口音，對我這個太平洋西北地區的人來說也是很不順耳。「我很不想告訴你們，但紅男爵也是個男人——就跟人類歷史中其他王牌飛行員一樣，例如獨行俠、呆頭鵝、冰人。」

「你應該知道自己說出來的都是虛構人物吧？」年輕女子的聲音壓過男人的咯咯笑：「我說件事給你參考：超過一百年前，世界上就有女性戰鬥機飛行員了。我在學校的時候寫過這篇報告。有個女人叫瑪麗．馬爾旺，在一戰時期就開戰鬥機出任務了，還有，俄羅斯人在二戰時也採用了女性戰鬥機飛行員。而美軍從七〇年代就有女性戰鬥機飛行員了。」

經過一段意味深長的沉默後，男人以不爽的語氣回覆：「是啊，隨便啦。」

接著又是一輪高頻的笑聲，還有一些零星的掌聲。我把這當成信號，起身，登上可收進機身內的小樓梯。

客艙內的四個乘客一看到我出現在開啟的艙口，笑聲就止息了，大家紛紛轉過頭來看我。我在那裡尷尬地站了一秒，讓他們打量我。我也打量他們。

他們跟我一樣，全都穿著新熨的地球防衛同盟飛官制服。我的左方近處坐著一個漂亮的中年女子，深褐色肌膚，黑髮，制服上繡的名字是「溫恩中尉」。她的右手邊沒坐人，不過左邊坐著一個鬍子蓬亂的魁梧壯漢，他似乎疑神疑鬼地盯著我。男子對面坐著一個非裔美國少女，似乎連考駕照的年紀都還不到。一個年輕亞裔男子坐在她旁邊，看起來二十出頭，制服上的地球防衛同盟紋章底下有個小小的中國國旗，而不是其他人制服上的刺繡版美國國旗，地球防衛同盟的字樣也被換成了一串中文。

我們五個人沉默地互瞪了好一段時間。後來我覺得瞪得也夠久了，於是將背包放到上方行李櫃，坐到中年女士旁邊的空位，因為她是唯一一個對我微笑的人。

「嗨，」我向她伸出手：「我是札克．萊曼，來自奧勒岡的波特蘭。」我雖然昏頭轉向，但還記得要說「波特蘭」而不是「比弗頓」（Beaverton），不讓別人把我看成一個死鄉巴佬——也不用忍受別人拿海狸（beaver）開玩笑。

「歡迎你上船，札克。」她用雙手捏了捏我的手：「我是黛比．溫恩。」從她的舉止和語調看來，我猜她是學校老師。

「很高興認識你，黛比。」

「我也是——雖然我們面臨著可怕的狀況。」她笑出聲，並給我一個緊張的微笑。我也回以微笑。

「那是米羅。」她指著左邊那個長得像熊的男人說，而這男人仍盯著我看，毫不掩飾敵意。他制服上繡的名字是道森中尉。

「嗨，米羅。」我伸出我的手：「你好嗎？」

他只盯著我看，不回應，最後我只好聳聳肩，放下手。

「喔，別管他——他是從賓州來的。」黛比說，彷彿這可以解釋他的行為。接著她朝對面的年輕女子點點頭：「札克，這是麗拉。麗拉，這位是札克。」

「其實沒人叫我麗拉。」女孩說：「大家都叫我的綽號『伙計』，這也是我的『艦隊』呼叫代號。」

我和她握手，原本想說我對她的呼叫代號有印象，結果這時有個男人清了清喉嚨。他的制服上繡著「陳中尉」的字樣。

「這位是陳江——比較多人知道的名號是瘋江。」伙計說：「他是中國人，不太會說英文。」

陳微笑，與我握手。他的紅色刺蝟頭蓋住他的右半張臉，不過看起來跟他很搭。陳低頭瞄了一眼右手腕上的量通，上頭出現了一串中文字。那肯定是伙計剛剛那番話的翻譯，因為陳讀完後抬頭對我露出一個疲憊的笑容。

「哈——囉。」他的口音極重：「很高星認識你。」

「我也很高興認識你。」我緩慢地回話：「我對你的呼叫代號印象很深，瘋江。我也認得你的，伙計。我們一起飛過許多任務，現在總算見到你們本人了，真榮幸。」我起身，伸出我的手：「我是札克——別名是鋼鐵米格魯。」

這些人一聽到我的呼叫代號，狹小船艙內的緊張空氣立刻蒸發了。我的四個新同伴都鬆了一口氣，動作非常明顯——尤其是米羅，他對著我笑了。我登船以來，他都還沒對我笑過。

「是米格魯！」伙計又念了一遍我的綽號，恍然大悟地微笑：「總算見到你了，太好了，你他媽的是個傳奇啊，老兄！」

伙計嗆出髒話時，黛比皺了眉頭，我都看到了。

「鋼鐵米格魯？」陳挑起眉毛，發音完美。

我點點頭，他立刻從座位上衝過來握我的手，激動地對我說中文。英語翻譯出現在我的量通上——是一連串亂七八糟的讚美之詞，我於是衷心地感謝他。後來他總算冷靜下來，鬆開手了，我們都坐回座位上。

「黛比，你的呼叫代號是什麼？」我問，雖然我已經透過刪去法得到一個可能性很高的答案了。

她一手按在胸前，向我鞠躬。「原子媽在此為您效勞。」她緊張地微笑：「你懂吧，這名字會讓人想到原子彈。」

「是啊，小姐，我們懂。」米羅翻了個白眼，露出許多血絲。

「讓我猜猜。」我指著他說：「你是庫什大師5000對吧？」

他微笑，似乎非常開心。「就是我本人。」

庫什大師5000（Kushmaster5000），看他不爽的人都叫他KM5K。他愛在混沌地形玩家論壇上沒完沒了地發自捧文（都很好笑，雖然他無意寫出好笑的成分）和廢文，所以享有高知名度。他在論壇上的頭像是一片五彩大麻葉。他也愛在公頻上不斷評論戰況，就像傑克·波頓對著民用波段廣播說話那樣。我通常會關掉他的聲音，但我還是認得他的費城腔，以及似乎是隨口音而來的傲氣。我不確定自己欣不欣賞他，而他似乎喜歡這樣。

不過奇妙的是，得知他們的呼叫代號後，我感覺就像突然置身在一群老朋友之中……或至少是接受了熟悉盟友的陪伴。原子媽、伙計、瘋江、庫什大師5000是我過去幾年來每天都會看到的四個名字，因為它們永遠列在「艦隊」十大玩家排行榜上——起先名次高於我，後來就落到我後面了。我昨晚看到的排名順序是：伙計接在我正下方，排行第七，接著是第八名瘋江，第九名原子媽，第十名庫什大師5000。

「抱歉啊，我對你表現得像個渾球。」米羅嚴肅地伸出拳頭，我也握拳和他互擊。「我以為你搞不好是紅色搖擺，或至少是排行前五的臭菁英。」

陳看完翻譯，輕聲對量通回了一串中文，量通立刻幫他翻譯並讀出來：「我也有一樣的想法。」電腦發出的合成男性嗓音聽起來就像是霍金用的那個。

我突然好奇了起來。霍金會不會也協助地球防衛同盟隱瞞真相？尼爾．德葛拉司．泰森呢？如果卡爾．薩根知道這個祕密，那麼另外兩個著名科學家也可能知情。我腦袋裡原本就卡著一串無人解答的問題，現在又新增了一個。在瘋狂的一天內，問題串似乎隨著時間不斷拉長，沒有減短。

「我也不喜歡紅色搖擺。」陳的翻譯機繼續用那毫無起伏的平板語調大聲宣告：「他是個徹底的混帳！」

伙計笑了，而且還一面模仿翻譯機的聲音一面用手臂做出僵硬的機器人動作。「對！」她用怪腔調說：「男爵完全是個廢渣！」

其他人笑了，但我不自在地調整了一下坐姿。幸好一秒鐘後，他們一時興起的砲轟我爸大會就被打斷了。通往駕駛艙的艙門滑開了，一部ATHID鏗鏗鏘鏘地走了出來，頭部滑開，伸出一個小小的遠端監控平板螢幕，上頭播放著無人機操縱者的即時影像。操縱者是一個地球防衛同盟的中年軍官，神似山姆．埃利奧特[47]的鬍子令人印象深刻。

「歡迎上船。」他說：「我是你們今天的太空船駕駛員：米道斯上尉。」

自我介紹完畢後，他立刻受到來自四面八方的問題轟炸，口音各異，而且至少有兩種語言。我自己也有一千個問題，但他已經舉起無人機的爪狀手要大家安靜下來。一分鐘過後大家才完全閉嘴。

「上級並沒有授權我回答你們的問題。」他說：「我們一抵達月面基地，各位的新司令官就會立刻為大家做簡報。如果你們有其他問題，都可以在量通上的地球防衛同盟新兵指南手冊app找到解答——只要答案不涉及機密。明白了嗎？」

所有人都點點頭，低頭看著量通。

「太好了。」上尉對著乖乖聽話閉嘴的大家說：「我們會在幾分鐘內上路。不過出發前，我聽說有人要送你們一程。」

他指向開啟的艙門，這時一個眼熟的紅髮中年男子剛好走了進來，彎腰進入狹窄的太空船客艙。他向所有人展現神采奕奕又友善的微笑，就是會出現在新聞裡的那種。

「芬恩．阿波加斯特？」我們當中有許多人同時出聲。

「完全命中。」他咧嘴一笑，有點上氣不接下氣。「我是一路從指揮中心跑過來的，才不會錯過見到你們所有人的機會。總算碰面啦。」他在客艙內四處走動，輪流用力握我們的手。「你們五個長年以來，一直都是混沌地形計畫的驕傲和喜悅的來源。事實上，你們的才能與奉獻幫助我們說服了上級，讓他們相信平民模擬訓練倡議真的能進行全球規模的操作，真的很感謝你們！」

我看過很多混沌地形創辦人的照片和訪談影片，不過他本人比我想的還要矮。他最後才握我的手。當我們的眼神交會時，他側了一下頭。

「你就是札克．萊曼對吧？」他看著我的臉搖搖頭：「知名的鋼鐵米格魯？」

我點點頭。他環顧四周，接著對我露出一個尷尬的笑容。

「聽著，中尉。」阿波加斯特說：「希望凡斯司令剛剛沒對你太苛刻。你根本無從得知無人機發射隧道設有保安障壁，以往敵機攻擊我們的月面基地時根本沒試過這招，因此我們從來沒把這可能性呈現在『艦隊』的訓練任務中。」他聳聳肩：「可以說是開了眼界吧。」

我在客艙內環顧四周。所有人都瞪大眼睛，驚訝地看著我。

「那是你幹的？」米羅笑了：「你就是追著長刀戰鬥機進入機庫、害它炸掉的神風特攻傻蛋？」

我點點頭。

其他人都盯著我看了一會兒，氣氛尷尬。接著阿波加斯特拍了拍手。

「呃……我知道你們差不多該出發前往月面基地阿爾法了，那就不耽擱你們了。」他說：「我只是想感謝你們所有人，嘉獎你們的英勇表現——」

「不好意思，先生。」米羅用他極重的費城口音說：「紅色搖擺跑去哪死啦？就那個嘛，紅

47 美國演員，經常扮演牛仔或農場主人。

男爵啊？他是『艦隊』排名最高的玩家對吧？為什麼他不在這？你們沒要徵召他嗎？」

阿波加斯特瞄了我一眼，接著回頭去看米羅。

「紅色搖擺在幾十年前就接受徵召了。」他說：「他是我們戰功最顯赫的駕駛員。」

其他人驚訝地面面相覷時，阿波加斯特觀察著我的反應。

「那他到底是誰？」米羅問：「也許是個英雌？」他用笑容安撫伙計和黛比。

阿波加斯特點點頭：「紅色搖擺是札維爾・萊曼將軍使用的呼叫代號。」

其他人一個接一個轉頭看我制服上繡的姓名，接著全都瞪著我看了好幾秒。我什麼都說不出口，於是黛比打破了沉默。

「札克，你跟他有血緣關係嗎？」她靜靜地問。

我看了一眼阿波加斯特，他似乎也很想知道我會怎麼回答。

「他是我爸。」我說：「但我從來就不認識他，我成長過程中一直相信他在我還小的時候就死了。我剛剛才知道地球防衛同盟徵召他時，也安排他假死。」

所有人都回過頭來盯著我，默不作聲——只有陳例外，他還得讀量通上的翻譯才能明白我說什麼。幾秒鐘後他抬起頭，吹了一個長長的低頻口哨。

「而你現在要去月球上見他，這是你們第一次碰面？」黛比問。

我點點頭。

「老天啊，小子！」米羅搖搖頭：「我還以為我的這一天夠詭異了。」

我回頭面向阿波加斯特：「你認識他嗎？」

「算有一點點交情。」他說：「幾年前，我很榮幸地跟萊曼將軍短暫共事過，他是『艦隊』

遊戲的主要軍事顧問之一。」他盯著我看了一秒，搖搖頭：「你看起來超像他。」

我點點頭：「是啊，我一天到晚聽別人這樣說。」

太空船的引擎發動了，我們聽到低沉的嗖嗖聲。阿波加斯特站挺，向所有人行了一個蹩腳的舉手禮。

「感謝各位的奉獻。」他說：「祝你們上月球後萬事順利！」

接著他馬上就走出太空船，其他人根本來不及回禮。他離開後，米道斯駕駛的ATHID轉身拍了艙壁上的紅色大按鈕一下，太空船門滑動關上，伴隨著減壓的嘶嘶聲。那聲音被愈來愈響亮的引擎怒吼蓋過，幾乎聽不見。

「各位新兵，繫上安全帶。」米道斯利用通訊頻道對我們說：「我們準備要升空了。」

我拉起安全帶，撥弄了一會兒才總算扣好它。接著我調緊綁帶，使它貼住胸口。所有人都扣好安全帶後，米道斯操作的ATHID對所有人比了一個讚。

「飛往月面基地阿爾法只要大約四十分鐘。」他說：「通過地球大氣層後，我們就會以極快的速度移動。如果在過程中遭遇任何敵機，你們每個人都可以用量通操縱船身下側的全向雷射砲塔。不過我們的觀測器上沒有任何敵軍蹤跡，所以這一趟應該會很平穩。靠著椅背放鬆，試著享受飛行的趣味吧。」

無人機回到了駕駛艙。在艙門關上前一秒，我看到它窩回了充電站。我在客艙裡左看右看，發現我的同伴又全盯著我看了。黛比和伙計迅速別開視線，但米羅和陳還是一直盯著我看，彷彿我的額頭上突然長了一根發光的角。我忽視他們一段時間，最後我撐不下去了，開始模仿轉動握把的動作，同時慢慢豎起右手中指。當我的中指達到桅頂時，兩人似乎都搞懂我的暗示了，雙雙別過頭去。

我拿出量通，試圖在鍵盤上撥出我媽的手機號碼，但電話打不出去。一個訊息框跳出來說我仍無法連上平民電話網路。

我嘆了一口氣，把量通甩回手腕上。

幾分鐘後，太空船升空了。它動起來就像上次那樣完美平穩，儘管船身不斷在大氣層中攀升，逐漸加速到宇宙速度——窗戶外的天空漸漸從淺藍色轉變成一片漆黑。

而這次，當我們抵達那一大片黑暗的邊緣時，太空船並沒有掉頭落回地球。我們繼續前進，深入太空。船內重力完全不曾變化，就跟我第一次搭它時一樣。我閉上眼睛，會以為太空船根本沒在動，儘管我們的速度其實極快，幾分鐘內我們就跟地球拉開了一大段距離，得以回望它的全貌。這是我有記憶以來一直夢想看到的畫面。

我盯著下方璀璨的藍白色球體，一切事物、我愛的每個人都以它為家。我的視線在翻騰的雲氣間遊走，辨識出北美洲的西海岸，然後順著它移動，瞄到了熟悉的波特蘭港。它幾乎就要消失在我的視野中了。這時我才發現自己離家有多遠，而且隨著時間一秒一秒過去，這段距離還在加大。

**我們就是要為了它作戰**，我心想，**他們想從我們手中奪走的就是它**。

我將臉貼在旁邊的窗戶上，接著轉動脖子想盡可能看遠一點。有了，前方有個明亮的灰白色燈泡，在遙遠前方的黑暗中發光。我這輩子一直相信一件事，那就是一九七二年阿波羅計畫後再也沒有人類踏上月球一步。如今我自己正在前往那裡的路上，搭的太空船採用了逆向工程所得的外星科技，抵達目的地後要見我從來沒見過的老爸。他現在會是什麼樣子？他看到我會說什麼？我該如何反應？

我發現坐在我對面的黛比低下頭去，雙手在大腿上交握，眼睛緊閉，嘴唇蠕動著但沒出聲。

「你在幹啥？」米羅似乎真的很好奇。

黛比不出聲地念出「阿們」兩個字，然後睜開眼，望向他。

「我當然是想要禱告啊，米羅。」她說。

「你在禱告？」他的語調充滿嘲諷意味。「向誰禱告？」

黛比不敢置信地瞪著他：「當然是向主耶穌，我們的救世主禱告啊。」

「喔，是啊，當然了。」米羅咯咯笑：「教會小姐，我只有一個問題——耶穌在《聖經》的哪一段針對外星人入侵提出過警告？」他瞄了客艙裡的其他人，要大家挺他：「我一定是漏看了吧！」

黛比回瞪他，立刻就發火了。她張開嘴，但不知道該怎麼回答。他的問題似乎使她措手不及。

不過伙計接話了。

「『第五位天使吹號，』」她和米羅對看，背出經文：「『我就看見一個星從天落到地上，有無底坑的鑰匙賜給它。它開了無底坑，便有煙從坑裡往上冒，好像大火爐的煙……日頭和天空都因這煙昏暗了。』」

「什麼坑啊？」米羅的微笑消失了。「你在說啥啊，小鬼？」

家庭教育的關係，我從小就認為宗教跟神話沒什麼真正意義上的差別，不過伙計那番話還是讓我全身發毛了。她引用的經文召喚出我腦海中的鮮明記憶：外星人的雷射砲像冰雹一樣打在水晶宮的防爆門上，使它變形扭曲，災變級的火焰和煙霧滾滾冒出。

「『他們膜拜龍，因為牠把權柄交給了獸。』」她說：「『他們也膜拜獸，說：誰能與這獸相比呢？誰能與牠交戰呢？』」

她說完後，其他人都瞪著她看了好一會兒，什麼也沒做。接著黛比開始鼓掌，陳也加入了。伙計臉紅了，低頭看著自己的腳。

「我的法蘭克林叔叔很愛引用《聖經》。」她聳聳肩：「我學會走路前，就開始聽他背啟示錄裡的句子了。」

「呃，我投『別再管《聖經》』一票。」米羅舉起右手：「我真的聽到頭皮發麻。」

黛比點點頭。「現在引用啟示錄可能是個爛主意。」她說：「我想我們已經夠害怕了。」

伙計回應前，先對米羅和黛比露出了失望的表情。

「『如果有誰沒膽量打這場仗，就讓他走。』」她背誦的同時仍瞪著兩個大人：「『我們讓他通行，放旅費進他的錢包——我們不會死在這個害怕與我們共死的男人身旁。』」

兩人回瞪著她，看了許久。

「你到底是怎樣啊，小鬼？」米羅最後總算問她了。

伙計再度聳聳肩。「我的法蘭克林叔叔很愛引用《聖經》，而他唯一更愛引用的就是莎士比亞。」她自顧自地微笑：「布萊納和齊費里尼[48]的電影我都看過幾億次了，因此每個字我都背得出來。」

陳在量通的翻譯器內輸入了一些文字，然後將機器湊近她。

「你好聰明，而且記憶力驚人。」合成人聲說。

儘管他是透過電腦稱讚伙計，她聽了還是臉紅了，輕聲說：「謝謝。」她和陳又互看了一眼。雖然有語言隔閡，但他們似乎已經迷上彼此了。

「伙計，你幾歲？」黛比問，試圖轉換話題。

「我上禮拜剛滿十六。」她說：「但我還沒有駕照。」

「聽口音，你似乎是從紐奧良來的。」黛比盡力模仿當地人說「紐奧良」時的口音。

伙計點點頭。「我住第九區。」她解釋：「其實我的綽號就是這麼來的。在我們那裡，『九區人』（wardie）的發音跟『伙計』（whoadie）一樣，九區人就是住第九區的人。我年紀還很小時，我爸媽就開始叫我伙計了。我不是一直都喜歡這名字，因為學校有些男生會一直叫我『火雞伙計』。不過我痛扁他們一頓後，他們就不叫了。」

她用非常甜美、女孩子氣的嗓音說這些話，我聽到爆笑出聲，米羅也是，不過黛比看來嚇壞了。

「麗拉！」她再度皺眉：「說話太不得體嘍，親愛的！你爸媽不會准你這樣說話，對吧？」

伙計的雙手盤在胸前。「呃，不，他們以前不會。」她說：「不過他們在我還小的時候就碰到颶風，死了，所以我現在他媽的愛說什麼都行。」

「喔，真巧！」米羅壓低聲音說。

「可憐的孩子。」黛比看起來很尷尬：「對不起，我不知道。」

伙計點點頭，別過頭去，讓黛比在隨後的沉默中坐立難安。這時米羅決定拯救這段對話。

48 肯尼斯・布萊納曾自編自導自演「亨利五世」，法蘭高・齊費里尼曾將《羅密歐與茱麗葉》改編為電影「殉情記」。

「嘿，」他對我點了一下頭：「那邊的札克以為自己的老爸已經死了——結果他沒死。或許你爸媽也還活著？」

伙計回瞪他一眼，然後慢慢搖頭。

「他們溺死了。」她說：「我親眼看到遺體了。」

她沒多說什麼，米羅也震驚到無法接話。伙計轉頭望向窗外，而我看著她，想起凡斯司令要我別太可憐自己。

「你呢，黛比？」我問，急著想轉換話題：「你是從哪裡來的？」

「明尼蘇達州的杜魯斯。」她對我露出感激的笑容：「我在那裡當學校圖書館員。我也有三個兒子，都是青少年。年紀最大的只有十五歲。」她的微笑漸漸消失了：「我甚至來不及向他們當中的任何人說再見。他們准許我寄一封簡訊叫妹妹去接我兒子，但顯然不准我解釋原因。」

「你丈夫沒辦法照顧他們嗎？」伙計問。

黛比低下頭看左手的婚戒，然後對伙計微笑：「恐怕不行，親愛的。」她和伙計四目相接：「霍華去年心臟病發，過世了。」

現在換成伙計露出尷尬的表情了。「真遺憾。」

「不要緊的，」她說：「我的兒子都是硬漢，一定會熬過去的，我很確定。我只希望……」她開始結結巴巴，但還是說了下去：「等他們允許我打電話回家時，希望他們能諒解我，因為我不能從頭到尾陪他們面對這個狀況。」

「他們會諒解的。」我盡全力鼓勵她：「你的兒子也愛玩遊戲，對吧？」

她點點頭。「他們每晚都玩『堅地』，而他們的老媽玩『艦隊』。」她說：「我們的電腦全都在客廳排成一排。」

「那你兒子就會跟我們一起作戰。」我對她微笑：「對吧？」

黛比點頭，用袖子擦了擦眼睛。

「對，」她說：「說得對，我忘了。」

「他媽的讚！」米羅大喊：「原子媽的孩子也要來幫我們隊大幹一票了啊？」他對黛比微笑：「那些外星蠢蛋沒機會贏的。」

黛比回了他一個微笑，讓我大吃一驚。我發現米羅在我心中留下的第一印象產生了改變，他那洛基調調的說話方式使他的盛氣凌人顯得可愛。

陳（現在才透過翻譯器感受進度）激動地點點頭，表示同意米羅的看法，然後開始對翻譯器說話。

「我知道我老家的朋友和家人也會協助我作戰。」軟體為他代言，這次總算翻出順暢的句子了。「這讓我很欣慰。」

「謝啦，陳。」黛比說：「也謝謝你，米羅。你說得對，這事實讓我鬆了一口氣。」她雙手在大腿上扭成了一個結。「但我想到家人——想到我們所有人，我還是會害怕。」她搖搖頭：「我從來不認為這種事情真的會發生，這是噩夢。」

「不知道耶。」米羅往椅背一靠：「這對我來說比較像美夢成真。」

黛比瞪他。「你瘋了嗎？」她問：「你怎麼會這樣想？」

米羅聳聳肩：「到昨天為止，我一直住在爛公寓的地下室，做無聊到爆、折磨靈魂的辦公室工作。」他指了指太空船窗外的超現實景象：「而我現在呢？看看我！我成了地球防衛同盟的軍官，正在前往見鬼的月球，準備對抗外星人入侵，保衛地球！」他轉頭回去看黛比：「那你現在說說看啊，這對我來說怎麼會不是最棒的一天？而且是史上最棒的一天。」

「因為我們全都要被宰了，蠢蛋！」她吼回去，顫抖的聲音透出一點點歇斯底里。「司令簡報時你到底有沒有在聽？你有沒有看到他們艦隊的規模？我們會被誇張的人海淹沒！」

米羅聽了很驚訝，那是發自內心的反應。「我可能漏聽那段了。」他說，接著在黛比兇巴巴的瞪視下補了一句：「我有過動症！我開會開久了，思緒就會飄來飄去！」我第一次從他的語氣中感覺到純粹的恐懼：「勝率真的那麼低嗎？司令根本沒說——」

「啥？」黛比打斷他：「沒說我們八成會死光光嗎？他怎麼可能大聲說這種事？」她轉頭看向窗外：「他沒必要說，想也知道。你們看看，如果防衛同盟將最大的希望寄託在我們身上，那局勢到底有多絕望？我們是一群遊戲玩家，不是軍人。」

「不對，我們是軍人！」米羅回覆：「我們才剛入伍，還記得嗎？」他對她搖搖頭：「別這樣嘛，小姐——你就不能再樂觀一點點嗎？我們還不是煮熟的鴨子，我們還有機會贏的！」

黛比看了他好一會兒才開口回答：「米羅，你還不懂嗎？戰爭只要在幾個小時後一開打，不管最後是誰贏，都會有幾千萬人死掉。」

他揮揮手打發她。「喔，帶種一點吧！如果殺那些外星蠢蛋的難度只有遊戲中的一半，我們一定可以痛踹這些歐羅霸人的屁股！」

「米羅，是歐羅巴人。」我說：「歐，羅，巴，不是霸。」

「你愛叫什麼隨你去。」他嘆了一口氣：「反正你懂我意思。」

「我不想說出來，」黛比說：「但我承認我的看法跟米羅一樣。如果我們在遊戲裡打得倒他們，在現實中也可以。」她滿懷希望地看了看我們三人：「畢竟我們是菁英中的菁英，對吧？」陳的量通還沒翻譯完畢，他就跳起來大喊：「對！」還舉起拳頭，咬牙切齒地吼了另一個字，聽起來像「生利」！

他的量通將它翻成英文：「勝利！」

伙計咧嘴一笑，舉起拳頭學陳大喊：「生利！」音量幾乎跟他一樣大。

「爽啦！」米羅大吼，比了個金屬愛好者的惡魔角手勢：「生利！」

黛比瞄了我一眼，看我會不會跟著發出戰吼。我跟她一樣，對我們的勝率感到悲觀，但假裝樂觀似乎有助於提升所有人的士氣——包括我自己。

我學其他人舉手握拳，擠出我最大的熱情呼喊：「生利！」我用手肘頂了頂黛比，她嘆了口氣，順從我的請求。

「生利！」她呼應我們，不太由衷地舉高拳頭：「嗚耶。」

陳對我們所有人咧嘴一笑，前傾身體又伸出右手，手掌朝下。伙計回以微笑，把手疊到上頭，接著米羅、黛比、我都做了同樣的動作，然後又一起喊了一次：「生利！」

一秒後，我們又透過對講系統聽到了米道斯上尉的聲音，他宣布我們即將抵達月面基地阿爾法，只剩最後一段路了。我們聽到之後，臉皮似乎都突然變得很薄，連忙收回手。

太空船急轉彎，帶著我們衝入月球軌道，坑坑疤疤的地表突然填滿了左舷窗。我們在繞向遠端月面的途中從第谷坑上方飆過，我只短暫瞄到它一眼，它幾乎都被陰影覆蓋了。月球的這一半永遠背向地球，所以這是我們第一次親眼看到它。地表有幾塊黑黑的小汙點，看起來像焦痕，但那黑斑大小又不像是我們熟悉的另一半球上的月海。這一側地表的顏色和樣貌比較有統一感，但並沒有因此更具吸引力。

我們不斷翱翔在布滿隕石坑的貧瘠地表上空，我因此短暫地預見了戰後的地球——戰爭結束後，我們的世界荒蕪又死氣沉沉，就跟它的衛星一樣缺乏生命與色彩，海洋和大氣層都燒光了，主要城市化為大坑洞，曾經美麗的表面被戰火烤焦。

我搖頭，用掌根揉揉眼睛才再度望向月球地表。

太陽低垂在天空，較突出的隕石坑於是在麻花臉般的地面上拖出一條又一條長長的影子，看起來像彎曲的黑色手指。遙遠下方的一個碗狀巨大隕石坑滑入我們視野中，讓我背脊發涼。我認得這地方，這是代達羅斯隕石坑群，祕密月面基地阿爾法的所在位置。我知道它是我們的目的地，但它真的存在嗎？在這一刻之前，在我親眼看到它之前，我無法說服自己。

較大的隕石坑是代達羅斯隕石坑，旁邊緊黏著一個小得多也陡峭許多的隕石坑，叫代達羅斯B，還有一個更小的叫代達羅斯C。三個隕石坑的邊緣相觸，從高空看下去，它們的輪廓有那麼點像懷錶。代達羅斯B是頂端的小圓鈕，代達羅斯C像是鈕上更小的鏈環。月球表面有成千上萬個隕石坑，但這三個特別突出，因為就算從這距離看，也看得出上頭有人類施工的痕跡。

大隕石坑的坑壁表面整平了，還整修成一個完美的碗狀，化為巨大電波望遠鏡的疊狀天線，設計得很像波多黎各山上的阿雷西博天文台，只是規模大了好幾百倍。兩個小隕石坑內各窩著一個裝甲球體，像是烈酒杯上的高爾夫球。球體裝甲上的鍍金屬層塗成了灰色，好讓它們融入月球表面。

「月面基地阿爾法。」陳也看到它了，還發出驚呼。接著他指向月球表面的玩意兒，激動地說了一串中文。其他人都伸長脖子，望出離自己最近的窗戶，瞥到我們的目的地後紛紛倒抽了一口氣。

「在那裡！」伙計在座位上彈啊彈的：「真的在那裡！它真的存在！」

月面基地阿爾法對我們所有人來說都很眼熟，因為我們玩「艦隊」時，不斷駕駛攔截機進出模擬版基地，次數多達好幾百。我們的太空船甚至循著同樣的軌道前進，讓我產生奇妙的既視感。

我們的太空船來到最後一小段航道上了，小裝甲球頂端的圓頂這時開成好幾瓣，像橘子似的，每個部位大小都一樣。它們退遠，露出太空船足以通過的縫隙。我們一進入圓頂內部，裝甲組件又猛然闔上，再度封住機棚，基本上像個巨大的氣閘。這設計老是讓我想起「2001太空漫遊」中虛構的克拉維斯基地，而我現在竟然開始懷疑：地球防衛同盟會不會是從史丹利・庫柏力克那裡借用了設計元素。畢竟比這假設更怪的事情全都發生了——而且也還在發生。

我們的太空船不久後著陸了，引擎熄火，沉默突然充滿機艙。其他人都湊向窗邊，但我無法跟他們一起往外看。我坐在原位一動也不動，期待和恐懼的浪潮交替襲來，癱瘓了我。

米道斯的ATHID走出駕駛艙，用其中一隻爪狀手臂大力拍向艙壁上的綠色大按鈕。我們座位附近的安全護桿縮回天花板，艙門「嘶」一聲開啟了。

「放下你們的行李，跟我來吧。」米道斯透過無人機的對講器對我們說。接著無人機轉身走出太空船，揮手要我們跟上。

伙計立刻解開安全帶，真的是用跳的跳出座位，一點也不誇張。她的雙腿一落地就開始奔跑。

「真不敢相信我們在月球上！」她像個孩子般驚嘆，舉高雙手，蹦蹦跳跳地穿過開啟的太空船艙門。我看著她跑遠，發現她並沒有彈上彈下，不像月球登錄影片中的那些阿波羅號太空人。也就是說，他們設法將這裡的重力調得跟地球一樣了。

陳費了一番工夫才掙脫自己的安全帶，跌跌撞撞地跟上伙計的腳步。米羅又花了更長一點時間才解脫，不過他接著也走出太空船了，笑得像是耶誕節早晨的小孩。現在只剩黛比和我在太空船內了，她解開安全帶，轉身面對我。

「札克，你準備好要出去了嗎？」

我原本準備要點頭了，最後還是搖搖頭。

「我一輩子都在幻想這一刻。」我對她說：「結果現在……我好像嚇傻了，連出去都不敢。」

「沒事的。」她說：「他八成也一樣緊張，也許還更緊張一點。」

米道斯的 ATHID 再度把頭探進機艙。它的遙現螢幕啟動了，畫面上的米道斯對著黛比笑，接著又轉頭看我。

「中尉，將軍就在外頭，在機庫隔間裡等著要見你。」他轉頭對黛比說：「他要求我送你和其他新到的人前往作戰處，這樣他跟中尉才能私下聊個幾分鐘。他們兩個隨後就會來了。」

「當然好。」黛比起身，撥開我額頭上的一綹頭髮，然後捏了捏我的肩膀，再度對我笑：「幾分鐘後見了，好嗎？」

我點點頭：「謝啦，黛比。」

她最後又對我笑了一下，才跟著米道斯的 ATHID 離開。

我獨自在乘客艙內坐了幾秒，這才擠出勇氣按下安全帶的解扣鈕，甩開帶子，慢慢起身。最後我總算走出太空船了。他就在那裡，等著我。

# 15

他離我只有幾碼遠，一板一眼地立正站好，身上穿的制服跟我的一模一樣。我的父親，札維爾．尤里西斯．萊曼，活跳跳的，呼吸著。

而且在微笑。

他對著我微笑——那笑容跟我的笑是同一個模子印出來的，印在年紀較大的我的臉上。我眼前的男人根本就可能是未來的我，他穿越時空回到現在，搞不好是為了警告我：前方有劫難。

我的眼角瞄到米道斯的ATHID護送黛比穿過機庫另一頭的一系列裝甲門。陳、米羅、伙計都在門另一頭的隧道等著，還有一個我不認識的地球防衛同盟軍官，制服上有一面日本國旗。整群人都望出開啟的氣閘門，目瞪口呆地看著我們，直到門再度關上。一秒鐘後，鈍重的「轟」一聲響徹了整個巨大的機庫。

我只隱約意識到那群人走了，隱約感覺自己置身在一個新環境中，因為我的五感都高度聚焦在我爸身上。父親的缺席糾纏了我整個青春期，如今那個鬼魂就站在我面前，奇蹟似地復活了。我不自覺地盯著他眉毛上形成的一顆汗珠，看它沿著他側臉滑落，彷彿這個小細節可以證明目前正在發生的事情百分之百是真的。

我想起原版的「魔鬼總動員」中的一幕——這部電影我也看到爛了，因為他有一捲錄影帶。

我盯著他看了許久，他也一樣。我看著失散已久的父親的臉孔，試圖將每一個細節都烙印在腦海裡。他遺傳給我的臉孔跟他的實在太相似了，我輕易就看出他試圖要隱藏自己的恐懼。

他看起來比我預期的還要老——但這可能是因為我看到的每張照片中的他，年紀都不超過十九。我心中也許有個無意識的念頭：希望我看到他時，他一點也沒變老。這心願搞不好會實現，因為地球防衛同盟有可能用碳凝合金冷凍他，或讓他經歷光速時間膨脹，保持青春，好應對即將來臨的戰爭。結果我沒那麼好運。他現在三十七歲了，跟我媽一樣大——不過他跟我媽不同，看起來比實際年齡老十歲，而不是年輕十歲。他的體能狀況還是很好，但曾經的黑髮已經混入了一些灰色，藍色眼珠（跟我的一模一樣）四周已有明顯的魚尾紋。根深柢固的疲倦似乎已滲入了他的五官。我不禁納悶，我到了他的年紀時，會不會就長那樣？我是不是窺見了未來的自己？

就在我想東想西的期間，我發現他朝我走來了。他跨過我們之間的一小片空地，雙手突然環抱住我。

在我胸膛內的某處，有個水庫潰堤了，各種情緒同時噴湧而出。我把臉埋到他身上，喚醒了沉睡已久的感官記憶：當我還是個小嬰兒時，他曾經這樣抱著我。那搞不好還是他最後一次抱我的記憶，之後他就從我的生命中永遠消失了。

不，不是永遠。我對自己說：是消失到這一刻為止。

「札克，真高興見到你。」他輕聲說，嗓音有些顫抖：「我很抱歉——很抱歉得拋下你和你媽，我從來就沒想到自己會離開這麼久。」

他說的每一個字都讓我的情緒高漲，漲到我的心臟像是要爆開了。我爸一口氣說出的這些話，都是我原本奢望從他口中聽到的，那時我還准許自己幻想他其實還活著。我激動到無法回答。我心裡仍有個聲音堅決地對我說：這只是某種不安定的夢境，我要是說錯或做錯什麼就會從夢中醒來，而且是在這個爛到不能再爛的時間點。

但我還是說不出話。我爸似乎認為我持續不斷的沉默是個壞兆頭，他鬆手，開始細看我的臉，試圖解讀我的茫然表情。

「札克，這些話我一直很想告訴你，我已經等了十八年。」他平靜地說：「我在心中練習了一百萬次，希望自己表達得好，希望自己沒搞砸。」

我荒謬地想，真希望老媽也在這裡，她就能把我介紹給這個徹頭徹尾的陌生人了。徹頭徹尾陌生，但長著我的臉。

「你沒有。」我總算把話說出口了，音量小到幾乎聽不見。接著我清清喉嚨，再試了一次：「你沒搞砸。」我小心翼翼地說：「見到你，我也很開心。」

我爸鬆了一口氣。

「聽你這麼說，我就安心了。」他說：「我本來不確定你會不會開心。」他緊張地笑了：「你有權生氣，而且我知道你脾氣很差，所以——」

他看到我的微笑消失，再也說不下去了。接著他瞇眼，眉毛扭曲——我話一說出口就後悔時，也會有這樣的反應。

「你怎麼可能知道我『脾氣很差』？」我問，憤怒在我的語氣中升起，像是水銀。我諷刺的回應讓我爸忍不住笑了，但我無動於衷。他的反應讓我更受傷、更不爽了。不知怎地，我剛見到他的激動和欣喜在幾秒鐘內就消散了。「你為什麼會以為你了解我？」

「很抱歉，札克。」他說：「我是你的新指揮官，我讀了你的地球防衛同盟新兵檔案，裡頭有你所有的學校紀錄和案底。」

「我敢說，也包括我所有私人的精神狀態評估結果吧。」

他點點頭。「地球防衛同盟一發現有招募潛力的人才，就會摸清他的底細。」

我點點頭。「我的『新兵』檔案中有沒有提到，我的情緒管理問題可能跟我十個月大時死了老爸有關？他慘死在一個爛工廠爆炸中。」

這問題顯然傷了他的心，但我忍不住把刀捅得更深一點。

「我從小到大都相信自己的爸爸是那樣死的，你覺得我會有什麼感受？」我問：「而且全鎮的人也都相信耶？你是想要毀了我的人生嗎？你不能假裝死在該死的車禍或其他意外中嗎？」

他的嘴巴開闔了好幾次，最後才擠出話語。

「兒子，我並沒有選擇啊。」他說：「我一定得在爆炸中假死才行，屍體才會無法辨識。他們在我的墳墓裡埋了一具無名屍。」他和我四目相接：「很抱歉，我自己那時也只是個孩子，不知道自己做的承諾有多麼重大……或者說放棄的東西有多麼珍貴。」

我們站在那裡，沉默地互看了許久。接著我爸的量通響了，他皺起眉頭瞄了一眼螢幕，隨即轉頭看我。

「我們得前往作戰處，幫你和其他新進人員做簡報了。」他說：「不過之後我們會有更多時間私下談談，好嗎？」

我無言地點點頭。我都已經等了這麼久——說實在的，我還有什麼選擇？

我爸從口袋中取出一個小小的銀色物體。「喏。」他把東西塞到我手中：「這是給你的。」

我攤開手掌一看，是一個ＵＳＢ隨身碟，外殼上印著地球防衛同盟的徽章。

「裡面有什麼？」

「大都是信。」他說：「我上來這裡後，每天都寫信給你和你媽。」我發現他說話時調整了一下站姿，重心放到另一隻腳上——我自己緊張時也會這樣。「希望你看了之後會明白我為什麼做出這個決定，明白我接受徵召後有多麼難熬。」他聳聳肩，還是不跟我對看：「抱歉，裡頭有好多好多信——你八成沒時間讀完全部。」

他說話開始結巴，別過頭去不讓我看他的臉。我低頭看著隨身碟，小心翼翼地握住它，感覺很慌：這麼小的東西竟然能裝那些無價的文字。

我爸舉起手腕上的量通，按了幾個螢幕上的圖示。「鏗」的一聲，太空船下側的一排儲物間門滑開了，露出方塊狀的貨櫃。我爸低聲對著量通下達一串指令，幾秒鐘後，四架ATHID脫離附近的充電站，組成一支小隊，列隊走向太空船。其中三架無人機開始卸貨，第四架爬上乘客艙拿我們的背包。

「準備好了嗎，中尉？」我爸朝出口點頭。

「是的，長官。」我回答，並將隨身碟放進制服胸前的口袋，讓它窩在我心臟的正上方。接著，我們一起朝機庫另一頭走去，這時我注意力所及的範圍總算變大了，大到足以納入四周的超現實景象。

月面基地阿爾法的機庫隔間令人無法呼吸。裝甲圓頂環繞我們四周，弧形牆面上有數百架閃閃發亮的攔截無人機，架在履帶式的發射架上，它們射向宇宙的姿態就像是超高速氣動機關槍發射的子彈。我突然想到，我們被帶上來月球就是為了駕駛這些無人機。我們正是要運用這些戰鬥機跟即將抵達的敵人作戰，就在五個半小時後。

那一刻，我覺得自己就像路克．天行者，在出征去打雅汶戰役前張望著一個塞滿A翼、Y

翼、X翼戰機的機庫。我也像是阿波羅上尉，正要爬進銀河號飛行甲板上的毒蛇機；或者亞歷士·羅根，緊抓著自己的星際聯盟制服，瞪大眼睛看著裝滿槍星的機庫。

但這不是幻想。我不是巴克·羅傑斯[49]或飛俠哥頓[50]或安德·維京，或任何人。這是真實人生，我的人生。我，札克瑞·尤里西斯·萊曼，來自奧勒岡州比弗頓的十八歲小鬼，地球防衛同盟的新兵，剛剛才在遠端月面跟宣告死亡多年的父親重逢——而我們現在要一起發動一場沒有勝算的戰爭，保衛地球，不讓人類徹底滅絕。

如果這一切真的只是夢，我也不確定自己希不希望它結束。

不過它會結束的，而且很快就會了——因為我的手腕上綁著一個煮蛋計時器，上頭的時間不斷倒數著，明確指出幾小時、幾分、幾秒後，我就會被粗暴地喚醒。

我爸抵達出口時還是繼續前進，進入敞開的氣閘門，踏上後方管狀的連通隧道。如果這地方的配置跟「艦隊」中的虛擬版基地相同，那麼這條隧道就會穿過月球地底，來到隔壁的代達羅斯B隕石坑，基地的其他部分都在那裡。

但我在跨出出口前停下腳步，轉身望向環繞著我的圓頂弧牆，以及成千上萬部攔截機，也望向另一頭的自動無人機組裝機組，它們的物質編譯器和奈米機器人現在也還在組裝更多ADI-88。如果凡斯說的外星敵軍抵達時間是正確的，那它們八成沒有機會完工了。

我想起自己在水晶宮出的大包，想起我們失去了一整個機庫的無人機，羞恥到眉頭深鎖。但我接著又想起地球防衛同盟簡報影片最後的畫面，想到歐羅巴人的艦隊，環繞冰冷衛星的一大圈致命戰艦。它們正朝地球過來。

我們就算失去水晶宮那些無人機也不會影響戰況。這裡所有的無人機，或地球上那一大堆也影響不了什麼。

我爸發現我在機庫內徘徊，跑回來接我：「札克，怎麼啦？」

他的問題太荒謬了，害我笑出聲來。

「怎麼啦？」我又自問了一遍：「天啊，讓我想想……」

「中尉，我們得上路了。」他說：「時間不多了。」

但我沒動，我爸只得等著。

我轉身細看他的臉，問出我非問不可的疑惑：「敵軍艦隊全部抵達後，數量會超出我方到什麼程度？」

「超誇張的程度，連思考這件事都可以免了。」他立刻回答，甚至沒有停下來思考。他那滿不在乎的語氣又讓我不爽了起來。

「那你到底為什麼要帶我上來？搞屁啊？」我問：「就為了在我們慘死之前，父子一起玩一玩？」我用拇指指向太空船：「如果我們注定死光，現在就讓我知道。我寧願飛回家裡跟媽一起死。她現在沒人陪了，你有沒有想到？」

我爸露出痛苦的表情，彷彿被我捅了一刀。我頓時覺得很後悔——但那後悔和扭曲的滿足感混合在一起。傷他心的感覺很好，因為他當年的選擇無可避免地傷了我的心，他現在是在付出代價。

49 科幻小說《西元2419年世界末日》中的主角。
50 同名科幻漫畫的主角。

我爸思考了一下子才回答，回答時的嗓音非常堅定。

「中尉，我並沒有『帶』你上來，你自願接受地球防衛同盟的徵召。你不能因為害怕就跑回家，相信我。」

「我並不怕。」我將謊言擠出齒縫。

「如果你真的不怕，那你他媽的就是個蠢蛋。」他以平鋪直述的語氣說：「但我知道你不是。」他直盯著我的眼睛：「這場仗我已經打了半輩子，札克，我現在還是很怕。我很害怕這天的到來，你不知道我怕了多久。而它來臨了。」

「你並沒有讓我好受一點。」我對他說。

「我知道，中尉。」他說：「我也知道我們的希望有多麼渺茫，你畢竟聽了簡報、看了那些影片。但相信我吧，兒子，關於局勢、關於我們的敵人，你還有很多不知道的部分。」

他瞄了一眼後方，望向最近的出口上方架設的大型監視錄影機，它不斷來回擺動著。接著他回過頭來看我，而我似乎在他眼中瞄到了真的很不安定的情緒。我一直很擔心自己遺傳了他的瘋狂，而那瘋狂的影子就在那裡。

「我們現在不能談這個，也不能在這裡談。」他壓低聲音說悄悄話：「但事情沒有表面上看起來那麼絕望，札克，我向你保證。」他露出充滿希望的笑容：「所以我很感謝你上來這裡，我之後會需要你幫忙。」

明知不該問，我還是問了他一個問題：「幫你什麼？」

「幫我拯救世界，兒子。」我爸說：「不然你以為自己上來幹啥？」

我站挺身子，這時才發現我們的身高一樣高。

「是的，長官。」我回覆：「一點也沒錯。」

我爸臉上流露出對我的驕傲，我絕對沒看錯。這讓我感覺輕飄飄的。

「我就希望你這麼說。」他拍拍我的背：「跟我來吧。」

他轉身，開始回頭慢跑，穿過機庫的出口。

我又轉頭，偷偷看了一眼四周閃閃發亮的戰鬥機，然後才跟著我爸往前跑——儘管我不知道他到底要帶我去哪裡。

萊曼將軍帶著我穿過月面基地阿爾法的走廊，它們都燈光昏暗，鋪著地毯。過程中，我每隔幾分鐘就咬一次臉頰內側的肉，因為隨之而來的疼痛證明我很清醒，所有正在發生的事情都是真的。

我們迂迴前進，下到作戰處所在的樓層，而我對這個環境驚嘆不已：這熟悉感好詭異，「艦隊」中的模擬版基地竟然跟實物完全吻合。

我對我爸說，基地的某些外部設計似乎是從電影「2001太空漫遊」中虛構的克拉維斯基地「借用」來的，而他開心地說確實如此。

「設計這棟建築物的工程師小組沒什麼時間可用，就借用了舊有的設計。」他解釋，並指著我們四周的走廊地毯：「他們就跟大家一樣，從席德・米德[51]和雷夫・馬克利[52]那裡偷了很多

51 美國工業設計師、概念藝術家，曾設計「銀翼殺手」、「異形2」等電影的場景。

52 插畫家、概念藝術家，曾參與「星際大戰」、「星艦迷航記」系列的劇中元素設計。

想法。」他咧嘴一笑：「維修層的連通走廊看起來根本就是從『異形』裡搬出來的，我發誓——等你看到就知道了。」

一聽他這麼說，我突然在基地內發現許多盜用科幻作品設計的證據，所有東西看起來都很圓滑、符合人體工學、隱約帶有復古未來主義感，往往給人重視外形勝過功能性的印象。

而且基地內到處貼了老搖滾樂團和電影的海報，不過我很確定這些是基地目前的居民加上去的——其中一條走廊上還有紅色的塗鴉字樣：蛋糕是個謊言[53]。

我們還通過了一條掛滿地球防衛同盟男女飛官照片的走廊，照片都有裱框，影中人的髮型至少來自四個不同年代。照片旁都掛了一個小名牌，上頭有飛官的姓名和兩個日期，指出「在地球防衛同盟的服役時間」，後面還有一句：「他們為了保護我們所有人，做出了終極的奉獻。」

「這些人都曾經在月球服役嗎？」我問老爸。

他點點頭。「而且都死在這裡了。」他說：「他們是在執勤時喪命的。」

「但他們只是無人機駕駛，對吧？」我說：「他們怎麼會全死了？」

「死在敵人對本基地發動的前幾波攻擊。」他說，並在我進一步詢問詳情前說：「我等等會在簡報中解釋。」

抵達走廊盡頭後，我爸帶著我搭上一部渦輪電梯，一路下到作戰處的樓層，月球表面下方一英里處，幾秒鐘就到了。接著他又帶著我穿越一系列月球岩床鑿出的隔間，每個都像洞穴一般，裡頭裝著冷核融合反應爐、維生系統、物質編譯機、巨大的重力扭曲陣列。

「這裡大部分的東西，我都不知道原理。」我爸老實說：「甚至不知道要怎麼操作，但我從來就不需要動手，因為整個基地的系統完全是自動運作的，維修都交給地球上的人類操作的無人機。」

我們經過了一個玻璃隔起的醫療站，發現裡面的工作人員也全都是無人機。基地裡的醫生似乎是加裝了特殊裝備的ATHID，它有一雙鉸接式的模擬人類手臂，地球上的外科醫生可以操作它們來遠端開刀。

「有個倫敦的醫生在幾年前曾經利用醫療無人機來幫我割盲腸。」他說：「整個過程沒有半點瑕疵。」

工作人員的住宅區集中在同一樓層——五十個單元預製式的宿舍房間，每間可容納兩個居民。

「目前只有三個房間有住人，所以大家都會有自己的私人小窩。」我爸指著標有A7字樣的房門：「這是你的房間，門已經做過程式調整了，會對你的身體產生反應。你的背包應該已經在裡頭了。」

我舉起量通，看了一下倒數計時器。

「何必那麼麻煩，還給我房間？」我問：「前鋒幾小時後就到了——在這期間我又不會想要小睡。」

「你不會。」他微笑：「但等你可以打電話給老媽時，你可能會想要一點隱私。」

我盯著他，直到他和我對看：「你打算打電話給她嗎？」

53 典出第一人稱解謎遊戲「傳送門」。

他搖搖頭。「我猜那不會是個好主意。」他說：「她要是發現我還活著，而且……遺棄了你們兩個，她為什麼還會想跟我說話？」

「她當然會想跟你說話！」我對他說：「她要是知道你還活著，一定會開心到翻過去。」接著不假思索地補了一句：「就跟我一樣。」

他盯著我的臉看。「你真的這麼覺得？」

「我知道她想。」我說，儘管我也跟他一樣，需要說服自己相信這點：「失去你之後，她從來就沒有走出悲傷，沒有再愛上過別人。這是她告訴我的。」

我爸突然別過頭去，我聽到他不自覺地發出小小的悶哼——像是被陷阱困住的受傷動物會發出來的聲音。我看他似乎沒有回應，就指了一下走廊上的成排房門。

「你的房間是哪一個？」我問。

他指著盡頭的房門，上頭標著A1。

「但我們沒要過去。」他帶著我朝反方向走。

「讓我瞄一眼就好。」我不願退讓：「拜託嘛，長官？」

「沒什麼好看的。」他還是擋在我和那道門之間。

從他的反應來看，他的房間裡顯然有許多東西可看——我非看不可。我站在原地一動也不動。我們的對峙持續了十幾秒左右，之後他總算退向一旁，將手掌放到感應器上，開啟房門。

當我擠過他身旁、望進那狹窄的制式房間時，他已經尷尬得滿臉通紅了。

我爸房間深處那片牆全貼滿了我和我媽的照片，包括我小學以來的畢業紀念冊照片。還有一張我媽穿護士服的照片掛在床頭，一定是從她工作那間醫院的網站下載的。其他牆面完全空白。

在我進一步檢視他的居住空間前，他就把我推回走廊，鎖上了門。「動作快。」他試圖掩飾嗓音中的慌張：「每一秒都很寶貴。」

# 16

我們又搭上另一部渦輪電梯，它以令人不安的速度下墜，幾秒鐘後減速、止住。電梯牆上嵌著一面螢幕，裡頭的基地3D模型指出我們剛剛到達了最底層，代達羅斯隕石坑內那個蛋形建築物的底部。電梯門「嘶」一聲開啟，我們踏上一條鋪有藍色地毯的走廊，盡頭是一組裝甲自動門，上頭整齊地印著「無人機操作中心」的字樣。

門在我們靠近時滑開，我跟著老爸進入一個巨大的圓形房間，水泥圓頂塗成了燦亮的藍色，看起來像是電影布景中的綠幕，讓人之後加數位特效上去的那種。

「歡迎……」我爸展開雙臂：「來到月面基地阿爾法的無人機操作中心。我們稱這裡為雷頂。」

「為什麼？」

「呃，因為它有個圓頂。」他指著上方：「而且我們在那裡頭作戰，就像『瘋狂麥斯』那樣。」他聳聳肩：「而且『雷頂』聽起來比『無人機操作中心』酷多了。」

房間中央高起的平台上擺了一部可旋轉的指揮椅，扶手上搭載了講究人體工學的曲面觸控螢幕。十個陷入石頭地板中的橢圓形小坑包圍著那張指揮椅，每個小坑內都有一個無人機控制艙。我們在水晶宮使用的是多用途操作站，但這裡的控制艙似乎是專門為操作攔截機設計的。每個小坑內都有一個模擬版的ADI-88攔截機駕駛艙——駕駛座、飛行搖桿，還有我熟悉的控制面板和系統指示器，全都排列在一個環繞式的頂蓋顯示器下方；駕駛員只要爬進座位，顯示器就會滑到定位。

我爸點了量通上的一個按鈕，我們頭上的亮藍色圓頂就啟動了。它像一個高解析度的電視螢幕，顯示出月面基地周圍三百六十度的隕石坑地景，讓我們覺得自己像是置身在基地最高層的觀測台，而不是月球地下深處的強化堡壘。

他帶著我走向巨大圓頂碉堡的另一頭時，我瞄了一眼腳下的一個個無人機控制艙。頂蓋是半透明的，我可以看到另一頭的樣子。其中四個控制艙已經坐人了：黛比、米羅、伙計、陳在玩某種模擬訓練任務，試用這些新機具。

我稍早看到的那個日籍地球防衛同盟軍官和另一名軍官站在指揮台上。後者是個膚色黝黑的高大男子，我從沒見過他。兩個男人的年紀看起來都跟我爸差不多，也有同樣疲憊的氣息，以及在戰場上磨練出來的堅毅。他們走過來打招呼，而我瞄了一眼他們制服衣領，看出他們的軍階都是少校。

「札克，我要你見見我的兩位老朋友，我認識最久的朋友。」我爸說：「橋本信少校，還有葛拉罕．佛格少校。」

「日安，萊曼。」信少校說。我對他行舉手禮，結果他鞠躬回禮：「總算見到你了。多年來，你爸一直向我提起你的事，真的提太多了。」他咧嘴一笑：「我聽到煩死了。」

「抱歉。」我總是得回點什麼。

信不停盯著我的臉看，盯到我都發毛了。接著他看向我爸，又回頭看我，比較我們的長相。

「我的老天鵝啊。」他吹了一聲口哨：「你真的跟你老爸長得一模一樣。」他用手肘頂了頂我的肋骨，咧嘴笑開了：「我很同情你，孩子！」

他講完笑話自己先笑了，而且是發自內心地笑了。我爸對我露出抱歉的表情——朋友來家裡弄壞東西時，我也會對老媽露出那個臉。不過我還是禮貌性地跟著笑了，然後轉身跟佛格少校握手。他似乎是月球上最高的男人。

「萊曼中尉，能見到你實在太開心了。」他開朗地說，重到不行的英國腔嚇了我一跳：「歡迎來到月面基地阿爾法！」

我瞄了他制服的肩膀位置，發現那裡沒有美國國旗，只有英國聯合旗。我同時注意到他的地球防衛同盟徽章將「防衛」拼成Defence，而非Defense。

「就只有你們三個？」我問：「這裡沒其他人了？」

「就只有我們三個。」信說：「補給太空船每個月來兩次，但除此之外，我們都孤零零地待在這裡。當然了，我沒把無人機算進來就是了。」

葛拉罕點點頭。「防衛同盟原本在上頭部署了幾十個人，確保所有系統都順暢運作。」他說：「不過量通網路上線後，幾乎所有事情都能透過遠端操作無人機完成，因此他們將編制縮減到只剩下骨幹，留下最不可或缺的軍方人員。」

「原本還有幾個飛官駐紮在這裡。」我爸補充：「包括凡斯司令，不過現在只剩我們了。」

「三劍客。」葛拉罕笑了：「我們是幸運的混帳。」

遠處牆邊放了一張長長的摺疊式木桌，還有三張金屬摺疊椅，桌面上放著各種版本的「龍與地下城」規則書、遊戲隔板、十幾個形狀古怪的骰子。

「我們每個禮拜都玩四、五個晚上的『龍與地下城』。」葛拉罕發現我看到那堆東西，就向我解釋：「有助於打發時間。信通常是我們的地下城主。」他對我微笑：「我的角色是等級二十七的精靈弓箭手。」

「葛拉罕，你何不讓他看看你的角色紙，」信說：「那孩子一定會很佩服的。」

葛拉罕無視於他，繼續跟著我在控制中心內晃來晃去，露出熱情的微笑，像是向別人展示房間的小孩。我看到不遠處有一組爵士鼓、兩把電吉他、三個麥克風架，左右兩側都有一堆音箱。我晃過去細看那些器材。

「怎麼，你們組了個團之類的嗎？」我問。

「確實組了。」葛拉罕驕傲地說：「我們把團名取作『戰神主教』，是來自——」

「艾米利奧．艾斯特維茲演的短片？」我接上他的話：「『四個噩夢』恐怖短片集錦的其中一支？」

我爸和他們的朋友都驚訝地對我眨了眨眼，接著傻呼呼地咧嘴笑開了。

我也對著他們嘻嘻笑，朝我爸點了一下頭。「我有一陣子看完了你所有的舊錄影帶，所以就看到了那部。它——」

我打斷自己，因為我發現剛剛那番話揭露我太多內心想法了。不過他們都沒注意到，三個人都還是笑咪咪的，沒想到我竟然知道團名的典故。

「札維爾，我喜歡這小鬼。」信說。

我爸點點頭：「是啊，我也是。」

「我們會翻唱范．海倫的歌，做得還挺像樣的。」葛拉罕接著說：「也許我們之後可以即興玩一段給你們聽聽？」

「當然好。」我不確定地說：「一定很酷。」

我回頭看了一眼我爸，但他盯著自己的腳，尷尬地搖著頭。「葛拉罕，我跟你說過了，我們不會演奏給他們聽。」他口齒不清地說：「外星人幾小時後就要入侵了，記得嗎？」

「所以才要搖滾個最後一次啊，還有比那更好的理由嗎？」葛拉罕雙手比出惡魔角的手勢。

我走向離我最近的無人機操作站，站在地洞邊緣往下看。它的作戰顯示器上以透明膠帶貼了一個「故障」的標語。

「葛拉罕灑了可樂Zero到機器上，所以才壞掉的。」信說：「得從戰爭基金拿幾百萬美元來修理。」

「別想把事情怪在我頭上。」葛拉罕以牢騷反擊：「你把你的拖鞋丟在那附近，我才會絆到。是你害別人多支出了幾百萬美元，信豬頭。」

葛拉罕笑了。我也跟著笑，結果被他罵。

「他媽有什麼好笑的，小鬼？」他說：「我炸了一個無人機駕駛艙，但跟你的小花招根本沒得比——今天早上我們失去的無人機價值是天文數字！」

信點點頭，跟葛拉罕又一起罵了我幾秒，之後一起爆笑出聲。

「我是開玩笑的，孩子。」葛拉罕還在笑：「你把長刀戰鬥機追進基地的影片，我到目前為止一定看了有五十次左右！太經典了！」

信搖搖頭：「『毒蛇』怎麼沒宰了你？你是怎麼阻止他的？」

「也許他知道我死定了，所以殺了我也沒意思？」

我爸皺眉，似乎想對我說什麼，但信在他開口前就轉換了話題。

「中尉，要不要吃點零食啊？」他問：「你最愛的零食列在你的每一個地球防衛同盟檔案，所以我們在這裡堆了一堆。你愛吃『幸運符』麥片對吧？直接吃，不加牛奶？我們為你準備了十幾盒，看到了嗎？」

他指著房間另一頭的無人駕駛艙，裡頭堆著半打我最愛的麥片，看起來像裝彈藥的木條板箱。其他新兵坐在下凹的駕駛艙內，地上也堆著各種零食和飲料。米羅那裡散落著一堆又一堆冠寶起司捲和瘦吉姆肉乾，還有一座低卡山露汽水的小山；伙計那裡有好幾袋墨西哥辣椒口味的奇多和一整排兩公升裝的夏威夷綜合果汁；黛比有好幾包色彩繽紛的彩虹糖；陳的駕駛艙旁邊有十幾罐銀色的能量飲料，側邊印著 qi li[54]，英文字的四周都是中文。

「我們最愛的零食為什麼會被記錄在地球防衛同盟的檔案上？」我問信，結果回答的是葛拉罕。

「孩子，地球防衛同盟對所有人的所有情報瞭若指掌。」他說：「相信我，你玩『艦隊』和『堅地』時留下的紀錄可不只食物和飲料。你的心跳速率、血壓、汗水成分，地球防衛同盟都知道。相較之下，中情局和國安局根本是家長教師聯誼會等級。」

「太棒了。」我說：「政府監控我們所有人的一生，但我們至少會收到最喜歡的零食。紅利。」

我爸聽了我的評語竟然咧嘴笑了，真令我意外。就在這時，其他新進人員也從駕駛艙出來了，他走過去問候所有人。陳一看到我爸靠近，連忙立正站好，其他人也手忙腳亂地跟進。

54「啟力」的拼音。

「放輕鬆，新兵們。」我爸邊走向他們邊說：「歡迎來到月面基地阿爾法，我是札維爾．萊曼將軍，你們的新指揮官。很抱歉，讓你們久等了。」

他快速看了每個人的臉，等待回應，但我的新朋友似乎都震驚到說不出話來。我爸走到米羅面前，而米羅笑得合不攏嘴，像是見到了最喜歡的電影明星，稍早的自大態度顯然被他拋到腦後了。

「你就是米羅．道森，對吧？更知名的稱號是庫什大師5000？」

米羅點頭，幅度小到幾乎無法察覺，彷彿世界上有種病叫遊戲狂動脈瘤，而他在承受發作之苦。

「道森中尉，總算見到你本人了，這是我的榮幸。」我爸對他說，然後轉頭面向其他人：「我也很高興見到你們所有人，覺得倍感榮幸。伙計，瘋江，原子媽。」他和每個人都握手，然後向我點點頭：「當然了，還有鋼鐵米格魯。你們五個是我在戰鬥中見過的、最有才華的駕駛員。讓你們上來月球，是我們的殊榮。」

其他人都微笑了，自豪使他們臉頰泛紅——我的臉或許也有點紅吧。

「謝謝你，長官！」陳小心翼翼地念出量通給他的翻譯。

「是啊，謝啦，將軍。」米羅總算從他的癱瘓中復原了。「我是說，他奶奶的——那真是天大的恭維，而且是出自紅色搖擺本人！長官，你是頂尖中的頂尖！我已經研究你的招數好幾年了——我們都一樣。」

他的讚美似乎讓我爸尷尬到不行。

「你們太看得起我了。」他隨即指著兩個同袍說：「信和葛拉罕也深入參與了你們的模擬訓練。我敢說你們一定認得他們的呼叫代號。信用的是大嘉力，而葛拉罕——」

「我的呼叫代號是打完刪。」葛拉罕把話接完：「不過他們兩個很少那樣叫我。」

「我們比較愛叫他『萊姆』，」信說：「簡稱『小萊』，他很恨這名字。」

葛拉罕點點頭：「我確實很恨。」

我們認得這幾個耳熟的呼叫代號，不禁微笑著。大嘉力和打完刪也是排行榜前五名的常客。遊戲發行的第一年起，他們就輪流占據第二和第三名的位置，只輸給紅色搖擺。

「萊曼將軍，希望我這麼說不會很無禮。」黛比說：「你到底什麼時候要告訴我們地球防衛同盟派我們上來的理由呢？」她瞄了一眼信和葛拉罕：「為什麼我們不能和其他新兵一起待在地球？」

我爸和他的兩個朋友互看，露出奇妙的笑容，然後才向黛比點頭。

「關於這點，我正準備要為你們所有人做簡報。」他說。

葛拉罕微笑，接著指向我們後方的矮皮墊長椅。「你們會想坐著聽他說的。」他自己也去坐了，米羅和黛比跟了過去，但陳、伙計和我仍站著。

我爸對著圓頂天花板上的螢幕揮手，上頭的影像改變了。我們不再是看著基地四周的月球地景即時轉播，而是太陽系的三維動畫，地球位於前景，月球慵懶地在一段距離外繞行著它，兩者都受到一組同心圓，也就是其他行星的公轉軌道包圍。我爸又對螢幕做了一個動作，太陽系的動畫開始加速，行星變得像賽車般繞著太陽狂轉，各自有各自的賽道。

「新兵簡報沒告訴你們的其中一件事是，這不是歐羅巴人第一次派戰艦來攻擊我們。」將軍說：「過去四十年來，他們發動了整整三十七波攻勢。」

圓頂螢幕上的太陽系天體時鐘不斷往前轉，直到地球與木星的軌道形成一直線，兩個行星來到一年之中最接近彼此的位置。接著，軌道將木星衛星歐羅巴帶到近到不能再靠近地球的位置，動畫就停止播放了。

「有個叫木星對衝的天文現象，每三百九十八點九天會發生一次。」將軍解釋：「這時太陽與木星會位在地球兩側，那也是歐羅巴最接近地球的一刻。自從第一次接觸後，歐羅巴都會利用這個機會派一支小規模的特遣艦隊到地球監控我們，測試我們的防衛能力，綁架人類活體進行研究。」

他點了一下量通螢幕，窩在代達羅斯隕石坑內的月面基地阿爾法便出現在螢幕上，是從高處俯瞰的角度。

「歐羅巴人開始派斥候船到地球後，地球防衛同盟決定在遠端月面建造祕密防衛基地。」將軍說：「原本打算將它打造成遠端監控兼長途通訊用的前哨基地，不過一九八八年九月啟用後，這裡一直維持有人駐紮的狀態，敵軍的戰術也改變了。下一次木星對衝來臨時，歐羅巴人並沒有派遣斥候戰艦直接前往地球，而是改到月面基地阿爾法——並發動攻擊。」

圓頂螢幕開始播放影片了。大陣仗的長刀戰鬥機從漆黑又充滿星斗的月球天空直衝而下，要襲擊隕石坑下方的小型月球基地，攔截機也開始從基地機庫彈射而出，迎戰敵人，觸發大規模的空戰。

「我們好不容易趕跑了它們，但也只是險勝而已。」他說：「我們花了幾乎整整一年修復損壞的東西。下一次木星對衝時，歐羅巴人又發動攻擊了，這次的規模更大，因為月面基地阿爾法的防衛機制也擴增了。這次我們又險勝了。」

「隔年，同樣的狀況又發生了。」葛拉罕說：「再下一年也是。」

「他們每年都會派更多無人機來攻擊基地。」信說：「而我們每年都會強化這裡的防禦措施，好迎接他們下一次的攻擊。」

我爸點點頭。「戰爭規模的擴大持續了超過十年，直到去年歐羅巴人才換了一招，現出新武器——你們在接受『艦隊』訓練時都碰過，就是斷訊器。」

新兵同時發出哀嚎。我們看著一大群敵軍戰艦出現在螢幕上，以完美的陣行撲向月面基地阿爾法，構成的畫面一時間極像「太空侵略者」的遊戲截圖。

一旁出現了一個不停旋轉、由線段構成的十二面體，我感覺到脖子後方的寒毛豎了起來。

「斷訊器運作方式似乎是這樣的，它會與行星或衛星等巨大星體結合。」螢幕上的動畫顯示，不停旋轉的鉻黃色十二面體降落到地球上，朝地核發射了紅色光束。「然後就能控制該行星的磁場，製造出一個球體力場，阻斷裡頭所有的量子通訊。」

「所有的地球防衛同盟無人機都有備用的無線電操控單元。」信補充：「不幸的是，斷訊器連一般無線電通訊都能截斷，因此它們派不上用場。」

螢幕上，翠綠色的斷訊器開始產生透明的紅色能量層，包覆住整個地球和整個大氣層——地球防衛同盟的無人機開始從空中紛紛墜落。不過月球在斷訊器的力場範圍外——遠端月面的地球防衛同盟祕密基地也是。

「當傳送端和接收端都位在球體力場的內部時，量子通訊才會有中斷效應。」將軍說：「如果無人機或操作者在斷訊力場外，量子通訊連線就完全不會受影響，能持續運作。如果敵軍設法讓斷訊器連結地球，那就只有月球上的地球防衛同盟人員可以操控地球上的無人機了，也就是只能指望我們。反之亦然。」

我爸拉掉線框動畫，跳回敵軍戰鬥機的影片，向我們展示一個巨大、縞瑪瑙色的十二面體，一個敵軍中不停旋轉的暗色多面寶石。銳角邊緣正在發光，而且顏色在玉黑色和熔岩紅之間迅速切換。

「在上一次木星對衝的歐羅巴攻擊行動中，敵軍啟動了斷訊器，連結月球磁場。這磁場跟地球相比，顯得比較弱。」

他說話的同時，不斷脈動的十二面體發射了紅色能量波到月球的核心，然後開始在自己四周產生球體狀的能量場。能量場快速擴大，最後覆蓋了整個月面基地阿爾法和月球地表的大塊暗斑。我從簡報得知，這暗斑的分布對應了月球內部的磁場。

「斷訊器啟動後，我們便無法從基地內部控制無人機了。」我爸解釋：「不過地球上所有地球防衛同盟的無人機駕駛員都不受影響，因為他們在阻斷立場的範圍外。」

信在螢幕上叫出另一個圖表，顯示地球和一旁的月球。斷訊器的透明力場相當巨大，覆蓋了遠端月面，但並沒有大到可以同時覆蓋月球和地球。

「敵軍無人機得以繼續運作的理由是相同的。」我爸說：「它們的操縱者在歐羅巴，距離力場好幾十萬英里遠。」

信點點頭。「本基地有備用的有線內聯網。」他說：「因此我們還是可以用地表的槍砲保衛基地，還有備用的繫鏈式無人機。它們靠硬體連線，因此都沒受到斷訊器影響。」

螢幕上，基地外部所有哨兵槍都啟動了，回擊著不斷開火的長刀戰鬥機和雙足飛龍。後者的雷射砲和電漿彈形成彈幕，穩定地轟向基地的防衛戰力。地表上有十幾部綁著繫鏈的ATHID

和戰鬥機甲也保衛著基地，背後拖著的光纖電纜嚴重限制了它們的行動力、效能、移動範圍。

「地球防衛同盟從地球派出了好幾個中隊的攔截機來增援。」他解釋：「在它們的幫助下，我們最終得以摧毀斷訊器。不過基地嚴重受損，我們在那次攻擊中勉強倖存。」

「真正的斷訊器就跟遊戲裡的一樣難纏嗎？」陳透過量通發問。

信、葛拉罕、我爸都點點頭。

「那你們是怎麼打倒它的？」我問。

信和葛拉罕同時賊笑，彷彿等我問這問題等很久了。

「『兩個人來就能搞定。』」信背出歌詞[55]，露出神祕兮兮的微笑。

葛拉罕點點頭，接著補了一句：「『兩個人來就讓你看不到車尾燈。』」

兩個人望向我，彷彿希望我背出更多歌詞，不過我爸輕輕搖頭，他們就安靜了下來，等他繼續說。

「有些人認為我們很幸運。」我爸瞄了一眼信：「但我個人認為，是歐羅巴人讓我們摧毀它的。」

「為什麼他們要那麼做？」黛比問。

「好問題。」我爸說：「喏，影片在這裡，你們自己下定論吧。」

他又點了一下量通，螢幕上便開始播放畫質極差的影片。

「這段影片是月面基地阿爾法的地表監視器拍到的。」信說：「大約是在攻擊行動開始的二

55 羅伯・貝司（Rob Base）與DJ EZ Rock的〈兩個人來〉（It takes two）。

十三分鐘後。所有量子與無線電通訊已遭到斷訊器截斷。在這時間點，基地本身毀了八成，地表防衛線也幾乎全被擊破了。」

螢幕上的背景處是冒著煙的月面基地殘骸，蜘蛛形的外星無人機在它的球狀外壁上橫行，爬過它嵌有裝甲的金屬肌膚，並用雷射砲掏挖它。畫面的前景則是巨大的斷訊器，這個巨大的十二面體在代達羅斯隕石坑陡緣外側激烈旋轉著，懸浮在月球地表上空，同時將脈動著的紅色連結光束設向月球的磁場中心。上方是天鵝絨黑色的月球天空，上百架攔截機正在對斷訊器的護盾發動攻擊，從各種不同角度開火。

「你們回想一下受訓過程就會知道，斷訊器只有一個弱點。」信說：「穩定的雷射砲和電漿彈彈幕可以打掉斷訊器的護盾，不過它的動力核實在太大了，護盾復原的速度比其他敵軍無人機快得多。護盾毀壞三秒後就會復原，而且是能量全滿的狀態。」

「而我們花三秒是摧毀不了它的。」米羅說：「至少在遊戲中沒辦法，所以才沒有人擊墜過斷訊器。就連『飛行馬戲團』也沒有。」

「看！」信指著螢幕：「他來了，要來扭轉局勢了！」

螢幕上有一架落單的地球防衛同盟機甲，在月球表面上做出一系列大跳躍，英勇無懼地衝向斷訊器的透明連結光線製造出來的刺眼紅色光柱。

「老毒蛇凡斯！」葛拉罕欽佩地搔頭：「他要上了，看！」

「那是凡斯司令控制的機甲？」伙計問。

「是的，」我爸說：「不過他當時只是個將軍，原本是月面基地阿爾法的指揮官。他升上司令後，我遞補了他的位置——而他會升官就是因為這個英勇的行動，看下去吧。」

「雖然毒蛇一天到晚做一些瘋狂的鳥事，像現在這個。」信補充：「不過他真的很有種。」

「我敢說他現在也很有種。」我爸平靜地說，眼睛仍盯著螢幕。

我們繼續看著無聲的影片，看著凡斯將軍衝向斷訊器，心想：他抵達斷訊器那裡時到底會發生什麼事？

「如果斷訊器運作中，那他是怎麼操控機甲的？」我緊盯著影片的同時，大聲表達出我的疑慮：「它的動作太快了，不可能連接著繫鏈，對吧？」

我爸點點頭。「你說得對，機甲並沒有連接繫鏈。」他說：「以凡斯的偏好來說，接繫鏈的無人機動作太慢、太脆弱了。」他朝螢幕點了點頭：「他是在機甲內部進行操縱的。軀幹裡頭安裝了一個駕駛艙，就在動力核上方。而他接著使動力核超載……差不多就在……這時候。」

螢幕上，凡斯的機甲來到伸手就能觸及連結光線的位置，接著突然動作一軟，倒在地面上，像個巨大的金屬洋娃娃，揚起一大片灰塵。

「他人在裡頭，還啟動自爆程序？」米羅不敢置信地說：「這老頭找死嗎？」

信和葛拉罕點點頭，信還指了一下我爸。

「我以前覺得他和萊曼將軍都愛自找死路。」

我指著螢幕：「但他沒時間彈射出去。」

我爸點點頭。「凡斯的逃生艙發射系統在他衝刺的過程中毀損了，因此他這時等於被綁在自己的定時炸彈旁邊。」

動力核超載程序需要七秒完成，而我已經開始讀秒了。數到五時，另外兩台機甲出現了，從影片下方往上跑。燃燒、半毀的月面基地上方的黑暗天空仍進行著混戰，雷射砲和電漿彈彈如雨下，落在那兩台機甲上。接著我聽到凡斯的頻道傳來震耳欲聾的經典搖滾歌曲——我爸的「洗劫街機」歌單內也有收錄：公羊果醬（Ram Jam）的〈黑色貝蒂〉。

「那變成我們替斷訊器取的綽號之一了。」信朝螢幕上不停旋轉的黑色十二面體點頭：「黑色貝蒂，或十面骰。」

我持續盯著螢幕不放。兩部泰坦戰鬥機甲朝一動也不動、裡頭坐著凡斯的那部彈跳而去，動作一致得詭異，簡直像是動作同步的游泳選手。兩者都完美地閃躲、繞路，即時迴避遭到摧毀的命運，同時保持前進，完全無視四周（有時候是在正前方）像噴泉般飛濺的岩石和月球沙塵。

信暫停影片。「這兩部機甲是由你爸操作的，同時操作。他人在左邊那台裡面，然後用短光纖繫鏈連接右側那台。光纖繫鏈包裹在白金強化的纜線裡面。」

「信當然知道這點。」我爸的眼睛一直沒離開螢幕：「他在這段影片開始拍攝的十分鐘前，協助我將它們連結在一起。」

信再度按下播放鍵，我的視線又被拉回螢幕上。我看著兩部機甲笨重地前進，經過旋轉的斷訊器巨獸和它下端的連結光束時，朝巨大的球體力場擊發太陽槍和雷射砲。

接著我爸搭乘的機甲來到凡斯那台的旁邊，扯下它的逃生艙（連凡斯一起），當成美式足球似的夾在腋下。

一系列砲擊打在連結兩部機甲的繫鏈上，中斷了連線。斷訊器的連結器陣列仍有護盾保護，但我爸的無人機還是將癱軟的凡斯的無人機扔了過去，有如拋鉛球似的。

同一時間，他猛力跳往反方向，並將凡斯的逃生艙往前扔，下一瞬間讓自己的逃生艙也彈射出去。這時，凡斯那架無人機總算完成了七秒的自毀程序，爆炸了，而兩個逃生艙都及時飛出畫面外。兩秒後，我爸拋向天空的無人機也跟進了——時機完美的連續出拳。成功率接近零的一球，像是最後一秒從球場另一頭拋來的三分球。

但光是時機巧妙並不夠。在兩部機甲撞上斷訊器的透明護盾前，護盾解除了，十二面體陷入無所防備的短短三秒鐘之內——巨大的動力核還來不及重新充電，恢復防禦力。就在這短得不可思議的黃金時間內，兩部機甲接連爆炸了。

第一波爆炸轟向硬如鑽石的斷訊器外殼，不過它的裝甲似乎透過某種機制吸收了衝擊，能量在它上頭消散後，十二面體的三角形琢面紛紛發出熔岩橘色的光芒。第二部機甲在半秒後爆炸，斷訊器那弱化的裝甲才總算瓦解了。本體也隨之消滅。

葛拉罕和信同時發出歡呼。我總覺得他們會定期看這段影片，而且每次都發出同樣的歡呼。伙計、米羅、黛比、陳也都發出了歡呼，但我沒反應，還在忙著看螢幕。

「我們能不能重看一次影片？」我問：「放慢到一半的速度？」

信點點頭，重播了一次。結果他應大家的要求，最後重播了好幾次。每重看一次，你就會更欽佩它、更感到不安。我爸的攻擊真的是千鈞一髮。如果斷訊器的護盾早一秒或晚一秒解除，他的行動就會失敗。根據影片上的計時器，斷訊器的護盾恢復時間似乎慢了一秒，剛好足以讓我爸完成奇蹟。

「有多少斷訊器在過來的路上？」米羅害怕地問：「你的簡報漏了這個小細節。」

「三部。」我爸說：「也就是一波攻勢搭配一部。」

「三部！」米羅回覆：「我們不可能接連解決三部斷訊器的——會有外星屎爛大軍衝向我

們啊！」

我爸點點頭。「對，我認為那沒什麼希望。不過我們還有最後一張王牌，破冰器。」

「但破冰器任務不是已經失敗收場了嗎？」黛比說：「融冰雷射還沒融穿蘇布魯凱……我是說歐羅巴的表面，就被摧毀了。」

「對，你們昨晚護送的破冰器被摧毀了。」我爸說：「但我們有個應變計畫。我們希望在歐羅巴人出動艦隊前打倒他們，但我們也知道成功機會十分渺茫。因此我們建造了第二部破冰器，藏在木星軌道上一個挖空的小行星內，以免被歐羅巴人偵測到。艦隊一前往地球，讓歐羅巴陷入無防備的狀態，我們就出動破冰器。它已經在路上了。」

「它什麼時候會到？」

「應該會在敵軍第二波艦隊抵達地球時，到達歐羅巴。」

「如果我們沒撐過第一波怎麼辦？」黛比問。

「那破冰器就改變不了什麼了。」信說：「但這就是為什麼我們要想辦法活下來的原因！我們總算有機會永遠結束這場戰爭了。」

我等著看葛拉罕和我爸附和信，但兩個人都沉默了。

「有誰餓了嗎？」我爸舉起量通：「我剛收到訊息，無人機已經在大餐廳準備好我們的晚餐了。」

「謝天謝地！」米羅大喊，已經朝出口移動了：「我還以為奇多和沙士會變成我生命中的最後一餐呢。我們去吃飯吧！」

伙計和黛比點頭表示同意，陳聽完量通翻譯後也跟進了。

「我沒有什麼食欲。」我說。如果我接下來就要死了，我希望我媽幫我做的早餐是我吃的最後一餐，而不是什麼在月球基地重新微波加熱的索爾斯伯利牛排。

我爸點點頭，他和信開始帶著其他人走向出口。葛拉罕看我在後方落單，一手搭上我的肩膀。

「相信我，等你看到大餐之後就會改變主意了。」葛拉罕說：「上級用你們的太空船送了特製的五菜佳肴過來。」

「為什麼？」黛比問：「因為這可能是我們的最後一餐？」

「也許吧。」葛拉罕回答，對我露出陰森的笑容，然後加快腳步走向出口。「至少那就是我大吃大喝的原因。」

# 17

月面基地阿爾法的餐廳是一個長方形房間，長邊很長，有四張拉絲紋理的金屬圓桌，還有相應的長凳固定在地面上。其中一個長邊牆面上安裝了好幾部多單元組合食物、飲料供應機，還有個微波爐——不過目前看來，並沒有「星艦迷航記」當中的複製機。對面牆上主要有個巨大的弧面窗戶，望出去是壯闊、巨大的代達羅斯衝擊坑，看起來像單色版的大峽谷。

我爸說的沒錯，奢華的佳肴已經擺在桌上，等待我們享用了——量看起來像是可以過好幾個感恩節。其中一張不鏽鋼桌上鋪著絲質桌巾，放著八組餐具，而且還有銀刀叉和幼骨瓷。一旁有四部ATHID排成一排，安靜地立正站著，等著要服務我們。每一部的胸口都貼著紙紮的燕尾服。

我坐了最後一個空位，左右兩側是我爸和米羅。葛拉罕坐在黛比隔壁，這時我才透過肢體語言看出他們都徹底迷戀上彼此了。米羅也注意到了，還翻了個白眼，並推我一把，朝他們兩人點個頭，再朝陳和伙計點個頭。後兩個人也偷偷在互瞄彼此。

「真是太棒了。」他低聲發牢騷：「我以為他們找我來拍史詩級的太空冒險故事，結果我只是『愛之船：下一個世代』（Love Boat: The Next Generation）的配角。」

「啟航吧……為了愛情！」信引用那齣喜劇中的台詞，完美地模仿了派崔克．史都華，我和米羅看了哈哈大笑。

大家開始傳遞盤子、幫自己盛裝食物——只有黛比例外，她低下頭去，開始低聲喃喃祈禱。我們都愣了一下，感到尷尬，接著全都低下頭去，直到她禱告完畢。

儘管眼前的食物看起來都很好吃，我似乎還是沒有任何食欲。不過今天這一連串詭異的事件似乎讓所有人都餓壞了，大家一度忙著狼吞虎嚥，都沒說話。我瞄了一眼隔壁的老爸，但他正機械地將食物鏟進嘴裡，不和我對眼。

打破沉默的人是陳。

「我的電話還是不通。」他透過量通的翻譯器對大家說：「我什麼時候才能打電話回家，跟我的家人說話？」

我爸看了一眼他自己的量通。

「前鋒抵達我們這裡的一小時前。」他說：「世界各國的領袖會在這時對國民發布消息。消息曝光後，你們就可以打電話回家了。但我們恐怕沒有多少時間可以講電話。」

「為什麼地球防衛同盟要等到最後一刻才把外星人入侵的事情告訴大家？」伙計問：「大家不會有足夠的時間為前鋒的攻擊行動做準備啊。」

「世人的心理準備頂多就做到目前這種程度，不會更好了。」我爸說。

信點點頭。「從世界各地的新聞來看，民眾已經開始恐慌了。世界各地的人都在今天早上親眼見到地球防衛同盟的太空船飛來飛去，接走精選的新兵。媒體一整天都在播放、分析那些影片，還提到它們跟混沌地形的遊戲有什麼關聯。全世界都想知道到底發生了什麼事。」

我爸搖搖頭。「不，他們不想。」他說：「一旦民眾得知外星人要入侵地球，恐慌就會像野火般燒開。文明會開始崩潰。」

葛拉罕發出嘲弄的嘖嘖聲：「地球防衛同盟很清楚，人如果沒有時間轉頭逃跑，就會比較想堅守原地，挺身而戰。」

我望向老爸。他跟我對看了一下下，接著瞄了一眼黛比，她正在看自己量通上的倒數計時器。計時器下方是她設的待機畫面——三個微笑的黑髮男孩，下巴靠在泳池邊緣，沐浴在耀眼的陽光下。

「真英俊的男孩。」葛拉罕說。

「謝謝你。」她回答：「我好擔心他們。」接著她伸手蓋住計時器，但從指縫還是看得到兒子們的臉。

「那你們兩個呢？」黛比對信和葛拉罕說：「地球防衛同盟會讓你們跟家人聯絡嗎？」

「其實這件事讓我有點緊張。」葛拉罕說：「我媽還在世，但她以為我在九〇年代就死了。我接受徵召時，我爸已經過世，因此我等於是拋下她一人——她就一個人生活到現在。當然了，地球防衛同盟會照料她的經濟面，但她的情感面誰顧得到呢？」

葛拉罕眨了次眼，然後用力吞嚥。

「希望她會認得我。」他說：「如果她認得，也希望她看到我時不會心臟病發——不過她得先挺過首相演說才行。」她搖搖頭：「那可憐的老女孩已經六十幾歲了。」

我不怎麼擔心我媽，她從新聞得知地球即將遭受入侵也不會有什麼太大反應。面臨危機時，她總是能保持冷靜，而且似乎會從中獲得活力。但她要是得知我爸還活著，呃……那就是另外一回事了。

「你呢，信？」黛比平靜地問：「你有家人嗎？親愛的。」

信的微笑稍微褪去了一些。「很遺憾，我爸媽在幾年前過世了，那時我在月球上服役的時間差不多過半。因此我沒機會向他們道別，我在當時非常痛苦。」接著他露出喜色，伸手捏了一下我爸的肩膀，又拍他的背。「不過我的朋友札維爾經歷過同樣的事，我在他的幫助下走了出來。他也失去了他的家人，就在——」

信打住，緊張地瞄了我一眼，然後又望向我爸。我爸死命盯著桌布看。

「總之呢，」信迅速地說了下去：「現在我只覺得，他們可以平靜度過一生是值得感恩的事情，不用面對……即將發生的事情。」

桌邊的每個人都點了點頭，只有我爸例外。他似乎慢慢地變成了一塊石頭。信似乎注意到這點了，轉頭對我說：「你還好嗎，札克？還撐得住嗎？」

我點點頭，接著又搖搖頭。之後我聳聳肩，又搖搖頭。

「別那麼擔心嘛。」信說：「將軍剛剛鼓舞大家時忘了說一件事。」他露出狡猾的笑容：「我們還有一個祕密武器——史上最厲害的無人機駕駛員。」他用拇指比了一下我爸：「你知道你老爸的擊墜術已經超過三百了嗎？他是地球防衛同盟的最高紀錄保持者。」

「你爸也拿過三個榮譽勳章，從三個總統手中接過來的。」信說：「但你不知道，對吧？」

他對我爸搖搖頭：「他太謙虛了，這種事他甚至不告訴自己的兒子。」

「真的假的？」我問他：「三個榮譽勳章？」

我爸點點頭，尷尬地閉上眼睛——我被人稱讚時也會這樣。

「這三個勳章的存在是機密，」我爸說：「根本沒有人會知情。」

「我就知道。」我說：「媽也會知道，我找到機會就告訴她。」

他對我露出不確定的笑容，接著又低下頭去。

我媽會為他感到驕傲，但光是那樣還不夠，他自己也很清楚。每次我提到媽，他的臉上總會閃過挫敗的表情。我爸和我都知道，光靠他的高貴動機和英雄式的犧牲未必能贏得她的原諒——甚至體諒，畢竟他對我們做的事情很過分。她只剩一丁點時間了，在那期間內她辦不到。我仍不確定自己是不是已經原諒他了。

我瞄了一眼老爸。我知道他不打算撥電話給我媽，但必要的話，我會幫他打那通電話。我不確定他該對她說什麼，在消失了整整十七年之後——我今天早上才跟她碰過面，但我要是打電話給她也會辭窮。我不知道她會希望我爸說什麼，但我得試試。

伙計不久後吃完飯，起身離開桌邊，走向觀景窗，盯著遙遠下方那個巨大隕石坑內的無線電天線許久。「你們剛剛說那玩意兒是什麼？」她問。

「代達羅斯天文台。」信的語氣中帶著一點驕傲：「世界上最大的電波望遠鏡——至少是人類蓋過最大的。」

「蓋它是為了跟外星人溝通？」伙計問。

信點點頭。「這隕石坑靠近遠端月面的中心，因此人類製造出的各種無線電干擾都不會影響到它，是收發無線電波的理想地點，不會被地球上的人監控。」他嘆了口氣：「不幸的是，歐羅巴人完全不想開口說話。」

「地球防衛同盟組成後立刻採取了一系列行動，」葛拉罕說：「其中之一就是創立一個叫『停戰協定會議』的內部工作小組，成員是好幾個傑出科學家，包括卡爾．薩根——」

「我一直在想這件事。」我打斷他：「卡爾．薩根怎麼有辦法隱瞞歐羅巴人的事這麼久？」

「他知道這消息可能會引起世界規模的恐慌，使人類文明陷入混亂。」我爸說：「他同意保持沉默，但交換條件是，地球防衛同盟要給他教育世人的預算，讓大家做好心理準備後，接受外星人存在的消息。他的科學電視節目『宇宙』的資金就是這麼來的。」

信點點頭：「不幸的是，在我們跟歐羅巴人的衝突真正開始變得激烈前，薩根博士就過世了。」

「他死後，停戰協定會議試圖跟歐羅巴人談和，」葛拉罕補充：「但那些烏賊從未做過半次回應。」

「烏賊？」我重述他的用詞：「我們不是完全不了解歐羅巴人的生理構造嗎？」

「沒錯，那是官方說法，」葛拉罕用神祕兮兮的語調說：「但相信我——他們就是烏賊。高層對敵人的了解遠比他們透露出來的多，他們總是這樣。」他瞄了一眼信、我爸，最後又望向我。

「你在說什麼？」米羅問：「歐羅霸人向我們宣戰耶，而且是毫無理由地宣戰！」

米羅每次都把歐羅巴人說成「歐羅霸人」，但大家已經放棄糾正他了——就連葛拉罕也不例外，儘管他真的是個歐羅霸[56]人。

「對，那是官方說法，」葛拉罕說：「但那說法合理嗎？動腦徹底想一想吧。如果歐羅巴人在二十年，甚至三十年前發動攻擊的話，我們根本無法阻止他們。」

我突然坐挺身體，瞄了老爸一眼。但他正在和葛拉罕對看。

「在那時，要是有一顆小行星或隕星掉下來，人類就滅亡了，我們根本擋不了。擁有超高

56 European，即歐洲人。Europan才是歐羅巴人。

科技和強大武器的憤怒外星人要是打過來，結果更不用說。」葛拉罕接著說：「他們從一開始就占上風，為什麼不利用那個優勢？他們反而把那科技交到我們手中，還給我們時間進行反向工程。接著甚至給我們更多時間打造數千萬部無人機，對抗他們打造的無人機。」

聽完地球防衛同盟的任務說明後，這些問題就一路纏著我。如今葛拉罕把它們一一說了出來，帶給我的不安可不是只有一丁點。

「他們還在歐羅巴上空的軌道上建造所有的戰艦和無人機，被伽利略號的攝影機拍個精光！他們不可能不知道我們在監視他們，他們希望我們看到！他們彷彿毫不間斷地在播一集長達一年的『外星人製造的原理』。」

葛拉罕發現信用食指比了一個腦袋壞掉的手勢，回敬他一根中指後繼續說話。

「歐羅巴人領先我們一大截，卻刻意緩慢地、漸進式地讓我們拉近差距，而不是花一個週末的時間殺光我們。為什麼？為什麼每年都要派一小支斥候艦隊來研究我們、毀壞我們的堡壘、攻擊我們的月球祕密基地？」他壓低音量，用悄悄話說：「他們卻沒有認真發動攻擊。他們在每年一度的木星對衝行動中不曾試圖毀掉整個基地，或殺掉裡頭所有的人。他們只製造出適量的損害，證明一件事：只要他們想，他們有能力毀掉整個基地。他們卻不會真的去做，為什麼？」

信再度打斷他。「你真的要讓他在新兵面前大談這些屁話嗎？」他問我爸：「而且敵軍就要發動攻擊了耶？他會害所有人士氣低落的！」

我的新兵同伴似乎真的被葛拉罕的發言嚇到了。我也是，但原因不太一樣。他攤出來的問題跟我自己的疑慮完全相符，詭異到不行，但我並不想聽別人把它們說出來。信說得對，幾個小時後我們就得賭命戰鬥了，現在為那些空想和無解的問題心煩意亂，只會害自己分心，根本毫無意義，甚至有害。

「你們阻止不了訊號的[57]，兄弟！」葛拉罕說：「我還從幾個可靠的消息來源那裡得知，八〇年代晚期墜毀在佛羅里達的斥候戰艦不是無人機，他們回收機體時發現兩具歐羅巴駕駛員的屍體，飄浮在加壓魚缸駕駛艙內。聽說屍體仍冰在萊特—派特森空軍基地下方五英里深的碉堡內。」

「他只是把流傳多年的謠言重新搬出來。」信說：「同盟內的八卦——幾十年來在各軍階不斷流傳的屁話，全都缺乏證據支持！」

「你錯了，信豬頭，而且你自己也清楚！」葛拉罕說：「那你覺得混沌地形為什麼要把蘇布魯凱族設計成水生嗜極生物？因為歐羅巴人真的長成那樣，老兄！」他轉頭對我和其他新兵說：「蘇布魯凱族領主的設計是以真正的歐羅巴人生理構造為本，拼湊出一個對大眾而言很可怕的形象。」

「呃，效果很好。」黛比說：「我要是忘記跳過開場動畫，不小心瞄到領主一眼，當晚我就會做噩夢。他……我是說那玩意兒會出現在夢裡。」

「很遺憾，葛拉罕．瘋格八成又是在鬼扯了。」信對我們說：「我們不知道歐羅巴人是不是頭足類動物，那只是可能性最高的猜測，猜測的根據是他們目前的居住環境。實際上，我們不知道他們是不是碳基生物，甚至不知道他們是不是歐羅巴的原生生物。」他對黛比微笑。「別

57「衝出寧靜號」當中的角色台詞。

擔心，」他說：「領主是編造出來的，是混沌地形的發明物，目的是為了給敵人一張臉孔——邪惡、帶點人形的外星人，人類會願意團結對抗的敵人！像是明無情[58]或達斯．維達或薩德將軍或——」

「我懂了。」黛比說，搖搖頭：「但不知道他們長什麼樣子似乎更嚇人，原因我說不太上來。」

伙計和米羅都點點頭。我再度望向老爸，發現他正盯著我的臉看，似乎在打量我對剛剛那番話的反應。

「將軍，你相信他的話嗎？有哪個部分是你相信的嗎？」黛比問他。他猶豫了一下，和葛拉罕互看一眼後總算打破了沉默。

「我對這些傳言保持高度的懷疑，跟葛拉罕不同。」他說：「不過我也不完全同意信那直截了當的評估。」他瞄了我一眼：「我們都為了這件事爭論過——凡斯司令也跟我們吵過。我們手邊的情報有限，而我們的解讀方式極度不同。」他淺笑：「人類就是這樣的生物吧，我猜。」

「你沒回答我們的問題，將軍。」伙計點出關鍵：「你相信的理論是什麼？」

「是啊，將軍。」信突然用嘲弄的語氣說：「你何不老實告訴他們真相呢？在你兒子面前說真話啊——說說你的『理論』。那應該會在計時器歸零前讓我們士氣大振喔！」

信把銀刀叉丟到盤子上，發出巨大的「鏘」聲，然後起身走出大餐廳。我爸目送他離去。

葛拉罕聳聳肩，繼續吃飯。「我們三個吵這件事已經吵了好幾年。」他說：「意見分歧注定會讓我們走到今天這一步。」

「信現在承受的壓力很巨大。」我爸說：「我們都一樣。」

「他在說什麼？」我問：「你的理論是什麼？」

我爸嘆了一口氣，瞄向其他人，而其他人都聚精會神地看著他——包括葛拉罕。

「地球防衛同盟的指揮階層幾乎都和葛拉罕看法一致，認為歐羅巴人過去四十二年來的行動和戰術激發了許多疑問——至少他們對人類而言很古怪。」他搖搖頭：「問題是，大家的解讀方式自始至終都不一樣，沒有誰和誰達成過共識。自從歐羅巴人派遣無人機來這裡發動攻擊後，指揮階層軍官——像是凡斯司令這樣的人，都不想再試著和對方溝通了，他們對這種嘗試失去了興趣。」

「廢話！」我說：「他們都對我們宣戰了。」

「說得對。」他說：「但如果歐羅巴人是基於某個祕密動機才把發動攻擊的時機延到最近呢？如果我們到現在還是不確定那理由該怎麼辦？也許我們一直以來都誤讀了他們的行動？或者說，也許他們誤讀了我們的行動？」

「他媽的有什麼好誤讀？」我脫口而出：「他們要來殺光我們了。早在我們幾個出生前，他們就發誓要滅絕人類，現在他們來了。好好商談的時機已經過了，你不覺得嗎？」

我爸聳聳肩，看起來非常憂心。「兒子，我不知道。」他說：「也許吧。」

我起身。

「也許？你說也許？」

「札克，冷靜下來。」我爸說：「我們好好把話講清楚——」

---

58《飛俠哥頓》中的反派角色。

「將軍，你們說的話我已經聽夠了！」我說：「信說得對。你應該要帶領我們上戰場、鼓舞士氣！不該……不該把你自己的恐懼丟給我們！」

我的指控像炸彈一樣，在他臉上爆開了。他的五官開始扭曲，但我轉過頭去，不看他的後續反應。

我頭也不回，用最快的速度走出大餐廳。

幾分鐘後，我總算停下腳步，同時發現自己迷路了。我於是叫出量通的互動式基地地圖，鎖定最近的渦輪電梯。我往下搭到居住層，回到營房區，抵達房間後，將手按上門旁邊的縞瑪瑙色感應板，門滑開了。我一踏進裡頭，燈便亮起。

裡頭的設計看起來像星艦學院的宿舍房間，格局對稱，供兩名房客使用。兩邊各有一個高架床，放置在一個透明的隔音箱中。只要碰一下按鈕，就可以使透明的箱子變黑，讓居住者保有隱私。高架床都內建了梯子、梳妝台、制服衣櫃，床的正上方還嵌了平板電視螢幕。每個鋪位的正下方還有一個小小內凹空間放著電腦，還有符合人體工學的椅子鎖在地上。我的背包就放在旁邊。

我坐到電腦前，一體化的螢幕亮了起來，螢幕桌布有地球防衛同盟的徽章，上頭還有幾個應用程式的捷徑縮圖。

我拿出老爸給我的隨身碟，插到電腦上。

檔案清單跳出來時，我屏住了呼吸。存在隨身碟內的文字檔有好幾百個，另外還有好幾打影片檔，檔名都很類似：給札克。後面接著六位數字，代表年月日。第一個檔案的檔名是

「DearZack100900.txt」。二〇〇〇年十月九號，我爸忌日的幾天後。

給札克：

我甚至不知道該怎麼開頭。過去幾天內發生了好多事，大都缺乏真實感。

我是在月球上寫這封信給你的。我是說真的，孩子。你老爸在月球上！

你現在知道了，我並沒有死在汙水處理廠的爆炸案中，雖然他們是這樣告訴你和你媽的。政府需要我對抗外星人入侵，所以才捏造我的死。我知道這聽起來很荒謬，很像平裝本科幻小說或深夜電影的劇情，但這背後是有原因的！「星際大戰」、「星艦迷航記」——我這輩子接觸的所有科幻電影、小說、電視節目、遊戲都是經過設計的，目的是要幫世人做心理建設，讓他們能夠面對真正的外星人入侵。我還在試著接受這個概念，但我知道它是真的。我已經親眼看過許多證據了。

我們還不知道外星人何時會入侵，因此我不知道我會和你、你媽分開多久。也許只需要幾個月。也許要等上幾年，我才能回家。我也有可能會在這裡丟掉性命。如果那真的是我的下場，我也不希望你一輩子都以為自己的爸爸只是汙水處理廠的廢物工人，死在愚蠢的意外當中，還來不及幹任何重要的事。

我希望你知道我的真面目，希望你知道我到底碰上了什麼狀況。但更重要的是，我要你知道，離開你和你媽對我來說是多麼艱難的一件事。如果有其他選擇，我絕對不會讓你們經歷這一切。

政府承諾要在我離開的期間照顧我的家人，撥了一筆假的意外撫卹金，因此你和你媽應該不用擔心錢的事。可以肯定的是，你們的生活一定會比我們一家三口靠汙水工廠工人薪水過活時優渥。我知道那不能彌補我的離開，但那會讓我心裡好過一點。

我真的很想念你們兩個，但我也得承認，待在這上頭充滿驚奇。我一直覺得自己這輩子注定要做大事，但我唯一擅長的就是打電動，而我一直認為這技能一點用處都沒有。結果它並非沒有用處，我也不是沒用的人。我想這就是我這輩子注定要做的事情，我只是從來沒料到過罷了。

我整個人都變成最高機密了，因此我不在家的這段期間甚至不能寄生日賀卡給你。但我還是會寫信給你，盡可能頻繁地寫，然後將這些信保存到我能夠交給你的那一天。我也會寫信給你媽。我才離開你們幾天，但我已經好想念你們了。

希望你們都過得好——也希望我的葬禮不會讓你媽或你太難熬，雖然你根本還不到一歲，不會記得自己曾經在場。但她會記得。想到她有多難過，我就想從懸崖上跳下去。當然我現在想通了——我已經跳了。所以我才會卡在這裡。

總之，我保證我會再寫信給你，等我有更多空閒的時候。我會把我碰到的事情全部告訴你，也會把這個月面基地的一切都告訴你。不過現在，我得去保衛地球，對抗外星人入侵了。

愛你的札維爾（你爸）

我繼續讀些信，一封接著一封，貪婪地讀。

我當初讀他的舊「理論」筆記本時，已經拼湊出事情的大概，而他的前幾封信填補了筆記本中漏掉的細節。我爸非常詳盡地描述他如何在家鄉遊樂場目擊古怪的遊戲機台「法厄同」後，花了好幾年的時間揭露地球防衛同盟巨大陰謀的各種面向，最後才接受他們的招募。後來他才知道，地球防衛同盟用同樣的原型機招募了信、葛拉罕和凡斯司令。

接受徵召後，我爸長年的疑慮獲得了證實——地球防衛同盟從他小學時代就開始追蹤他了。自從他寄了幾張模糊的高分紀錄拍立得照給動視後，他們就把他擺到了追蹤清單的最高順位。不過地球防衛同盟認定他不適合早期招募，因為他們做的初步心理測驗得到了「令人憂心的結果」。所以他們等了很久才招募我爸，等到他十九歲那年，剛成為父親不久後。某天早上，兩個穿黑西裝的男人趁他用餐休息時，從職場綁走了他，帶他到其中一個祕密機構去，為他播放我剛剛看的那支地球防衛同盟簡報影片，不過是早期版本的。之後他們要他做出選擇——他可以加入地球防衛同盟，利用他的電玩技能試著拯救人類；根據他的說法，另一個選項則是：「夾著尾巴逃跑，靠處理汙水勉強餬口，等著看外星人出現，摧毀我們的行星，殺害我的妻子、幼子，以及我愛的、我認識的每一個人。」

札克，我有什麼選擇？我不想離開你們兩個，但我也無法袖手旁觀，眼睜睜看著這一切發生。所以我答應了，雖然我知道這代表我可能再也無法見到你和你媽。如果我在保護你們兩個和我們家園的過程中死掉，那大概也值得了。

囚禁，他開始把這過程稱之為囚禁。

我打開每一封信，都看到我爸重複相同的道歉，把每一個他錯過的生日或聖誕節都標出來，並為之哀悼。對他來說，我童年和青春期的每個里程碑對他來說都是雙面刃。看著我長大成人帶給他快樂，儘管我們離得這麼遠。但那份喜悅總是攙著一絲苦澀的痛楚。他錯過了每一秒能陪伴我的時光，他也知道自己的缺席帶給我們母子痛苦，兩者都令他難熬。

他寫道，地球防衛同盟每個月都會捎來我媽和我的新消息，他總像等待佳節那樣期待著。有段時間他還會上地方報紙或是我學校的網站，進一步搜括我們的消息。每次收到一張我的新照片，他就會寫密密麻麻的信，不斷說我竟然長這麼大了，說他有多想念我和我媽，而且一年比一年想念。

他也會寫信告訴我月面基地阿爾法的菁英無人機駕駛過著什麼樣的日常生活，並巨細靡遺地描述他每年木星對衝時打了什麼樣的仗。他寫他對勝利的期盼，寫他有多害怕「即將來臨的戰爭」。我爸經常在信中使用這個措辭：「即將來臨的戰爭」。我看了才發覺，這場戰爭懸在他頭上這麼多年，一定讓他感覺糟透了。他成年後的人生一直扛著這可怕的負擔。他知道一切的終結正在逼近，而且是一秒一秒地逼近。

他在某封信中坦承，他已經不再害怕即將來臨的外星人入侵了。「現在我很期待它的來臨。」他寫道：「因為不管怎麼說，它都會終結我的悲慘——還有我在這裡的囚禁生活。」

他還寫：「我好想念你和你媽，有時候幾乎就要撐不下去了。」

之後的六、七封信，他寫道：「我真的撐不去了。」

另一封信提到他「瘋了一陣子」。他說他們要他服用抗憂鬱藥物，而且在狀況真的很糟時還吃了鎮靜劑。他每週還得跟地球上的精神科醫師視訊交談兩次。

他說他們不斷給他動章，但那對他來說不再具有任何意義。他只想回家，但他不能，因為他的工作就是確保這一切結束後，人類都還有個家。此外，他也知道地球防衛同盟反正就是不會答應了，因為他請求過他們，一求再求。但他們說他是個極度重要的資產，世界需要他待在這個地方。於是他開始拜託地球防衛同盟給他幾個小時的放風時間，他才能拜訪家人，回想起自己在這上頭是為何而戰。他們說，這樣冒的安全性風險太大了，如果有人（尤其是他的家人）得知他還活著，他這幾年工作的成果、做的犧牲可能都會泡湯。

成長過程中不了解父親是非常難熬的，但我現在明白了，我們分離的這幾年對他來說更是痛苦。過去十七年來，我和媽在郊區過著悠哉的生活，朋友都在身邊，家帶給我們各種慰藉。我爸則在這裡度過十七年，在遠端月面遺世獨立，孤零零的，而且就他所知，他心愛的人已經徹底遺忘了他。

我最後總算對他錄的影音訊息起了興趣，先跳到那部分去。我點開最近的一個，錄影日不到一個禮拜前，時間戳記指出當時是月面基地阿爾法時間的凌晨兩點。

我爸坐在巨大的黑暗房間內——那裡比他的住處還要大，我不知道它位於基地中的什麼地方。他的臉距離量通只有幾英寸，鬍子沒刮，神經質又充滿血絲的眼球占滿了半個畫面。他的外表和說話方式都像個胡說八道、被迫穿上拘束衣的療養院病患。或更精準地說，像是「未來總動員」中的布萊德．彼特。

「有件事我得去做。」他說：「我要跟你親自碰面才能告訴你詳情，不過我不知道凡斯會不會尊重我的請求，把你調到月球上來——如果他沒那麼做，我會需要你掌握部分狀況。」

他盯著攝影鏡頭，似乎正找尋正確的詞彙。

「如果找出外星人真正的動機才能打倒他們的話，那該怎麼辦呢？」他聳聳肩，別過頭去：「或至少了解他們的動機才能保命？目前為止，我認為存活下來已經是對人類而言的最佳劇本了。」他又望向鏡頭：「當你真的看到我採取行動時，希望你會覺得我的行動是合理的。如果你真的目睹了那一刻——我想請你原諒我，兒子。原諒一切。別人怎麼稱呼我、怎麼評斷我的行動都沒關係，我只想要你知道一件事：我只是做了我覺得非做不可的事——為了保護你和你媽，還有地球上的每一個人。請你了解，我採取那行動是因為我別無選擇。如果你能存活下來看到這訊息，你就會知道我的決定是正確的。」

他懷著期待又多盯了攝影機好幾秒，彷彿真的認為有誰會回覆。接著他點了一下前方的螢幕，影像就消失了。

我拔下隨身碟，放進口袋，接著我蹲下來拿起地球防衛同盟帆布包，我的舊背包和我爸那件布滿繡片的老舊皮外套都塞在裡頭。我將背包甩到肩膀上，走出房門。

我走在空蕩蕩的走廊上，前往我爸的住處。我一走進視網膜掃描器的掃描範圍內，門就「嘶」一聲自動開啟了。我看到我爸坐在房間角落的椅子上，連接著「艦隊」攔截機飛行控制系統，它長得就像我家裡那套。他戴著VR眼鏡和一副降噪耳機，似乎沒注意到我進門了。看得出來，他正在和信、米羅一起玩「艦隊」的練習任務，因為他不斷喊著他們的呼叫代號，後面接著紅色搖擺的招牌台詞，就是他每次將敵軍戰艦炸成虛擬碎片時會說的那句。

「不客氣，不客氣。喔，你也多禮了。」

我大聲清了清喉嚨，他才拿下眼鏡和耳機。

我將隨身碟舉到他面前。他點點頭，起身，再望向肩後方最近的監視攝影機，然後才回頭看我。

「走吧。」他說：「我知道我們可以去一個地方私下聊聊。」

# 18

我爸帶著我穿過昏暗走廊形成的迷宮，然後搭上一部渦輪電梯。它飛快地將我們送上基地頂層，接著門開了，我們來到觀測台。我此時發現我們頭上的透明圓頂跟雷頂的圓頂天花板一樣大，呈現出的畫面也完全相同。我環顧四周，接著看到圓頂的裝甲骨架上懸吊著一個陣列相機，它能捕捉四周三百六十度的地景，然後將高解析度的影像投射到月球岩石地函的深處，雷頂的水泥天花板上。

我爸沒停下來欣賞景色，直接走到觀測台另一頭的另一座電梯門前。他逼近時，這道門並沒有自動開啟，跟基地內的其他門不同。他掀開門邊的蓋子，憑記憶在數字鍵盤上打出一長串密碼。門「咻」一聲開啟了，我們走進裡頭。電梯內只有一個按鈕，上頭印著向下指的箭頭。我爸按下它，它便亮了起來。電梯帶著我們向下移動，速度快到我以為自己的雙腳會飄離地面一陣子。電梯門開啟了，我們跨入一條狹窄的維修隧道，裡頭布滿電線和金屬管路。我跟著我爸前進，幾乎得用跑的才能跟上他。隧道非常長，是一條下坡路，坡度很陡。

我們抵達隧道盡頭後，我爸又輸入了另一個密碼，開啟天花板的圓形艙門。我們爬一小段金屬梯，進入巨大的圓形房間，圓頂天花板是透明的，四周的隕石坑景色非常壯觀，裝甲球體般的月面基地阿爾法則在我們的右手邊——這顆大球窩在酒杯狀的隔壁隕石坑內，位置相當高。我們現在在大碗狀的代達羅斯隕石坑內，而那顆球就緊接在陡緣外。

「歡迎來到代達羅斯觀測台。」我爸說：「這裡有很多灰塵和垃圾，抱歉啊，清潔無人機顯然根本沒來過這裡。他們在二十年前關閉了這裡，列為禁區。」

我花了一小段時間盯著外頭的月球荒涼地表，它不斷往四周的黑色地平線延伸。這景象突然讓我徹底體會到一件事，這地方孤立到令人難以置信。難怪我爸和他的朋友舉止都怪怪的，他們忍受多年的隱居生活八成會逼瘋許多人。

「你說這地方本來是禁區？」

「本來是，」他說：「現在也是。但我找出了恢復電力和維生系統，又不會驚動地球高層的方法。我讓隱藏麥克風和攝影機繼續維持關閉狀態，所以這裡是整個基地當中，地球防衛同盟少數無法監控我或錄下我言行的地方。」

他湊向附近的安全控制台伸出的長桿狀小麥克風，大聲說話。

「哈兒，打開艙門。」他背出台詞：「哈兒，我說打開艙門。」他咧嘴一笑：「看吧？好美妙、好美妙的隱私。」

「好，我們可不希望癌人[59]監聽我們。」我口齒不清地說，但他忽略我的發言。

「來。」他伸手扳了幾個開關，讓整個昏暗的空間充滿閃爍的日光燈光。「這就是我想讓你看的。」

控制室另一頭有堆混沌、零亂的雜物。手寫紙條、圖表、塗鴉、電腦輸出稿貼得到處都是，也疊在所有疊得了的地方。

那看起來像是某電視節目當中的兇殺案偵探的巢穴——他花了好幾十年追蹤一個連續殺人

59 電視劇集「X檔案」中的人物。

魔，但其他人根本不相信有那個殺人魔存在。

我走到房間另一頭，穿過我爸創造的紙張叢林，細看他的紙條和列印稿。

「我知道這些東西給人什麼感覺。」他彷彿看穿了我的內心：「像是『美麗境界』中羅素・克洛的車庫，對吧？」

「我認為它看起來更像超級壞蛋的巢穴。」我開始亂按眼前控制台上的按鈕：「哪一個是自爆鈕啊？」

「其實是你按的第一個。」他指著一個沒標示的紅色按鈕。

我信了他的話一秒——這時間足以讓我恐慌地瞪大雙眼。

「太好了！」他咧嘴一笑：「中招了吧，小鬼。」

「是，我中招了。」我說：「這全都是你弄出來的？」

他點點頭。「我沒跟信或葛拉罕分享過這些情報。」他說：「信絕對不會認真看待裡面的任何部分，至於葛拉罕……嗯，葛拉罕並沒有什麼懷疑精神，我也想從比較科學性的角度來處理這些。」他和我四目相交：「不過你在大餐廳說了那些話，我敢說你不會想了解這些。」

我搖搖頭。「你和葛拉罕提到的那些問題，我也一直拿來問自己。我只是……不覺得知道答案會有什麼差別。」我和他對看，「告訴我吧。」我說。

他點點頭，深呼吸。

「你知道芬恩・阿波加斯特是誰。」他說。那不是問句，但我還是點了點頭。

「混沌地形名義上的創辦者？」我回想起今天早上在水晶宮聽到的簡報內容——那感覺像是上輩子的事了。「他怎麼了？」

「當他和混沌地形小組在研發『堅地』和『艦隊』，以及早期的任務組合時，我是他主要的軍事顧問。」他說，語氣中似乎帶著一絲驕傲：「長大後靠製作電玩維生，一直都是我小時候的夢想，因此你可以想像我得到那個機會時有什麼感覺吧。設計一個有可能拯救世界的遊戲耶。

「阿波加斯特和我合作了好幾個月。我們沒面對面接觸，不過每週要開好幾次視訊會議。他的工作內容是，創造一個可以訓練世人對抗歐羅巴人的電玩遊戲，因此他的訓練模擬系統必須要模擬敵軍的戰艦、武器、運作模式、戰術——而且要有高度準確性才行。為了達成這目標，高層允許阿波加斯特自由閱讀地球防衛同盟收集到的歐羅巴人情報，不加以設限——自從第一次接觸後我們得知的一切，他都掌握了。」

他大嘆一口氣：「而我設法取得了一些機密情報。」

「怎麼辦到的？」我問：「你卡在月球上，而他人在地球耶？」

「他當初連上了我們的電腦網路，」我爸說：「才能盡快將『堅地』和『艦隊』的新內容傳給我的測試，我於是取得了他手上的歐羅巴人研究檔案——裡頭有一大堆最高機密檔案，都是跟多年來雙方的互動有關……而且我從中得知的一切證實了我大約十年前就開始發展的理論。」

我點點頭。他讓我很緊張，但我試著裝沒事。

「說出來吧。」我說。

「好，」他說：「我要說了。」他深呼吸。

「自從第一次接觸後，外星人就開始截取我們的電影和電視內容，重新剪輯，然後在每年的木星對衝之前回傳給我們。」他告訴我：「但只有極少數人有權看這些傳送過來的影片。」

他指了一下螢幕：「現在我要你也看一下。」

外星人剪輯過的影片開始出現在螢幕上，形成彈幕——每支影片都描寫了某種形式的人類衝突。我瞄到許多二次世界大戰的新聞影片，中間穿插了往後幾十年來發生的其他大規模軍事衝突的照片和影片，數量龐大。不過在這些現實中的戰爭場面裡，又穿插了許多老戰爭電影和電視劇集裡的場景。歐羅巴人彷彿無法分辨現實與虛構，又或者，他們是刻意讓兩者畫面穿插，想藉此表達某種論點。

更古怪的是，我開始發現某些短暫出現的場景是從十幾部科幻電影中截取出來的，每一部都有某種帶有敵意的外星入侵者登場。在短短幾秒內，我看到「星艦迷航記」和「星際大戰」系列電影中的鏡頭，還跟各種版本的「世界大戰」（War of the Worlds）、「當地球停止轉動」（The Day the Earth Stood Still）、「V星入侵」（V）電影畫面混在一起——老天啊，甚至還有「地球戰場」（Battlefield Earth）。全都跟友善外星人電影扯不上關係，我並沒有瞄到「E.T.外星人」、「外星戀」（Starman）、「地球迴聲」（Earth to Echo）或「家有阿福」（ALF）的畫面。

「看看他們傳過來的這些影像。」他說。影片彈幕持續掃過螢幕，展示出一個怪誕的外星入侵者大集合，從整部科幻電影史裡抽取出來的大雜燴——「異形」、「終極戰士」、「三尖樹」（Triffids）、「變形金剛」，你說得出來的都有。

「兒子，這些影像和它們的安排——我認為是包含著訊息的。」他說：「刻意加密的訊息，感覺像……像拿出一面鏡子，讓我們從他們的角度看見自己。」

令人不安，快速切換、閃現的影像蒙太奇突然跳到一連串兩、三秒長的影片，都是從「ID4星際終結者」、「世界末日」（Armageddon）、「彗星撞地球」（Deep Impact）等夏季賣座大片截取出來的，大都是描寫人類全體團結在一起，拯救自己和家園的場面，而他們面臨的危機包括致命彗星、狠毒的小行星和各種懷抱敵意的外星入侵者。

「我認為歐羅巴人自從第一次接觸後，就開始研究我們和我們的流行文化。」我爸用手撥弄頭髮：「我認為他們看了各種人類製作的，描寫外星人入侵地球的科幻電影和電視劇，發現那是我們族類最可怕的噩夢之一。因此他們準備讓它實現，著手安排完全符合我們想像的外星人入侵行動。我們的虛構作品中描寫的那種，巨大母艦、太空船亂鬥、殺人機器人——全都到齊，一樣不少！」

我爸盯著我，等我說點什麼，但我一時說不出話來。我只能繼續瞪著螢幕，看上頭不斷冒出來的影像。我瞄到重製版的「突變第三型」、「當地球停止轉動」、「世界大戰」的截圖，還有老電影「地球對抗外星人」（Earth vs. the Flying Saucers）裡的片段。

「當我聽到這一段時，我就確定這些訊號代表了某種訊息。」他點了一下量通：「每個影像洪流的結尾都是五個音。」

那是約翰．威廉斯幫電影「第三類接觸」做的〈狂野訊號〉的開頭。電影結尾處，政府和外星人開始玩經典遊戲「賽門」時，就是要鍵盤手彈這五個音。

**啦嚕啦叭叭！**

那聲音彷彿是從老舊的雙音多頻按鈕式電話話筒傳出來的，它開始加快，不斷循環。接著我爸關掉聲音，轉頭看我的反應。不過我聽到「第三類接觸」那五個音時，一時亂了陣腳。我從來就不喜歡那部電影——大概是因為主角洛伊．內瑞（爆雷警告）在電影結尾時那麼輕易就離開了家人，大大地踩到了我的痛處。

我盯著那些影像，聽了那些音，等待他繼續說下去。

「好。」他往前湊：「首先，想想那些事件的發生順序，想想我們的第一次接觸是怎麼發展的。歐羅巴人策畫了整場衝突——透過引誘和操控將我們拖下水。」他瞇起眼睛：「不然他們為什麼要在歐羅巴表面印出一個巨大的ㄣ字？那是一個陷阱，而我們直接走了進去！就像該死的阿克巴上將[60]！」

如果是在其他情況下，我聽到他這樣說可能會笑出來。但在這當下我沒辦法。

「好，」他接著說：「人類發現了這個顯然來自非人類智能生物的威脅訊息——這訊息擺在哪裡？人類的科技進步到能夠派遣探測船前往外太陽系時一定會發現的地方。有點像是『2001太空漫遊』當中埋在月球上的巨石？」

我點點頭，不是表達同意，只是要表明我知道他引用了什麼。要是換作其他時候，我一定會說我已經讀了他留下的亞瑟．C．克拉克《前哨》。「2001太空漫遊」的「古代外星人留下人造物」故事線，就是受到這一短篇小說啟發的。但實際上我暗自心想，我爸會不會有確認偏誤或觀察偏差，或其他我從先修心理學課程學到的偏差症狀。他也許看到了一個並不存在的模式。

但也可能不是我想的那樣。

「歐羅巴人一定知道，我們不可能不派探測船下去調查ㄣ字的來源，我們抗拒不了誘惑——而我們一下去，他們突然就宣戰了，而且打算消滅我們的種族。根據官方說法，外星人從來不給我們機會解釋動機，也不准我們展開協商。但他們沒立刻殺光我們，儘管他們的科技力顯然辦得到。不，他們沒攻擊我們，反而引誘我們進入某種古怪的軍備競賽，讓我們漸漸拉近彼此的科技落差。他們給了我們四十二年。到了今年，他們總算決定入侵我們了。為什麼？

他們的行動沒有道理可言——除非他們是在測試我們，這是唯一可能的合理解釋。」

「我們現在不是在談論瓦肯人。」我提醒他：「你不能把人類邏輯套在外星人的行動上，對吧？為什麼他們做的一切都要讓我們覺得合理？他們的文化和動機有可能……就那個嘛，『超出人類的理解範圍』。」

我爸搖搖頭。

「你眼前的這個人類還算有點見識，別人想惹他時他會知道。」他說：「這些外星人哄騙、操控我們，把我們推入現在這個狀況，背後是有原因的——也許是為了引起我們的反應，或把我們放到特定的情況下，看我們會如何因應。集體地，團結成一個種族來因應。」

「把這視為一個測試？」

他點點頭。接著突然不發一語地坐下來，像是在法官面前完成結辯的律師。他盯著我，顯然在等我回應，狂熱的視線一再投來，看我會有什麼反應。

「你認為他們在測試什麼？看能把我們嚇到什麼程度？看我們多難殺或多難奴役？」

「兒子，我不知道。」他這番話很可怕，但語調還是很冷靜、平穩：「也許他們想知道我們的種族面對另一支高度智能種族，而且是可能帶有敵意的種族時，會怎麼把持自己？那是科幻小說的經典修辭，外星人總是人類的審判者。《當地球停止轉動》、《異鄉異客》（*Stranger in a Strange Land*）、《穿上太空衣去旅行》（*Have Space Suit, Will Travel*），還有『星艦迷航記』的許多集。歐羅巴人可能的動機有一百萬個。八〇年代重製版『陰陽魔界』有一集叫『戰爭的小

60「星際大戰」系列中的角色。

才能』——」

我舉手打斷他。

「但將軍，我們不是在科幻小說裡。」我覺得這番對話當中，站在大人立場的人是我，而他扮演的角色是不聽人講理的天真青少年。「這不是什麼『陰陽魔界』的某一集，是現實。還記得嗎？」

「生命會模仿藝術。」他說：「或許這些外星人也會。」他對我微笑：「你覺得這一切有哪個部分像是現實中會發生的事情？或者換個問法，這些事件的展開方式是不是跟故事或電影很相似？戲劇效果出現的時間都很完美？」

有塊白板靠在旁邊的控制台上，他拿起來，向我傾斜，讓我看上頭兩個潦草的圖表。他在左側畫了一個「星際大戰」的死星，然後在右邊畫了一個十二面體，斷訊器。兩者都被各種箭頭和注解包圍，注解似乎是在比較兩者的異同。但我很難確定到底是不是，因為我無法辨識我爸的字跡，掌握它指出的生路。

「舉斷訊器為例吧。」他說：「為什麼它這麼難摧毀，而他們的其他無人機卻被我們痛宰？因為斷訊器是關卡的頭目，就是這樣！」他指著白板說：「斷訊器就是歐羅巴版的死星——是巨大、幾乎無法摧毀的末日武器，卻有個阿基里斯腱，留給我們摧毀它的機會。」他和我對看：「感覺他們是故意這樣設計的——至少得犧牲一個駕駛員才能摧毀它。護盾消失的時間只有幾秒，剛好可以發動兩次時機完美的動力核爆炸！如果沒有目的，它們為什麼要這樣設計？」

我點點頭。「我也在想一樣的事。」我坦承。

「沒有武器設計師或工程師會創造那種毫無道理可言的弱點。」他說：「斷訊器更像是電玩設計師會想出的東西，最終關卡的一大挑戰——要付出巨大犧牲才能打倒的頭目。後來他們派了一部來攻擊這個基地，就只有一部，而不是直接去攻擊地球。為什麼？因為他們要我們看看它是怎麼運作的！接著它讓我們摧毀了它！也許那是測試的一部分——他們想知道人類會不會為了拯救同伴，做出英雄式的犧牲？想看看我們這個種族的行動模式是不是跟我們在書籍、電影、遊戲中描寫的一樣。」他站起來，開始踱步，速度愈來愈快。「他們想知道的有可能是，人性是否缺乏堅持信念的勇氣。我們真的跟我們想的一樣無私、高貴嗎？」

「但那些外星人要怎麼得知凡斯做出了英雄式的犧牲？」我問：「又該如何得知地球防衛同盟的士兵在戰鬥中做了什麼？」

他咬著下唇，舉起量通。

「你想想，量通科技是從哪來的？」

我搖搖頭，不想相信。但他搖頭表示不同意。

「歐羅巴人發明了這項科技，而我們幾乎不了解它是如何運作的。」他說：「我們只知道，他們現在開始運用這些玩意兒竊聽我們了。」他揉揉太陽穴，皺起眉頭：「我的意思是，你認為今天早上的事情只是巧合嗎？世界各地的地球防衛同盟據點有那麼多，他們偏偏挑了我們聚集所有菁英新兵候補的地方。」

他陷入沉默，盯著我看。我頭暈目眩，坐到其中一張鎖在地面的皮椅上。

「你為什麼要告訴我這些？」我問。

他皺眉，似乎很失望，沒想到我還要問他。

「因為你是我兒子。」他說：「也許我只是想聽聽你的意見。」

「關於什麼的意見，將軍？」

「關於我們該怎麼做。」他說：「我們要忽略歐羅巴人所有不合理的行動，讓地球防衛同盟發動毀滅性武器嗎？我們要對我們接觸的第一個高智能種族發動大屠殺嗎？」

「但他們要來對我們發動大屠殺了！」我喊道：「我們別無選擇，只能自衛！」

「兒子，我相信我們有選擇。我認為他們現在在做的，就是給我們選擇。我們可以試著毀滅他們，讓他們決定毀滅我們。」他說：「我們也可以根據我們的推論和常識賭一把，試著去阻止破冰器。」

「可是——當他們抵達時，我們不就只能讓他們殺光我們？」

「如果他們想毀滅人類，他們幾十年前就可以動手了。」他說：「第一次接觸的那一天，他們就有殺光我們的科技力了。在這場戰爭中打贏他們只是妄想——一直都只是妄想。」

我沒回答，他按住我的肩膀。

「沒人知道這一切，沒人能像你我這樣洞悉未來，札克。我覺得我們此刻人在這裡一定是有理由的，我們將要決定人類的命運。」他微笑：「也許這是注定的。」

我盯著他的眼睛。他說的是實話，或至少他相信自己說的是實話。我心中對此毫無懷疑。我根本不可能對長得跟我一樣的人擺出撲克臉。

「這就是你沒參加第一次破冰器任務的原因，對吧？」我問：「司令要你坐冷板凳，對不對？他認為你可能會試著摧毀它？」

他點點頭。「他很了解我。」他說：「我們是好多年的朋友了。」

「你把這理論說給凡斯司令聽。」我說：「而他不買帳？」

「阿奇是個好人，英勇，高尚，但他沒什麼想像力。」他說：「他對科幻作品中共通的修辭一竅不通。」他咧嘴一笑：「舉他的呼叫代號為例吧，毒蛇。是從他最愛的電影『捍衛戰士』中湯姆·史基瑞扮演的角色借來的。他討厭科幻作品，我從來無法說服他去看『星艦迷航記』、『星際大戰』、『螢火蟲』或『星際大爭霸』！」他搖搖頭：「那混蛋甚至不願意看『E.T.外星人』。我問你，有誰討厭E.T.啊？」

「是啊，那老兄顯然信不得。」我口齒不清地說。

我爸聽到我的諷刺，皺起眉頭。「我的意思不是那樣。」他說：「阿奇是個徹頭徹尾的戰士，他相信我們能打敗敵人。就算他們的科技比較進步，演化還是讓我們比較適合作戰。」他搖搖頭：「我是個遊戲玩家，札克。跟你一樣。我一碰上謎團，就會忍不住想解開它。」

他又開始在我面前來回踱步了。

「我想查出歐羅巴人的真面目。那下面，冰塊下面到底有什麼？」他望出圓頂，看著頭上寬闊的星帶：「我想知道真相，想讓遊戲完結。」他再度轉頭跟我對看：「如果可以的話，我也想拯救世界。」

「要怎麼做？」

「我不確定。」他說：「但我只要有機會，就會試著去做。」他看著地面：「我還想先向你解釋。當我被迫採取行動時，你才會理解我是在做什麼。」他聳聳肩：「如果我沒機會向你媽解釋，也許你可以……」

他愈說愈小聲，最後就打住了。想到他可能會接的話我就怕，我不敢叫他講清楚。

我爸確定我不打算說什麼後，手按上出口旁的感應器。門「嘶」地開啟了。

「我丟給你太多事情思考了。」他說：「接下來給你獨處的時間想個一輪。」

他前進一步，彷彿想擁抱我，但我的眼神讓他改變了主意。他只得微笑，退後一步。

「我要回雷頂幫每個控制艙做最後一次系統測試。」他說：「你準備好之後就來找我，好嗎？」

我點點頭，但還是沒說話。他又硬擠出一個笑容，然後穿過出口離開。

他的身影消失後，我一個人坐在燈光暗去的代達羅斯觀測台控制室。人類建造了一個試圖跟外星人溝通的巨大電子耳，而我坐在它的中央，把我爸剛剛說的話想一遍。

如果他說對了怎麼辦？就像許多年前，他在老舊筆記本寫下的理論也是對的，地球防衛同盟確實存在。

我讓那可能性在我的想法中縈繞了一會兒，然後望向圓頂，朝頭頂那片發電機般延展開的滿天星斗看了最後一眼，印入腦海中。接著我起身，快步穿過出口，盡可能快速逃離荒涼的代達羅斯觀測台。剩下的時間不多了，我不想一個人獨處。

# 19

我搭渦輪電梯回到觀景台。電梯門「咻」地開啟，我一踏入寬敞的圓頂房間，大麻燃燒的氣味立刻充斥我的鼻子。我愈深入房間，氣味愈濃烈，平克・佛洛伊德〈月之暗面〉的熟悉旋律也愈來愈響亮，不時被不怎麼克制的笑聲蓋過。

我現在看清楚了，昏暗燈光中有兩個人在房間另一頭的地板上躺成大字形。信和米羅仰躺在一起，望向觀景圓頂另一頭的燦爛銀河，輪流抽著一根大得像巡弋飛彈的大麻菸。平克・佛洛伊德放得超級大聲，他們沒聽到我進來，於是我站在一旁偷聽他們討論自己最愛哪一集「太空堡壘」，穿插著咯咯笑聲。

我躡手躡腳走到他們後面，大聲清了清喉嚨。

「你們好嗎，老兄？」

信連忙起身，不過米羅幾乎沒有反應。

「札克！」信臉紅了：「我們沒聽到你進門——」他轉頭指著自己的同伴：「我正在，呃，向米羅展示我們水耕溫室內種的東西，還有，呃——」

「你們現在被自己種的草搞到鏘掉了？」我指著圓頂外向四面八方延伸的隕石坑地表：「而且同時在『遠端月面』上聽著〈月之暗面〉？」

「這是我自己研發的特種尤達庫什（Yoda Kush），」信舉起那個巨大的大麻捲菸：「我想這應該有助於放鬆他的神經。」接著他吸了一大口，吞入身體深處：「可憐的米羅壓力真的很大，對吧？」

米羅搖搖頭。「沒壓力了。」他大大地咧嘴一笑：「札克，你不會相信這鬼東西有多強！」

他費了一點工夫坐起身，轉頭面對我：「信說地球防衛同盟花了幾十年的時間培育一種特殊的大麻，能讓人提升專注力、強化他們打電動的功力！它們培育完成後，在美國就會合法化。」

他舉起雙手，像是取得了什麼勝利：「這大麻是戰爭動員的成果之一！我愛死它了！」他開始唱歌，而信也立刻跟進。

「『美國，讚啦，要來扭轉他媽的局勢了，耶！』」

他們又開始一陣爆笑。

「其他人在哪？」我問。

「他們都溜到其他地方搞在一起了。」米羅宣布：「伙計和陳先溜走，接著黛比跟葛拉罕也跑了。」

我不知道該怎麼回應。

「我不怪他們。」米羅說：「我們可能馬上就要死了。何不放下戒心，享樂一下呢？可以這麼說吧。」

「我的想法也一樣。」信說，轉頭對著他微笑。兩人對看了好幾秒——最後我這個蠢蛋終於想通那是什麼意思了。

我的「同志雷達」根本是故障的，我媽很愛拿這點出來說嘴。

「待會見嘍。」我退回出口：「我只是要……你們知道的。」我轉頭對他們點了一下頭：「只是要給你們一點隱私。」

信對我賊笑，看我突然變得這麼慌張，他似乎很樂。

「謝啦，札克。」他說。

「是啊，謝啦，老兄！」米羅從後方笑著喊我：「我們會運用你給的隱私！」

我搭電梯回雷頂的路上不禁想著，不知道莉西在哪裡？在做什麼？她也找了個帥氣的陌生人共享最後的時間嗎？而我一個人在百萬英里外的上空等著時間耗完？

**剩餘時間　01小時33分43秒。**

抵達雷頂後，起先我以為這裡沒半個人。接著其中一個無人機控制艙的頂蓋滑開了，我爸從裡頭爬出來對我微笑，但我們一對上眼，我就立刻別過頭去，走向其他控制艙。當我準備鑽進去時，我爸蹲在橢圓形凹陷的邊緣低頭看著我。

「抱歉，札克。」他說：「我不該把那些想法丟給你。你今天都經歷那麼多狀況了，我告訴你的事情對你來說太沉重。」

「沒關係。」我說。

「謝謝你聽我說那些。」他說：「你很擅長聽人說話，就跟你媽一樣。」他別過頭去：「我只是——我一直等著要把那些事情告訴你，等好久了……」

他沒把話說完。我抬頭和他對看，但沒回應。

「你沒話要說嗎？」

我搖搖頭。「我還試著消化那些話。」我回答：「我不知道該相信什麼。」

他點點頭。我按下按鈕，控制艙的頂蓋滑動、關上，擋在我們兩人之間，結束了這個對話──或至少暫時將它延後了。

我坐在模擬駕駛艙內閉上眼睛，試著整理思緒，但沒什麼結果。我沒那麼好運。

✯

一段時間過後，我聽到我爸向黛比、陳、伙計打招呼。幾分鐘後，他又接著向米羅、信、葛拉罕問好。

倒數計時器的小時數字來到一了，我們所有人都在指揮站集合，看美國總統坐在白宮辦公室內，透過電視直播向全國人民發表演說。

她對鏡頭露出安撫式的微笑，但眼神中的恐懼一覽無遺。

「各位美國同胞，」她開口了：「此刻，世界各國的領袖都差不多要向他們的人民播放一支簡報影片了，我稍後也會播。這支影片將會解釋全人類正面臨著什麼樣的危急狀況。」

黛比站在附近低頭盯著量通螢幕，等著要打電話給孩子。不過一般電話線路還是不能使用。我瞄向陳、信、葛拉罕，他們的注意力都放在附近架的小螢幕上──他們所屬國家的領導人都在做類似的開場。一秒後，美國總統、中國總理、日本和英國首相的臉孔都從螢幕上消失了，地球防衛同盟的標誌取而代之。

「一九七三年，NASA發現了非地球生命體存在的最初證據，對方就存在於我們自己的太陽系內。」薩根的旁白開始敘述：「所謂的證據，是先鋒10號太空船回傳的木星第四大衛星歐羅巴的近拍影像。」

我們八個人窩在一起，重新將整個影片看了一遍。這次我們知道，全人類也都在看。

影片結束後，總統的臉孔再度浮現，把凡斯司令今天早上在水晶宮說的話重講了一次——我現在覺得那段簡報好像是上輩子聽的了。總統公布完外星艦隊正在接近地球的壞消息後，各新聞台開始重播她的演說，插入的頭條標題愈來愈聳動，還加上額外的影片，報導一般人震驚、恐慌的反應。

我看著混亂在眼前的一大堆影片視窗內展開，想到我媽、我朋友、所有困在地球上的人。地球防衛同盟的計畫真的會有效嗎？外星人入侵的消息公開了，我們的文明會瓦解嗎？還是說，地球防衛同盟做的潛意識建設夠充分，大家真的撐得住，就像他們希望的那樣？

人類會恐懼退縮，還是會堅守陣地反擊？

我盯著螢幕心想，大家到底會怎麼反應呢？

信叫出十幾個來自世界各地的電視新聞網畫面，並列在圓頂螢幕上，還有網路上的串流影片。

我們看著第一波恐慌在全球擴散——影片中有人在擁擠的城市街頭抓狂，衝出體育館。不過世人對這消息的接受度似乎高得不可思議。就算真的有暴動、集體自殺、打劫的狀況發生好了，也沒人在報導——甚至沒人把這種影片放到網路上。

幾分鐘後，剛剛負責宣布壞消息的同一批播報員，又充滿自信地做出了新的報導：大多數民眾都回應了地球防衛同盟的呼籲，拿起武器。世界各地已有數千萬人動了起來，登入地球防衛同盟的線上作戰伺服器，接受徵召，獲得分派的戰鬥無人機，準備拿起武器保衛地球。好幾家新聞台播出車陣中的乘客棄車走人的影片，他們衝進3C產品販賣店、圖書館、咖啡店、網咖、辦公室大樓內，瘋狂地跑向有寬頻連線的地方，人數多達好幾萬。

新聞台不可能在這麼短的時間內拍好影片（還得剪輯後才能播放），而且在這階段，根本不可能知道世上的大多數人是不是已準備好加入地球防衛同盟、保衛我們的家園。這一定是地球防衛同盟動的手腳，他們說服了媒體業：說一個安撫人心的謊，才能將我們存活下來的機率提高到最大。他們的想法是正確的——如果世人相信人類已在地球防衛同盟的旗幟下團結一心，那他們自己會比較有意願上戰場。

我想起我爸好久以前在筆記本上留下的潦草字跡：

他們會不會是利用電玩遊戲訓練我們戰鬥，而我們不知情？如果是這樣，該怎麼辦？就像「小子難纏」裡的宮城先生要丹尼爾油漆他家、擦甲板、幫所有車子打蠟，但其實他是在訓練丹尼爾，而丹尼爾根本不知情！

上蠟，打蠟——但這可是全球規模的訓練！

三十和六十秒長的數支「公益廣告」開始出現在新聞提要當中，目的是為了向世人告知地球防衛同盟的計畫，宣導該如何運用電腦或行動裝置上線接受徵召。「為拯救世界貢獻心力！」最棒的公益廣告長這樣：開頭是一對兄妹坐在客廳沙發上，男孩在玩「艦隊」，盯著巨大的電視螢幕，女孩則拿著平板電腦坐在一旁玩「堅地」。觀眾透過螢幕看得出女孩在操作ATHID步兵無人機，男孩則駕駛著黃蜂無人機。有架外星人操作的巨大蛇尾雞正在郊區笨重地移動著，兩人都試圖要打倒它。電視螢幕上的那頭巨獸前傾身體，碩大的金屬腿踩上某棟房子的一角，將它壓成了碎片——同一時間，那兩個孩子家的客廳牆壁也垮了，觀眾得知那巨大機器人踩到的就是他們家。那兩個孩子不是在玩遊戲——是在保護自己的家！他們的家長縮在沙發後方，看著兩個孩子跟巨大的外星機器戰鬥，鄰居操作的數百架無人機也協助他們。那巨獸在彈幕的招呼下爆炸了，而那對家長也翻出了智慧型手機，控制另外兩架無人機加入戰局。這讓我想起以前那些玩具廣告都會以一句台詞作結：「媽媽爸爸也可以一起玩！」

新聞看到最後，我再也看不下去了。我爬進自己的控制艙，關上頂蓋，調整成不透明，創造出沒有其他人在的隱祕空間。

我在黑暗中坐了一會兒，聆聽自己的呼吸聲，接著拿出量通叫出一首歌，我聽我爸的舊自製錄音帶時第一次聽到的歌。平克．佛洛伊德的無人聲搖滾樂曲，以前準備解「艦隊」大任務時，我都會聽它激勵自己。

我一放再放，每次都跟著默念整首歌當中唯一的一句台詞：「總有一天，我要把你剁成小碎片。」

**剩餘時間　01小時00分00秒。**

倒數計時器顯示時間只剩一個小時的時候，所有人的量通同時發出「嗶」一聲。根據螢幕上的訊息，地球防衛同盟總算解除了量通的通話限制，現在我們可以撥打一般電話網路了。葛拉罕、黛比、米羅、陳都爬進了自己的控制艙，關上頂蓋，保留打電話回家時的隱私。

信並沒有打電話給任何人。他拿起貝斯，盯著我們上方圓頂的星空投影，開始彈獨奏版的

〈總有一天〉（One of These Days），這似乎只是個古怪的巧合。接著我發現他前方地板上貼著一張練習樂曲清單，裡頭有好幾首歌都曾出現在我爸的老舊自製錄音帶裡。

我爸也一個人坐在控制中心的操作台上。我走到他旁邊，發現他的量通螢幕上有我媽的聯絡資訊，他正盯著看。

「你要打電話給她嗎？」我問，害他嚇了一跳。

他搖搖頭。「我準備傳影片給她。」他說：「我錄了二十三個版本，不過都很糟——我可能會直接放棄，寄一個最不糟的給她……」

我拔下他手上的量通，開始撥號。

「你打電話給她了嗎？」他緊張得像個男學生：「現在在撥號？」

我點點頭。

「我得讓她知道我沒事。」我說：「在你寄什麼神經病影片給她之前，我應該要先讓她知道你還活著——不然你的臉出現在iPhone時，她會心臟病發的。」

我爸對我露出安心的笑容，但他還來不及回答我，米羅的聲音就從附近的控制艙傳出來，打斷了我們。他下去的時候肯定是忘了將頂蓋關到底，現在他們的對話我們全聽得到。

「媽，不會有事的！」米羅說：「你知道他們一直用電玩遊戲訓練每一個人嗎？呃，我是世界上最頂尖的『艦隊』玩家之一，所以他們才提早徵召了我！你想不到的，我現在被部署到月球上了！」

「月球？」她大叫：「太荒謬了，米羅！別對我說謊！」她拿起巨大的電視遙控器：「我要你幫忙處理一下這該死的電視，每一台都在播同樣的鬼話！」

我瞄過去，發現米羅舉起了量通，傾斜鏡頭，讓她快速地看一眼雷頂和投影在天花板上頭、令人暈眩的滿天星斗。她倒抽一口氣，米羅咧嘴一笑，放低量通，讓鏡頭重新對準自己的臉。

「我就說了嘛。」他說。

他媽開始害怕地啜泣了——她無話可說。

「他們要你負責保衛我們？現在我知道我們死定了！」

「媽，別這樣。」米羅每說一個字，就變得更像小男孩一點：「放輕鬆，我會阻止那些玩意兒的，我保證。別擔心。我會使出所有方法保護你和小基爾戈的，我不會讓你們受傷害。等到這一切都結束後，你一定會為我驕傲，等著看吧——」

我無法得知基爾戈是誰或是什麼，因為我爸走了過去，幫米羅關上控制艙頂蓋，然後走回來，緊張地看著我舉起量通，撥打視訊電話。

一秒後，我媽憔悴、擔憂的臉出現在量通的螢幕上了。她正在工作，當然了，人在醫院內的某個房間，跟另外十幾個護士一起擠在電視前。就連現在，消息曝光後，她還是沒有拋棄她原本照料的人。

「札克！」我媽一看到我的臉就大叫，衝到無人的醫院走廊，把手機拿到面前。「感謝上帝，你沒事啊，親愛的！你沒事，對吧？」

「我沒事，媽。」我說：「就那個嘛，撇開外星人即將入侵不談的話。」

「你相信嗎？」她說：「新聞全都在報那個——每一台！」她把手機拿到臉正前方：「你在哪裡？札克瑞，我要你立刻回家，這一分鐘就動起來！」

「媽，我沒辦法。」我說：「地球防衛同盟需要我。」

「你在說什麼？」她的聲音愈來愈歇斯底里了。

「我接受徵召了。」我告訴她：「我加入了地球防衛同盟，就在今天早上。他們讓我當飛官了，懂我意思嗎？」

我將電話放到前方的控制台上，後退，讓她看我的制服。她看了似乎說不出話。

「親愛的，你在哪？」她總算開口了。

「我在月球上。」我拿著量通鏡頭繞房間一圈，然後拍上方的圓頂。「月面基地阿爾法，是遠端月面上的祕密基地。我會在這裡幫他們打退入侵的外星人。」我對她微笑：「我打電動打了這麼多年，花在上頭的時間不全是白費的，對吧？」

她哭了出來，但還是努力表現出火大的樣子。

「札克瑞．尤里西斯．萊曼！」她大吼，手機在她手上激烈顫抖著：「你別去打什麼該死的外星人！立刻給我回家！」

「媽，不要緊的。」我盡可能安撫她：「我不是一個人在這裡，好嗎？另外有件事我得告訴你。你會大受震驚，所以要先做好準備。」

我把我爸拉到量通鏡頭前，然後站到他身後。他的腳狂抖，害我擔心他會跌倒在地。

「喔，我的天啊。」我媽摀嘴：「札維爾？是你嗎？」

「哈囉，小帕。」他的聲音顫抖著：「能見……見到你真是太好了。」

「不可能是你。」我聽到我媽說：「不可能。」

「媽，真的是他。」我說：「他是地球防衛同盟的將軍，戰爭英雄。」我對他微笑：「他已經拿到三個榮譽勳章了。對吧？」

他沒說話，光顧著看她，像是被車頭燈照到的鹿。

「札維爾？」她說：「真的是你？」

「真的是我。」他說的每個字都帶著哽咽：「我還活著——真的很抱歉。我……我沒辦法形容我有多想你，還有多抱歉，我丟下你一個人扶養兒子長大。我還對其他許多事情感到抱歉，可是……」

她又開始哭了。我父親的臉痛苦地扭曲，這時我轉頭走開，退到聽不見他們說話的地方，讓他們私下談談，也避免自己跟著狂哭。

我在房間裡東張西望，看到信安靜地在跟米羅說話。葛拉罕和黛比在附近，也在彼此閒聊。伙計和陳一起擠進陳的控制艙，把握最後的親密時光。

我爬進自己的控制艙，放下頂蓋，然後拿出量通，閉上眼睛，想想要跟莉西說什麼。

我的聯絡人清單很短。我點了她的名字，她的臉一下子就在螢幕上跳出來，嚇了我一跳。她的名字、軍階、目前所在位置都出現在螢幕右下角了。根據這些資料，她不知怎麼地已升上上尉，目前仍在藍寶石站，也就是位於蒙大拿比靈斯附近的地球防衛同盟作戰堡壘。

她坐在一個黑漆漆的控制艙內。這控制艙長得跟我所在的這個很像，不過它看起來是專為操縱哨兵、泰坦戰鬥機甲和ATHID設計的，裡頭還有個「強力手套」，套上它後，就能用自己的雙手操縱無人機的巨大雙手。

「嘿，來啦！我才在想，真希望在世界末日前看看你的臉。」

「我原本考慮等到週末再聯絡你，不想顯得太急。」

「你當然不會想。」她勾起一邊嘴角。

「好啦，中尉，月球感覺如何呢？」

「我們現在都要說實話嗎？」

「為什麼不說？」她說：「我們八成沒機會後悔了。」

「其實挺可怕的。你那邊呢？」

「一樣有病。」她說：「不過人類文明還沒有陷入徹底的混亂，大家似乎還很冷靜。如果新聞可信，那全世界似乎已經準備好要反擊了，還滿厲害的。」

她的嗓音透露出許多希望，而我沒辦法把第二部破冰器的事或我爸那套理論告訴她，感覺真難受。我好想聽聽她的看法，但沒時間了。

「中尉，你準備好要痛扁那些外星人了嗎？」她問。

「老早就準備好了，中尉——抱歉，我是說拉金上尉。」我又向她行了舉手禮——然後像個蠢蛋似地假裝戳到自己的眼睛，就為了聽聽她的笑聲。「你怎麼會升官升那麼快？」

「因為在水晶宮戰役裡立下戰功。」她說：「我在地面上拿了高分，就擊墜數而言。而且我沒炸掉半座基地。」

「是啊，那讓他們很不爽。」

「喏，我有個禮物要給你。」她用兩隻手的拇指點了一下量通螢幕：「我玩『堅地』時最愛聽的音樂播放清單。宰人時我就愛聽搖滾樂。」她說：「有助於提升命中率。」

「是啊，」我微笑：「我也一樣。」

下一個瞬間，我的量通就跳出檔案傳輸完成的訊息。她設法繞過了安全防護軟體，因此根本不用徵求我同意就能傳檔案到我的裝置上。音樂播放軟體開啟了，顯示出她的播放清單——我快速看過去，發現幾乎都是瓊・傑特、紅心樂團、佩特・班納塔的歌。

「這應該會派得上用場。」我咧嘴一笑：「Gracias。」[61]

「De nada。」[62]

我問她傳檔案的花招是怎麼弄的。她教我之後，我成功地把我爸的「洗劫街機」歌單傳給了她。

她拉捲軸看了歌單幾秒，微笑點頭。

「嘿，想聽點好消息嗎？」她問。

「好，請說！」我說：「我這輩子大概從來沒像現在這麼想聽好消息。」

「我想我應該會被調派到月面基地阿爾法去，幫忙防衛那裡。」她說：「就那個嘛，如果他們沒有先攻擊地球的話。自從我抵達後，我們就一直在進行月面基地保衛戰的模擬。」

我對她微笑——幾秒鐘前，我根本料不到會有這種事。

「也就是說，你要來顧我背後了，是吧？」

她點點頭。「給我你的無人機控制戰的量子通訊識別碼吧。」她說：「我又駭進了系統，運用那識別碼就能定位你的位置，還能看出你在戰鬥中操縱哪架無人機。」

「你怎麼有時間做那個？」

61 西班牙文的「謝謝」。
62 西班牙文的「不客氣」。

「我已經在這裡坐了一整天，模擬戰的空檔一直在摸量子通訊網路。」她說：「地球防衛同盟把它架得很像傳統的電腦網路，因此要摸透它、運用它都很簡單——他們八成也希望這樣。你的量通碼是什麼？」

「我的什麼？」

「你的量子通訊器連結識別碼？」

我盯著環繞螢幕邊緣的圖示，聳聳肩。

「我不知道。」

她咧嘴一笑，翻了個白眼：「有沒有看到螢幕右上角的齒輪圖案？那是無人機控制站的『設定』區。」

「好，」我用手指點它：「這個我知道。」

我在她的指引下點開一層又一層選單，最後找到了十二個數字組成的代碼。她需要的就是這個，我念給她聽。

「收到。」她的手指在前方的觸控式螢幕上舞動著：「我現在可以緊盯著你了。」

「我現在感覺好多了。」我說，這是真話。

「應該的。」她說：「我是靠這些技能吃飯的。」她向我眨眨眼——動作順得很，像個電影明星：「我接下來會確保你整個人完好無缺，每個部位都是拼在一起的。」她說：「之後才有我的份。懂我意思嗎，士兵？」

「是的，女士。」我說：「我想我懂。」

接著我行了舉手禮，逗得她哈哈大笑——不過幾秒鐘後，她的笑容不知怎麼地，變成了壓抑的啜泣。

「靠，我好害怕啊，札克。」她咬著下唇，我猜應該是不希望它發抖吧。

「我也很害怕。」我說，突然無法和她對看——儘管是隔著螢幕。「我這輩子一直把『對抗外星人入侵』想像成史詩級的冒險，感覺就像電影那樣——人類最終會贏得勝利。」

「『變體人』。」她說：「莢狀人永遠獲勝，那才是聰明的入侵手法——不像什麼『ＩＤ４星際終結者』或『環太平洋』那種垃圾。」

她的話讓我回想起老爸跟我的對話，以及過程中滲透到我心裡的疑慮。他的看法是正確的嗎？破冰器會拯救人類，還是會成為我們的棺材板？

「札克，我不想白白送死。」莉西現在看起來意志堅定：「你認為我們有機會阻止他們嗎？能阻止全部的攻勢嗎？人類會活下來嗎？」

我點頭，動作有點熱情過頭了。

「會！」我回答的速度也太快了：「我們非得擋下他們不可。」我停止點頭。「『只有做或不做，沒有試試看那種事』[63]之類的。」

她哈哈大笑，然後對我微笑。

「札克，能認識你真的很開心。」她的手指在大腿上扭成一團。「我只希望……」

「我也是，莉西。」

她深呼吸。「『我不該恐懼。』」她背出台詞：「『恐懼戕害心靈。恐懼是微小的死亡，帶來

63「星際大戰」中尤達的台詞。

全面的消滅。』64」

我笑了，也接了下去：「『我會面對我的恐懼。我會允許它通過我、穿過我。』」

「『當它通過後，我會轉動內在之眼，觀看它的路徑。』」她接著說：「『恐懼通過之處什麼也沒有，只有我會繼續存在。』」

她緩慢地呼氣，我們相視而笑。

「如果世界不在今晚毀滅，我們兩個到明天都還活著，那我就帶你出去約會。」她說：「一言為定？」

「一言為定。」

**剩餘時間　0小時14分49秒。**

我爸在控制中心完成準備工作後，爬進他自己的無人機控制艙，它就在我的隔壁。接著我們八個人分別坐在各自的控制站內，看計時器倒數著最後十五分鐘。

我爸和我媽說完話後似乎很傷神，現在還在試圖讓自己平靜下來。我不想問他跟媽聊了什麼，但還是想跟他說點話，試著跟他和好。趁現在還有時間。

我爬出控制艙，抓起一旁地上的地球防衛同盟背包。我爸的舊夾克還在裡頭，我將它拿出來，遞給他。

我爸一看到夾克就露出大大的微笑，花了一分鐘時間細看每一個繡片。看完之後，他湊過來擁抱我。

「謝謝你。」他說：「不過你怎麼會帶著它？」

「今天早上他們來招募我的時候，我身上就穿著這個。」

他笑了。「真的假的？」

我點點頭。他將夾克翻面，穿上。

「還是合身！」他欣賞著兩隻袖子上的補靪：「我以前去鎮上的街機時都會穿這個，認為它會帶來好運。」他笑了：「我還認為它會讓我顯得很兇狠。」他搖搖頭：「你老爸真是個蠢蛋。」他脫下夾克，交還給我。

「我敢說你穿會更合適。」他說：「穿給我看看。」

我搖搖頭：「休想。這些補靪都是你贏來的，你才應該要穿這件夾克。」

他點點頭，穿了回去。

「謝謝你，札克。」

「沒什麼。」

我走回自己的控制艙時，時間只剩五分鐘了。

接著四分鐘。三分鐘。二。一。

我往駕駛座的椅背一倒，頭上的控制艙頂蓋滑動闔上。

「『下定決心，則萬事具備。』」我聽到伙計的呢喃從公頻傳來。

就在這時，我的量通與控制艙的環繞音響系統完成了連線，「洗劫街機」歌單上的下一首

---

64 出自「沙丘魔堡」中的比．吉斯特姊妹會禱文。

歌——天蠍合唱團〈颶風般撼動你〉（Rock You Like a Hurricane）從喇叭傳出，音量爆大。

我跟著歌曲開頭那機關槍般的吉他音符點頭，這時計時器上的最後幾秒鐘也倒數完畢了。

時間來到零，哀嚎似的警報聲開始響起，我的抬頭顯示器出現一個閃動的紅色警告訊息。

我的作戰顯示器亮起，告訴我：我們的遠端感應器剛剛偵測到歐羅巴前鋒艦隊的第一個蛛絲馬跡了，它們從火星軌道外的小行星帶冒了出來，速度真的快得像屁股著火。身為統帥的無畏球已接近紅色行星，四周都是長刀戰鬥機排列成的方陣。

「他們來了！」米羅對著公頻大叫：「它們來了！看到了嗎？」

「看到了，米羅。」黛比回答：「我們的眼睛都很正常，看得到。」

「好多敵機。」伙計補了一句：「多得要命。」

「我們沒攔下的敵機會在幾分鐘內抵達家門口，所以我們得搶先行動，打掉幾架是幾架。」我爸利用公頻下令：「你們獲指派的無人機已經完成連線和鎖定！駕駛員們，準備發射！」

「金鋼狼！」米羅大喊，接著對公頻發出長而高亢的戰吼，跟我耳機裡天蠍合唱團發出的吼叫完美融合。

螢幕上，敵軍前方部隊與地球的距離快速縮短，我感覺到自己的心跳加速了。

「各位保持冷靜，要冷到結冰啊。」我爸說：「願原力與你們同在。」

「願原力與我們同在！」信附和，語氣完全不帶諷刺。

「願原力與我們同在！」葛拉罕在公頻上應和，黛比和米羅也跟進了，然後是陳，他用中文說了這句台詞。

「願原力與你同在。」

陳的誠懇語調打動了我，我總算也加入了。我打開麥克風，慎重地跟著用中文說：「願原力與你同在。」

陳笑了，又說了點什麼。結果不怎麼完美的英文翻譯出現在我的抬頭顯示器上：「我們是來這裡為了痛扁他們和嚼口香糖的，而我們沒有口香糖了！」

我大笑，持續了好幾秒都停不下來。我幾個月前才學到一個詞叫「絞刑台幽默」，是從美國文學課指定的南北戰爭相關文章裡看到的。當時我以為我永遠沒機會體驗這種幽默，不過當我聽到陳用中文喊出「極度空間」的洛迪・派普的戰吼時，真的覺得那是我這輩子聽過最好笑的一句話了。我徹底掌握了「絞刑台幽默」這個概念。

「所有無人機都準備好發射了！」將軍宣布：「大家去痛宰敵人吧。」

我們八個人發射攔截機，加入機庫中穩定湧出的無人機大軍，後者都是由地球上的駕駛員控制的。

我們一起飛出基地，迎戰外星入侵者。

# 20

我們的攔截機在地球與小行星帶邊緣的中點遭遇了歐羅巴人的前鋒，位置剛好在火星軌道內。我作戰顯示器上的深綠色三角形瀑布代表敵軍前鋒，排成箭頭陣形的白色三角形代表我軍。深綠色三角形逼近白色三角形後開始減速，後者則加速上前迎戰。

綠色三角形比白色的多上許多。

不過我們帶著無人機駕駛的骨氣繼續往前衝，朝不斷前進的敵軍筆直逼近，直到它們進入我們的視線範圍。接著，在我爸的命令下，所有人都緊急煞住無人機，所有機翼都一起停住，飄浮著。「壞蛋在十二點鐘方向。」我爸對著公頻宣告：「亮出尖牙，準備在進入敵軍射程範圍時展開作戰。他們保證會開火的。」

大家紛紛對著公頻回了一句：「武器就緒！」

敵軍來了：數量多到匪夷所思的一大群長刀戰鬥機排列成網格狀的護盾，巨大的無畏球則在它們中央閃閃發亮。星空的扭曲倒影在那鍍鉻般的表面奔流著。他們還沒部署斷訊器——它仍封在無畏球的裝甲外皮裡頭，跟上萬部運輸艦在一塊，運輸艦則載著數以百萬計的地面無人機。

「呃，嗨，各位！」我聽到我爸對公頻說：「我是地球防衛同盟的札維爾．萊曼將軍，你們這些混蛋知道自己要去哪嗎？」他停頓片刻後說：「Klaatu barada nikto[65]，伙伴們。」

接著他似乎想試著發揮一下自己的「絞刑台幽默」，於是用口哨吹了五個音，「第三類接觸」中用來跟友善外星人溝通的那五個音，也是歐羅巴人傳來每個剪輯影片的結尾。

緊湊的幾拍心跳後，我爸的懇求收到了唯一的回應——帶領整個前鋒部隊的長刀戰鬥機終於進入了射程範圍內，開始向我們開火。

陣形兩側的戰鬥機都脫隊展開攻擊了，我們四周的黑色虛空爆出暴雨般的交叉火光，藍色電漿砲和紅色雷射光滿天飛。

我方攔截機開始回擊了，我上、下、前、後、左舷、右舷都有戰鬥機爆炸，可怕的燈光秀照亮我鏡子般的攔截機機殼。若無其事的原子爐爆炸也開始形成類似的瀑布，照亮我前方一排排敵軍，像是有成串糾結的聖誕樹燈泡被點亮了，不過一秒後就短路了。

我讓我的「火箭88」飛入敵軍戰鬥機形成的急流當中，快速連擊扳機，連射一系列電漿砲。我眼前的長刀戰鬥機隊形緊密，感覺不太可能失準，在這幾秒內，我覺得自己天下無敵、無人能擋，彷彿運用著原力。

接著我跟一大群在空中畫弧、俯衝的長刀戰鬥機交會，閃躲它們的雷射光和電漿砲（這都是反射性動作，幾乎不用思考）——並且微笑。因為一切又變得清晰了，現在我總算面對真正的敵人。我爸在我心中種下的疑慮和不確定性消失了，我體內那重得像鉛般的恐懼也無影無蹤。現在剩下的只有原始的、地盤遭侵犯式的憤怒，還有隨之而來的明確目的。

殺，或者被殺。征服，或者被征服。存活，或者滅亡。

要做選擇並不難。事實上，答案已經深植在人類大腦中了。我現在唯一的念頭是：「為了

65《當地球停止轉動》中的機器人台詞。

盛怒，為了破壞，也為了紅色夜幕！」[66]

我繼續讓攔截機以尖銳的角度劃過敵陣，先開火再移動，不斷移動，不斷開火，攻擊我抬頭顯示器上持續變換陣形、奔騰而來的目標，以及疊映在上頭的前方敵機。這些長刀戰鬥機的移動方式跟「艦隊」和「堅地」任務中的模擬版敵人沒有差別。

我開始覺得順手了——我偶爾玩「艦隊」時會開啟一個熟悉的老節奏，所有狀況似乎都接得恰恰好。在耳機裡音樂的幫助下，我很久以前就已經鎖定了敵人的移動模式、這些虛擬戰鬥機的小怪癖，因而得以預測它們的攻擊和躲避模式。我火力全開，彷彿沒有打不中的敵人，同時也彷彿沒有砲火打得中我。

某幾秒內，我覺得自己好像在家裡打「艦隊」。

**為什麼真實外星人的行動跟電動中的模擬外星人一模一樣？**

這問題一直試圖鑽進我的想法中，但我不讓它進來，轉而將注意力放在戰場上的狂喜。

我們的攔截機迅速遭到殲滅，不過第一波增援無人機已經抵達了。我們一有無人機遭到毀滅，它的駕駛就會立刻改操控月面基地阿爾法機庫裡的其他機體，盡快重回戰場。幸好重回戰鬥前線的距離一秒一秒地縮短著，因為敵軍前鋒仍在前進，仍在逼近地球。我們失去戰鬥機的速度非常快。

就算先前局勢不明朗，現在也變得顯而易見了——我們打的是消耗戰。我們沒機會阻止前鋒部隊，至少不可能靠胡亂嘗試就辦到。前鋒部隊移動得太快了，而且摺倒了路徑上的所有事物。

我們只能在他們抵達地球前消耗一丁點敵軍戰力，頂多就這樣。

我的第一架無人機擊墜了七架敵機才被幹掉。

我的第二架無人機花了幾分鐘「重新加入那場爛仗」，但感覺上彷彿過了好幾個小時。當我總算回到不斷進逼的敵軍前線，準備再度和前鋒部隊交戰時，路上有架長刀戰鬥機的反應核過載爆炸，擺平了我。我又被炸成碎片了——這次連一架敵機都沒打倒。

我的第三部攔截機衝出無人機機庫的同時，一個警告訊息開始在我的抬頭顯示器上閃動，通知我敵軍已經逼近遠端月面了。

一秒後，我看到他們落向了我。成千上萬個敵人從黑色的月球天空中憑空冒出，填滿地平線。

「前鋒部隊分散了。」我爸透過對講系統說：「分成兩支，有斷訊器的那個似乎前往地球了。」

「另一半往這來了。」信補充。

我看了一眼作戰顯示器——他們說得對。前鋒部隊像阿米巴原蟲似地一分為二，變成兩個大小差不多的魚雷狀群體。其中一個的中心有個十二面體，也就是斷訊器。另一個朝我們逼近。

我作戰顯示器上的綠色三角形暴雨開始落向基地了，像是從星空中的奧林匹亞火山噴發出的岩漿。

「月面基地阿爾法遭到攻擊！」我的電腦好心通知我：「警告！」

基地的廣播系統開始響起震耳欲聾的警報聲。

66 出自《魔戒》。

「叩叩叩！」葛拉罕對公頻大叫：「客人來了！而且他們前幾次來訪都沒像現在這麼火大。看一下上面的狀況吧！」

我暫時摘下VR眼鏡，點一下量通上的小監視器圖示，十幾個小視窗填滿了螢幕，每個畫面都是基地內不同攝影機拍攝的。基地外面爬滿敵軍無人機，數量實在太多了，看起來像是陰間的蟻丘遭到隔壁的金屬昆蟲殖民式的入侵。背景處還有其他無人機運輸船持續降落，一觸及地面就像金屬花朵般綻開，讓上萬隻蜘蛛戰機和蛇尾雞湧出，加入已降落在基地上的大軍，使它繼續壯大。

「啟動迎賓儀式！」我爸宣布。基地的自動哨兵槍甦醒過來，開始發射穩定的彈幕，打在憤怒黃蜂般落向基地的長刀戰鬥機。

戰鬥機的第一波電漿砲齊射，在基地的護盾上爆開，細碎爆裂傳遍護盾的透明表層，被彈回太空的能量波在我們頭頂上的螢幕內化為炫目的燈光秀，短暫照亮昏暗的雷頂。隨之而來的能量傳遞撼動了整座基地，以及基地下方的月球地表。

我第一次經歷的月球地震平息後，我得克制衝動才不會手忙腳亂地爬出控制艙，跑向安全的地方——不管那地方他媽的在哪，我都想跑過去。

但我沒跑，反而將飛行搖桿握得更緊，讓我新操控的攔截機緊急爬升，節流閥全開，朝向我俯衝的長刀戰鬥機直衝而去。其他無人機都在我下方排成陣形，強化我的火力。

我擊墜了五部敵軍戰鬥機。接著是第六部，第七部。我的同袍表現也一樣好，我聽到黛比對著公頻嘀咕：「小菜一碟啦。」

接著，就在我將十字瞄準線移到下一個目標時，敵軍雷射砲終於從四面八方招呼了我的無人機，將它炸成碎片。

我咒罵一聲，轉而操控另一架無人機。但我還來不及發射它，敵軍戰鬥機就抵達了地表，一路攻向基地的無人機機庫。

我按下無人機的發射鈕，結果什麼事也沒發生，因為彈射裝置已經被炸成兩半了。未使用的無人機疊得像一座高塔，而這座塔開始傾倒、崩塌了，我的顯示畫面泛起一陣白色強光。

同一時間，我聽到地表傳來雷鳴似的爆炸聲，轟隆隆，緊接在後的衝擊波使雷頂劇烈搖晃。我打開控制艙頂蓋，探出頭東張西望。結果其他人也一個接一個冒了出來。

「靠。」我爸說這話的語氣太冷靜了，不對我的味：「其中一部無人機突破機庫防線，然後在裡頭自爆了。整個地方都毀了，包括我們剩下的所有無人機庫存。」

「我們現在該怎麼辦？」黛比問出了我心中的問題——雖然語氣跟我現在的感受相比，顯得冷靜多了。

「地球防衛同盟準備從地球派更多無人機過來。」信對我們說：「不過它們全都去對付斷訊器了。我們現在八成只能靠自己了。」

他和我爸短暫地互看一眼，接著我爸便對其他人喊話。

「所有人都回到控制艙，現在就動起來！」他吼道：「信會讓每個人各控制一座基地的雷射砲塔，盡可能絆住多一點敵人，別讓他們跑到控制中心來！擋下他們，好嗎？」

他話還沒說完，就跳到他建造的其中一個戰鬥ATHID控制機組中，打開了電源。他的雙手滑進強力手套中，四周的螢幕也同時亮起。

雷頂再度激烈晃動，我們所有人連忙退回控制艙內。我關上頂蓋，在駕駛座上坐定後，一個簡化版的抬頭顯示器出現在我的螢幕上，疊在基地其中一座哨兵砲塔傳來的高解析度影像上。螢幕中還出現了一具長方形瞄準器、一個測距儀、一部雷射砲的能量計。

「繼續開火！」我爸說：「盡可能拖住他們！」

我盡全力幹掉了許多敵軍無人機，但它們還是不斷冒出來，這是無止境的攻擊行動。幾分鐘後，不可避免的事情發生了：一群無人機不斷朝機庫氣閘開火，最後打穿了裝甲門，挺進到後方的走廊。

敵人現在可以在基地內自由來去了。

「入侵！敵軍入侵！」信對著公頻大吼：「他們進基地了！我在第五、第六層看到他們，已經在往下移動了！大都是蜘蛛戰機——有好幾百部，也許有到幾千部！」

我們繼續待在控制艙內，每個人現在都控制著基地內部某處的ATHID。我不知道別人狀況如何，但我正在被慘電。蜘蛛戰機不斷將我的ATHID撕成碎片，而且每次連上一部新機體都會死得比上一次快。

「好。」我爸說：「放棄控制站，我們撤離這裡，現在就動起來！陳、伙計、札克！需要我拉你們，你們才出得來嗎？我真的會拉喔！快點！我們要走了！」

我手忙腳亂地爬出控制艙，剛好看到我爸在實現他的諾言。他伸手到坑內抓住伙計的腰，將她從控制艙內抓出來，遞給黛比，接著準備對陳做一樣的事情，不過陳在最後一刻聽從了命令，超人似地從控制艙內跳出來，降落在將軍面前，抖擻地行了個舉手禮。

「遵命，長官！」陳大喊。

信仍在控制艙內。我跑過去看他的螢幕，發現他正在操縱一整群ATHID，守在通往雷頂的渦輪電梯井外。監視器畫面中，一整群憤怒的蜘蛛戰機正要突破阻隔我們雙方的裝甲門，它們每重擊一次，我們就會聽到周圍石牆傳來重複的「鏘」聲，悶悶的。

米羅發現信沒要走，便跳回自己的控制艙：「信和我會擋住它們，之後再跟你們會合！」

我爸張開嘴想反對他，但又一次爆炸撼動了基地，打斷他的發言。葛拉罕轉頭喊了他們兩個人的名字，然後朝出口移動。

「你在浪費時間，將軍。」信說：「米羅和我比自動哨兵系統強，能拖住敵人的時間比較長。但你要是現在不走就走不了了！」

「去吧，長官。」米羅對公頻喊道：「我們就是要幹一場。」

信跟我爸商量的同時，雙手手指都在面前的螢幕上滑來滑去，標出一群群無人機，指派他們去攻擊某些敵人或防衛基地的某個區塊。基地內的防衛資源愈來愈少了，但我看得出來，他還是拚了命想要做有效率的調度——而且同時還要控制半打ATHID跟其他步兵無人機並肩作戰。這些無人機由地球上的駕駛員操縱，他們的技巧和破壞力都不如他。

信瞄向葛拉罕，然後又回頭看我爸。沒說出口的話在三人之間傳遞著。接著我爸點點頭，手指在前方的控制面板上快速按了幾下。

「我將所有無人操縱的哨兵槍砲設定為自動開火模式了。」接著他轉頭跑向出口。「其他人跟我來！現在就走！快！」

他點了一下手腕上的量通，房間入口對面的彎曲石牆有了反應。一道暗門開啟了，露出一段狹窄的樓梯。我們六個人衝了下去，這時又有一系列衝擊波搖晃著月面基地的每一層樓。

樓梯通往一個大方塊狀的房間，石頭地板上嵌了一道加壓艙門，牆上有個架子放著附面罩的太空頭盔。我爸命令每個人都戴上頭盔，然後自己也戴了一頂。我戴上後感覺到尺寸稍微內縮了一些，在我臉的四周形成氣密，位置剛好在頦線下方。接著一個抬頭顯示器出現了，疊在面罩內側，標示出氣壓相關數字，還有一個氧氣瓶的存量計。那氧氣瓶就架在頭盔項圈上。

葛拉罕確認所有人都戴好頭盔後，我爸將手掌按到艙門旁的掃描器上。門「嘶」一聲開啟了，露出管狀逃生艙的內部。這逃生艙的尺寸跟福斯汽車microbus差不多，裡頭有十個乘客座。望出舷窗似的逃生艙窗戶，你會知道它窩在一個球體狀的地下隧道內，像是槍管內的一顆子彈。我們都繫好安全帶後，我爸拍下艙壁上突起的紅色按鈕，逃生艙往前衝，將我們每個人都甩向椅背。

逃生艙在黑暗隧道往前衝的過程中，米羅和信仍在繼續攔阻蜘蛛戰機，他們不斷對著公頻大吼，髒話和對彼此的鼓勵交雜。

「基地充滿他們的人馬了。」信透過公頻說：「每一層都有。他們現在聚集到雷頂外面了，隨時會闖進來！」

「離開那裡！」我爸吼回去：「我們會把逃生艙送回去接你們！」

「抱歉，老大。」他提高音量，壓過金屬碎裂和雷射砲火的聲音：「看來我們只能在這裡決一死戰了。」他又說了一些話，但被爆炸聲壓了過去。

量通上所有來自雷頂的影像串流都掛了，但還聽得到那裡的聲音。

「老友們，祝你們一路順風。」一秒後，信在四周的混亂中大吼。

我爸想回應，卻說不出任何話。他點點頭，接著我看到他的臉扭曲了，化為純粹的苦惱面孔，然後雙手掩面。

「嘿，幫我一個忙好嗎，各位？」米羅補了一句：「打贏這場戰爭後，請跟我故鄉賓州的所有人說，我的遺願是改掉我以前讀的高中名字，以我命名，好嗎？我媽以前也是那裡的學生，我想她一定會很開心的。聽到了嗎？」

我接過我爸的量通，替他回答。

「好啊，米羅。」我回答：「當然沒問題，我們會搞定。」

「謝啦，老兄！」他回答：「庫什大師高中。棒呆了！」他開始瘋狂大笑。從那邊傳來的聲音判斷，他還在不停發射雷射砲。「喔，等等！還有一件事！叫他們在費城市區立我的銅像！就像洛基那個！但我的要大一點，可以嗎？」

我還來不及回答，又有一波爆炸使基地劇烈搖晃，也扭曲了量通的音訊頻道。這爆炸聽起來比之前的都還響亮。

「靠！靠靠靠！」我們聽到信大叫：「他們來了，米羅！準備好了！」

「來吃些雷射光吧！」我聽到米羅大叫，語氣開心得很詭異。他不斷快速發射量通的腕部雷射光。「誰想吃一點？我從地獄深處向你一刀刺來[67]，混蛋！我對神之錘發誓，你們——」

米羅的聲音被一系列大規模的爆炸蓋過，接下來的聲音像是冰雹般的敵軍雷射砲火。雷頂遭到破壞，開始減壓，發出颶風般可怕的呼嘯。裡頭的空氣（以及所有東西）都被往上吸，飛向月球地表的黑暗真空。不過接踵而來的沉默感覺更可怕。

67 出自「星艦迷航記II：星戰大怒吼」。

# 21

太空梭繼續奔馳在隧道中，我安靜地盯著自己的量通螢幕，看著月面基地阿爾法最終戰役的尾聲。

地表上仍四散著一些ATHID在和外星人的蜘蛛戰機扭打，另外有一架落單的哨兵機甲在附近一個焦黑的隕石坑內跟蛇尾雞打鬥。還有幾部長刀戰鬥機仍在俯衝轟炸基地，現在它們已經完全不受地球防衛同盟的阻撓，準備無情地剷平地表，直到什麼也不剩。

我們都透過小小的量通螢幕看著這一切發生，彷彿那是遙遠地方傳來的轉播畫面，接著我們的逃生艙劇烈地搖晃，一秒後，隧道前方的天花板垮了，非自然的光線湧了進來，彷彿有人開了一整排體育館探照燈。

是蛇尾雞——某種巨大的金屬螳螂，前肢長著巨大的鐮刀狀刀刃，另外還有一雙爪狀、套疊式的機械手，上顎則由兩個電漿砲組成。

其中一隻巨大的金屬手臂溜進隧道，跟我們的逃生艙擦肩而過。它像巨大的鐵球砸下，粉碎逃生艙半秒前通過的軌道。

一群八腳蜘蛛戰機從蛇尾雞身上爬下來，開始朝我們的逃生艙飆過來，後方還有更多蜘蛛戰機湧入隧道。太空梭持續加速，速度剛好可以閃過蛇尾雞一再揮下的鐵爪。它撕裂月球地表，將我們身後的隧道打成碎片。

隧道又晃了一下，原來是蛇尾雞使勁一跳，趕上了我們，同時右手往前伸，爪子粉碎了逃生艙的後舷窗。艙內開始減壓了，我爸重踩煞車，我們的頭盔自動啟動，開始供給氧氣。葛拉罕轉身，用量通雷射攻擊不斷揮舞的蛇尾雞爪子，下一刻那爪子就撲了過來，金屬指頭抓住葛拉罕。

他還來不及尖叫，外星人的無人機就當著我們所有人的面捏死了他，接著它將失去生命的遺體扔出碎裂的舷窗，砸上隧道牆，像在丟什麼布娃娃。

蛇尾雞回頭向伙計伸手，公頻傳出黛比的刺耳尖叫。陳試圖去擋它的路，而我爸朝它發射量通雷射。

蛇尾雞的另一隻手砸破了我後方的另一扇舷窗，不過伙計及時將我拉到一旁，我才沒被打中。我們剩下的五個人退到逃生艙前方，遠離它的抓握範圍。它揮動昆蟲般的雙手手臂，幾秒後突然縮了回去，站挺，聳立在我們受損、減壓的逃生艙上方。我爸用力壓節流閥，試圖讓逃生艙繼續在軌道上移動，但我看得出來，我們來不及逃了，時間不夠。

蛇尾雞舉起巨大、帶爪的腳，準備踩爛我們。

就這樣了，我們什麼也做不了。我們會死。

但那隻腳壓下來的千鈞一髮之際，有部哨兵機甲將蛇尾雞撞飛到隕石坑的地面上。兩架無人機在坑洞開口附近扭打著，受到詭異的沉默包覆。兩者間有雷射砲和火箭光焰齊飛，接著是刺眼的白色爆炸，然後是更多的沉默。

幾秒後，煙霧散去，月塵落定，地球防衛同盟的巨大人形機甲的臉探進洞中，擋住黑色的天空，接著有個嗓音從公頻傳來。

「萊曼，我就說我會顧好你背後啊！」我聽到莉西說。

「謝……謝……謝啦，莉西。」我結結巴巴地說，從量通傳出的聲音帶著沙沙響：「謝謝你，你救了我們一命。我欠你一次。」

「那還用說。」她回答。哨兵機甲的其中一隻巨大手臂伸向破損的逃生艙，我突然一陣驚慌。不過她運用機甲的雙手小心翼翼地從瓦礫中抬起逃生艙，放到沒受蛇尾雞破壞的更前段隧道去。

莉西放下我們後，用巨大的手向我們揮手道別。

「藍寶石站的每個人都已經轉而控制地球上的無人機了。」莉西對著公頻說：「我留在這裡是為了看你們需不需要幫助，不過上海那邊被打得很慘，我得閃了！」她的哨兵機甲站直了，伺服電動機發出嗡嗡響。「祝你們好運！」

哨兵機甲切斷電源，陷入休眠，像是被操偶師拋棄的巨大金屬傀儡。

「那是誰？」伙計問。

「三六〇公會的艾莉西絲．拉金上尉。」我說：「我的一個朋友。」

她點點頭，接著我看到她朝黛比撇了一下頭。她正在發抖，安靜地啜泣，盯著其中一道粉碎的舷窗。我順著她的視線望過去，這時才發現我爸已經爬出逃生艙，現在在外頭捧著葛拉罕的遺體，兩人的面罩相抵，其中一個是乾淨的，另一個已破裂、染血。

他關掉了對講功能，不過我看得到，他的臉孔在起霧的面罩後方苦惱地扭曲。他張著嘴，無聲地啜泣著，前後搖晃懷中已無生命的葛拉罕。一再搖晃。

我只看我爸哭過這麼一次。

✯

我不知道後來過了幾秒。我只知道，在我成功鼓起勇氣對我爸大叫，說「該上路了」之前，他就起身爬回了逃生艙中。接著他按下艙壁上的按鈕，裝甲擋板像相機快門那樣閉合起來，封住碎裂的舷窗以及艙體上的其他漏洞。

黛比仍在座位上靜靜啜泣著，伙計搭住她的肩膀。

「『我經常聽人說，悲傷使心靈軟弱，』」年輕的伙計開始背誦莎士比亞的劇本：「『帶給它恐懼和墮落；因此你該思考復仇之事，停止哭泣。』」

黛比點點頭，深呼吸。接著似乎在短短幾秒鐘內，她的表情就從悲傷轉換成純然的、毫無保留的憤怒。

幾分鐘後，我們的逃生艙抵達了黑暗隧道的另一頭，駛入加壓的停靠站，艙門「嘶」地開啟了，我們跟著我爸走到一對裝甲門前。這裡顯然是地球防衛同盟在伊卡洛斯隕石坑建造的緊急避難碉堡。

我看著我爸屏住呼吸，將手掌按到裝甲大門旁的感應器上。面板發出「嗶」一聲，一秒後轉為綠燈，通往伊卡洛斯碉堡的門滑開了，露出後方狹窄的隧道。我爸領著我們所有人入內，然後按下牆上的一個按鈕。裝甲門在我們身後關上，將我們封在室內，確保我們的安全。我們發現自己在伊卡洛斯基地的小機庫內，裡頭有八架攔截機在鹵素聚光燈的照射下閃閃發光。

「我們得快一點。」我爸說：「每個人都搭上一架戰鬥機，現在就去，快！」

我在狹窄的通道上快步前進，細看離我最近的機體。這些戰鬥機跟我們目前見過的無人攔截機都不一樣：它們有駕駛艙，設計上是由駕駛員在內部操縱，而不是遙控。「這些戰鬥機的型號是ADI-89。」我爸對我們喊道：「由駕駛員操縱的特殊航太攔截機的原型機。」

他說話的同時，手伸向機庫牆面上固定的巨大金屬工具箱，取出某種手槍狀的電動工具，像是裝了馬達的棘輪。接著他跑向第一部攔截機打開機體下方的蓋子，露出一團亂七八糟的電線和電路。他伸手進去東挖西挖，同時說：「外星人入侵前，上級不改我們使用這座碉堡的權限，以免我們利用這些戰鬥機擅離崗位。」他微笑：「但基地安全協定的失效保險給了我緊急使用權限。」

他用電動工具從戰鬥機底部取下一個小方塊狀的零件，丟到地板上，闔上蓋子。接著他又衝到隔壁那架攔截機那裡，把整個步驟重跑一次。

「你在做什麼？」我問他：「我們他媽的得離開這裡了！」

「你以為我不知道嗎？」他說：「現在這件事很重要，再給我六十秒。」

他說話算話，一分鐘後移除了八架太空船的所有方塊狀零件。我從地上撿起其中一個細看，發現灰色塑膠殼側面印著一長串序號，後面還有一些字母：EDA-AI89-TAC-TRNSPNDER。

我爸完成工作後衝上一個金屬高架平台，跑到控制台去，碰了一下它便亮了起來。他的雙手手指開始在觸控螢幕上舞動，點開各種圖示，檢視各層子選單——動作快得像「星艦迷航記」裡的百科。才花幾秒鐘的時間，他就發動了八部AI-89，核融合引擎開始隆隆響，接著轉而尖嘯，排氣口充斥橘色能量，開始發光。

我爸又點了另一個圖示，八架戰鬥機中，有五架的駕駛艙頂蓋滑開了。我衝向離自己最近的攔截機，機尾處有個板子滑開，讓一道金屬梯延展到我腳邊的石頭地板上，發出金屬質地的「鏗」一聲。我左右兩側緊接著傳來同樣的聲響，總共三次。黛比、伙計、陳都靠到戰鬥機旁了。

這是我第一次進入任何機體的駕駛艙——之前我當然不可能爬進星際太空船內。不過我的感覺不像第一次。裡頭的控制系統配置跟無人機控制艙的一模一樣，跟我在臥室裡使用多年的便宜塑膠飛行搖桿和截流閥裝置也沒有太大差別。

我們坐在敞開的駕駛艙內，視線跟我爸在同一個水平上。他仍在我們面前那座高起的指揮平台上，站在操縱台後方，因此我看得到他前方那排螢幕。

「這些戰鬥機飛行時，都會包覆在一個無慣性的球體力場中。」他說：「因此在裡頭駕駛跟遙控駕駛戰鬥機的感覺沒什麼兩樣，當然只有一點不同——如果你駕駛它們時遭到擊墜，就無法控制其他無人機了，因為你會掛掉。」

當他看到我們對那句話的反應時，便要我們看看戰鬥機的安全防護機制。「別擔心。裡頭的駕駛艙模組其實是一個獨立的彈射艙，受到直接攻擊應該就會自動啟動，像氣囊一樣。」

「應該？」我說。

「這些都是原型機。」他說：「我不認為經過充分的測試。」我爸的雙手繼續在控制面板上飛快移動。從我駕駛艙的制高點望去，可以越過他的肩膀看到控制螢幕。他似乎在幫剩餘的三架攔截機（我們即將拋下的那三架）設定飛行路徑。他從口袋拿出揉皺的紙，看了一眼，然後開始打字，彷彿以它為指標在設定無人攔截機的路徑。接著他連上我從沒看過的一系列硬體配置選單。

我爸在碉堡的控制台忙完後關掉它，跑在金屬小走道上，跳進他自己那台攔截機，滑進皮椅駕駛座，像是小孩滑下欄杆那樣。

我們這五個駕駛艙的頂蓋滑上，發出加壓的嘶聲，引擎啟動，進入待機狀態，在我們耳邊尖嘯──接著小機庫本身開始減壓了，上方的裝甲門滑開，露出一小塊長方形的月球星空。

我們飆出隕石坑，射向月球的另一面。脆弱的地球又開始浮現了，懸浮在前方的黑暗之中。

我從公頻聽到我爸倒抽一口氣──他大半輩子都看不到這畫面。睽違的年數等於我的歲數。

「在這裡。」他輕輕說：「甜蜜的家，天啊，我真的好想它。」

我發現自己也很想念它，而我才離開它不到一天。

我們的五架戰鬥機排成陣形，朝家鄉、朝地球飛去。我看了一眼觀測器，發現另外三架無人駕駛的攔截機往反方向飛去，深入太空，往我爸設定的某個目的地前進。

我把視線放回地球上，看它隨著我們的逼近愈變愈大，最後藍色的弧度完全填滿了我太空船外的視野。

我爸傳了一張作戰地圖到我們的顯示螢幕上。「他們的軍隊又一分為二了。」我爸對公頻說：「看到了嗎？」

他說得對，前鋒部隊似乎分成了兩支，其中一支降落到中國大陸上，另一支跟月面基地阿爾法攻擊行動中倖存的無人機會合，繼續護送斷訊器前往另一個方向。

「司令部認為斷訊器八成會降落在南極半島，他們已經派出所有可調度的攔截機去對付它了。其他空中無人機正在保衛上海。」

「上海！」陳驚叫，接著用他的母語說了一串話。一秒後，我的量通翻譯了他的發言：「我的家人住在上海市外圍，不過我妹妹被分派到市中心的一個無人機操縱基地，我得去幫她才行！」

「不，我們得去追斷訊器。」我爸說：「他們一抵達地面就會啟動它，到時候只有我們這種人力駕駛的戰鬥機可以繼續運作。地球防衛同盟的所有無人機都會從天上掉下來。」

「傳統空軍呢？」黛比問：「他們不能幫忙嗎？」

「他們會試著幫忙，」我爸說：「不過斷訊器也會截斷所有網路和無線電通訊，還會改變地球磁場，使GPS衛星產生混亂。傳統空軍得蒙著眼飛行，他們還不如去對付哥吉拉。傳統戰鬥機沒機會打贏的，只能靠我們了。」

就在我爸說完話的時候，我們接到斷訊器已登陸的消息，這時我們的戰鬥機甚至還沒到達地球的大氣層外圍。

不過歐羅巴人沒有啟動這個終極武器，儘管他們大可動手。基於不明理由，他們等了一段時間。

等到我們五個到場才啟動它。

我們這五架攔截機組成的小隊抵達最後一次鎖定的斷訊器位置了，就在南極半島外，戰場非常顯眼，不太可能漏看。巨大的黑色十二面體懸在地表上，像一座飄浮的山脈，且高速旋轉。它最後總算啟動了一閃一閃的連結光束，融化下方的冰塊。強力光束削向冰河，一塊塊巨大的冰塊飛向冰冷的水中。

斷訊器周圍澄澈的極地藍天中有一朵混沌烏雲，由數以萬計的敵軍戰鬥機組成，它們正和數量更多的攔截機和黃蜂無人機激烈交戰，後者成群飛行、俯衝、朝戰場中央不斷旋轉的斷訊器集中開火，攻擊外殼上的透明偏轉護盾。斷訊器的護盾開始在我的抬頭顯示器中閃動，代表它很快就要解除了。當然了，護盾解除後，還有一大群擔任護衛的長刀戰鬥機在繞著它轉，跟玩家控制的、不斷強襲而來的無人機纏鬥著。

核融合反應爐像爆米花似的，每隔幾秒就爆開一個，進一步削弱護盾。它閃動的速度愈來愈快了，看來我們抵達的時機很完美。

接著，斷訊器啟動了。

我方的上萬架無人機全都定住，接著同時從空中掉下來，像是沉重的灰塵。

當然了，上萬架外星人的戰鬥機繼續飛行，不受影響——他們的駕駛員安全地窩在歐羅巴母星，不在斷訊器力場的影響範圍內。

連結中斷數秒後，地球防衛同盟無人機的緊急應變機制啟動了，開啟自動駕駛功能，試圖穩住機體，讓它們安全降落在最近的地面上——但現在只能降落到逐漸碎裂的冰棚上。我看到的大多數無人機，都在安然降落地面前被敵軍開火幹掉了，其他大都墜入海洋或撞上冰塊，也毀了。

地球防衛同盟的軍械庫遍布全球，但斷訊器在轉眼間便讓裡頭的每一部無人機停擺。

我知道在同一時間，上海、喀拉蚩、墨爾本和世界的其他角落一定也發生同樣的狀況。幾秒前，上百萬受過電玩戰鬥訓練的平民還在運用筆電或遊戲控制器駕駛無人機，對抗外星人，下一刻卻盯著系統錯誤訊息：量子通訊斷線。

地球上的強大遊戲軍團派不上用場了，現在他們什麼也做不了，只能坐等結局。

我看到其他人力駕駛的攔截機還有幾個小隊的傳統空軍戰鬥機繼續攻擊斷訊器，但他們現在的數量遠低於敵軍，遭到了大屠殺。

斷訊器附近的天空現在只剩敵機了——全是無人能擋的一大票長刀戰鬥機和雙足飛龍。此刻陷入休眠的ATHID和哨兵機甲立在冰棚上，被四面八方的蜘蛛戰機和蛇尾雞踢飛，像啤酒罐似的。

我們這五部攔截機持續深入敵陣。有其他幾部人力操縱的攔截機正好在我前方排出陣形，緊跟在我爸機翼後方——結果幾秒後就被炸成了碎片，照亮他兩側的天空。但我爸的戰鬥機通過了敵軍的猛烈砲火，沒有中彈，我也是，奇蹟式地毫髮無傷。

我前傾機身做了一個橫滾，閃過著火的殘骸，暗自咒罵我爸。他在我的腦袋裡種下懷疑的種子，結果突然間，我現在不管看什麼都會發現支持他論點的證據：我爸、我朋友和我不斷掠過那團混沌，輕而易舉地一再擊落敵軍，從四面八方射來的雷射光和電漿砲則不斷擦過我們身邊——就像我們以前一起玩「艦隊」時那樣。

但我們對抗的是真正的外星人——擁有高科技的知覺生物，而他們打算消滅人類。敵軍數量是我們的一千倍，我們早就該死上一百次了。人類就是比他們會打仗嗎？還是說外星人一直以來都在故意讓我們？

一大團光子砲打中我的護盾，將能量降到只剩三分之二，打醒了做白日夢的我。我搖頭甩掉恍惚，加速趕上我爸和其他人。我們排成戰鬥陣形，沿著冰棚的鋸齒狀邊緣飛行。冰棚持續瓦解、崩塌，化為愈來愈大塊的碎冰，在上方十二面體射出的高熱下迅速融解。

斷訊器現在距離波紋錯綜的海面只剩一百公尺左右了，看起來就像懸吊在虛空中的枝形鑽石吊燈。護衛它的長刀戰鬥機和雙足飛龍戰鬥機繼續繞著它湧動、俯衝，像銀色的蒼蠅雲那般打轉。

目前的敵軍戰鬥機還是多到數不清——連我的作戰航太電腦都難以估計。戰場邊緣似乎有幾百架敵機，更遠一點還有更多。根據抬頭顯示器的數字，還有數萬……數十萬部敵機正要上路。

「這些援軍是從哪來的？」伙計問：「他們停止攻擊上海了嗎？」

「不。」我爸說：「根據司令部情報，上海已經淪陷了。他們會分派更多戰力過來，幾分鐘後，我們破壞這玩意兒的機率會降得更低。」

「我們現在就動手吧。」黛比提議：「現在就是好時機。」

「我準備要大幹一場了！」伙計誇口：「長官，我們的計畫是什麼？」

就在這時，我看到黛比的戰鬥機被電漿砲彈幕擊中了，她的其中一個引擎爆出火焰。

「彈射！」我們所有人都對著公頻大吼，不過黛比的動作快了一步。她的駕駛艙從冒煙的機身射出，像是退殼孔中飛出的彈殼。它往上飛了幾秒，接著畫了個弧，開始朝波浪洶湧的冰冷海面掉落。

我俯衝攔截機追過去，結果伙計憑空冒出來，用機鼻伸出的磁力回收臂抓住駕駛艙。等到駕駛艙固定在她機身的下側後，她發出勝利的歡呼——但叫到一半又被打斷，因為有片雷射光彈幕掃過她，差點擊中黛比的駕駛艙。

「我接到你了！」伙計大喊：「將軍，我接到她了！但我現在對戰鬥應該幫不了什麼忙了。」

「伙計，離開這裡！」我爸下令：「帶黛比到安全的地方，現在就去！」

「是的，長官。」她將截流閥推到底，戰鬥機化為一團模糊的影子，消失在遠方。

「那就剩我們三個了。」我口齒不清地對公頻說：「如果我們待在原地，幾秒鐘內也會被烤成吐司。」

「眼睛睜大點就是了。」我爸說。我看他駕駛戰鬥機俯衝下去，通過十二面體，炸掉兩架雙足飛龍。「根據抬頭顯示器，它的盾牌已經快不行了，繼續對它開火——陳，你在做什麼？」

陳的喊叫聲淹沒了公頻：「七！」他的聲音是哽咽的：「六！」接著他又喊：「五！」

這時我才想通了。得知上海毀滅的消息後，陳的反應是糟到不能再糟的那種——他在戰鬥中精神崩潰了。誰能怪他呢？他不是軍人。沒人協助他（或我們當中的任何人）做好心理準備，他無法面對戰爭的殘酷。

我在作戰顯示器上辨識出陳的戰鬥機，發現他已經朝斷訊器俯衝而去，角度近乎垂直，他的槍砲似乎設成了自動射擊。敵軍砲火直接命中、瓦解了他的護盾，一秒鐘後，他的武器也耗盡能量了，接著輪到他的引擎。不過動能還是將戰鬥機繼續往前、往斷訊器拋擲而去。他的戰鬥機在我的抬頭顯示器中閃著紅光，代表他的反應核已啟動過載程序。

我聽到陳對著公頻用中文咒罵、咆哮。英文翻譯在我的抬頭顯示器中跳了出來：**他們殺了我妹妹！現在我要殺了他們！**

我恐懼又無能為力地看著陳朝不停旋轉的斷訊器表面衝過去，接著看到我爸側轉機身俯衝追去，下降的角度十分陡峭。陳的攔截機愈來愈接近旋轉的十二面體了，我露出苦瓜臉，屏住呼吸，認為他會撞上它的偏轉護盾。但就在發生撞擊的千分之一秒前，反應爐先爆炸了，照亮整個天空。

爆炸的能量傳遍整個偏轉護盾——它閃動了一陣，然後瓦解了。環繞斷訊器的藍色透明護盾消失了，琢面組成的外殼成了可攻擊的對象。

當然了，當我看到這畫面的瞬間，要做什麼都太遲了。就算我願意發動戰鬥機的動力核超載程序，跟陳一起採取自殺式攻擊，也已經來不及出手了。護盾只會消失三秒半左右，我得具備讀心能力，而且一心尋死才有辦法算出時機，但在這當下，我沒那能力，而且也不想自殺。

不過我爸似乎能通靈又不要命。

因為他還在朝斷訊器的路上狂飆，緊跟著陳的機尾。他看出陳倉促做了這個決定，自己也立刻做了決定。

「你發瘋了嗎？」我大叫：「護盾消失的時間不會那麼長！」

「它會的，兒子。」他說：「因為他們在看，他們希望我做出英雄式的犧牲，就像我之前告訴你的。看好了──我要你看著。」

「我什麼都不想看，混蛋！」我尖叫：「快彈射！你不能這樣對我！」我喊到破音了：「你不能再拋下我一次！」

我爸的戰鬥機轉正了，但沒有改變軌道。

「我愛你，兒子。很抱歉。跟你媽說──」

時間變慢了，慢得像在爬行。眼前正在發生的一切都像是慢動作畫面。

我總算想到要讀秒了──**一千零一**，**一千零二**，**一千零三**，**一千零四**。

斷訊器的護盾還未復原，是我數太快了嗎？

作戰顯示器上，我爸的戰鬥機飛完了最後一小段路，像射向紅心的子彈般擊中了仍無防護的斷訊器。長刀戰鬥機從周圍包夾過來，還向他開槍──卻全都沒射中我們的英雄，巧得很。

**風暴兵症候群**，我荒謬地心想，**這些傢伙從他媽的船上掉下來也不會栽進水中**。

我爸戰鬥機自爆的半秒前，我看到它的駕駛艙頂蓋上了一層裝甲，轉變成密封的逃生艙，就像黛比的那樣。逃生艙像石頭似地砸入下方翻騰的大海中──同時戰鬥機的動力核爆炸了，世界化為一片白色。

我的大腦似乎還剩一點判斷力，知道要將飛行搖桿壓到底，使我自己的戰鬥機衝入海中。這時上方大規模爆炸的衝擊波層層疊疊，剛好碾向海平面，逼出大量蒸汽，使大海沸騰、蒸發。

我的作戰顯示器告知我海平面上的狀況。我爸的反應爐爆炸將無防護的斷訊器炸開了，琢面組成的外殼化為三角形碎片之雲，覆蓋海平面，也和人類及外星人太空船的殘骸混在一起。我聽得到大型碎塊敲擊上方液態天花板的聲音，咚，感覺像是泥土撒在棺材板上。

這裡，波浪下方，一點聲音也沒有。我飄浮在防水的太空船內，抬頭看著上方熊熊爆發的末日景象。沉默得太徹底了，讓我一度不確定自己是活著還是死了。接著我聽到自己慌張的呼吸節奏才發現，對，我還活著，至少這一刻命還在。

但我不確定我爸是不是還活著。我完全沒收到他太空艙傳來的緊急燈標訊號，感應器組件中的觀測器一點用處也沒有——海中充滿上百部攔截機、長刀戰鬥機、傳統戰鬥機的殘骸，要從這片混亂中找出一個逃生艙是不可能的。

他會在底下溺死的，而且搞不好已經溺死了。

我啟動太空船的所有外部照明，也打開內部的燈。不為什麼，就只是順手。但我在汙濁的水中只有五、六英尺的視線範圍，而這範圍內什麼也沒有，完全沒有。我愈深入水底，水就愈混濁。

我無助地盯著空白的觀測器，絕望地要自己盡量別去想像最糟的結果，但我滿腦子都是那結果。

命運會殘酷到這樣的地步嗎？它會在我和爸爸重逢的這一天，從我身邊帶走他嗎？當然了，我不喜歡潛意識吐還給我的答案，但錯其實在我，我不該問這問題的。早知道就別去想了。

我的抬頭顯示器上跳出一閃一閃的警告訊息了：機身正在漏水，我得回到海面，不然我的引擎和維生系統有損壞的可能。

但我沒朝海面移動。我繼續尋找我爸，儘管這一點意義也沒有。

他不能就這樣消失，不能挑這個時候。我得告訴他我在戰場上看到了什麼，得描述他向我展示的狀況。

他說得對，我錯了。我現在明白了。如果他回到我身邊，我會說我願意幫助他，他要我做什麼我都做。他不需要這樣懲罰我——讓我認識他、學會愛他，然後再次傷透我的心。

我腦海中有個聲音說：**至少他為自己的信念奉獻了生命**。但這只讓我感覺更糟，因為那聽起來不像事實。

我知道上頭……海面上方現在是什麼狀況。我爸摧毀斷訊器後，地球防衛同盟的所有量子通訊都會立刻恢復連線，世界各地都一樣。現在地球防衛同盟的民兵都操控著世界主要都市裡存放的幾百萬台無人機，回到戰場了。

多虧我爸，人類又有機會為自己的存亡戰鬥了。他為了拯救世界奉獻一切。

但這時我根本不在乎世界如何。

只要我爸能回到我身邊就好，世界要拖著所有人、所有事物下地獄也沒差。

我駕駛著攔截機在黑暗的海床上來回移動，望進一片空無中，忽略ＴＡＣ愈來愈響亮的警告：立刻回到海面，不然我也會死。

因為死了也好。也好。

# 第三階段

如果我們不終結戰爭，戰爭就會終結我們。

——H・G・威爾斯

# 22

我坐在黑暗中，等待一切結束，結果思緒飄到莉西身上。不知道她在哪？是不是還活著？

接著我想起自己和她的對話，以及她讓我看她是如何破解量通的。我爸的量通號碼在我的聯絡人清單上。如果他把量通放在戰鬥服內，而且沒關掉電源的話，我應該就能利用漏洞找到他的逃生艙。

我突然感受到一股強烈的希望，手忙腳亂地挖出量通，叫出短短的聯絡人清單。接著我學莉西進行「遠端系統破解」，做法是快速連按幾個螢幕上的圖示，就像啟動以前的Konami密技那樣。我試了好幾次才成功，因為我的雙手在發抖，而且電腦發出的機身完整性與漏水警告害我神經衰弱。

最後，一個GPS程式總算出現在我的量通螢幕上了。我的量通顯示為一個綠點——而我爸的是一個紅點，閃爍的紅點。我旋轉螢幕，看我們的相對位置。

我爸的逃生艙在我的正下方！

我操縱戰鬥機，盲目地畫出螺旋狀路徑往下潛，利用我的量通逼近他。我煞住機體閃避兩架長刀戰鬥機的殘骸，同時感覺到一陣晃動，聽到巨大的「喀」聲。我爸的逃生艙從黑暗水底浮現，直接撞上我的駕駛艙頂蓋。兩個壓克力圓頂相抵，而我瞄到了一個恐怖的畫面：他無力、無血色的臉，離我只有幾英寸遠。

上面沾滿血液。

我停止尖叫後，操縱攔截機繞過他的逃生艙，啟動回收臂。一秒後，磁封完成了，伴隨著「喀」的一聲，手臂開始收縮，將我爸的逃生艙固定在我機體的下側。

我的電腦連上逃生艙乘坐者診斷系統，我爸的生命跡象便出現在我的抬頭顯示器中。他沒死！只是昏了過去，而且根據電腦計算，他腦震盪的機率是百分之六十七。他臉上的血來自頭皮的一道撕裂傷，很深。一個對話框在我的螢幕上跳出來，給了我一串資訊，是逃生艙正在對乘坐者進行的治療與施打的藥劑。一個影片視窗在我的螢幕上跳出來，拍打我爸肩膀以上部位。眾多機械手臂的其中一隻用針槍幫我爸打了各種止痛藥，我看得皺起眉頭。希望那逃生艙提供的藥劑沒他媽的過期。

我又看了幾秒無人機進行的療程，然後才總算別開視線，將截流閥推到底，衝出海面，飛上雲端後，我還是全速前進。

電腦說我的乘客需要立刻接受醫療處置，還幫我自動設置了飛往最近的地球防衛同盟醫療中心的路徑。那地方位於南美洲最南端。

我忽略電腦的建議。

我飛回家裡。

我駕駛攔截機飛過波特蘭焦黑、冒煙的天際線，感覺到眼眶泛淚。我在這裡第一次目睹外星前鋒部隊對我們的城市造成什麼樣的毀滅，我最害怕的狀況都實現了。整座城市看起來像是從「彗星撞地球」或「末日之戰」（World War Z）當中搬出來的，從波特蘭往外延伸的每條街、路、高速公路都塞滿了各種車子，沒有一台在動。黑色煙柱立在市內各處的火災現場，差不多有六、七根，天空布滿新聞台直升機和小引擎的固定翼飛機，看起來大都是要逃往內陸的。

我用量通連上一家大型有線新聞台的電視訊號，截聽新聞報導——結果聽到完全在我意料外的內容。

「地球防衛同盟除了在巴基斯坦獲得決定性的勝利外，」一個男性播報員說：「世界各地的十幾座城市也傳來捷報。外星人對上海和開羅發動奇襲以來，戰況終於轉為我方占上風了——」

我皺眉，切到另一台，它正在現場轉播紐約市的情況。這顆大蘋果看起來就跟它在那些浩劫電影中的形象相同。天際線是冒煙的廢墟，曼哈頓的街道被攻擊行動引起的人工海嘯淹沒。

「不久前，市內展開了十幾場史詩級的戰鬥，不過如您所見，天空已經放晴了。」另一個新聞主播報導：「地球防衛同盟的民兵無人機大軍在這裡取得了另一個決定性的勝利，人類成功擋下了入侵者的第一波攻擊。我們好不容易擊退他們了——太神奇了！」

一旁的美麗女主播激動點頭。

「從我們目前為止跟敵人交手的情形來看，有件事愈來愈明顯了，那就是人類天生比操縱無人機入侵地球的外星人還要擅長戰鬥。」她說：「在每場戰役中，歐羅巴人看起來都占上風，他們人多勢眾，科技又比我們進步許多。儘管如此，他們似乎沒有我們的反射能力和自然的狩獵本能——」

我再度轉台，看到凡斯司令透過手持量通在對士兵喊話，臉上掛著他的招牌表情——堅忍不屈。他看起來充滿英雄風範。

「我們雖然成功抵擋了第一波入侵，但我們在過程中損失慘重。」凡斯司令說：「敵人沒損失一兵一卒——只有硬體毀壞。而且他們還有後續三分之二的兵力在前往地球的途中。」他暫停了一下，讓大家把話聽進去，才又接著說：「他們的第二波攻擊行動會在兩小時後展開，我們需要你們所有人都做好準備。」

他說完這段話後，新的倒數計時器出現在我的量通螢幕上——兩個半小時後，第二波攻勢就會找上門，帶來兩倍規模的毀滅。

我切換到另一個頻道，然後再一個，不過每一台播的都是一樣的戰爭宣傳。每個國家的主播都宣布人類獲勝，請求觀眾不要放棄，要集中精神繼續作戰，因為希望還在——我們還有可能打贏。

我放下量通，很希望地球防衛同盟的全球規模的戰吼能讓自己振奮起來，但我太清楚了，人類剩下的武力根本不可能再承受一次另一波攻勢，更不用說規模兩倍、三倍的武力了。

我試著把新聞拋到腦後，再度回想我爸剛剛的行動：追隨陳的神風特攻，做出英勇的自我犧牲。那不應該會成功的，結果卻成功了——完全符合我爸的預測。

我不該再尋找更有說服力的證據了——我當下也立刻認定，我不需要其他證據了。

「爸，我不該懷疑你的，對不起。」我透過公頻對他說，瞪著螢幕上那張無意識的臉。他的雙眼閉著，額頭上有乾掉後結塊的血液。「我還有一件事要道歉。在這之前，我一直沒辦法鼓起勇氣叫你『爸』。你聽到了嗎？聽到了嗎，爸？」

他的雙眼依舊緊閉，整個人完全靜止不動——駕駛艙內有慣性消除力場，因此他的身體甚至不會輕微搖晃一下，儘管我們穿過地球大氣層的速度快到足以讓太空船著火。

「你是對的，我錯了，好嗎？」我提高音量，彷彿那樣就能讓他聽到：「你要是現在醒來就太棒了，這樣我就能親自告訴你。你可不可以醒過來？」

「拜託你，」我說：「將軍？札維爾？」

他沒回應，我又試了一次。

「爸？」

他還是沒回應。

完全不省人事。

我直接送他到我媽工作的醫院，在比弗頓南端，但當我飛向地面尋找降落地點時，發現醫院四周的道路都塞滿民眾拋下的車輛和恐懼的人群。如果我將攔截機停在那裡，一定會引起很多關注，要再起飛恐怕有困難。

我繞回城市上空，尋找可以降落的安靜地點，結果瞄到了我的高中。學生停車場上只停著幾部車，其中一部是我的。我還看得到雷今天早上來接我時，地球防衛同盟太空船在學校前草坪上留下的焦痕——那感覺是上輩子的事了。

我原本考慮降落到我的車子旁邊，但我又想，停在空曠的地方不是個好主意。幾秒後，我瞄到完美的降落地點了。

我掉頭飛過學校，用雷射光轟炸學校屋頂，然後再掉頭一次，再轟，最後整個屋頂都垮了。塵埃落定後，我將攔截機降落到體育館內。除非從正上方看，否則沒人會注意到它。

校監會非常不爽，但他大可把帳單塞給我。

我本來很確定，一定有人會在我短暫的降落過程中看到戰鬥機，或聽到我發出的巨響。但我爬出駕駛艙，跑到體育館外快速查看，卻沒發現有誰跑過來了解狀況。我猜，沒忙著逃離市區或搶劫的人八成都待在家裡，黏在電視或電腦螢幕前等待更多新聞了吧。

我傳訊息給我媽，要她帶著急救箱盡快回家見我們。接著我把車子掉頭開到體育館出口，跑回室內打開我爸的逃生艙，蹣跚地把他扛到車上。

我好不容易把他翻進後座。晃動肯定帶來了疼痛，而疼痛讓他半醒過來。

「紅色搖擺，準備好了！」他神智不清，說話含糊。他眨了幾次眼，看看車內，認出自己在什麼地方，眼睛瞪得老大。

「嘿，我認得這部車。這是我的老Omni！這破銅爛鐵還會跑？」

我一時說不出話。看到他睜開眼睛，我實在太開心了。

「是啊，還會動。」我總算擠出了這幾句話：「但很勉強。」我幫他輕輕脫下夾克（發現有些補靪上沾了血），揉成一團，當成枕頭墊在他後腦勺。「盡量不要動好嗎？好好休息就是了。我們很快就到家了。」

「哇，真的嗎？」他淺笑：「我從來沒回過家。」

幸好我家距離學校只有幾英里遠，途中大多數街道都還能通行。我只繞了一次路，有個十字路口被五輛追撞的車子堵住。我爸在途中一直胡說八道，念念有詞，顯然有點茫，是逃生艙緊急應變系統注入他血管中的止痛藥害的。

我開上家門前那條路時，看到車道是空的，失望地咬緊牙根。我媽不在。

我扶老爸下車時聽到後方有引擎聲傳來，轉頭看到我媽的車開了進來。我隔著擋風玻璃和她對看一秒，發現她認出了我，眼睛瞪大——接著她跳出車外，衝向我的車子，修長的手指搗上嘴巴。

她望進後座，躺在那裡的我爸睜開了眼睛。

他沒說話，光盯著她看，彷彿癱瘓了。我一隻手搭上他的肩膀。

「嘿，媽。」我下車說道：「我回來了，我們回來了。」

她把我擁入懷中，使盡全力將我的臉壓在她肩膀上。最後她總算鬆手了，轉頭去看仍在車上的我爸。「札維爾？」她說：「真的是你嗎？」

他勉強拖著身體下車，站起來。

接著他朝她走了一步，而她雙手一甩，環抱住他。他的臉埋向她的頭髮，深吸了一口氣。

我站在前門草坪上看著他們擁抱，一波波毫無保留的喜悅衝擊著我的內心。到這時我才發現，我以前感受到的喜悅都是不純粹的。心頭上套了一輩子的韁繩滑落了，這感覺有點令我無法招架——好到無法再好。

我聽到吠叫聲，一秒後瑪菲特便衝出狗屋。這老米格魯一面叫一面蹦蹦跳跳地下了正門樓梯，穿過草坪，多年來從沒跑這麼快過。

「瑪菲特！」我爸大喊，跟我媽分開，好迎接那隻老狗。一秒後，瑪菲特不知怎麼辦到的，擠出力氣跳上我爸的大腿。

「喔，見到你真是太棒了，孩子！」他說話的同時，瑪菲特不斷舔他的臉：「我好想你啊，孩子！你想我嗎？」

瑪菲特以開心的吠叫回應他，接著繼續把口水塗到爸身上。我從來沒想過我們的狗會不會記得我爸——畢竟他消失時，瑪菲特只是一隻幼犬。

米格魯的親吻彈幕讓我爸開始笑了——不過他下一刻就望向我媽和我，突然露出痛苦的表情。他轉過頭去，把臉埋到瑪菲特發灰的皮毛上，試圖躲開牠的吻。我媽抱住他們兩個，而我看到她的臉頰流下兩行淚水——我知道那是喜悅之淚，跟我眼眶裡打轉的淚水一樣。

在我愈來愈模糊的視野中，我爸、我媽、我的狗都抱著彼此，就在前方幾英尺處——在這麼久之後，我們家終於團圓了，真不可思議。

我突然非常不希望世界末日來臨，我要這個世界繼續存在，沒有什麼念頭比這強烈。

我爸放下瑪菲特，抓抓牠銀色的口鼻部。「你變老了對不對，伙伴？沒關係，我也變老了。」

我媽細看我爸額頭上的傷口，皺起眉頭。

「幫我扶他進門。」她說：「老天啊，你給他什麼？波本酒嗎？」

「他逃生艙的醫療電腦給了他某種止痛藥。」我解釋。「他不會有事吧？」

我爸開始大聲唱歌——唱我沒聽過的老歌。

「『我沒時間心痛！』」他吼道。

我媽笑了一聲，向我點點頭。

「他絕對腦震盪了，不過他會活下去的——你說得對。」她又開始笑，笑到一半轉為啜泣：「真好笑，你想想，他都死了十七年，還會活下去。」她露出一個不安定的笑容，下唇顫抖著。

「沒關係，媽。」我只是想回點什麼。

我們扶爸進客廳，讓他躺到沙發上，然後我轉身擁抱我媽。這輩子我從沒抱她抱這麼緊。

「媽，我得跑到迪赫家去。」我退開後說：「我答應爸一件事，我得去做。」

「他什麼也沒答應！」我爸大喊，不過他的臉埋入沙發靠墊，瑪菲特又坐在旁邊，我可能聽錯了。

「札克瑞．尤里西斯．萊曼，你不准再出去！」我媽指著我說：「我擔心得要死！你別想再跑掉！」

「現在不要緊了。」我朝門口移動，一邊對她說：「第一波入侵行動已經結束了，幾乎所有外星前鋒部隊的無人機都被摧毀了。」

我媽微笑，鬆了一口氣，顯然誤會了我的意思。

「那只是第一波，媽。」我說：「還有更多敵軍正在路上。」

「還有兩波。」我爸含糊地說，並抬起頭，時間久到足以撵走瑪菲特，然後又把臉埋向靠墊了。

她的視線在我們之間遊走，我走過去抱她最後一次。

「我會回來的。」我對她說：「我保證。」我瞄向我爸：「試著讓他恢復理智，好嗎？」

我原本害怕開車前往迪赫家會困難重重，結果比我想的簡單——我得開上某些人行道和草皮，才能閃過連環擦撞的車子和掉落的電線，不過路上沒車，繞路不會花太多時間。抵達迪赫家時，看到十幾個休眠中的ATHID站在他家草坪四周，看起來像機器哨兵。我看到它們的全向性攝影鏡頭轉過來，跟著我移動，但他們並沒有來攔阻我。我踩上迪赫家的後院圍籬，爬到他家屋頂，踮起腳尖走到他位於二樓的臥室窗邊，往裡面偷看。

我鬆了一口氣。迪赫在裡面，他還活著，而且我也猜到他正在做什麼了——坐在電腦前，和克魯茲進行視訊通話。

迪赫的腳跟架在桌緣，身體後仰，讓金屬椅只靠後兩根椅腳平衡——這是他的老習慣了。我敲敲他的窗玻璃，他看到我身穿地球防衛同盟制服站在外頭，嚇得整個人往後一抖，椅子倒了，他「咚」一聲跌倒在地，但很快就找回了平常心，手忙腳亂地站起來，衝過來打開窗戶。

「札克！」他探出窗外擁抱我，然後才把我拉進屋內。「老天啊，老兄！」

我們擁抱彼此，接著我向他螢幕裡的克魯茲揮手。克魯茲坐在他自己凌亂的郊區房間內，距離我們只有幾英里。

「我靠，」我說：「能見到你們兩個真是太好了。」

「是啊！我根本不知道你後來怎麼了！」克魯茲說：「這地球防衛同盟的制服真讚！」

「謝啦。」我倒到角落的懶骨頭去，突然覺得壓在我身上的疲倦感好重，像是中世紀的盔甲。

「你搭太空船飛走後，我們根本不確定還能不能再見到你！」迪赫坐回桌邊：「喔，這提醒了我——」他湊過來揍我肩膀一拳，超大力的。

「喔！」我往後縮，舉起拳頭假裝要復仇。「迪赫，你搞屁啊！」

「誰叫你要丟下我就跑，畢格斯[68]。」他回答，連椅子一起往後仰：「下次不准嘍。」

我嘆氣，揉揉將來注定瘀青的部位。「講得好像我有選擇似的。」我笑著說：「混蛋。」

「你離開後，學校就解散了學生，叫每個人回家。」克魯茲補充：「所以今天下午我們是在家中看到新聞的。我們馬上上線，幫忙對抗第一波攻勢。」

「從那之後，我們就黏在控制器前了。」迪赫仍驚魂未定：「我們參與了上海和喀拉蚩的保

---

68「星際大戰」中的角色，路克的摯友。

衛戰——一直打到斷訊器啟動、所有人都斷線那時候。要是地球防衛同盟沒幹掉那玩意兒，我們應該會慘敗。」

「敵人開始分頭、攻擊各地後，地球防衛同盟的無人機操作指派系統就派我們回來防守自家。」克魯茲接著說：「由於我們是大比弗頓地區分數排名最高的兩個駕駛員，我們就獲得了優先連線本地無人機的權利！我們運用ATHID擊退了降落到這裡的無人機。」

「是啊，你有沒有看到我們幹掉的蛇尾雞？」迪赫問：「就倒在你家前面那條路。」

「是你們兩個幹的？」

兩人都驕傲地點點頭。

「我們不能讓那玩意兒踩爛你家！」迪赫拍拍我的背，手又勾住我的脖子。

「謝啦，兄弟。」我說：「我很感激。」我指著外頭那圈圍住他家的ATHID：「你是怎麼弄的？」

「他們的操縱系統軟體沒有安全性可言。」克魯茲說：「我猜地球防衛同盟懶得管漏洞——結果就是，要駭進系統實在太簡單了。世界各地都有人發現各種駭進系統的方式，他們於是可以採取地球防衛同盟原本沒要他們採取的行動。他們還上傳了教學影片到YouTube上，教其他人該怎麼做。」他指著外頭：「所以我才會知道要怎麼關掉那些ATHID的返回機庫子程式。第一波攻擊行動結束後，它們不會離開這裡，接受重新指派。」他驕傲地燦笑：「第二波艦隊抵達時，它們會在這裡保護我媽和我妹妹們。」

我點點頭，內心感到佩服。正當我想問他有沒有試著讓它們跳排舞時，原本盯著螢幕的迪赫對我大喊。

「好啦，快招吧。」他說：「太空船今天早上在學校載走你之後，你碰上了什麼事？你今天一整天到底他媽的在哪？」
我想了一下該怎麼回答。
「在遠端月面。」我回覆：「跟我爸在一起。」
我看到螢幕上的克魯茲合不攏嘴。
我左邊的迪赫又後仰過頭，再度摔倒在地。

我得到喘口氣的時間後，試著打電話給莉西確認她的安危。但她沒接，不過幾秒鐘後傳了個訊息給我：我沒事，會盡快打給你<3。
接著我用最快的速度，向這兩個叫麥可的交代我們分別後發生了什麼事。最後我連我爸的假設都提到了，關於歐羅巴人真正的動機，他觀察到的、支持假說的現象我都講出來了。我花了一段時間才講到我們跟斷訊器作戰的過程，也解釋它的下場似乎證實了我爸的理論。
我說完所有事情後，問了一個問題。我就是為了問這個才來的。
「你們怎麼看？」
他們都沉默地盯著我看了好一段時間。迪赫率先開口。
「我認為你爸的看法八成是對的。」他說：「歐羅巴人何必那麼麻煩，還派機器人和太空船來攻擊我們？」他塞了一把玉米片到嘴裡，若有所思地嚼著：「如果他們的主要目的是毀滅人類，那只要丟一個小行星來地球就行了，或者發射幾顆長距離核彈，或對我們的大氣層下毒，或——」
「搞不好他們是先驅者！」克魯茲在迪赫的螢幕上大喊：「搞不好他們幾百萬年前在地球播

下生命，現在要來懲罰我們了，因為我們這個蠢物種竟然發明了電視實境秀和一大堆蠢玩意兒。」他豎起一根食指：「或者，他們可能是全能的存在，沒有盡頭的生命讓他們覺得很無聊，所以就來折磨我們，作為一種扭曲的娛樂？就那個嘛，就像Q每次都會從時空連續體中冒出來惡搞畢凱[69]！」

「在你加入之前，我們的對話原本很有知識性的。」迪赫說。

我沒插嘴，讓他們繼續針對這件事辯論，彷彿我們在高中自助餐廳爭論流行文化相關的雞毛蒜皮，一面吃加熱披薩。我突然發現，我就是為了這個來的——我想聽聽我最信任的朋友給我意見，評估他們的反應，看他們的結論是不是跟我的一樣。就某個角度來看，確實一樣。他們似乎跟我一樣，對這一切感到困惑，也跟我爸一樣，著迷於現象背後的神祕。

我看了一眼時間，它還在倒數。我突然發現我已經做出決定了。

「伙伴，很感謝你們陪我聊這些。」我對他們說：「現在我得打通電話。」

我舉起手腕，啟動量通。我的兩個朋友眼睛都亮了起來。

「那是他媽的什麼鬼東西？」迪赫問：「三度儀？」

電話響三聲後，芬恩·阿波加斯特接了起來，他的微笑出現在我的量通螢幕上，解析度極高。從身後背景來看，他似乎坐在某個指揮碉堡內，巨大的螢幕鎖在水泥牆上，分別亮出世界不同區域的地圖，上頭散落著許多圖示。

「札克！」他說：「原來你還活著，真是太棒了！聽說你和你爸打倒那架斷訊器後就失蹤了。對了，恭喜啊，整個過程我都看到了！」

「那你應該知道我爸冒著生命危險救了我們所有人。」我說：「所以我想，你欠他一次人情，對吧？」

他不自在地微笑。我等他問起我爸，但他什麼也沒說。

「我爸有沒有把他的理論告訴過你？關於歐羅巴人的真正動機？」

他的微笑消失了，還大嘆一口氣。

「你是說這次入侵行動只是幌子？」阿波加斯特說：「歐羅巴人策畫這次衝突只是為了測試人性？是，這個理論我很熟。抱歉，中尉。你很偉大——是個英雄，我們都欠他很多。但他打仗打太多年，神經錯亂了。他會有一些妄想。」

「不，他沒有。」我的回答有點太斬釘截鐵了：「我自己就看過證據。當我們在南極對抗斷訊器時，它故意解除自己的護盾，讓我們毀滅它！看看那一段影片吧，你自己就會看到事情發生的經過！」

他沒回答，但眼神閃爍。他看起來像是花太多時間窩在電腦前面，沒怎麼跟人相處，因此不習慣面對質問或站在這種立場。

「我不知道繼續聊下去有什麼意思。」他說：「我們幾年前就跟你爸爭辯過一次，我不打算再跟你重來一次，孩子。我的意思是，你看看你四周嘛！敵人的動機顯然沒什麼好質疑的！」他指著身後巨大的世界地圖：「歐羅巴人剛剛殺害了超過三千萬人——這還只是第一波入侵行動。第二波會在一個多小時後抵達，我得去做準備了，請見諒——」

---

69「星艦迷航記」的劇情。Q是能力近乎神的未知生命。

「長官，你可以讓我跟——」

我還來不及說下去，他就掛斷電話了。

我放下量通，轉身去看我的朋友。

「好吧。」迪赫往前湊：「可真是徹底搞砸啦。現在該怎麼辦？」

我笑了，舉起量通。芬恩．阿波加斯特量通上所有的聯絡人姓名都出現在我這邊了，我往下滑，點選「停戰協定會議成員——多人群組」。

「我需要的幫助，他已經給我了。」我說。

「你駭進他的未來手機？」迪赫說：「怎麼可能？你連app都不太會用啊！」

「既然你非知道不可，我就說吧。」我說：「我在水晶宮認識了一個超辣的機甲駕駛員，她教我的。順帶一提，她也親了我。」

「真的？」克魯茲笑著說：「她是從加拿大來的嗎？也許住尼加拉瀑布那一區？」

「我想知道他們有沒有在無重力狀態下打砲。」迪赫說：「老實說吧，萊曼。」

我忽略他們的問題，撥號給我爸的量通。鈴聲響了又響。我放著讓它響，同時一把抓起迪赫放在桌上的電話，撥了我媽的電話號碼——結果發現迪赫已經把她的號碼輸進聯絡人清單中，名稱是「帕蜜拉．萊曼」。

「你為什麼會存我媽的電話號碼？」

「喔，你知道原因的，史戴弗勒[70]。」克魯茲在視訊視窗中嘟囔，嗓音充滿諷刺——他故意要渲染一件事情時就會搬出這句。

「我十二歲的時候，手機裡就已經存了你媽號碼，神經病！」迪赫說。「你手機裡也有我媽號碼，醒醒吧。」

我點點頭，接著激烈搖頭。「抱歉。」我說：「抱歉啊，老兄。」

我把手機放到另一邊耳畔。我媽的電話也響個不停，跟我爸的量通一樣。一分鐘過去了，都沒人接起電話。恐怕不太妙。我爸的狀況會不會變糟了，而她還是決定要送他去醫院？

電話響了好久，到底響了幾聲只有天知道。我最後放棄，切斷兩通電話，接著叫出阿波加斯特那裡來的停戰協定會議聯絡方式，想試著做出決定。

我非常希望我打電話給他們時，爸也在線上。停戰協定會議的成員都是世界知名科學家或地球防衛同盟指揮層級軍官，也有人身兼兩個身分，他們八成不會理會十八歲小鬼。不過我爸很有可能已經陷入昏迷，時間還在不斷流逝當中。我還能怎麼辦？

我鼓起勇氣點下量通螢幕上的停戰協定會議群組，看著量通同時撥號給五個成員，接著同時接通。我的量通切換成「會議模式」，螢幕上分成五個小視窗，上頭是分別來自五個人的視訊畫面，他們似乎都不在同一地。

對方是四男一女，我全都覺得很眼熟，但只叫得出其中兩個人的名字——他們的臉最慢出現在螢幕上。第一個是奈爾．德葛拉司．泰森，第二個是史蒂芬．霍金，癱坐他的電動輪椅中。我聽到身後的克魯茲和迪赫倒抽一口氣，我自己的下巴也像城堡吊橋那樣垮了下來。

霍金博士率先開口。我發現他身後的螢幕畫面相當眼熟，是ATHID的抬頭顯示器——他接到電話時，似乎在幫忙對付圍攻劍橋的外星人。

70 電影「美國派」中的角色。

他利用那知名的電腦合成嗓音說話。諷刺的是，那聲音現在讓我聯想到陳的翻譯器，不再是翻譯器讓我聯想到他了。

「你是誰？」他問：「你怎麼會有這個號碼？」

我張開嘴想回答，但說不出半個字。我剛剛回想起其他科學家的名字了——我在無數的科學節目和紀錄片上看過他們。那位亞洲紳士是加來道雄博士，另外兩位是知名的地外文明計畫研究者，賽斯．蕭斯塔克和吉兒．塔特。我認得塔特是因為她曾經是卡爾．薩根的同事，也是電影「接觸未來」中茱蒂．佛斯特那個角色的靈感來源。

我正在跟五個世界知名的科學家通電話，而他們都在等我開口。

「霍金博士問了你一個問題。」泰森博士稍微翻了個白眼：「現在不是浪費時間的好時機。」

我搖搖頭，強迫自己說話。

「抱歉，先生，現在當然不能浪費時間。」我清了清喉嚨：「我叫札克．萊曼，原本部署在月面基地阿爾法，跟我爸札維爾．萊曼將軍在一起，後來遭到襲擊才離開那裡——我現在要說的事情跟人類文明的命運息息相關。」

他們都盯著我看，等我說下去。

於是我盡可能快速又簡要地轉述我爸告訴我的一切，還有我自己在對抗斷訊器時看到的畫面。

令我震驚的是，沒人掛掉我的電話。我繼續講下去，直到交代完所有事情——有的部分還不只講一次。我同時用量通把我爸從阿波加斯特那裡弄來的檔案傳給大家，包括所有使節號任務影片的原始檔，還有歐羅巴人傳來的影像。

「你剛剛說的某些事相當令我們不安。」泰森博士說：「不幸的是，這並不完全令我們感到意外。本會議組成後，和地球防衛同盟指揮階層往來時碰上了許多機密、軍事情報相關的繁複程序——尤其難以取得歐羅巴人的機密情報。他們從來不曾給我們不受限的情報管道。」

「中尉，你可以等我們一下嗎？」塔特博士問：「我們想私下針對你提供的情報進行討論。」

「當然可以。」我說，瞄了螢幕角落的倒數計時器一眼。時間不斷流逝，第二波攻勢愈來愈接近了。「你們愛聊多久就聊多久，反正又不是要世界末日了。」

他們應該連我耍嘴皮子都沒聽到，因為我話還沒說完就切換到通話保留模式了。影像視窗靜止、變灰了。我發現有個小箭頭圖示連結了那五個視窗，代表他們還在跟彼此通話，而我被暫時排除在外。這時克魯茲瞄到我的量通螢幕，上頭分成五個視窗，每個裡面都有一張臉，看起來就像「脫線家族」（The Brady Bunch）的開頭——於是他決定即興編出主題曲的第一句歌詞，惡搞一番：「這是一個，關於外星人入侵的故事。這些人渣來自歐羅巴星——」

他只說到這邊，迪赫就關上了筆電，打斷他，並抱歉地對我露出痛苦的表情。

「沒關係。」我對他說：「他們現在把我設成保留通話了。」

迪赫鬆了一口氣，再度打開筆電。克魯茲還在唱。

「他們全都有觸手，就跟他們的老母一樣！最年輕的那個捲捲鬚！」

迪赫笑了，克魯茲笑了，我笑了。

絞刑台幽默。

## 23

我們坐著等待的期間，量通響了，嚇得我差點把它摔到地上。除了設定為保留的五人視訊通話外，又有一通新電話打了進來——是我爸。

我按下接聽鍵，我爸的臉就出現在新的視訊視窗上了，跟旁邊另外五個轉暗的視窗排在一起。

他在微笑——毫無保留、興高采烈的微笑，甚至比他第一次見到我時還要誇張。接下來是不是會有卡通青鳥降落到他肩膀上，然後他就要開始唱歌了？我半期待著。我的眼神飄到我媽幫他包紮的額頭上，心想，他非比尋常的歡欣會不會是頭受傷造成的？幾秒後，他壓下自己的微笑，但嘴角馬上又彈了回來，形成一個傻氣的獰笑。他聳聳肩，彷彿在說：**我就是隱藏不了內心想法**。

這時我才總算注意到我媽臥室的壁紙在他背後，突然想通了——而且立刻希望甩開這恍然大悟。難怪我爸媽稍早沒接電話。他們忙著上彼此，就像少年少女時代那樣。

「札克！」我爸的語氣有點太開朗了：「你還好嗎，兒子？」

我很想把手伸到量通另一頭掐住他——接著又停下來自問：幹麼這樣想？他們又不是第一次，對吧？而且呢，嘿，世界末日八成要來了。地球上也許有半數的人都在做一樣的事，就像月球上該死的那些人！每個人都緊抓著和別人親密相擁的最後機會。如果要問世上哪個人有資格享樂片刻，那就是我爸了，他為了防止人類滅絕，已經冒險冒了無數多次。

如果我以前的個性還是像布魯斯・班納那樣，這時候我可能已經化身為浩克痛扁他了。但我沒有，反倒回他一個微笑。

「嘿，爸，我在和停戰協定會議的五個成員通話，現在保留通話中。」我說：「我把所有事情都告訴他們——總之我盡力講清楚了。」

他笑了，以為我在開玩笑。接著他的微笑突然消失。

「等等，」他說：「你現在是認真的嗎？」

「真到不能再真。」我按了一下量通上的選單：「現在我把你加進群組對話了。」

他看到那些名字出現在通話視窗時，眼睛瞪大了。

「可是——你是怎麼聯絡上他們的？」

「爸，偷藏花招的人可不只有你。」我說：「我晚點再跟你解釋，如果我們有時間的話。」

我爸的表情變了——他似乎快要陷入慌亂中，現在只是努力撐著。

「你怎麼跟他們說的？」他問：「我是說，他們的反應如何？」

我發現迪赫從後方盯著我，而且拿著筆電讓克魯茲也可以偷聽。

「他奶奶的！」他輕聲說：「那是你爸嗎？」

我點點頭。正當我打算把我的兩個死黨介紹給爸時，停戰協定會議的通話保留結束了，他們看到我爸加入視訊會議似乎都有點驚訝——但顯然沒比接到我電話時意外。「中尉，這位先生是？」蕭斯塔克博士問。

「這是我爸，萊曼將軍。」我說：「我剛剛提到的那位軍官。」

我爸仍盯著量通鏡頭，目瞪口呆。「嗯，首先，」泰森博士說：「我們要表揚兩位在軍中鞠躬盡瘁，而且英勇地將這些情報送進停戰協定會議。」

「不客氣？」我的語氣不太篤定。

「我們看過這些證據後能思考的時間很少，」塔特博士謹慎地說：「但我們認為，你們針對歐羅巴人意圖提出的理論，很有可能是正確的，機率很高。」

「真的？」我爸和我同時發問，科學家笑了。

「兩位，本會議掌握了其他歐羅巴人相關機密情報，把它們也放進來一起看的話，那理論的可信度就變得更高了。」蕭斯塔克博士說：「根據官方說法，NASA的使節號探測太空船抵達歐羅巴調查星球表面的卐字異象時，曾利用融冰探測器鑽開表層冰塊，進入下方海洋，試圖與地外生物接觸。不過那穿冰機器人的任務並不是要和他們接觸——而是要毀滅他們。」

「我就知道！」我爸說：「尼克森總統命令NASA在那探測太空船上綁核彈對不對？」

除了霍金之外，所有人都肅穆地點點頭。

蕭斯塔克接著說：「尼克森認為那卐字只可能是威脅，不會有別的意思。他和幾個幕僚斷定：我們別無選擇，只能先發制人。」

「也就是說，問題出在我們。」我爸說：「我們先攻擊他們，然後他們才來攻擊我們。事情是這樣開始的。四十二年來，雙方衝突的規模逐漸加大——」

「直到幾天前，」我說：「我們朝他們發射了末日武器，跨過了界線。」

塔特博士點點頭：「根據你們剛剛提供的情報，他們確實很有可能是因為我們發動了破冰器才受到刺激，終於在等待了這麼多年後，決定部署艦隊、入侵地球。」

我搖搖頭。「這麼久以來，錯一直都在我們。我們才是把事情搞大的那方。」

我爸點點頭：「現在局勢已經緊張到不能再緊張了，我們已進入最後階段——雙方都注定會毀滅。如果我們打算毀滅他們，他們也會毀滅我們。」

「而你認為唯一能避免這種狀況的做法，就是召回破冰器、宣布停戰？」泰森問：「他們都已經攻擊我方、殺死幾百萬無辜民眾了，我們還是要這麼做？」

「我們要是讓這個無意義的衝突愈演愈烈，他們就會在幾小時內殺光我們，反正就是沒救了。」他說：「凡斯司令錯了，發射破冰器到歐羅巴不會阻止第二、第三波攻勢，只會讓它們下定決心毀滅我們！」

「他說得對，」我說：「我們得把握這次機會。人類已經沒什麼好失去——我們本來就要失去一切了。我們可以繼續跟他們打，但我們最後還是會滅亡。」

泰森博士點點頭：「不幸的是，我們可能已經來不及說服地球防衛同盟指揮階層按照你們的情報行動了。」他說：「凡斯司令還是不接我們的電話，第二波攻勢幾分鐘後就來了。」

「然後再過幾分鐘，歐羅巴就會進入破冰器的射程範圍內。」蕭斯塔克補充：「也許歐羅巴人算準了時機？」

「不用聯絡凡斯司令了，省省力吧。」我爸說：「他不會聽你們說的。」

「你他媽的說得對，我不會聽的。」凡斯司令說，他的臉同時出現在第七個視訊視窗上，跟其他六個排在一起。

我驚訝地眨眨眼。凡斯似乎也懂幾個量通花招。

「我一直在聽你們的通敵言論，聽到受不了了。」他伸手快速按了自己的量通螢幕幾下，停戰協定會議的成員便一個接一個離開多方視訊，斷線了。他停手後，多方通話群組中只剩我爸、我和他在裡頭。他那張憔悴、高解析度的臉放大了，占據我半個螢幕，瞪視著我們。

「不用試著把會議成員拉回來了。」他對我們說：「我剛剛已經鎖住了他們所有人的量通，所以也別等他們回電了，那是痴心妄想。」

我爸並沒有立刻回話，光是沉默地瞪著他的老同袍，瞪了好一會兒。

「阿奇，使節號搭載武器的事，你知道多久了？」我爸最後總算問他：「先開戰的人是我們。這件事你知道多久了？」

「他們升我當司令時我才知道。」他說：「在當時，這個事實已經無關緊要了，放到現在來談更是沒有意義。」他停頓了一下：「在這關頭，已經不需要討論他們有沒有誘使我們發動戰爭了。你難道不知道嗎，札維爾？我們正在為種族的存續奮戰！跟全世界說『人類可能不小心挑起爭端』根本沒有幫助。」

「不小心？」我說：「尼克森要NASA送核彈過去當我們的第一根橄欖樹枝耶，奇愛博士！」

「將軍，你和你兒子得閉嘴，別再說這些狗屁不通的話了。」凡斯說：「我要你們趕在第二波艦隊降落前，立刻回到前線。」

我爸搖搖頭。「不，阿奇，」他說：「我們不打了，他和我都不打。」

凡斯皺眉：「真好笑。我從來沒把你看作一個逃兵——或懦夫。」

「司令，歐羅巴人知道破冰器的存在。」我爸說：「一定知道。他們的科技比我們進步一丁點，您想必也注意到了吧？」

凡斯用鼻子噴了一口氣：「如果他們發現了破冰器，為什麼不毀了它？」

「因為他們等著看你到底會不會用它啊，你這遲鈍的蠢貨！」我爸吼回去：「所以他們才將攻勢分為好幾波，而不是叫全部的艦隊一次攻過來。你看不出來嗎？他們在測試我們！」他壓低嗓門說：「阿奇，聽我說，老兄。我們要這樣做才能活下來。他們給我們機會反悔——要我們好好重新想一遍，沒有盲目地報復我們，不像我們過去那樣草率！」

「札，我們已經吵過這個了。」凡斯搖搖頭：「吵了好幾次。你知道我不會把人類的存亡賭在一些屁話上，而這屁搞不好是你放的，因為你看太多老電影了。」他指著上方：「不管這些玩意兒到底是什麼，他們都已經殺死幾百萬無辜人類了，我不會放棄先一步毀滅他們的最後機會。我不在乎你說服誰相信了你的蠢童話故事。做好的決定就是做好了。」

「阿奇，」我爸又呼喚了一次他的名字，努力保持冷靜：「我現在要告訴你，如果你朝他們家發射核子彈，我們就只有死路一條了！」

凡斯盯著他看了一會兒，接著敲敲自己的手錶。

「大約二十三分鐘後，我們大概就會知道誰對誰錯了。」他回答，並在我爸回話前掛斷電話。群組內只剩我們兩個人了，我爸的臉放大，占據了我的整個量通螢幕，一度看起來十分挫敗，不過接著又露出大大的微笑。

「喔，好吧。」他說：「我想那代表我們得採用B計畫了。」

我搖搖頭。「我不記得你說過什麼B計畫。」

「我們自己來阻止破冰器，就靠你和我。」

我還來不及回應，量通就發出「叮」一聲，另外三個視訊視窗又跳了出來，同時加入我們的通話群組。這三個人分別是莉西、伙計、黛比，她們都在不同的地方。

「嘿，伙伴們。」莉西說：「算我一份吧。」

「還有我！」黛比補了一句，然後伙計也大叫：「加我三個！」

「見鬼啦？」我爸說：「你們這幾位小姐是從哪裡冒出來的？」

「爸，這是我朋友，艾莉西絲．拉金上尉。」我說：「我們是在水晶宮認識的，她找出了破解量通作業系統的方法。我請她動點手腳，讓她們都聽得到多方視訊的內容。她也在我們的量通上安裝了軟體，避免地球防衛同盟遠端關閉量通的機能。」

我爸抬起眉毛，感覺十分佩服：「上尉，真了不起啊，謝謝你！」

「不客氣，將軍！」她回敬舉手禮。

他愣在原地，似乎沉思了一下：「你能告訴我凡斯司令插話時，他人在哪裡嗎？」

她點點頭。「他在賓州，在代號叫『渡鴉岩』的地球防衛同盟基地。」

我爸咧嘴一笑，對她行舉手禮，她也回禮了。

迪赫湊到我的左肩後方，手上拿著筆電：「我們也要加入這次作戰！」

我爸沉默地看著眼前這幾張臉。

「好啦，將軍，你的計畫是什麼？」我問。

# 24

我們在王牌星際基地集合。

我開自己的車載克魯茲和迪赫過去，停在店門口。幾分鐘後，我媽開她自己的車來了，我爸沒跟她在一起。

「爸呢？」我問：「怎麼了？」

「他自己駕駛。」她回答，然後指著天空。一秒後，我的攔截機衝入視野中。我爸完美地將它降落在凹凸不平的商圈停車場，跑過來跟我們會合。我媽和我迅速抱了他一下，然後我把他介紹給克魯茲和迪赫，他們剛剛看到他的降落技術都震驚得說不出話來。

我打開店門，帶所有人進去。我爸看到架上排滿「艦隊」和「堅地」的高級飛行控制器，露出大大的微笑。

「太完美了！」他開始從架上抓盒子下來，遞給我們每個人。「我要你們盡快打造出最棒的控制器配置。」

我在店內的區域網路連線室完成了臨時湊合版的無人機控制艙，而我爸在同一刻把我叫回雷當作辦公室使用的雜亂小房間。他正在翻找東西。

「你在找什麼？」我問。

他朝自己手腕上的量通撇了一下頭。螢幕上有一張本地區的地圖，有個地球防衛同盟的紋章飄在王牌星際基地的上方。

「有個地球防衛同盟光纖有線內聯網節點藏在這裡的某個地方。」他說：「但我找不到。」

我想起雷在我們搭太空船前往水晶宮的路上說了一些話。我教室窗外那艘長刀戰鬥機……他說那是斥候船，來這裡是為了監視地球防衛同盟的有線內聯網。它飄浮在比弗頓上空的模樣被我瞄到，當時也許正在掃描藏在店裡的「祕密」內聯網節點。

可是，如果歐羅巴人知道地球防衛同盟備分內聯網的存在，為什麼不在入侵前毀滅它或使它停擺呢？

**因為從戰術的角度來看，他們過去的行動從來不曾合乎道理**，我心想，**現在又怎麼會突然變合理呢？**

我爸繼續將整個辦公室翻過來找，開始將身旁書架的書一本一本抽出來，接著突然又挫敗地用手臂將所有剩下的書掃到地上。「它會被封在某個裝甲罩板後面——例如保險櫃？你有沒有想到可能的地方？」

我搖搖頭。「我們沒有保險櫃。」我說：「從來就不需要那種東西。」我拿起量通：「不過我有雷的號碼。」

「說話小心點。」他警告我：「凡斯可能在監控你的量通。」

「現在他監控不了了。」我告訴他：「凡斯闖進我和停戰協定會議的多人通話後，莉西就啟動了我量通的隱藏安全模式——凡斯也用了一樣的模式避免自己遭到監控。」

「拉金上尉還真是個天才啊，你說是吧？」

我發現他盯著我的臉，想看我會有什麼反應，我不由自主地臉紅了。我點頭當作回應，然後叫出我的聯絡人清單，點了一下最底下的名字：雷．赫巴蕭。他的臉立刻出現在我的螢幕上，底部有他的名字、軍階、現在所在位置——他在亞利桑那州的一個地球防衛同盟基地，代號是吉拉山。

「札克！」他大叫：「你在哪？你還好嗎？」他將量通鏡頭移到嘴邊，有點近過頭了，然後壓低音量說：「我聽說你和你爸在打倒斷訊器後就失蹤了，本來很擔心你們掛了。」

我搖搖頭，傾斜量通鏡頭，讓他看看我人在什麼地方。

「你回店裡了？」他起先開懷地笑了，接著一看到辦公室就氣呼呼的：「搞屁啊，老兄？誰准你這樣亂翻？來搶劫的嗎？」

我搖搖頭，調整量通的角度，讓雷也看得到我爸。他瞪大眼睛。

「萊曼將軍。」他尷尬地對量通行禮：「長官大駕光臨，我很榮幸。」

我爸回他舉手禮。

「我才榮幸，中士。」他說：「我不在的期間你幫我照顧這孩子，我欠你的人情可大了，謝謝你。」

「不客氣。」他明顯臉紅了。

「雷，我們的時間不多了。」我說：「我們得連上店裡的地球防衛同盟內聯網節點，情況緊急。」

雷只遲疑了一瞬間。「最裡面那面牆上有一張飛碟海報，就在那後面。」

我轉頭，看出他指的是什麼了——「X檔案」中穆德掛的那張「我想相信」海報的複製品，裱框掛在那裡。我拿下海報，露出一個小白金保險櫃，似乎嵌在磚牆上，中央有個小鍵盤。

「密碼是1，1，3，8，2，1，1，2[71]。」雷說。

我爸咧嘴一笑，輸入了那些號碼。鎖開了，他打開保險箱門，裡頭只有一排以太網路孔，共十個——看起來就像家用有線路由器的背面。

「謝啦！」我爸說，然後轉頭對我說：「你們這裡有RJ45插頭的網路線嗎？」

我點點頭。「在收銀機對面牆上！」

他跑了出去，我回頭看著量通上的雷。

「謝啦，雷。」我說：「但我現在得請你幫另一個忙，一個大忙。」

「你最好動作快一點，伙伴。」他說：「第二波攻勢幾分鐘後就要來了。」

我簡要地把整件事說給他聽，但花的時間還是太長了。幸好雷甚至比莉西和我的其他朋友還容易說服。我把我爸那番話全部說給他聽後，他頓了一下，點點頭。

「需要我幫什麼？說吧。」他說。

我們將臨時湊出的無人機控制組連上雷辦公室裡的有線內聯網節點後，我爸就提出了他的計畫。克魯茲、迪赫、我媽、我在店裡看著我爸畫圖表、做簡報，莉西、伙計、黛比則透過量通聽著。

我不太欣賞他計畫中的好幾個面向，但已經沒時間爭辯或想出其他解決方法了。

我爸祝大家好運。接著其他人繼續待在店內，我媽和我走到外頭送他。

「如果你拖住破冰器的時間不夠長，我來不及到那裡該怎麼辦？」等到我們跟我的朋友拉開距離後，我問他。其他人不會聽到的。

「別擔心。」他說：「我會搞定的，好嗎？」

「好。」

他抓住我，一把將我拉過去，緊抱在懷中。

「我愛你，兒子。」他說：「謝謝你幫我，謝謝你相信我。你永遠不會知道這對我……這對我有多重要。」

他親了我的額頭，然後走向我媽，跟她道別。她沒在哭——而是露出最勇敢的表情，為了我們父子。

他們聊了一下子，不過我待在一段距離之外，聽不到。我不知道他們對彼此說了什麼，不過我媽點點頭後和他吻別，他則對她微笑。

之後他轉身爬進我那台受損的攔截機內，在我媽和我的目送下，起飛前往渡鴉岩指揮中心。他的戰鬥機化為一片模糊，消失在地平線那一頭後，我們還是繼續仰望天空，心生恐懼。我們知道敵人很快就會從那裡降下。於是我們跑回店內，準備執行任務，站上我們各自的崗位。

---

71 作者在訪談中表示，1138取材於一九七一年美國反烏托邦的科幻電影「五百年後」（THX 1138）；2112指加拿大的搖滾樂團匆促樂團（Rush）在一九七六年四月發行的專輯名稱「2112」。

# 25

我爸出發後幾分鐘，第二波艦隊就抵達了，一大群長刀戰鬥機和雙足飛龍戰鬥機從天而降，攻擊波特蘭和周圍郊區。我們的無人機存量受到嚴重消耗，因此雙方兵力的落差比第一波攻勢時還要大。不過地球防衛同盟的平民玩家部隊持續英勇作戰，城市街頭和天空都爆發激烈的戰況。在這情況下，我們在店內繼續進行我們的任務。

我爸在畫圖表做簡報時，曾解釋地球防衛同盟有線內聯網的運作原理。這是一個地下光纖網路，直接將所有無人機控制基地連在一起，打造出不受斷訊器影響的系統，也是地球防衛同盟為外星人入侵做的準備。斷訊器啟動後，地球防衛同盟的指揮基地還是能保持通訊暢通，無人機駕駛員也可以遠端操作有線連結的防衛砲塔或繫鏈式的無人機，支援其他基地的保衛戰。

如果所有事情都按照我爸的計畫走，斷訊器啟動的期間，我們就能利用王牌星際基地的內聯網連線協助他趁亂混入渡鴉岩基地。

如果事情不順利，呃……那他就會被徹底打趴。

✯

我爸駕駛人力操縱式攔截機前去攻擊渡鴉岩（凡斯人馬的所在地）的同時，我坐在王牌星際基地內，駕駛著我爸在伊卡洛斯隕石坑徵收的三架無人攔截機。它們正飛向巨大的木星，它的渺小衛星歐羅巴——以及正在逼近歐羅巴的破冰器。

克魯茲和迪赫從附近的地球防衛同盟無人機庫調了四部新的ATHID，重新部署在王牌星際基地的停車場，負責在敵軍第二波行動中保護我們。

莉西人在藍寶石站，雷在吉拉山，兩人都在他們分配到的無人機控制艙內連上了有線內聯網——準備協助我爸執行他的滲透計畫。

克魯茲和迪赫操控巨大的機器人守衛王牌星際基地，阻擋一波又一波蜘蛛戰機和蛇尾雞，我媽、黛比、伙計則操縱黃蜂空中無人機，從上方守著店鋪。

伙計的叔叔法蘭克林在紐奧良有個保齡球館，裡頭的遊戲間有「艦隊」的坐式機台，她就在那裡戰鬥。黛比在她杜魯斯的家中，坐在客廳內操控無人機，她的三個兒子則分別用Xbox、筆電、平板電腦操控無人機守著自家。我們都知道斷訊器啟動後，黛比和伙計就無法再繼續操控無人機了，但我們也無計可施。他們打算盡可能幫我們到最後一刻。

我的朋友絆住敵軍，而我繼續駕駛無人機朝木星前進，希望及時抵達歐羅巴，阻止破冰器——我爸則試圖擾亂凡斯，不讓他在我抵達前就發射武器。

就在這時，我們透過地球防衛同盟指揮部廣播得知第二部斷訊器即將降落，而且是降落在最沒道理的地方。起先我不敢相信眼前的畫面是真的。外星人不像之前那樣，在南極之類的偏僻地區啟動斷訊器，這次他們挑的地方不怎麼隱祕——懷俄明州的魔鬼塔國家紀念區，「第三類接觸」中人類第一次和外星人接觸的地方。歐羅巴人的加密訊息以五個音符作結，而那些音符就是出自電影中的「跨星系的賽門遊戲」。

「喔，這下不酷了！」迪赫盯著軌道衛星拍攝的斷訊器影像，大喊：「那些外星混蛋現在是在公開嘲笑我們嗎？老天！」

斷訊器啟動了，我的朋友們用來保衛王牌星際基地的無人機都失去了功能，化為無力的空殼，或從天空中掉下來——世界各地沒連接繫鏈的地球防衛同盟無人機也一樣。

不過歐羅巴無人機還是繼續攻擊，逼近王牌星際基地。他們彷彿知道這裡具有戰略重要性。

莉西、黛比、伙計都斷線了，無法再控制無人機。克魯茲和迪赫也是，不過他們兩個都衝到了戶外，啟動兩架休眠中的ATHID的有線控制器。他們拆下ATHID背上長得像Xbox把手的控制器，跑回屋內解開無人機的碳纖維外層繫鏈，盡可能放到最長。

我媽面臨危機時總是很冷靜，她跑到我身後的門守著，拿起棒球鋁棒，打算用它擊退試圖闖入房間的外星殺戮機器人。我拔下量通，綁到她右手腕上，示範發射內建雷射槍的方式。她丟開球棒，用量通瞄準地板，啟動光束半秒——這樣就足以在地毯和水泥地基上燒出一個洞了。

「我會了。」她滿意地微笑，接著回頭拿新武器瞄準門，守護我背後。

我重新將注意力放回眼前那一台螢幕和控制器，我爸從伊卡洛斯隕石坑發射的三架攔截機總算逼近歐羅巴了。

雖然我人在斷訊器的力場內，但那三架戰鬥機在幾百萬英里外，我們雙方的量子通訊連結並沒有受到影響。不幸的是，地球防衛同盟的破冰器和凡斯一夥人在渡鴉岩操縱的護衛機也一樣。

我控制帶頭的攔截機，透過它的攝影機看到破冰器逐漸逼近結凍的衛星，四周有兩打無人攔截機。我知道那些戰鬥機是由地球防衛同盟目前最精銳的駕駛員操縱的，當中肯定有毒蛇和羅斯坦，他們兩個人的「艦隊」駕駛員排名都比我高，這是有原因的——他們都比我厲害。

就算我有三架戰鬥機還是不可能一次幹掉他們，我再怎麼想也辦不到。因此，我會按照我爸的指示行動。龜縮在他們的視線範圍外，等我爸提高我的勝算。

我爸抵達渡鴉岩後在高空繞圈，直到敵軍啟動斷訊器。他很確定裝置是在哪一刻啟動的，因為下方保衛基地的地球防衛同盟戰鬥機都在同時失去了功能。

他送到我這來的駕駛艙內部聲音、影像訊號也消失了，不過幾秒鐘後，莉西又施了一些電腦巫術，我爸戰鬥機的直播畫面再度出現在我抬頭顯示器的邊緣。那影像似乎是基地外部監視器拍到的，透過有線內聯網傳到我們這裡來。

基地的防線暫時停擺，我爸於是掉頭以接近垂直的角度俯衝，看起來彷彿是要朝基地的裝甲防爆門進行自殺特攻。門仍然是關著的。

他衝向基地的過程中，我發現他是以無人機發射井為目標，就像我之前在水晶宮闖禍的那一次。不過這裡的發射隧道並沒有偽裝成穀物筒倉，而是塗成了山壁岩層的模樣。

我坐在王牌星際基地內，透過基地的監視攝影機看著整個過程。他的戰鬥機進入渡鴉岩無人機棚後，我爸設定成自動駕駛，讓它飄浮原地，然後用雷射砲塔在天花板切一個洞，駕駛無人機湊近那洞，然後打開駕駛艙頂蓋，跳了出去，爬上滿是灰塵的機庫天花板。

接著他抽出隨身武器開始奔跑，深入基地。

我以為走廊會是空蕩蕩的，或是充滿沒動靜的無人機，但斷訊器啟動後，基地內部的某些有線防衛砲塔仍在運作，還有幾十部牽著繫鏈的ATHID，全都透過地球防衛同盟有線內聯網與駕駛員連線。他們都朝我爸的所在位置聚集，奉命要不計代價地阻止他。

要不是有莉西和雷在，他根本沒機會。多虧莉西闖入了地球防衛同盟的防火牆，她連上基地的保全系統，用它來幫我爸指路，協助他盡可能避開或逃離裝繫鏈的ATHID，她同時關上他移動路線附近的防爆門，將守衛擋在外頭。雷則利用他的有線網路連線控制我爸移動路線上的雷射防衛砲塔，幫他轟炸前方部署的無人機，清出一條路。

他看似無人能擋——但就在這時候，他們攔下了他。他的好運用完了。一群牽著繫鏈的ATHID搶先攻擊，他好不容易擊退全數，但天外飛來的電漿砲擊中他的胸口，撂倒了他。

我無助地看著他掙扎起身，但他站不起來，只能開始爬行。

他拖著身體在走廊上前進，來到儲放著五架ATHID的充電站。他一次打開一個維修口，輸入一長串密碼，啟動了其中四部。我爸拆下每部無人機的繫鏈控制器，命令四架ATHID將他受傷的身體抬離地面，然後要它們手腳交纏圍住他，看起來像是會走路的蜘蛛坦克。這玩意兒抬著他繼續前進。

他坐在裡頭發射四組ATHID的武器，殺出一條路，更加深入基地。

他也駭入所有ATHID的外部喇叭，用它們播了一首我立刻認出來的歌。是Run-D.M.C.的〈朗恩之家〉（Run’s House），「洗劫街機」歌單裡的歌。

「阿奇真的很討厭嘻哈。」我們聽到他說：「這一定會讓他陣腳大亂，就像〈女武神的騎行〉那樣！」

他將音量提高到震耳欲聾的程度，嘴形跟著歌詞變化，繼續朝凡斯殺過去，像是魔鬼終結者那樣遲緩地前進，完成最終任務前絕不會罷手。

我爸駕著拼湊出來的蜘蛛坦克走上最後一條走廊，接著終於抵達了他的目的地——一對裝甲門，上頭標著「渡鴉岩作戰指揮中心」。

接著，我看到他將四部ATHID的動力核都設為手動過載模式，我嚇壞了，驚慌地要莉西把我的聲音傳給他。

「我已經設好了。」她說：「他現在聽得到你說話。」

「爸，你在幹什麼？」我大叫。

但那只是一個修辭形式上的問句，我很清楚他在做什麼。

他抬頭看了一下附近架的監視器——正拍著他的那部。他微笑，但沒回答我，只顧著將蜘蛛坦克掉頭，用它撞穿裝甲門，進到指揮中心裡。好幾個無人機駕駛員早已爬出駕駛艙，站在房間中央等待他——包括一個我認得的人，那就是達上尉，呼叫代號羅斯坦，曾經向我索取簽名的青少年駕駛員。他看到我爸現身，似乎徹底嚇壞了。

凡斯司令也站在他們當中，等待著。

我爸跌跌撞撞地進門，司令立刻要他手下開火，但只有幾個人真的聽令。大多數人（包括羅斯坦）連武器都沒舉起來，根本沒有想開火的念頭。札維爾．萊曼將軍在他們的視線範圍內，他們是辦不到的。

接著凡斯開火了，他手中的武器是九毫米貝瑞塔手槍。他先打壞我爸每架無人機的喇叭，滅掉震耳欲聾的音樂。

接著他瞄準我爸，我看到羅斯坦別開視線。

「你真是個大蠢蛋。」凡斯說完隨即開槍。他的另外幾個手下也開槍了。ATHID的護盾彈開了大多數子彈，但並不是全部。其中一發子彈擦過我爸的左腳。

但他還是繼續前進。

他繼續蹣跚地移動，駕駛ATHID拼湊出的蜘蛛坦克往房間深處去。愈來愈多雷射光和子彈擊中他和他的無人機，最後他終於倒在凡斯司令的幾碼外，困在四部ATHID的扭曲殘骸中間。這時凡斯總算看到每一部無人機上的動力核過載倒數計時器，它們差不多都會在十秒後爆炸。

「你們所有人都得離開這裡。」我爸說。

羅斯坦和其他人轉頭就跑，用最快的速度衝出出口。不過凡斯沒動。

「阿奇，你最好也快點走吧。」我爸說：「剩六秒了，五……」

凡斯搖搖頭，衝到門邊才轉身。

「這一點意義也沒有！」他說：「根本無法阻止我們部署破冰器，你明明就知道！」

之後他轉頭跑走，作戰中心的門「嘶」一聲關上了。

「我知道。」我聽到我爸喃喃自語：「我只是想試著拖延時間。」接著他笑了：「我兒子會阻止你們的。」

這時我爸變出來的四顆炸彈同時引爆了，影像化為一片黑暗。

✯

我尖叫，不知叫了多久。

最後我總算把持住自己，恢復理智，確認歐羅巴軌道上我那三架無人機傳來的影像。護送破冰器的地球防衛同盟無人機散開了，現在在破冰器附近飄浮，而破冰器已不再朝衛星下降。

此刻，我知道凡斯司令和其他控制護衛機的駕駛員都已撤離渡鴉岩，但我也知道他們幾秒鐘後就會抵達安全區域，重新開始控制無人機和破冰器。他們可能會在不到一分鐘的時間內重新上線。

我讓兩部攔截機在一段距離外繼續繞著歐羅巴轉，然後控制第三架俯衝過去，攻擊前方毫無防備的無人機。

我毀了半數護衛機才回過神來，撇開一切，將所有火力都集中到破冰器上。

但在我擊破它的護盾前，竄到某處的凡斯和他的手下又開始操控無人機了——他們八成是用量通在操縱。

突然間，我發現自己被大批人馬和槍砲圍住，和六架攔截機陷入了混戰。交手過程中，我爸的「洗劫街機」歌單播到了皇后合唱團的「一個願景」（One Vision），我總算火力全開了。

我在幾秒鐘內擊墜四架敵機，只剩兩架攔截機了——羅斯坦和毒蛇凡斯駕駛的那兩架。

我先追向羅斯坦，不顧一切地衝撞他的無人機，那力道使它偏移軌道，剛好落入破冰器自動哨兵砲彈道中。無人機爆炸了，化為一顆內塌的火球。

現在只剩我跟凡斯司令了。

破冰器懸浮在歐羅巴上空，而我們在它四周激烈纏鬥。我聽到耳機外傳來模糊的聲響，一片混沌的噪音，可見我所在地的附近有人在交戰，而且他們愈來愈靠近了。蜘蛛戰機包圍了王牌星際基地，克魯茲、迪赫、我媽都在抵擋敵軍攻勢。一架蛇尾雞逼近了。

就在最後一刻，伙計開著人力駕駛的攔截機從天而降。斷訊器啟動時，她原本駕駛的無人機失去效用，決定跳上攔截機的原型機，從紐奧良一路殺過來幫我們。她和蛇尾雞第一次錯身而過時，就朝它雙眼之間開了一槍，直接幹掉它，然後一再折返轟炸蜘蛛戰機，我才得以將所有注意力放回半個太陽系外，我跟凡斯司令的對決。

我知道凡斯駐守在月面基地阿爾法時是我爸的副將——但他還是比我想像的厲害。

我還搞不清楚他耍了什麼樣的花招，對方就繞到我的機尾，將我的攔截機炸成了碎片。

接著他回頭繼續護送破冰器前往目的地，不過他不知道我還有最後兩架攔截機正在附近待命。

我控制另一艘戰鬥機追上凡斯，好不容易張開電漿砲彈幕轟炸它，但他的護盾挺住了，戰鬥機毫髮無傷。

他又幹掉我了，他真的很強。幾乎跟我爸一樣厲害，但還是略遜一籌。

我控制我的最後一艘太空船，再度攔截凡斯和破冰器——歐羅巴的地表已經進入後者的射程範圍了。這次失手，就再也無法挽回了。

我拋開悲傷和叫人無力的憤怒，專注在當下的事情上。我這輩子從來沒這麼想完成一件事——讓我爸為我驕傲，避免他白白犧牲。

我將攔截機的節流閥推到底，再度和凡斯對決。他仍在破冰器附近徘徊，保護它。不過他的攔截機動力核沒什麼能量了，我則有一台新戰鬥機，能量飽滿。

沒時間精心布局了。我俯衝，朝它直飛過去，擊發所有武器，他也採取一樣的行動。我們兩個像是在玩外太空版的膽小鬼賽局，同時朝彼此發射所有的武器。

我們交火的下一個瞬間，他原本就變得很薄弱的護盾被射穿了，而我的撐住了——我擊出一發恰到好處的電漿砲，炸毀了他的戰鬥機。它燃燒了起來，而我筆直穿過隨後生成的火球。

我並沒有停下來慶祝，而是俯衝過去收拾破冰器——趕在它朝歐羅巴地表發射核彈的幾秒前。

「別動手，孩子！」凡斯透過公頻大叫，他現在無力阻止我了：「如果你動手，人類滅絕這筆帳就會記在你一個人頭上！」

我還是開火了。

破冰器吃下我最後一發太陽槍，無聲、燦爛地爆炸了。

# 26

事情就這麼解決了。

在那一刻，我似乎完成了協商，敵軍停火了。消息已傳遍地球防衛同盟的所有通訊頻道。世界各地的外星無人機和太空船突然停止運作，我方輕輕鬆鬆就能收拾掉。

我坐在原地靜聽新聞宣告戰爭結束了，儘管難以置信，但還是逼迫自己去相信。就在我準備解除攔截機連線、摘下頭盔時，我看到下方的歐羅巴地表像蛋殼那樣碎裂開了，一顆巨大的鉻色球體從下方海面浮了出來，在地表冰層撞出一個巨大的圓洞，升高到軌道來，懸浮在我太空船正前方的太空中。我仔細看才發現，那個物體其實是個二十面體，有二十個勻稱的琢面。信八成會叫它二十面骰。

二十面體懸浮在我的太空船前方，開始對我說話。

「我是『特使』，」它說：「一部智能機器，創造我的是和平文明組成的銀河社群，叫友好會。」

特使快速地向我解釋：歐羅巴其實從來就不曾有地外生物居住。只有微生物在這顆衛星的冰下海洋中演化著，根本沒有智能生物曾經生存於此，不管是本地或外來的。

「那攻擊地球的艦隊是誰打造的？」我問，感覺自己像是別人夢中的角色：「我們這段時間是在跟誰交戰？」

「艦隊是我打造的。」它說：「這段時間你們一直在跟自己交戰。

「從你們發射無線和電視訊號到太空中的那刻起，友好會就一直在監控這些訊號的內容。不過我們原本對人類沒什麼興趣，直到一九四五年，你們創造了核武，而且拿來對付自己的同類。當時我們用收集到的所有資料創造了一個詳盡的人類剖析檔案，確認了你們在進化方面的強處與弱點。一九六九年，你們的科技進步到足以跋涉到另一個世界，也就是你們自己的衛星。你們成了友好會的潛在威脅，因此他們派我過來這裡，進行一項測試。」

「也就是說，這搞了半天真的是個測驗？」我說：「測什麼？」

「我們要評估你們這支種族有沒有辦法加入友好會，與其他成員和平共處。」特使說：「你們的探測太空船發現歐羅巴地表的卐字時，測驗就啟動了。我們選擇了你們的文化中最容易令人聯想到戰爭和死亡的符號，然後做了一個巨大的複製品，放在你們太陽系中最靠近地球又有條件孕育智能生物的星體上。

「我們知道你們發現那符號、受到刺激後，最終一定會派另一艘探測船到地表下調查它的來源。」特使說：「你們的探測船一降落歐羅巴，下一個階段的測驗就開始了。我根據你們種族的典型劇本模擬了雙方的第一次接觸，也就是『跨文化誤解引起爭端』。」

這機器的發言在我聽起來半點真實性也沒有，但我並不想跟它爭辯，我沒那個心情。

「你自己一個人建造了所有的無人機？」我說：「然後在戰鬥中操縱它們？」

「正確無誤。」

「所以說，這麼長久以來，我們的對手就只有你？」我說：「一部人造智能超級電腦，偽裝成敵對外星種族來測試人類的性格？」

「對。雖然那是相當簡化的說法，但還算精準。」機器停頓了片刻：「這段時間內，你們接受了一個測驗。友好會想知道，當一個鄰近外星文明出現時，你們會怎麼應對一個典型的第一次接觸劇本。他們認為有必要做這個確認。就像我說的，那是個測試。標準的測試。」

「你們的『測試』害死了幾百萬個無辜民眾。」我咬牙切齒地說：「包括我的好幾個朋友，和我爸。」

「我們為你們的損失感到遺憾。」特使說：「但你們要知道，有許多種族在毫無衝突或人員傷亡的情況下通過了測驗。」

我幾乎要開始啜泣了：「你想要我們怎麼做？我們本來應該要怎麼做？」

「在測驗中的行為沒有正確或錯誤之分。」特使對我說：「如果用人類的心理測驗來譬喻的話，它就是一個投射測驗，而不是客觀測驗。它會呈現受試文明在各種情況下的反應，藉此評估你們的同理心、利他程度，團結成一個種族後會有什麼樣的行動與協調能力。友好會可以從中看出你們與脾氣相似的種族進行第一次接觸後，會如何採取後續行動。」

「沒有更簡單的做法嗎？」我問：「沒有不會害死數百萬人又毀掉我們整個行星的方法嗎？」

「其他方法並沒有辦法肯定地檢測出一個種族的某些面向——也就是地球科學家所謂的『突現性質』。」

我不知道該怎麼回應，我沮喪到無法思考或說話。

「你不該為測驗的結果悲傷過頭。」機器說：「你們的種族有好戰天性，使得衝突無可避免，像過去經常發生的那樣。不過你們應該要為結果感到開心才是。你們通過了測驗。」

「是嗎？」

「是的。結果有段時間並不明朗，不過你在最後做得很好。許多種族缺乏挑戰自身動物本能、讓自身智識戰勝本能的能力。我們通常會判定那類種族不適合繼續存在，更別說要加入友好會了。」

「你的意思是，如果我沒有毀掉破冰器，你會消滅全人類？」

「正確。」機器回答：「但多虧你做了正確的決定，刻意退出擴大戰爭規模的循環，不再對抗想像中的敵人。所以現在我才會對你說話。測驗結束後，特使就會接觸功勞最大的個人，告訴他：你們的種族已受邀加入友好會。」

「你們——友好會當中有多少文明？」

「友好會目前有八個成員。」它回答：「如果你們接受邀請，就會成為第九個會員。」

「我們要怎麼接受？」

「你現在就能代替你們的種族接受了。」它告訴我：「你已贏得這個權利。」

「如果我……如果我們拒絕加入呢？」

「從來沒有種族拒絕加入友好會。」特使告訴我：「會員有太多好處了，我們共享知識、藥物、科技，還有其他事物。你們種族的個體壽命和生活品質都會大幅增加。」

我並沒有花很多時間思考，直接說好。

「恭喜你。」

「就這樣？」

「是的，就這樣。」

「接下來會發生什麼事？」

「接下來我們會展開引導入會的程序。」它說：「第一步是分享我們科技當中有益於你們的面向，幫助你們重建文明。很快地，你們的人民也將擺脫疾病和飢餓。但這只是第一步。你們做好準備後，友好會會再聯絡你們。」

「那會是什麼時候的事？」

「那要看你們怎麼運用新力量了。」

我還來不及提出下一個問題，特使球就離開了，轉眼間就以曲速飆出我們的太陽系。我再也沒見過它。

我將攔截機開到環繞歐羅巴的軌道上，切斷連結，將它拋在那裡。它可能永遠都不會離開了。接著我轉身看到我媽站在我身後，還有克魯茲和迪赫。他們三個人都從頭看到尾，我還發現克魯茲和迪赫把我們的對話都用手機錄下來了。

我要迪赫把我跟特使的對話上傳到網路，但他說沒必要——外星人已經對全世界轉播了這段對話，利用每個電視頻道和所有連上網的裝置。全人類已掌握當年使節號任務的真相，也知道友好會的存在了。

第三波外星艦隊在幾個小時後抵達，無人機並沒有攻擊我們，反而降落到地面，開始幫助人類重建文明和脆弱的地球環境。外星無人機也開始發放奇蹟式的救命藥物和科技產品，還有乾淨、豐沛且無限量的能源。人類想要的，他們似乎都給了。

在世界慶祝勝利的同時，我媽和我只能回到家中，哀悼我們失去的一切。

# 尾聲

我和朋友分別從總統手中接過一枚榮譽勳章。這裡是華盛頓特區，我們站在重建後的白宮前面的草坪上。

他們決定用我的名字幫我毀掉的高中體育館重新命名，我媽和我都覺得這實在太可笑了。

莉西遵守諾言，帶我出去約會，不過我們大多數時間都處在精神受創、不可置信的狀態，聊我們剛經歷的那些事。要等到第四、第五次約會，我們才有辦法把注意力放到外星人入侵之外的事情上。我們盡可能不再去討論它。

雷同意把王牌星際基地交給我營運。莉西和她奶奶一起搬進城內，協助我開店。它很快就成為世界上最受歡迎的二手電玩店兼古戰場。

我爸去世一週年的那一天，比弗頓廣場上立起了他的雕像，我們都參加了揭幕式。典禮上，來自世界各地的幾十個國家追頒軍事勳章和獎章給他。

凡斯負責做最後的致詞，花很長的時間談論我爸的英勇行徑，以及他們長年的友誼。他一如往常地誠實，訴說我爸是如何阻止他犯下職業生涯中最糟糕的失誤。他的羞愧和悔恨非常明顯，儘管犯下同樣失誤的政治、軍事領袖絕對不只他一個。

我爸說得對，凡斯司令是個好人。

典禮結束後，我們欣賞我爸的雕像。這時怪事發生了。有個年輕人擋下我，跟我討簽名。討簽名本身不奇怪，因為友好會已經使我成為世界級的名人。怪的部分在於，這年輕人不是別人，正是我的高中死對頭道格拉斯．諾契。

他身穿地球防衛同盟的中士制服，靠今年最時尚的義肢站著。他的右手也是機器義肢。我一度差點認不出他來，他那洋洋得意的賊笑半點也不剩了。

他遞給我一枝筆和一本畢業紀念冊，翻到有我照片的那一頁。戰爭爆發的關係，我們班並沒有舉辦像樣的畢業典禮，校方把畢業證書和畢業紀念冊直接寄給學生。

我接下紀念冊，在我的照片下方潦草地簽上我的名字。接著我盯著照片中那個微笑的呆頭青少年看，一樣差點認不出他來。

我把紀念冊還給他，他夾到腋下。

「我聽說你爸的事了，很遺憾。」我對他說。

他盯著自己的鞋子，點點頭。

「真希望我的想法跟你一樣。」他喃喃自語：「沒了他之後，世界變得更好了。」

他對我露出悲傷的笑容，接著指了一下矗立在我們上方的我爸的雕像。「你一定非常以他為傲。」

我點點頭：「對。」

「如果他現在在這裡，一定也會以你為傲。」他說。

我張嘴想回應，但什麼話都說不出來。諾契似乎長大了不少——也許比我還成熟。我心想，不知道他有沒有聽說凱西的事。那個幾乎被全高中無情霸凌的男孩死在第一波外星攻勢當中了，跟他的家人，以及幾百萬平民一起離開了這個世界。

我決定不要提起凱西，我敢說他一定知情。

我們沉默地站了一會兒，盯著我爸的雕像。之後諾契轉身離開了。離開前他對我伸出左手，完好的那隻手。

我也伸出左手和他相握。接著他不發一語地轉身走遠，融入人群中。

從此我再也沒見過他。

揭幕式後，我們四個人一起去掃我爸的墓——我、莉西、我媽、我三個月大的弟弟札維爾・尤里西斯・萊曼二世，他取了這名字，以後在酒吧喝酒都不用付錢了。

我們當然去過他墓前好幾次，不過他過世的幾個月後空棺被挖了出來，我們又幫他舉辦了一次葬禮。這次我們在棺木內填滿他的遺物，然後再下葬一次。我放了幾捲他的自製錄音帶進去，原本想把他那件高分紀錄夾克也埋下去，但後來還是決定把它留給我弟。他一定也感覺到了，因為我只要穿上夾克（像今天這樣），札維爾二世就會不斷伸手抓上面的繡片，不肯放手。

「不行，小二！」我會這樣對他說（他似乎比較喜歡別人叫他小二，而不是「二世」）：「我的！等你大到可以穿，它就是你的了，小老弟。」他聽了就會開心地對我發出咿咿嗚嗚。

我們抵達我爸的墓園時，發現附近地面堆滿了世界各地支持者送來的花、紙條、禮物，一如往常。我媽將她親手挑選的花束放到花堆中，安靜地在那裡站了一會兒，欣賞日落，向故人致意。

最後我們總算向爸道別，準備掉頭離開。我停下腳步欣賞新墓碑上的碑文，當中有我貢獻的部分：

札維爾．尤里西斯．萊曼
長眠於此
一九八〇—二〇一八
他是受人愛戴的丈夫、父親、兒子
他拯救了人類，使我們免於滅亡
「不客氣。」

我站在那裡盯著他的墓碑，回想這一年來發生的所有事情。戰爭結束後，地球防衛同盟很快就提議要我擔任使節，參與友好會，但我拒絕了。我不想幫助那些外星混蛋，他們想出的可怕「測驗」害死了我爸；我也不想幫助人類當權派，他們欺騙全人類幾十年，差點害我們滅絕。

特使的承諾實現了，友好會的先進科技和醫藥使地球變得更好。基於一個好到不能再好的理由，我媽在別的領域找到新的護理師工作了——我們現在能夠治療各種癌症，幾週內就能根絕這種絕症，以及其他大多數疾病。

友好會也給了我們新形式的核融合能源，更便宜，更乾淨。人類彷彿開啟了奇觀與奇蹟的新紀元。

也許是已死父親的影響吧，我還是覺得無法信任友好會，儘管他們慷慨地給了那麼多禮物。事後回想起來，他們的「測試」感覺更像是陷阱——布局，然後引全人類上鉤。這種不道德陰謀的幕後黑手能善良到哪去？

對，他們是和人類分享了所有先進的科技，但他們並沒有公開自己的底細。他們宣稱有其他外星種族組成友好會，但他們也沒多談，每次都用「人類還沒準備好」、「我們的原始智識無法理解」當藉口搪塞。

我每次在新聞中讀到這種說法，我爸的聲音就會在我腦海中響起：「你眼前的這個人類還算有點見識，別人想惹他時他會知道。」

現在我無法擺脫同樣的疑慮。他們惹了我們，而且顯然還沒惹完。

他們的慷慨會維持多久？結束時會發生什麼事？

我看著心愛的人，莉西、我媽、小札維爾二世。我心想，這孩子會在什麼樣的世界長大？友好會強行塞給我們的世界會長什麼樣子？

就在這時我明白了，我不能待在王牌星際基地。我不可能回到過去的生活，因為過去的生活已經終結了——對所有人而言都一樣。我們過去生活的那個世界也已經不存在了。

我不能坐在角落，跟世界脫節。都已經發生這麼多事情了，而且還有更多事情可能會影響人類。

當晚到家後，我拿出量通，撥號給我的朋友蕭斯塔克博士，說我最後還是決定成為友好會的其中一個地球使節了。希望我的新工作最終能帶我站到一個有利的位置，搞清楚這些外星人善行背後的真正目的。

在這個當下，我打算試著奉行尤達大師歷久不衰的建議——把注意力放到我的所在之處、所做之事上。竭盡所能地去保護對我而言真正重要的人。這並沒有我過去想的那麼難。碰上這麼多事、經歷這麼多狀況後，我發現自己不會再望向窗外，做關於冒險的白日夢了。

# 洗劫街機合輯曲目（Raid the Arcade Mix）

一九八九年八月八日　地點：地獄

1. 一個願景—皇后合唱團
2. 瘋狂列車—奧茲
3. 追王牌—AC/DC
4. 解醉酒—拿撒勒
5. 上吧—電力站合唱團
6. 夠大了，搖滾吧—萊尼·海內斯
7. 危險地帶—肯尼·羅根斯
8. 生命跡象—匆促樂團
9. 劍魚—紅心樂團
10. T. N. T.—AC/DC
11. 你真的得到了我—范·海倫
12. 又一個倒地—皇后合唱團
13. 總有一天—平克·佛洛伊德
14. 捍衛戰警國歌—哈羅德·方特梅耶

一九八九年八月八日　地點：地獄

1. 我恨自己愛上你—瓊·傑特
2. 兩個人來—羅伯·貝司
3. 錘子落下—皇后合唱團
4. 陰陽魔界—金耳環合唱團
5. 我們不會接受—扭曲姐妹樂團
6. 颶風般撼動你—天蠍合唱團
7. 黑色貝蒂—公羊果醬
8. D. T.—AC/DC
9. 神志不清—ZZ Top
10. 鐵鷹F16（NSD）—眼鏡王蛇
11. 朗恩之家—Run-D.M.C.
12. 我們要讓你搖滾／我們是冠軍—皇
13. Bonus Track:
14. 史努比大戰紅男爵—皇家衛隊

# 致謝

有時候，寫小說（或光是過生活）會讓你覺得自己像在打仗，單打獨鬥，勝率愈來愈低。感謝許多棒到不行的人和我並肩作戰，在我寫這本書時守在我的六點鐘方向。我要誠摯感謝下列這些人：

感謝我弟弟艾立克，為我和這個故事帶來啟發。我也要感謝他兒子，我的姪子泰隆，我很羨慕這個名字。他讓我見識了一種獨特的、源自「軍人之子」這個身分的勇氣。

感謝我最好的朋友克莉絲汀．奧斯菲．阿普托維茲。我們往來多年，她給我愛，一輩子支持我，不斷給我鼓勵，在我寫這部小說時給我的幫助尤其大。沒有她在，我一定寫不出來。

感謝我美麗、優秀的女兒莉比．威爾利特—克萊恩，她給我的啟發讓我一天天進步，變成更棒的父親、遊戲玩家、人類。我也要感謝她母親蘇珊．索梅爾斯—威爾利特幫助我撫養世界上最酷的小孩，也感謝她將這孩子帶到世界上。

我也極感謝我長年的經紀人、朋友、一起犯罪的好萊塢伙伴丹．法拉赫（別名「澤西絕地」），感謝我了不起的作家經紀人伊法．雷斯．根德爾，還有克絲汀．紐豪斯、潔西卡．雷加爾，以及鑄造文學與媒體公司的奇蹟員工。

我也要特別感謝我孜孜不倦的優秀編輯朱利安．帕維亞，他對這部作品的貢獻、在我寫作期間對我的容忍，足以贏得地球防衛同盟的英勇勳章。我也要感謝莎拉．布列沃傑、傑．宋斯、傑西卡．米勒、茱莉．斯特恩、馬雅．瑪伊、羅伯特．石克，以及皇冠出版社的其他酷編輯。

我欠羅素・沃克斯一輩子的人情，感謝他在美國版本創造地球防衛同盟的紋章，我還要大聲感謝優秀的威爾・斯塔爾和藝術總監克里斯・布蘭德，他們創造了極棒的美國版封面。

我極度感謝我的朋友威爾・惠頓，他再度將他的意見和才華借給了我的故事。我也感謝企鵝藍燈書屋有聲書的艾米・梅茨和丹・馬塞爾曼，他們製作了本作的有聲書。

無限期支持我的天體物理學家伙伴安迪・浩威爾博士，他試圖讓我的故事至少有一部分符合科學（各位要知道，有不符合科學的部分是因為我選擇忽略安迪的建議，追尋我自己扭曲的結局）。

我也得感謝：

麥克・米加，我受益於他的現實扭曲力場，也感謝他寫程式碼，一行一行地將小說中的虛構電玩遊戲轉變成真正的遊戲。

凱瑟琳・歐羅巴・威爾許，感謝她提供美妙的中間名、要命的網路設計魔咒。我不斷問她在當代電玩產業工作是怎麼一回事，她也一一解答。

布魯斯・阿普托維茲，他分享了他的專業知識，廢水處理工作意外危險。

太空人凱爾・林格倫，他帶著我參觀NASA，和我分享他的愛國心和熱情，還帶著我的第一本小說上太空。我長大後想成為他。

已逝的偉人亞倫・奧爾斯頓，他針對我的故事提出建議，他的作品也啟發了我。我們想念他，而且會永遠想念他。

我也要衷心感激喬治・盧卡斯，他創造了我年少時代的神話，讓當時的我深切渴望星際冒險。感謝史蒂芬・史匹柏，他的作品深深啟發了這個故事，而且我在創作它的期間得知一個改變我人生的消息，振奮了我的精神：他決定執導我第一部小說的改編電影。我尊敬了一輩子的英雄使我最大的夢想成真——沒有什麼比這更能給你追求遠大夢想的勇氣。

說到美夢成真，我也要感謝史考特・史都柏、傑佛瑞・柯森包姆、艾列莎・費根以及在環球影業工作的每一個人，謝謝你們相信這個故事也能改編成一部很棒的電影，謝謝你們拍了那麼多啟發它的電影。

我也要永永遠遠地感謝以下這些人的建議、協助、鼓勵、友誼：克雷格・泰斯勒、麥克・加索爾、特雷弗・亞斯特伯里、迪安娜・霍克、艾蓮娜・斯托克斯、傑克・佛格與其父東尼・佛格、札克・潘、喬治・R・R・馬丁、派崔克・羅斯弗斯、約翰・史卡奇、艾琳・摩根史坦、菲利希婭・戴、丹尼爾・H・威爾森、理查・蓋瑞特、傑夫・奈特、克里斯・比弗、邁克・亨利、哈里・克諾爾斯、喬瓦尼・克諾爾斯、亞倫・鄧恩、克里斯・奈恩、菲爾・麥尤金斯和傑德・史特拉姆。我也要感謝我的狗祕書希爾蒂，我寫這本書和上一本書的期間，她都會窩在我的腳邊。**小心惡犬**。

我也要誠摯感謝尼爾・德葛拉司・泰森博士、史蒂芬・霍金博士、吉兒・塔特博士、加來道雄博士、賽斯・蕭斯塔克博士、已逝的卡爾・薩根博士，他們開啟了我對科學、尋找地外智能生物的終生興趣，也感謝他們答應在我的小說中客串演出，給我向他們致敬的機會。

最後，我要衷心感謝所有啟發本作品的作家、電影從業人員、音樂家、藝術家，感謝我所有朋友、家人、書迷、讀者，我在寫作期間，你們對我展現了無盡的熱情和耐心。

願原力與你同在。

恩斯特・克萊恩於德州奧斯汀
二〇一五年四月三十日

畅／小說
083

# 一級艦隊

●原著書名：Armada●作者：恩斯特．克萊恩（Ernest Cline）●譯者：黃鴻硯●美術設計：許晉維●責任編輯：徐凡、巫維珍●國際版權：吳玲緯●行銷：何維民、陳欣岑、吳宇軒、林欣平●業務：李再星、陳紫晴、陳美燕●總編輯：巫維珍●編輯總監：劉麗真●總經理：陳逸瑛●發行人：凃玉雲●出版社：麥田出版／城邦文化事業股份有限公司／104台北市中山區民生東路二段141號5樓／電話：(02) 25007696／傳真：(02) 25001966、發行：英屬蓋曼群島商家庭傳媒股份有限公司城邦分公司／台北市中山區民生東路二段141號11樓／書虫客戶服務專線：(02) 25007718；25007719／24小時傳真服務：(02) 25001990；25001991／讀者服務信箱：service@readingclub.com.tw／劃撥帳號：19863813／戶名：書虫股份有限公司●香港發行所：城邦（香港）出版集團有限公司／香港灣仔駱克道東超商業中心1樓／電話：(852) 25086231／傳真：(852) 25789337●馬新發行所／城邦（馬新）出版集團【Cite(M) Sdn. Bhd. (458372U)】／41-3, Jalan Radin Anum, Bandar Baru Sri Petaling, 57000 Kuala Lumpur, Malaysia.／電話：+6(03) 9056 3833／傳真：+6(03) 9057 6622／讀者服務信箱 :services@cite.my ●印刷：前進彩藝有限公司●2018年8月初版●2021年12月初版7刷●定價420元

國家圖書館出版品預行編目資料

一級艦隊／恩斯特．克萊恩（Ernest Cline）著；黃鴻硯譯. -- 初版. -- 臺北市：麥田出版：家庭傳媒城邦分公司發行, 2018.08
面； 公分. --（暢小說；83）
譯自：Armada
ISBN 978-986-344-567-8（平裝）

874.57 107008229

城邦讀書花園
www.cite.com.tw